CALEA

Zwischen Asche und Rauch

Für Alinchen – ich meine es ernst,
diese Reise ist für Dich.

ALEXANDRA STÜCKLER-WEDE

CALEA

ZWISCHEN ASCHE UND RAUCH

LOOM LIGHT

Kira Borchers

Später

»Verrate mir eines, Kenzo, wenn ich dir ein Angebot machen würde – dein Leben gegen das von Calea –, würdest du darauf eingehen? Würdest du für sie sterben?«

»Ich bin nicht so dumm, mich auf einen Handel mit dir einzulassen«, brachte Kenzo gepresst hervor.

»Natürlich nicht. Lass es mich anders formulieren: Wenn ich sagen würde – rein theoretisch –, du hättest mein Wort, dass ich Calea verschonen würde, würdest du es dann tun? Würdest du ohne Gegenwehr und unter dem Schutz dieser Abmachung dein Leben für ihres geben? Du weißt, als Teufel kann ich nicht lügen, mein Wort ist so bindend wie ein Blutschwur.«

Es wurde still. Selbst die gegnerische Armee verstummte, während eine beinahe unerträgliche Anspannung die Festung zum Knistern brachte.

Ich biss mir so fest in die Wange, dass ich Blut schmeckte. Warum diese Frage? Was spielt das für eine Rolle? Warum –

Ich riss die Augen auf.

»Nein, Kenzo. Nein!«, stieß ich im nächsten Moment hervor.

Kenzos Blick zuckte für einen Sekundenbruchteil zu mir und seine Züge wurden weich.

Tränen traten mir in die Augen, liefen über meine Wangen, während ich hilflos den Kopf schüttelte. Nein.

»Nein, Kenzo.«

»Ja«, sagte er dann und sah mir in die Augen. »Ja, ich würde für Calea sterben. Ich würde mein Leben für ihres geben.«

Unser Gegner ließ von Kenzo ab und nickte langsam. »Was

wäre ich für eine ehrlose Person, würde ich dir diesen letzten Wunsch nicht erfüllen?« Eine funkelnde Klinge erschien wie durch Zauberhand in seinen Fingern, der orangerote Schein der Flammen tanzte auf der Schneide.

»Nein!«, schrie ich. »Lauf, Kenzo!«

Doch Kenzo rührte sich nicht. Eine Hand an seine geschundene Kehle gepresst, blickte er seinem Widersacher direkt ins Gesicht. »Dein Wort. Gib mir dein Wort, dass dieser Handel bindend ist.«

Der Mistkerl strich mit einem Finger über die stumpfe Seite des Messers. »So bindend und endgültig wie der Tod, Kenzo Warren. Du wirst durch meine Hand sterben und Calea wird leben.«

»Gut«, erwiderte Kenzo ruhig und lächelte. Lächelte, wie jemand, der Frieden mit dem Ende geschlossen hatte.

Im nächsten Moment stürzte er vor.

Direkt auf seinen Gegenspieler zu.

Direkt in die offene Klinge.

Ich kreischte, während unser Gegner fluchend zurückwich.

»Du Narr! Du verfluchter, törichter Narr!«

Doch es war zu spät. Die Klinge steckte bereits bis zum Anschlag in Kenzos Körper. Raubte ihm das Leben.

Ein warmes Lächeln teilte seine Lippen, als sein Blick ein letztes Mal wie eine Liebkosung über meine Züge glitt.

Ehe er die Augen verdrehte.

Und zusammenbrach.

Kapitel 1

»Und was meinst du, wie lange dauert es, bis Ryker hier auftaucht und dich zurück in den Palast zerrt?«

Ich ließ den gespannten Bogen aus schwarzem Holz sinken und wandte mich zu Atarah um. Meine beste – und eigentlich auch einzige – Freundin saß mit wehenden roten Haaren auf einem runden Felsen und musterte mich mit zusammengezogenen Augenbrauen.

»Der Rekord liegt bei eineinhalb Stunden«, gab ich zurück und nahm den Bogen wieder auf. Mein Ziel war ein alter, knorriger Baumstamm, der an das dunkle Ufer des Kur'Tarak gespült worden war.

Der Kur'Tarak war einer meiner liebsten Orte. Ich mochte die Vorstellung, dass das blaue Wasser keine Grenzen besaß. Von dem schwarzen Strand aus, der von glühenden, onyxfarbenen Felsen eingerahmt wurde, breitete sich das Meer des Hades ohne erkennbares Ende aus – und bisher war ich niemandem begegnet, der mir sagen konnte, ob Kur'Tarak überhaupt ein Ende fand. Vermutlich, weil niemand verrückt genug war, es herauszufinden. Man munkelte, dass sich einst selbst der Teufel vor der See und den unzähligen grausamem Kreaturen darin gefürchtet hatte.

Ich verlagerte das Gewicht auf meinen nackten Füßen, grub die Zehen tiefer in den warmen, schwarzen Sand und spannte meine Waffe dann ein weiteres Mal. Einatmen, anvisieren, ausatmen – schießen.

Der gefiederte Pfeil jagte lautlos durch die Luft, die feucht und schwer von der Gischt war, und bohrte sich in perfekter Präzision in das Holz.

»Ich bin gespannt, wann sie dir eine Kette anlegen, so oft, wie du abhaust.«

»Es wundert mich, dass du dir nach all den Jahren überhaupt noch Gedanken darüber machst, Atti.« Grinsend zwinkerte ich Atarah zu und zog einen neuen Pfeil aus meinem Köcher, den ich mir quer über den Rücken geschnallt hatte.

»Das ist meine Pflicht, schätze ich. Darauf achten, dass du nicht zur wandelnden Zielscheibe wirst – obwohl ich in dieser Hinsicht vermutlich auf verlorenem Posten kämpfe.«

Ich schluckte die scharfe Entgegnung, die mir auf der Zunge lag, herunter und schoss stattdessen den zweiten Pfeil ab. Wie gewollt spaltete er den ersten perfekt in der Mitte und blieb kerzengerade im Stamm stecken. Noch einen Moment länger starrte ich auf die gesplitterten Pfeilreste am Boden, dann schulterte ich meinen Bogen und schlenderte zu Atarah.

»Ich glaube kaum, dass ich *hier* zur Zielscheibe werde. Das ist Sperrgebiet und der einzige Zugang liegt innerhalb der Palastmauern.« Seufzend sah ich zu den glühenden Felsspitzen, aus denen sich die Festung des Hades-Palastes erhob – die Festung meiner Eltern. Und dahinter die gewaltige Hauptstadt der Hölle: Aker. Ein Ort, von dem ich noch nicht viel mehr gesehen hatte, als die Lichter und Schemen, die von meinem Balkon auszumachen waren.

Weil du eine einzige Enttäuschung bist. Ein Risiko, das die gesamte Ordnung der Hölle zerstören könnte …

Alte Bitterkeit kroch in mir hoch und trieb mir einen sauren Geschmack auf die Zunge.

»Wenig beruhigend in Anbetracht der Tatsache, dass sich dort die schlimmsten Bewohner des Hades befinden.« Elegant sprang Atarah von ihrem kleinen Felsen und strich sich das bräunliche, schlichte Kleid glatt. »Was ist, sollen wir zurück in den Palast?«

Es war mir ein Rätsel, warum sie so sehr darauf pochte, diese altmodische Kleidung zu tragen, die gut und gerne aus einem Mittelalterroman hätte stammen können. Dabei war es nicht so, dass in der Hölle die Zeit stehen geblieben war. Ich selbst trug meistens schwarze Jeans, bedruckte Shirts oder viel zu große Pullover. Nichtssagende Sachen, die mir zwischen die Finger kamen, weil es schlichtweg egal war, was ich anhatte. Es spielte keine Rolle. Selbst wenn ich mich wie die Prinzessin des Hades, die ich laut meines Geburtsrechts war, gekleidet hätte, ich würde doch immer unsichtbar bleiben.

»Calea?« Atarah berührte mich sanft am Arm.

Hastig fuhr ich zurück und schüttelte den Kopf. »Nein. Dort wartet nichts auf mich.«

Die Miene meiner Freundin verfinsterte sich, als würde ein Gewitter darin aufziehen. »Das stimmt nicht und das weißt du auch. Wir haben dieses Thema schon unzählige Male durchgekaut.«

Ich verzog das Gesicht und zupfte an meinem dunkelgrauen Oversized-Pullover, unter den ich ein schwarzes Spitzentop gezogen hatte. »Und wir können es noch tausendmal diskutieren – es ändert gar nichts. Ich passe da nicht rein.«

»Aber sie sind deine Familie.«

»Meine Familie, die mich totschweigt und versteckt hält wie einen verdammten Warzendämon. Der Palast«, ich deutete hinter mich, »ist ein Gefängnis – *mein* Gefängnis, Atti. Nicht mehr und nicht weniger.«

»Um dich zu schützen«, hielt Atarah mit funkelnden, hellblauen Augen dagegen. Rote Flecken bildeten sich auf ihrer

Porzellanhaut. »Und nur fürs Protokoll, du bist viel zu hübsch, um ein Warzendämon zu sein.«

Ich war ihr nicht böse, dass sie es nicht einfach gut sein ließ und nach der langen Zeit noch immer dieselbe Meinung wie meine Eltern teilte. Es war gewissermaßen Atarahs Pflicht, denn auch wenn sie meine Freundin war, diente sie noch immer meinen Eltern.

Langsam atmete ich aus und winkte ab. »Das ist kein Beschützen mehr.« Meine Stimme war leise und die Bitterkeit darin war Resignation gewichen.

Als Atarah mir dieses Mal eine Hand auf die Schulter legte, ließ ich sie gewähren. »Du solltest nicht daran zweifeln, dass sie dich lieben – denn das tun sie.«

»Bei Jade bin ich mir da nicht so sicher.«

»Jade kann niemanden leiden, außer sich selbst. Und Ryker.«

Ihre Antwort entlockte mir ein leises Lachen. Jade, meine jüngere, fünfzehnjährige Schwester, war im Augenblick ein kleines Biest und wirklich unausstehlich. Mit ihrer seltenen Gabe des blauen Feuers hielt sie seit einiger Zeit den gesamten Palast auf Trab und duldete kein *Nein*. Der Einzige, den Jade in ihre Nähe ließ, ohne demjenigen eine schmerzhafte Warnung zukommen zu lassen, war unser Bruder Ryker. Jade vergötterte ihn geradezu und wenn ich ehrlich mit mir war, dann verstand ich sie sogar. Mein Zwillingsbruder und Thronerbe der Hölle war perfekt. In jeder Hinsicht, in der ich es nicht war.

»Wow, ein Lachen, ich wusste gar nicht, dass du dazu noch in der Lage bist.«

Ich versetzte Atarah einen Knuff in die Seite und horchte auf, als ich das Bewusstsein von Hero am Rand meines eigenen bemerkte.

Du bekommst Gesellschaft, Prinzessin, hallte seine körperlose Stimme durch meinen Kopf, nachdem ich Hero in meine Gedanken gelassen hatte.

»Hero?«, riet meine Freundin und sah sich auf der Suche nach meinem kleinen schwarzen Kami-Dämon um »Wo steckt der überhaupt?«

Hero war meine erste und einzige Rebellion gegen meine Eltern und das ewige Versteckspiel gewesen. Ich hatte den kleinen Dämon mit sechs Jahren auf einem meiner Streifzüge in den Höhlen unterhalb des Palastes gefunden und kurzerhand an mich gebunden. Seitdem waren wir über unsere Gedanken und unser Blut miteinander verbunden und zu so etwas wie Freunden geworden.

Im Nachhinein wusste ich, wie gefährlich es war, einen niederen Dämon in sein Innerstes zu lassen, doch damals wie heute war ich froh darüber. Mit Hero und unserer mentalen Verbindung spürte ich zumindest ein wenig Magie in meinen Adern pulsieren.

Ich zuckte mit den Schultern und antwortete Hero in Gedanken: *Danke für die Vorwarnung. Wo treibst du dich rum?*

An der Seite des hochwohlgeborenen Höllenprinzen persönlich. Heros ganz eigene Note Sarkasmus tanzte auf seinen Worten und ließ mich schmunzeln.

Nur einen Moment später spannte sich Atarah neben mir merklich an und sank in eine Verbeugung. Keine Ahnung, warum sie das immer noch tat, schließlich war sie mit Ryker und mir im Palast aufgewachsen, als wären wir Geschwister.

»Mein Prinz.«

Ich schnitt eine Grimasse und wandte mich zu meinem Zwillingsbruder um, mit dem ich mir außer dem Geburtstag und unseren blaugrauen Augen nichts teilte. Im Gegensatz zu mir war er eine beeindruckende Gestalt, keine Frage. Kräftige schwarzgefiederte Flügel ragten aus seinem breiten Rücken, er trug die Uniform der Eliteeinheit der Königin und in seinen fast schwarzen Haaren saß der goldene Reif des Thronerben.

»Hallo, Schwesterchen.« Rykers Mundwinkel zuckte, als er mir Hero vor die Füße warf und dann die muskulösen Arme vor der Brust verschränkte.

Eingebildeter Schnösel. Hero fauchte wütend und tapste dann an meine Seite. Wie alle Kami-Dämonen, die mittlerweile sehr selten im Hades geworden waren, sah auch Hero auf den ersten Blick wie eine gewöhnliche schwarze Katze aus – wenn man mal von den längeren, schneeweißen Fangzähnen und den kleinen obsidianfarbenen Hörnern auf seinem Kopf absah. In seiner normalen Form reichte er mir etwa bis zum Knie, fühlte er sich bedroht oder war auf der Jagd, konnte Hero jedoch problemlos auf die Größe eines Löwen anwachsen und mit seinen rasiermesserscharfen Zähnen zu einer tödlichen Gefahr werden. Das machte ihn neben seinem Hang zu Unfug so gefährlich.

»Du hast mich gefunden, ich gratuliere«, begrüßte ich meinen Bruder und legte den Kopf schief.

»Wenn du nicht ständig verschwinden würdest, müsste ich dich erst gar nicht suchen und zurück in die Festung schleppen.«

»Ja, ich kann mir vorstellen, dass du eigentlich unzählige und viel wichtigere Angelegenheiten zu erledigen hast.«

Ryker verengte die Augen und sah dann zu Atarah: »Wie hat sie dich heute überzeugen können?«

Atti errötete. »Es tut mir leid. Ich hätte Calea von diesem Regelverstoß abhalten sollen.«

Regelverstoß? Dass ich nicht lachte. Der kleine Ausflug an den Strand des Kur'Tarak war wohl kaum ein Regelverstoß, sondern vielmehr eine winzige Pause von meinem einengenden, öden Leben innerhalb der Palastmauern.

»Ich stehe direkt neben euch, falls es euch noch nicht aufgefallen ist«, brummte ich und nahm Hero auf den Arm. Kami-Dämon hin oder her, letztlich war Hero genauso kuschelbedürftig wie eine Hauskatze unter Liebesentzug.

Mein Bruder legte die Stirn in Falten und betrachtete Hero einen Augenblick lang missbilligend, ehe er mich ansah. »Das ist kein Spaß, Cat. Du weißt, was auf dem Spiel steht. Wie gefährlich es hier draußen für dich ist.«

Nun lachte ich doch freudlos auf. »Gefährlich? Ernsthaft? Siehst du hier irgendjemanden, der sich hinterhältig an mich heranschleicht, um mich zu erdolchen? Richtig: Nein. Und weißt du auch, warum? Weil es *niemanden* gibt, der das jemals tun wird, weil nämlich *niemand* weiß, dass ich überhaupt existiere.«

Kopfschüttelnd hob Ryker das Kinn, eine Geste, mit der er unserem Vater so ähnlich sah, dass ich unwillkürlich scharf die Luft einsog. »Und das muss auch so bleiben.« Mehr sagte er nicht. Er ging weder auf das Brodeln in meiner Stimme ein noch auf den Zynismus oder Spott. Und das machte mich nur noch wütender. Er würde es vermutlich nie ganz verstehen. Für ihn war das Leben leicht. Mit seinen außergewöhnlichen Fähigkeiten, der mächtigen Magie, die durch seine Adern floss … Ryker war frei. Wurde gesehen, war ein Teil dieser Welt, aber ich … ich erstickte jeden Tag, den ich eingesperrt und unsichtbar war, ein wenig mehr.

Ich erstickte daran, dass nur eine Handvoll Personen meinen Namen kannten, geschweige denn wussten, wer ich war.

Ich erstickte daran, seit neunzehn Jahren nichts anderes als die endlosen Gänge des Palastes zu sehen.

Mein Leben war einengend und einsam und niemand schien das zu bemerken. Für meine Eltern und Ryker, selbst Atarah, war es nur wichtig, mich in *Sicherheit* zu wissen. Dass diese Sicherheit auf eine ganz andere Art und Weise gefährlich für mich war, daran dachte keiner von ihnen.

Ich krallte die Hände fester in Heros seidiges Fell, das sämtliches Licht des rötlichen Himmels zu absorbieren schien, und fixierte Rykers Augen. »Du klingst schon wie Mutter und Vater.«

Ein Muskel an seinem Kiefer zuckte. »Wenn ich das muss, um dich zur Vernunft zu bringen und zu beschützen, dann ist mir das egal.«

Ich wollte ihn für seine Antwort hassen, dafür, dass er mich genauso einsperrte wie unsere Eltern, aber ich konnte es nicht. Denn in jeder einzelnen Silbe seiner Worte schwang ein tiefer Schmerz mit. Derselbe Schmerz, der auch in mir brannte. Ryker verabscheute, dass er mir das antun musste. Er verabscheute zu sehen, wie ich litt und er verabscheute es, dass er rein gar nichts dagegen unternehmen konnte.

Niemand konnte das. Nicht einmal die mächtigsten Geschöpfe der Hölle.

Es war eine grausame Fügung des Schicksals gewesen, dass Ryker nur ein paar Minuten vor mir als mächtiger Dämon geboren worden war, während in mir nicht der kleinste Funke Magie loderte. Ich mochte die Tochter der Höllenkönigin sein, aber objektiv betrachtet war ich nicht mehr als ein gewöhnlicher Mensch. Ich war ein Niemand inmitten von tödlichen Dämonen, die Feuer und Eis und Magie beherrschten. Die mit einem einzigen Gedanken töten konnten.

Manchmal, in meinen dunkelsten Momenten, hegte ich die hässliche Vermutung, dass mich meine Eltern versteckt hielten, weil sie sich für mich schämten. Für ihr Kind, das keinen Tag draußen im Hades, außerhalb der dunklen Festung, überleben würde.

Und das Schlimmste daran war, dass sie damit recht hatten.

Ich ließ die Schultern sinken und nickte langsam. Ryker hatte gewonnen. Natürlich hatte er das.

Mein Bruder seufzte leise, vermutlich erleichtert darüber, dass er mich nicht packen und zurückzerren musste. Das war schon oft genug vorgekommen und wir waren es beide leid.

Ein dünnes Lächeln schob sich auf seine Lippen, dann lockerte er seine Haltung. »Mutter und Vater erwarten uns zum Abendessen. Es wäre schön, wenn du dieses Mal dabei bist. Sieh es als Geburtstagsgeschenk für mich, Cat.«

Cat, so nannte er mich schon seit unserer Kindheit. Ryker hatte mir den Spitznamen gegeben, nachdem ich mich mit Hero verbunden hatte und mir der Kami kaum von der Seite gewichen war.

Eine Katze für eine Katze.

Ich hob einen Mundwinkel und setzte Hero ab. »Mal sehen.«

Dabei wussten wir beide, dass es keine Rolle spielte, ob heute unser neunzehnter Geburtstag oder sonst irgendein Tag war. Ich nahm schon lange nicht mehr an Familienessen oder Feiern Teil und das würde auch heute ganz sicher nicht geschehen. Nicht, solange ich nun einmal war, wie ich war, und um das zu ändern, bräuchte es ein Wunder.

Ein Wunder, an das ich längst jeden Glauben verloren hatte.

***

Wie lange willst du noch dastehen und wortlos in die Nacht starren? Heros samtige Stimme flog durch mein Bewusstsein, nur einen Sekundenbruchteil, bevor er auf die Brüstung sprang. In dem dämmrigen Licht der Fackeln, die die Tür zu meinem Schlafzimmer säumten, war er bis auf seine grünlich schimmernden Augen beinahe unsichtbar.

Ich stützte mich seufzend auf das verschnörkelte Eisengeländer meines weitläufigen Balkons und zuckte mit den Schultern. *Spielt das eine Rolle?*

Heros Schwanz schwang langsam hin und her. *Der Kotzbrocken hat schon recht. Es ist euer Geburtstag. Man wird nicht jeden Tag neunzehn.*

»Und trotzdem ist es ein Tag wie jeder andere«, gab ich laut zurück und sog den Anblick der leuchtenden Stadt vor mir in mich auf. Von hieraus wirkte Aker beinahe surreal. Wie ein Gemälde, in dessen Dunkelheit der Maler wahllos orangefarbene und goldene Lichter gestreut hatte.

Was gäbe ich dafür, eines dieser Lichter zu sein.

Es ist traurig, wenn jemand das über den eigenen Geburtstag sagt, Calea. Dein Geburtstag sollte der wichtigste Tag im Jahr sein. Ein verdammter Feiertag.

Ich grinste schief und begann nachdenklich, Heros Kopf zu kraulen, was er mit einem selbstgefälligen Schnurren quittierte.

Du weißt, ich bin sonst uneingeschränkt auf deiner Seite, kleine Prinzessin, aber vielleicht hättest du heute über deinen Schatten springen und bei deiner Familie sein sollen.

»Und was hätte das geändert?« Zähneknirschend hielt ich beim Kraulen inne und fuhr in Gedanken an Hero gerichtet fort: *Sie wollen mich nicht dabeihaben. Keiner von ihnen würde es je laut aussprechen, aber mein Platz … ist nicht an ihrer Tafel. Das war er nie.*

Ich drehte Aker mit seinen Lichtern den Rücken zu und setzte mich auf die Umrandung. Irgendwann im Laufe der Jahre hatte ich aufgehört zu zählen, wie oft diese Gedanken durch meinen Kopf gegeistert waren. Wie oft ich das Gefühl gehabt hatte, dass mit mir irgendwas nicht stimmte. Doch heute … heute drängten sich diese Emotionen mit beinahe schmerzhafter Intensität in den Vordergrund. Als wollten mir meine dunkelsten Gedanken um jeden Preis meine Unzulänglichkeiten vor Augen führen. Und egal, wie sehr ich mich auch auf andere Dinge zu konzentrieren versuchte, ich kehrte doch immer zu der Finsternis in meinem Herzen zurück.

Als wäre ich verflucht.

Ich ballte die Hände zu Fäusten und schloss die Augen.

»Calea.«

Ruckartig sah ich auf und begegnete dem erstaunlich ruhigen Blick meiner Mutter. Ich hatte damit gerechnet, dass sie früher oder später bei mir auftauchen würde, nur hatte ich gehofft, dass es eher später sein würde.

»Darf ich mich eine Weile zu dir setzen?«

Resigniert ließ ich die Schultern sinken und betrachtete sie einen Moment lang schweigend. Meine Mutter, Königin Elyanor, Herrscherin über den Hades und als Dämon-Iljos-Mischling eines der mächtigsten Wesen der Übernatürlichen Welt. Alles an ihr strahlte so mühelos Macht aus, wie andere atmeten oder ihren Namen buchstabierten. Von ihren kunstvoll hochgesteckten, dunkelblonden Haaren, in denen eine goldene, geschwungene Krone saß, bis hin zu ihrem schwarzen, fließenden Kleid, das mit Goldfäden durchwoben und onyxfarbenen Diamanten besetzt war. Sie war eine Königin durch und durch und manchmal fiel es mir schwer zu glauben, dass ich wirklich ihre Tochter war. Dass in unseren Adern dasselbe Blut floss.

Als ich nichts erwiderte, betrat meine Mutter den Balkon, wobei ihr Kleid leise raschelte, und ließ sich dann neben mir nieder. »Ryker hat mir erzählt, dass du mit Atarah am Strand warst.« War ja klar, dass er gepetzt hatte. Für Ryk war Loyalität alles. »Nicht, um dich zu verraten, Calea, sondern weil er sich Sorgen um dich macht«, fuhr sie fort.

Ich verzog das Gesicht. »Raus aus meinen Gedanken, Mom.«

Ein Mundwinkel zuckte, doch das halbe Lächeln schaffte es kaum über ihre Lippen hinaus. Die Königin wirkte seltsam erschöpft.

Wegen mir?

Es war ja nicht das erste Mal, dass ich mich aus dem Palast gestohlen hatte.

»Wir machen uns alle Sorgen um dich. Ich weiß, dass du es nicht leicht hast, Calea. Dass es dir schwerfällt, mit dem zu leben, was dich in deinen Augen so offensichtlich von allen anderen unterscheidet. Aber nichts davon ändert etwas daran, dass du uns wichtig bist. Du bist eine Dämonin und unsere Tochter, ob mit oder ohne Magie und … wir wollen nicht, dass du dich noch weiter zurückziehst, weil du glaubst, dass du dich verstecken musst. Dass du nicht dazugehörst. Denn das stimmt nicht.«

Ich presste die Lippen aufeinander. »Kannst du es mir verdenken?« Meine Antwort kam schärfer als beabsichtigt, alte Wut und Verbitterung sprachen aus jeder einzelnen Silbe.

Hero drückte sich enger an meine Seite. *Sie ist deine Mutter, Cat, vergiss das nicht.*

»Nein, Schätzchen. Ganz im Gegenteil. Ich verstehe dich, ich kenne das Gefühl, anders zu sein und nicht ins Bild zu passen.«

Meine Mutter hatte uns schon oft von ihrer Kindheit und Jugend erzählt. Von ihrer Zeit in London, in der sie erfahren hatte, warum sie sich in all den Jahren so anders gefühlt hatte. Doch im Gegensatz zu mir war sie durch ihre Andersartigkeit nur mächtiger geworden. Mom war jemand ganz Besonderes, die Brücke zwischen zwei Welten, die sich jahrhundertelang bekriegt hatten, der Schlüssel zum Frieden, während ich… ein Niemand war.

»Aber vertrau mir, wenn ich dir sage, dass es nicht für immer so sein wird. Du bist jetzt neunzehn Jahre alt und –«

»Und was?«, fuhr ich dazwischen und sprang so hastig von der Umrandung herunter, dass Hero fauchend zurückwich und das Fell sträubte. »Glaubst du wirklich, dass sich dadurch irgendetwas verändern wird? Du und Vater habt es mir selbst gesagt: Ich bin so *geboren* worden. Eine Folge der Tatsache, dass Ryker und ich Zwillinge sind. Er hat die Fähigkeiten und Superpower bekommen und ich… nichts. Es bräuchte ein Wunder, um etwas daran zu ändern und du solltest am besten wissen, dass Wunder nicht existieren. Nicht einmal in der verfluchten Hölle.«

Ein dunkler Schmerz flog über die Züge meiner Mutter und ließ ihre grauen Augen leuchten. »Du wirst es verstehen. Bald«, war alles, was Mom erwiderte, ehe sie ihren Blick auf die Hauptstadt richtete.

Ich stieß den Atem aus und stützte mich schwer auf das Geländer. »Nein, das glaube ich nicht.«

Behutsam, beinahe so, als würde sie fürchten, dass ich ebenso fauchend zurückweichen würde wie zuvor Hero, legte sie eine Hand auf meine. Unzählige goldene Ringe funkelten an ihren schlanken Fingern und mittendrin der Ring, der sie an meinen Vater band.

»Du wärst überrascht, wie viele Dinge es zwischen Himmel und Hölle, zwischen Erde und Feuer gibt, mein Kind.« Verständnislos sah ich sie an. »Es gibt für alles eine Erklärung und einen Grund. Auch für dich. Und wenn du ihn einmal erkannt hast, wird sich alles ändern, Calea. Alles, was du brauchst, ist Geduld und Offenheit für das Verborgene.«

Ich verzog das Gesicht zu einer beinahe gequälten Maske. »Ich habe es noch nie gemocht, wenn du in Rätseln sprichst, Mom.«

Lächelnd drückte sie meine Finger und sah in den nur noch schwach glühenden Himmel.

Stirnrunzelnd folgte ich einem dunklen Schatten, der in einiger Entfernung durch die Luft schoss – vermutlich einer der Wachposten, die patrouillierten –, und löste mich dann von meiner Mutter. »Vielleicht sollte ich gehen.«

Die Königin zog die Augenbrauen zusammen und schüttelte den Kopf. »Nein. Das kommt nicht infrage. Dein Zuhause ist hier, Calea.«

»Zuhause? Wie kann der Hades mein Zuhause sein, wenn ich nicht hierher passe?« Ich stieß mich von der Brüstung ab und fasste meine langen hellbraunen Haare zu einem unordentlichen Knoten zusammen.

»Sag so etwas nicht. Du passt hierher. Du *gehörst* hierher.« Der Nachdruck in ihren Worten hinterließ einen seltsamen Geschmack auf meiner Zunge.

Mir kam ein freudloses Lachen über die Lippen. »Ach ja? In mir fließt nicht ein Tropfen magisches Blut, Mom. Ich bin eine Enttäuschung. Schwach. Ich habe nichts im Hades verloren und das weißt du auch. Oder warum sonst versteckt ihr mich wie euer kleines schmutziges Geheimnis?« Herausfordernd breitete ich die Arme aus und zuckte erschrocken zurück, als kleine Funken über die Haut meiner Mom zuckten. Ein Zeichen ihrer Wut und der Beweis, dass sie kurz davor war, ihre Geduld zu verlieren.

»Du bist kein schmutziges Geheimnis. Wie kommst du auf die Idee? Wir tun alles, um dich zu schützen. Jeden Tag. Du hast keine Vorstellung davon wie –«

»*Ich* habe keine Vorstellung? Du hast doch keine Ahnung davon, wie es ist, *ich* zu sein. In jeder einzelnen Sekunde damit konfrontiert zu werden, wie wenig man in sein eigenes Leben passt!« Meine Stimme war zu einem Fauchen geworden und Tränen brannten in meinen Augen. »Ryker und Jade – sie haben *alles*, verflucht noch mal. Sie sind *alles*. Sie könnten mich mit einem Fingerschnipsen auslöschen. Wie eine gewöhnliche Sterbliche.«

Eine einzelne Träne rann über die Wange meiner Mutter, während sie mich wortlos ansah.

»Eine Sterbliche … warum also sollte ich nicht genau dorthin gehen, wo ich so offensichtlich hingehöre?« Aufgebracht fuhr ich mir übers Gesicht und drehte der Königin den Rücken zu. »In der Welt der Menschen wäre ich zumindest endlich normal.«

Ich kniff die Augen zusammen und kämpfte gegen das Brennen in meinem Hals an. Mit jedem stolpernden Herzschlag in meiner Brust hatte ich das Gefühl, weniger Luft zu bekommen. Plötzlich schien der Balkon zu klein, schien mich regelrecht zu erdrücken, obwohl sich über uns der unendliche Himmel ausbreitete. Ein Himmel, der wirkte, als würde er auf mich herabstürzen.

»Warum könnt ihr mich nicht einfach gehen lassen?«, flüsterte ich nach einer kleinen Ewigkeit, in der es beinahe gespenstisch still gewesen war.

Ich hörte meine Mutter tief Luft holen. »Das können wir nicht.«

»Warum?« Eine Träne löste sich aus meinem Augenwinkel, eine zweite und dritte folgten, als ich zur Königin herumfuhr. »Wieso sperrt ihr mich ein? Ich bin alt genug, kein Kind mehr, wieso … wieso lasst ihr mich nicht einfach *mein* Leben leben?«

Das Gesicht meiner Mutter wurde beinahe ausdruckslos. Das verräterische Schimmern war aus ihrem Blick verschwunden, genauso wie jedes Anzeichen von Schmerz. Als hätte sie ihre Gefühle einfach ausgeschaltet. Als würde sie bei dem Anblick meines Schmerzes nicht das Geringste fühlen.

»Du wirst nicht gehen, Calea. Du wirst den Palast nicht verlassen.«

Ich ballte die Hände zu kraftlosen Fäusten. »Was willst du tun? Mich in Ketten legen? Ihr könnt mich nicht dazu zwingen«, hielt ich dagegen, obwohl ich es besser wusste. Es bräuchte nur einen winzigen Wink ihres kleinen Fingers, um mich an Ort und Stelle zu halten.

Weil ich schwach war.

Weil ich ihrer Magie nicht das Geringste entgegenzusetzen hatte.

Weil ich *machtlos* war.

»Du wirst den Palast nicht verlassen«, wiederholte sie nur und senkte den Blick, als könnte sie mir nicht länger in die Augen schauen. Ein Anflug von Bedauern und Qual zuckte über ihre Miene. »Das ist mein letztes Wort.«

Dann wandte sie sich, ohne mich ein weiteres Mal anzusehen, ab, und ließ mich alleine auf dem Balkon zurück. In meinem Gefängnis, das schwerer auf mir wog, als jede Kette es gekonnt hätte. Und ich fragte mich unwillkürlich, wie lange ich dieses Gewicht noch ertragen konnte, bis es mich unter sich begraben würde. Bis ich zusammenbrechen würde – einfach so, weil mein Schicksal es so entschieden hatte.

Kapitel 2

Calea.

Der unruhige Traum aus Dunkelheit und verworrenen Schemen löste sich schlagartig auf, als mein Name durch den Wall des Schlafs brach.

Calea.

Ich blinzelte, rollte mich knurrend auf die andere Seite – und landete unsanft auf dem harten Boden.

Was zum …?

Mit einem gemurmelten Fluch öffnete ich die Augen und richtete mich langsam auf. Statt in meinem Bett, lag ich auf den schwarzen Dielen zwischen Kamin und der blutroten Samtchaiselongue. Das Feuer war längst heruntergebrannt und mein Schlafzimmer lag in dämmriger Dunkelheit vor mir.

Ich musste beim Lesen eingeschlafen sein, zumindest entnahm ich das dem aufgeschlagenen Wälzer, der noch immer auf dem weichen Stoff der Chaiselongue lag.

Gähnend kam ich auf die Beine und sah zu den großen Fenstern, hinter denen der Hades noch immer in trüber Dunkelheit lag. Es war also noch mitten in der Nacht, was zum Teufel hatte mich dann geweckt?

Ich schlang die Arme um mich und ließ den Blick zu Heros großem Kissen wandern, auf dem er normalerweise schlief. Doch jetzt war es verlassen und wo sein ruhiges Schnarchen sonst immer das Schweigen der Nacht füllte, lag Stille.

Irgendetwas stimmt nicht.

Ich lief durch mein Zimmer und schnappte mir einen dicken Pullover von einem der Sessel, der unter der Flut an Klamotten jeden Moment zusammenzubrechen drohte, und runzelte die Stirn.

Irgendetwas hatte mich aus dem Schlaf gerissen, nur …

Calea.

Ich fuhr heftig zusammen und drehte mich hastig um die eigene Achse. Eine Gänsehaut breitete sich über meinen gesamten Körper aus, während es mir eiskalt den Rücken hinunterlief.

»Wer ist da?«

Natürlich bekam ich keine Antwort. Wo auch immer diese körperlose Stimme herkam, ich konnte es in dem Dämmerlicht nicht ausmachen.

Calea, komm zu mir, erwiderte die tiefe, männliche Stimme. Eine Stimme, die ich nie zuvor gehört hatte.

Ich krallte die Finger in den Saum meines schwarzen Pullovers und pustete mir eine verirrte Strähne aus der Stirn. Die vielen filigranen Ketten um meinen Hals klimperten leise.

»Wer bist du?«

Jemand, der dir Antworten geben kann.

Ein schauriges Lachen huschte durch meinen Geist und ich hatte das Gefühl, jeden Moment den Verstand zu verlieren. Träumte ich? Halluzinierte ich?

Weder noch. Du bist im Akym *– einer Ebene zwischen Wirklichkeit und Traum, zwischen den Lebenden und den Toten. Ein fragiles Konstrukt, dessen Tor sich nur zu besonderen Anlässen überhaupt öffnet. Einem neunzehnten Geburtstag beispielsweise. Du solltest diese Gelegenheit nutzen.*

»Du kannst meine Gedanken lesen.« Wieder drehte ich mich um meine eigene Achse, in dem Glauben, jeden Moment einen Dämon oder sonst jemanden aus den Schatten treten zu sehen.

Ich kann noch viel mehr, aber dafür musst du zu mir kommen, Calea.

»Ist das ein Trick?«

Kein Trick, du hast mein Wort. Du wirst schnell feststellen, in dieser Ebene kann dir kein Leid geschehen. Niemand kann dich sehen oder hören. Niemand, außer demjenigen, der das Akym gezogen hat. Wir beide sind unter uns. Nur du und ich.

Ich rümpfte die Nase. Von etwas Derartigem hatte ich noch nie gehört oder gelesen. »Warum solltest du das tun?«

Weil ich etwas für dich habe, von dem ich glaube, dass man es dir nicht noch länger vorenthalten sollte.

Ein Schauer fuhr durch mich hindurch. »Wovon sprichst du?«

Finde es heraus, Calea. Ich erwarte dich.

»Moment! Wo?« Reflexartig machte ich einen Schritt nach vorne.

Auf dem Hauptplatz in Aker. Triff mich dort und zögere nicht zu lange. Dieses Akym existiert nur für diese eine Nacht.

Ich schüttelte den Kopf. »Ich kann nicht aus dem Palast, ich …« Zähneknirschend brach ich ab. *Ich bin eine Gefangene.*

Ticktack … die Zeit läuft, Calea.

Meine Nackenhärchen stellten sich auf, dann war das fremde Bewusstsein aus meinem Geist verschwunden. Ich fuhr mir durch die wirren Haare und sah zwischen Bett und Tür hin und her.

Ich kann nicht aus dem Palast …

… doch kannst du, hielt meine innere Stimme dagegen. *Das hier ist dein Traum. Ein abgedrehter, verrückter Traum, aber immer noch* dein *Traum.*

Langsam atmete ich ein und aus und nickte mir selbst zu. Mein Traum. Meine Regeln. Ich würde ganz sicher nicht zulassen, dass mir der Käfig meiner Eltern auch noch die Freiheit im Schlaf raubte.

Entschlossen griff ich mir Köcher und Bogen – selbst im Traum sollte man nicht unbewaffnet durch die Höllenhauptstadt laufen – und verließ mein Schlafzimmer.

Bereits nach ein paar Schritten stellte ich fest, dass die körperlose Stimme recht gehabt hatte. Keine der vor meiner Tür oder auf den Gängen postierten Wachen bemerkte mich. Beinahe so, als wäre ich Luft. Genauso unsichtbar, wie ich mich immer gefühlt hatte. Selbst als ich auf einen der Soldaten mit einem lauten *Buh* zusprang – wenn das kein Beweis war, dass ich den Verstand verloren hatte –, kam keine Reaktion.

»Was geht hier vor?«, murmelte ich, während ich den breiten Korridor des Stockwerks durchquerte, auf dem die Gemächer von Ryker, Jade und mir lagen.

Es war so still. Bis auf das viel zu schnelle Schlagen meines Herzens hörte ich nicht das geringste Geräusch. Als wäre der Palast ausgestorben. Als wäre ich nicht länger ein Teil der realen Welt.

Ich beschleunigte meine Schritte, folgte dem von Fackeln erleuchteten Gang ins ausladende Treppenhaus und stieg dann die dunklen Stufen hinab bis ins Erdgeschoss. Niemand hielt mich auf, als ich die gewaltige Eingangshalle mit der schwindelerregend hohen, gewölbten Decke durchquerte und die massiven Türgriffe umschloss. Niemand warnte mich, im Palast zu bleiben, als ich den Zugang öffnete und über die Schwelle trat. Niemand rief meinen Namen, als ich nach draußen ging und die Festung hinter mir ließ.

Eine prickelnde Mischung aus Euphorie und Furcht durchströmte mich und wurde mit jedem Schritt, den ich mich vom Palast entfernte, drängender.

Euphorie darüber, dass ich das erste Mal seit neunzehn Jahren Aker sehen würde, und Furcht davor, was passieren würde, sollte dieser Traum oder Akym oder was auch immer es war, plötzlich enden.

Darüber kannst du dir später noch Gedanken machen. Genieß es, solange du kannst. Sei frei.

Ich schluckte meine Angst herunter, sah ein letztes Mal zu der dunklen Festung zurück, dann wandte ich mich ab und rannte los.

***

Die Dimensionen im Akym mussten andere sein, denn ich erreichte den Hauptplatz von Aker schneller, als es mir eigentlich zu Fuß hätte möglich sein sollen. Vielleicht hatte ich aber auch längst jedes Gefühl von Zeit und Raum verloren.

Deutlich langsamer als noch zuvor setzte ich einen Fuß vor den anderen und betrat den weitläufigen runden Platz, in dessen Mitte ein gewaltiger Brunnen aus poliertem Onyx aus dem Boden ragte. Verschlungene Kreaturen, halb Schlange, halb Dämon, zierten das Konstrukt, das meine Eltern dort hatten errichten lassen, wo meine Mutter vor so vielen Jahren Beliar getötet hatte. Den Teufel. Meinen Großvater.

Ich verschränkte die Arme vor der Brust und trat an den Brunnen. Das Wasser darin floss in der Traumwelt wie dickflüssiger Honig und gegen die natürliche Richtung. Von unten nach oben. Vom Becken zur Quelle.

Mit schief gelegtem Kopf streckte ich eine Hand nach dem

Wasser aus und zuckte zurück, als meine Finger hindurchglitten, als bestünde ich nicht länger aus Materie.

»Bei der Hölle ...«

»Ich fürchte, die Hölle trägt daran keine Schuld.«

Mit rasendem Puls fuhr ich herum und riss die Augen auf, als ich erkannte, *wer* vor mir stand.

»Du ... du bist nicht real. Du bist tot.«

Der Mann vor mir verzog die Lippen zu einem dünnen Lächeln. Ein Lächeln, das die Macht besaß, durch Fleisch zu schneiden und tiefe, klaffende Wunden zu hinterlassen. »Bin ich das?« Der Mann ließ seinen Blick aufmerksam über mich schweifen, ein unnatürliches Funkeln trat in seine dunklen Augen.

Nein, das war kein Mann. Das vor mir war der Teufel. Der Teufel, der durch Moms Klinge getötet worden war, bevor sie seinen Platz als Herrscherin der Hölle eingenommen hatte. Der Teufel – Beliar. In makellosem, schwarzen Dreiteiler, genauso, wie er in all den Büchern gezeigt wurde.

Ich machte stolpernd einen Schritt rückwärts und stieß gegen den unnachgiebigen Stein des Brunnens. »Du hast mich hergelockt. Das *ist* ein Trick!« Meine Stimme sprang eine Oktave nach oben und klang selbst in meinen Ohren schrill.

»Nein, Calea, ich habe dich gebeten zu kommen und du bist dieser Bitte gefolgt.«

»Was willst du von mir?« Angst kroch mein Rückgrat hinab.

Beliar versenkte die Hände in den Taschen seines schwarzen Mantels und legte den Kopf leicht schief, als würde er meine Furcht nicht nachvollziehen können. »Ich möchte den Fehler, den meine missratene Tochter und ihr nichtsnutziger Gemahl gemacht haben, beseitigen.«

Ich riss die Augen auf. »Du wirst mich töten.« Eine Feststellung, keine Frage.

»Nein. Du bist nicht der Fehler, von dem ich spreche. Wenn überhaupt, bist du die Leidtragende in dieser Tragödie. Erstaunlich, dass dir das nie in den Sinn gekommen ist. Dabei trägst du sogar das Blutmal genau dort, wo es sein sollte.« Die Ehrlichkeit in seinen Worten ließ mich aufhorchen, doch ich wusste, dass das seine größte Stärke war. Sein Trumpf. Beliar war ein Meister der Täuschung und Manipulation gewesen, ein Genie im Beeinflussen von Gefühlen.

Reflexartig legte ich eine Hand an das längliche, rotbraune Feuermal unter meinem linken Auge. Ein weiterer Makel, der mich von meiner Familie unterschied. »Wovon sprichst du?«

»Davon, dass man dir das größtmögliche Leid angetan hat, etwas, das nicht einmal *ich* zu meinen Zeiten gewagt hätte.«

In mir zog sich etwas schmerzhaft zusammen, als ich an die Härte in der Stimme meiner Mutter dachte. Daran, dass sie mich ein weiteres Mal abgewiesen und eingesperrt hatte.

»Elyanor und Royath haben dir dein Geburtsrecht verwehrt. Deine *Macht.* Deinen innersten Kern in Ketten gelegt.«

Mein Herz geriet ins Stolpern, während ich zu begreifen versuchte, was Beliar da sagte. Es gelang mir nicht.

»Ich besitze keine Macht«, gab ich leise zurück und schluckte. »Ich besitze gar nichts.«

Resignation machte sich in mir breit. Für einen winzigen Moment hatte ich geglaubt, das hier wäre wahr. Beliar, seine Andeutungen, dass dieses Wunder, auf das ich insgeheim immer gehofft hatte, doch existierte. Dass es eine Erklärung gab. Doch ich hatte mich geirrt. Das hier *war* ein Traum und Beliar und seine Worte reines Wunschdenken.

»Haben sie dir das gesagt?« Beliar lachte leise. »Welch

teuflische Züge meine ach so friedliebende Tochter doch angenommen hat.«

Irgendetwas an seinem Tonfall ließ neue Wut in mir aufsteigen und überlagerte meine Furcht mühelos.

»Was soll das? Was sollen all diese Andeutungen und Lügen?«

»Ich bin der Teufel, Calea, ich lüge nicht. Jedes meiner Worte entspricht der Wahrheit und ich bin bereit, dir die Antworten zu geben, nach denen du dich schon seit so langer Zeit sehnst. Welchen Beweis brauchst du noch, um nicht noch mehr unserer wertvollen Zeit zu vergeuden?«

Nein, du bist nicht der Teufel. Der Teufel ist mit dir gestorben, Beliar, als meine Mutter Königin der Hölle geworden ist!

Ich knirschte mit den Zähnen und machte einen Schritt in seine Richtung. »Beweis mir, dass das hier kein Traum ist! Kein Hirngespinst meiner Gedanken.« Meine Stimme zitterte merklich. »Beweis mir, dass ich nicht vollkommen den Verstand verloren habe.«

Seufzend fuhr sich Beliar übers Kinn, dann überwand er die Distanz zwischen uns so schnell, dass mir ein überraschter Laut über die Lippen kam, als er plötzlich direkt vor mir stand.

»Nun gut.«

Im nächsten Moment hatte er auch schon nach meinem rechten Arm gegriffen und zog mit einem seiner langen, schwarzen Nägel eine Linie um mein Handgelenk. Meine Haut öffnete sich sofort und dunkles Blut sickerte aus dem Schnitt, der sich wie ein grausames Armband um meinen Unterarm wand.

Ich schrie auf. Tränen traten mir in die Augen, während ich gegen seinen schraubstockartigen Griff ankämpfte – und abrupt zurücktaumelte, als er mich wieder freigab.

»Wenn du erwachst, wird aus dem Schnitt eine Narbe geworden sein. Der Beweis, dass jede einzelne Sekunde unseres Treffens der Wahrheit entsprochen hat. Das Akym ist real, Calea. Du bist real.«

Mit klopfendem Herzen presste ich meinen verletzten Arm an meinen Oberkörper und funkelte Beliar aus verengten Augen an. »Du bist wahnsinnig.«

»Und du wolltest einen Beweis, Calea. Sei vorsichtig mit deinen Forderungen, es gibt genügend verdorbene Kreaturen in dieser und jeder anderen Welt, die nur allzu bereit sind, sie dir zu erfüllen.« Beliars Stimme war hart und kalt geworden. »Bist du nun gewillt, mir zuzuhören?« Wortlos schob ich das Kinn nach vorne. »Gut, denn uns läuft die Zeit davon. In wenigen Minuten wirst du in deinem hübschen, weichen Bett aufwachen und dieses Akym wird Vergangenheit sein, also hör mir jetzt ganz genau zu.« Mein Herzschlag beschleunigte sich und trommelte in meiner Brust, als wollte es mir die Rippen zertrümmern. »Du bist nicht ohne Macht geboren worden, Calea. Ganz im Gegenteil. Dir wohnt eine ungeheure Macht inne. Stärker und einzigartiger als die deiner Mutter und weitaus mächtiger als die deiner Geschwister zusammengenommen.«

Verwirrt schüttelte ich den Kopf. »Nein. Nein, das ist nicht wahr.«

Beliar überging meine geflüsterten Worte. »Bei deiner Geburt haben Elyanor und Royath deine Macht gebunden. Sie hatten Angst, dass es ihnen ergeht wie mir. Dass ihr eigenes Kind sich gegen sie wenden wird.«

»Das … das würde ich nie tun …«

Eine seiner schwarzen Augenbrauen zuckte nach oben. »Keiner von ihnen war bereit, das Risiko einzugehen, das von einem erstgeborenen Zwilling ausgeht, also haben sie es gebannt. Sie haben *dich* gebannt.«

Ich konnte nur wieder und wieder den Kopf schütteln. »Ryker ist der ältere von uns … der mächtige.«

»Rykers Macht erblasst neben deiner, Calea. Und ich kann dir sagen, wie du zurückerhältst, was man dir niemals hätte nehmen dürfen.«

Heiße Tränen liefen mir über die Wangen. Das konnte nicht wahr sein, das *durfte* ganz einfach nicht wahr sein. Mutter und Vater würden mir so etwas niemals antun.

Bist du dir da sicher?

Die kleine, schneidende Stimme in meinem Inneren verschaffte sich mehr und mehr Gehör.

Kannst du das mit Sicherheit sagen?

»Du bist mächtig. Du besitzt eine überaus starke und wertvolle Magie und ich kenne jemanden, der die Fesseln, die dein Innerstes zurückhalten, lösen kann.«

Meine Sicht verschwamm, als etwas in mir riss. »Warum erst jetzt?«

»Weil ich bis zu deinem neunzehnten Geburtstag warten musste, um dich erreichen zu können.« Natürlich schwang keine Spur von Bedauern in seinen Worten mit, Beliar war selbst in dieser Zwischenebene immer noch der Teufel – meine Mutter mochte die Hölle übernommen haben, doch Beliar war und blieb der *Teufel* – aber ich bildete mir ein, eine gewisse Spur von Anteilnahme aus seiner Stimme herauszuhören.

Fesseln lösen … wertvolle Magie …

Das, was ich mir immer gewünscht hatte, schien zum Greifen nah. Eine Erklärung.

Mein Wunder. Zu schön, um wahr zu sein.

Ich blickte ruckartig auf und wischte mir über die feuchten Augen. Eine ganz andere Art von Prickeln machte sich in mir breit und befeuerte meine Nervenenden. »Wer? Wer kann mich befreien?« Ich erkannte meine Stimme kaum wieder. Die Härte darin und die fragile Hoffnung.

Beliars Mundwinkel zuckte und vermutlich hätte mir das eine Warnung sein sollen. Vermutlich hätte ich mich in diesem Moment abwenden und verschwinden sollen, doch … doch meine Neugier war größer. Der unbändige Wunsch, endlich dazuzugehören. Endlich *ich* und vollständig zu sein.

»Du musst den Hades verlassen und nach Schottland reisen. Weit im Norden gibt es einen Ort namens Sinclair Girnigoe, dort wirst du die Person finden, die deine Ketten lösen kann. Dein Dämonenblut wird dir den Weg weisen.«

Ich erschauderte. Den Hades verlassen.

»Warum? Warum tust du das? Was hast du davon?«

Beliar fuhr das Feuermal unter meinem Auge nach, wobei seine schwarzen Nägel über meine Haut kratzten. »Lass mich so viel sagen, kleine Calea, ich mag der Teufel sein, aber auch ich habe gewisse Moralprinzipien, an die ich mich halte. Und ich dulde keine Verletzung dieser Grundsätze – nicht einmal über meinen Tod hinaus.« Er ließ von mir ab und sah mir in die Augen. »Ich fürchte, das muss dir genügen. Und was den Rest betrifft … du wirst deine Antworten finden. Darauf gebe ich dir mein Wort als Teufel.«

***

Ich schlug keuchend die Augen auf. Um mich herum nahm mein Zimmer nach und nach Gestalt an. Hero schnarchte auf seinem Kissen und das orangefarbene Licht eines neuen Tages flutete jeden Winkel meiner Gemächer.

Hastig rutschte ich in den Kissen nach oben und zog dann ungeduldig meinen rechten Arm hervor.

Es war ein Traum. Ein grausamer, brutaler Traum, der mit meinen dunkelsten –

»Bei den ewigen Flammen …«

Mit bebenden Fingern fuhr ich die rötliche Narbe nach, die sich wie ein blutiges Armband um mein Handgelenk schlang.

Kein Traum.

Es war real gewesen. Beliar. Seine Erklärungen … Das, was meine Eltern getan hatten.

Mein Wunder. Sie haben mir mein Wunder genommen.

Ich presste die Lippen zu einer schmalen Linie zusammen und kämpfte gegen das Brennen in meinen Augen an. Wie konnten sie mir das antun?

Sie hatten mich belogen.

Sie hatten mich in Ketten gelegt.

Und sie hatten mir gestohlen, was mir von Geburt an zustand.

Ich atmete zittrig aus und biss die Zähne zusammen.

Meine Mutter hatte recht gehabt. Es gab eine Erklärung für all das. Eine Erklärung, die das Gewicht von meiner Brust nehmen und mich befreien konnte. Und ich würde sie finden.

Nur nicht hier.

Meine Antworten lagen irgendwo da draußen und wie auch immer diese aussehen mochten, was auch immer mich dort erwarten würde, alles war besser, als noch weitere neunzehn Jahre im Palast eingesperrt zu sein. Das hier war meine Chance. Vielleicht die Einzige, die ich jemals bekommen würde

Entschlossen schlug ich die Decke zur Seite und sprang aus dem Bett.

Es war Zeit, den Hades zu verlassen.

Kapitel 3

Mit einem leisen Ächzen hievte ich die Kiste aus dunklem Holz auf den Tisch und ließ die Scharniere aufschnappen. In der Stille der Waffenkammer war das Geräusch beinahe unnatürlich laut.

Bereits den ganzen Morgen über war ich im Kopf eine mentale Liste von Dingen durchgegangen, die ich für meine Reise benötigen würde. Und dazu zählten definitiv Waffen. Denn auch wenn ich Beliars Hinweisen nachgehen würde, er war immer noch der Teufel – Akym-Ebene und verdrehter Traum hin oder her. Ich würde mich ganz sicher nicht blindlings und unbewaffnet auf diese Mission begeben, von der ich kaum erahnen konnte, was sie alles für mich bereithalten würde.

Mit einem Satz hievte ich mich auf den ausladenden Tisch, der beinahe die gesamte freie Fläche der persönlichen Waffenkammer der Herrscherfamilie einnahm, und ließ mich im Schneidersitz vor der Truhe nieder. Ihr Holz war abgenutzt, ein wenig rissig und in der rechten Ecke des schweren Deckels prangten windschiefe, eingeritzte Buchstaben. Lächelnd strich ich mit dem Finger darüber und erinnerte mich zurück an den Tag, an dem sie entstanden waren – an dem wir die alte Truhe zu *unserer* Truhe gemacht hatten.

Ryker und ich hatten uns als Kinder immer wieder in die Waffenkammer geschlichen, wir waren vielleicht sechs oder sieben gewesen, und hatten hier drin ein Abenteuer nach dem anderen erlebt. Mit Waffen, die wir kaum hatten heben können, und Bögen, für deren Spannkraft wir noch zu schwach gewesen waren. Für mich waren diese Stunden die schönsten meiner Kindheit gewesen. Ryker war an meiner Seite geblieben, anstatt draußen mit den anderen zu spielen, weil ich nicht aus dem Palast durfte. Schon damals hatte mein Bruder immer zuerst an mich gedacht, bevor er sich Gedanken um sich selbst gemacht hatte.

Wenn wir drinnen bleiben müssen, dann bringen wir eben das Abenteuer zu uns, Cat. Keine große Sache, hatte Ryker schulterzuckend gesagt, sich meine Hand geschnappt und mich in die Tiefen der Waffenkammer gezogen.

Keine große Sache, für mich aber hatte es die Welt bedeutet.

Calea & Ryker

Langsam fuhr ich die krakeligen Buchstaben nach und verlor mich noch einen Augenblick länger in der Erinnerung, wie Ryker unsere Namen mit einem gebogenen Messer ins Holz geritzt hatte, ehe ich die Kiste öffnete. Unzählige kleine Schätze, jeder einzelne davon eine winzige Momentaufnahme vergangener Tage, lagen darin verstreut und waren seit Jahren unangetastet geblieben. Ich entdeckte zwei Bündel schwarzgefiederter Pfeile, die Ryk und ich aus den Stacheln eines Syrll-Dämons angefertigt hatten, die kleinen Klingen, mit denen wir unsere ersten Übungsstunden absolviert hatten, und den alten Dolch unserer Mutter.

Bist du dir immer noch sicher, dass das die richtige Entscheidung ist? Hero sprang neben mir elegant auf den Tisch und streifte um die Truhe.

»Ich denke, das kann ich dir erst sagen, wenn ich es gemacht habe.«

Mein Kami-Dämon legte den Kopf schief, sodass sich das

Fackellicht in seinen kleinen Hörnern spiegelte. *Keine gute Voraussetzung für etwas, das dich den Kopf kosten könnte, Prinzessin.*

Kopfschüttelnd stupste ich ihn an und griff beherzt nach den Pfeilen. »Was ist denn die Alternative? Hier sitzen und Däumchen drehen?«

Hero fauchte leise. *Nachdenken wäre eine Option, bevor du dich kopflos auf ein Himmelfahrtskommando begibst. Du kennst die Menschenwelt nicht. Du hast die Festung noch nie verlassen.*

»Und genau deswegen muss ich gehen.«

Weil es dir dein Wachtraum gesagt hat?

Ich verzog das Gesicht und legte Moms Dolch neben die Pfeile. »Kein Wachtraum, Hero, eine Chance.« Unwillkürlich wanderten meine Finger ein weiteres Mal zu der armbandartigen Narbe, die mir Beliar gestern Nacht verpasst hatte.

Es war kein Traum, sagte ich noch einmal in Gedanken zu Hero und sah ihm direkt in seine grünlichen Augen. *Aber es steht dir natürlich frei, hierzubleiben, wenn du dich vor ein bisschen Menschenluft fürchtest.*

Wieder fauchte er, dieses Mal lagen Empörung und Spott darin. *Pah! Und dich allein losziehen lassen?*

Schmunzelnd fuhr ich ihm über den weichen Kopf, wobei ich mich tunlichst von den kleinen, rasiermesserscharfen Hörnern fernhielt.

Zumal ich ja immer noch nicht dran glaube, dass du es überhaupt aus der Hölle herausschaffst. Und selbst wenn, Elyanor wird dich an den Haaren zurückschleifen.

»Ich bin froh, dass ich mich nach allem immer noch auf deinen Pessimismus verlassen kann.«

»Führst du schon wieder Selbstgespräche?«

Ich blickte auf und begegnete dem schiefen Grinsen meiner kleinen Schwester. Jade lehnte mit verschränkten Armen, gekleidet in Schwarz und Gold an einem der Regale und betrachtete mich mit ihrer ganz eigenen Mischung aus Abneigung und Gleichgültigkeit.

»Jade«, begrüßte ich sie und hob fragend die Augenbrauen. »Womit habe ich die Ehre deines Besuchs hier unten verdient?«

Geschmeidig stieß sich Jade ab und schlenderte mit langen Schritten auf mich zu. Alles an meiner fünfzehnjährigen Schwester war *elegant und geschmeidig*. Beinahe katzenartig. Von ihrer schlanken Gestalt bis hin zu dem Funkeln in ihren goldbraunen Iriden, die sie von unserem Vater Royath geerbt hatte.

»Mir hat ein Vögelchen gezwitschert, dass du dich mal wieder hier runter verirrt hast.« Ohne mich aus den Augen zu verlieren, umrundete sie den Tisch und ließ einen ihrer langen Finger über das raue Holz gleiten. »Nur warum frage ich mich.«

»Brauche ich einen Grund?« Herausfordernd legte ich den Kopf schief.

»Nach dem, was Mutter und Vater uns gestern beim Abendessen erzählt haben, ja.«

Ich setzte ein Pokerface auf. Auf keinen Fall wollte ich Jade zeigen, dass ich keine Ahnung hatte, wovon sie sprach. Die Genugtuung wollte ich ihr ganz sicher nicht geben. Aber vermutlich brauchte ich das, dem schiefen Lächeln, das ihre schmalen Lippen nun teilte, nach zu urteilen, auch gar nicht.

Sie mag jung sein, aber unheimlich ist sie trotzdem, murmelte Hero in meinen Gedanken. *Unheimliches, kleines Biest.*

»Schließlich können wir nicht zulassen, dass du dich noch einmal in Gefahr begibst.« Jade kam neben mir zum Stehen, ihr langer dunkelbrauner Pferdeschwanz wippte noch leicht. »Wozu also die Waffen?«

»Um mich *nicht* in Gefahr zu begeben«, wiederholte ich ihre Worte in demselben Singsang, in dem sie sprach, und schlug ihr die Truhe vor der Nase zu. »Kannst du nicht jemand anderem auf die Nerven gehen?«

Jade überkreuzte die Arme vor der Brust und betrachtete mich wie eine Jägerin ihre Beute. Irgendetwas an ihrem Blick jagte mir einen eiskalten Schauer über den Rücken. »Dabei möchte ich doch nur Zeit mit meiner großen Schwester verbringen. Du solltest dich über meine Gesellschaft freuen, sie ist weitaus kostbarer als die deines minderwertigen Kamis.«

Hero bleckte knurrend die Zähne.

Lass gut sein, Hero.

Ich kannte diese Seite an Jade. Wusste, woher sie kam und verstand sie sogar ein Stück weit. Jade war talentiert im Umgang mit ihren Fähigkeiten, aber egal, wie sehr sie sich auch anstrengte, sie blieb doch immer hinter Ryker und gewissermaßen sogar hinter mir zurück. Unsere Eltern hatten ihr gesamtes Augenmerk darauf gelegt, Ryker auf seine Rolle als Thronerben vorzubereiten und mich versteckt zu halten. Und Jade … sie war irgendwo dazwischen verloren gegangen.

Also ja, ich verstand Jade, was im Umkehrschluss jedoch nicht bedeutete, dass ich es duldete, dass sie ihre Unzufriedenheit an mir ausließ.

Kopfschüttelnd kraulte ich Hero und hob einen Mundwinkel. »In diesem Fall lehne ich dankend ab. Ich genieße die Gesellschaft meines *minderwertigen Kamis* zufälligerweise sehr.«

Ein Muskel an ihrem Kiefer zuckte. »Vater hat recht. Du solltest gänzlich unter Verschluss gehalten werden, bevor du noch mehr Schande über unsere Familie bringen kannst.«

Ich hasste es, wie sehr mich ihre Worte schmerzten. Hasste, dass sie sich wie Klingen in meine Eingeweide gruben und mehr brannten, als es jede physische Waffe jemals zustande gebracht hätte. *Obwohl* ich wusste, dass Dad so etwas niemals sagen würde. Die Lüge brannte trotzdem wie Säure.

»*Verschwinde,* Jade«, zischte ich.

Ihr Lächeln wurde breiter, dann zuckte sie mit einer ihrer schmalen Schultern. »Ich sage es ja nur. Du bist eine wandelnde Katastrophe und früher oder später werden auch Mutter und Vater das einsehen müssen. Denk an meine Worte, *Catty.*«

»Es reicht, Jade.«

Jade und ich fuhren gleichzeitig erschrocken herum. Ryker stand mit finsterer Miene im breiten Türrahmen und wirkte, als würde er sich jeden Augenblick in den Dämon verwandeln, der unter seiner Haut lauerte.

»Ryker«, erwiderte Jade und richtete sich merklich auf. Ich war mir ziemlich sicher, dass sie in der kurzen darauffolgenden Stille noch mehr zu ihm sagte. Über ihre mentale Verbindung versteht sich, sodass ich außen vor blieb.

»Davon will ich nichts hören. Geh, wir reden später.« Rykers Stimme war hart und unnachgiebig.

Ein Schatten flog über Jades Gesicht, dann verzog sie die Lippen zu einem Schmollmund. »Immer dann, wenn es spannend wird. Wir sehen uns nachher, Cat-Cat.«

Mit diesen Worten spazierte sie an Ryker vorbei aus der Waffenkammer, die Tür lautstark hinter sich zuwerfend.

Seufzend ließ ich den Atem entweichen, von dem ich nicht einmal gewusst hatte, dass ich ihn angehalten hatte. Ich runzelte die Stirn. »Ich weiß deinen Großer-Bruder-Einsatz zu schätzen, aber mit Jade wäre ich auch alleine klargekommen, Ryk.«

Unwillkürlich musste ich an die Andeutungen von Beliar denken, daran, dass *ich* die Ältere von uns beiden war.

»Bist du dir da sicher? Nicht einmal ich kann Jade bändigen.« Er grinste schief und kam näher. »Unsere Truhe. Hatte schon fast vergessen, dass es sie noch gibt.«

»Wirklich? Bei all den Abenteuern, die wir ihr zu verdanken haben?«

Ein Teil der Härte floss aus seinem Blick und ließ den Ryker durchschimmern, mit dem ich als Kind jede freie Minute verbracht hatte. »Du hast recht, das würde ich niemals vergessen. Was hast du damit vor?« Ryker griff nach dem Dolch unserer Mutter und drehte ihn langsam in den Händen.

»Trainieren«, gab ich zurück und hörte, wie meine Stimme automatisch schrill und irgendwie falsch klang.

Den Zweifeln nach zu urteilen, die sich nun auf die Züge meines Zwillingsbruders schlichen, war es Ryker ebenfalls aufgefallen.

»Es ist beinahe bemerkenswert, dass du nach neunzehn Jahren immer noch glaubst, mich belügen zu können.«

»Ich gebe eben nicht so schnell auf und liebe meine Prinzipien.«

Die Furchen auf seiner Stirn vertieften sich, dann legte er die Klinge zur Seite und lehnte sich mit überkreuzten Armen gegen den Tisch. »Ehrlich gesagt bin ich nicht hier runtergekommen, weil ich Jades unqualifizierte Meinung über dich gehört habe, Cat. Ich hatte gehofft, in Ruhe mit dir sprechen zu können.«

Ich horchte auf. »Weil ich das Geburtstagsabendessen versäumt habe?«

Ryker ging nicht auf die Ironie in meinen Worten ein, sondern betrachtete mich nur mit undurchdringlicher Miene.

»Nein, weil Mutter mir von deiner Idee erzählt hat, zu *verschwinden,* und ich in deinem Zimmer eine halbgepackte Tasche gefunden habe.«

Mein Herz machte einen ungesunden Sprung. »Seit wann spionierst du mir nach?!«

»Ich spioniere dir nicht nach, Calea, ich war in deinen Gemächern, weil ich dich gesucht habe. Jeder hätte über die Tasche stolpern können«, zischte er mit gedämpfter Stimme. »Was soll das? Du hast noch nie davon gesprochen, dass du den Hades verlassen willst. Ich weiß, dass du dich eingesperrt fühlst, aber ... gehen? Möchtest du das wirklich?«

Ertappt sah ich zur Seite.

»Was hat sich geändert?«

Sein sanfter Tonfall ließ mich wieder zu Ryker schauen, direkt in seine graublauen Augen, die meinen so ähnlich waren. Sorge stand darin, eine gänzlich andere Sorge als die, die darin lag, wenn ich mich mal wieder an den Strand geschlichen oder ein Familienessen geschwänzt hatte. Es war echte Sorge, die tiefer ging, als mir lieb gewesen wäre.

»Rede mit mir.«

Der Teil in mir, der auf einer tieferen Ebene mit Ryker verbunden war, drängte mich dazu, ihm von Beliar zu erzählen. Davon, dass es womöglich einen Ort gab, an dem ich Antworten auf all meine Fragen finden würde. An dem ich erfahren konnte, warum ich so anders war. Doch der andere Teil warnte mich davor, den Mund aufzumachen. Was wäre, wenn er mich aufhalten würde, wenn er erfuhr, dass mich ausgerechnet Beliar angestoßen hatte? Oder wenn Ryker wusste, dass unsere Eltern meine Macht gebunden hatten? Wenn er es billigte und unterstützte?

Das würde ich nicht verkraften.

Mutter und Vater … ihr Verrat schmerzte, aber ich zwang mich dazu, nicht zu sehr darüber nachzudenken und mich stattdessen auf diese Chance zu konzentrieren. Würde sich jedoch herausstellen, dass auch Ryker in diese Sache verwickelt war …

»Hey.« Ryker griff nach meiner rechten Hand und fluchte, als er das blutrote Narbenarmband bemerkte. »Bei der Hölle! Calea, was ist das?!« Hastig riss ich meinen Arm zurück, doch Ryker war schneller und stärker. Seine Augen nahmen ein goldenes Leuchten an. »Was. Ist. Das?! Hast du dir das angetan?!«

»Spinnst du?! Nein, das ist …« Ich brach ab und schüttelte den Kopf. »Das verstehst du nicht.«

»Da hast du recht! Ich verstehe es nicht. Die Tasche. Diese Narbe. Dein seltsames Verhalten. Seit wann hast du Geheimnisse vor mir, Calea?!«

Als ich mich dieses Mal von ihm losmachte, ließ er es zu. »Und du?«, entgegnete ich wütend. »Was ist mit dir und *deinen* Geheimnissen?«

»Wovon zum Teufel sprichst du? Was ist los mit dir?«

Meine Wangen wurden heiß, dann sprang ich vom Tisch und baute mich vor meinem Bruder auf. Gegen seine breitschultrige Gestalt konnte ich kaum etwas ausrichten, aber das war mir in diesem Moment gleich. »Ich spreche von den Lügen, Ryk! Von den Lügen, die ihr mir seit neunzehn Jahren auftischt!«

Verwirrung trat in seinen Blick, dann legte er mir seine schweren Hände auf die Schultern. »Was für Lügen?«

Ich schluckte und suchte in seinem Gesicht nach irgendeinem Anzeichen dafür, dass er mich wieder belog. Doch ich fand keines. Alles, was ich darin lesen konnte, waren Unruhe und Besorgnis.

War es möglich, dass er wirklich nichts wusste? Dass sie ihn genauso belogen haben wie mich?

Ich stieß den Atem aus und wandte den Kopf zur Seite.

»Calea… bitte rede mit mir«, bat er noch einmal. Leiser und drängender diesmal. Mit derselben Stimme hatte er mir früher, als wir kaum eine Sekunde getrennt voneinander verbracht hatten, Mut zugesprochen. Mir gesagt, dass ich etwas Besonderes war und alles schaffen konnte. Ob mit oder ohne Magie. Das hier war mein Bruder. Mein *Zwillings*bruder, die einzige Person, für die ich nicht gänzlich unsichtbar war.

Resigniert ließ ich die Schultern sinken und suchte seinen Blick. »Gut. Reden wir. Aber nicht hier, denn das, was ich dir erzählen werde, darf auf keinen Fall die falschen Leute erreichen. Und du musst mir schwören, dass du es für dich behältst.«

»Ich würde dich niemals verraten.« Ryker zog die Augenbrauen zusammen, dann nickte er. »Du hast mein Wort.«

***

Es dauerte nicht lange, bis ich Ryker alles erzählt hatte. Wortlos hatte er mich angesehen, während sich die Furchen auf seiner Stirn immer tiefer in die Haut gegraben hatten. In dieser Zeit hatte er mich kein einziges Mal unterbrochen, keine einzige Frage gestellt oder auch nur einen Satz angezweifelt. Stattdessen hatte er reglos neben dem Kamin in meinem Zimmer gestanden, in dem er ein spezielles Feuer entfacht hatte, das Lauscher abhielt, und jedes meiner Worte in sich aufgesogen.

Und selbst jetzt, nachdem die letzte Silbe meinen Mund verlassen hatte, hielt Ryker beharrlich an seinem Schweigen fest. So lange, bis ich es irgendwann nicht mehr aushielt, von der Chaiselongue aufstand und die Stille brach.

»Was denkst du?«

Ryker fuhr sich durch die schwarzbraunen Haare. »Glaubst du das?«, stellte er die Gegenfrage, ohne mir eine Antwort zu geben.

Ich seufzte und hielt in meinem Auf-und-ab-Gehen inne. »Das ist das Erste, was dir nach all dem in den Sinn kommt?«

Langsam nickte er und sah dann in die Flammen. »Bevor ich mir eine eigene Meinung dazu bilde, möchte ich wissen, wo du dich selbst darin siehst, Cat. Ich vertraue deinem Urteil.«

Seine Erwiderung sorgte für ein warmes Gefühl in meiner Brust. »Das heißt, du glaubst mir?«

Ryker stützte die Hände auf den Kaminsims, sodass sich die Muskeln unter seinem engen schwarzen Shirt spannten. »Das bedeutet, dass ich glaube, dass es irgendwo da draußen eine Erklärung gibt und du jede Chance, die sich ergibt, ergreifen solltest, um sie zu finden.«

»Aber?«, sprach ich das aus, was Ryker bewusst außen vor gelassen hatte. Ich steckte die Hände in die Bauchtasche meines dunkelblauen Hoodies.

»*Aber* du solltest nicht vergessen, *wer* dir diesen Hoffnungsschimmer aufgezeigt hat. Beliar war niemand, dem man leichtfertig vertrauen sollte. Schon gar nicht, wenn er einem als verdrehter Geist in der – wie hast du es genannt? – Akym-Ebene erschienen ist.«

Ich hob einen Mundwinkel. »Lustig, dasselbe habe ich auch gedacht.«

Mein Zwillingsbruder stieß resigniert den Atem aus und drehte sich zu mir um. »Aber es ändert nichts daran, dass du gehen willst, nicht wahr?«

»Nein. Es ist, wie du sagst. Das ist vielleicht mein einziger Hoffnungsschimmer und ich kann es nicht einfach ignorieren. Ja, Beliar ist der Teufel, aber er kann nicht lügen und selbst wenn … Ich will nicht hier sitzen und mich die nächsten Jahrzehnte fragen, was passiert wäre, hätte ich diesen Versuch gewagt. Kannst du das nicht verstehen?«

»Doch, Calea. Ich verstehe es sogar sehr gut und das ist das Problem daran.«

Verwirrt zog ich die Augenbrauen zusammen. »Inwiefern?«

»Ich verstehe dich, und auch wenn du es vielleicht nicht glauben magst, aber ich bin nicht blind für deinen Schmerz. Ich sehe dich seit Jahren im Stillen leiden, sehe, wie das Licht in deinen Augen mit jedem Tag, der vergeht, ein wenig mehr erlischt und ich … ich bin absolut machtlos dagegen. All die Jahre konnte ich nichts tun, dir dieses Leid nicht nehmen und jetzt …« Ryker trat vor mich, bis sich unsere Fußspitzen beinahe berührten. »Jetzt habe ich auf einmal die Möglichkeit, es wiedergutzumachen.«

Ich schluckte gegen das Brennen in meinem Hals an, als ich den Kummer in seiner Stimme hörte. »Du musst nichts gutmachen, Ryk. Du hast nichts getan.«

»Das ändert nichts an meinen Schuldgefühlen dir gegenüber. Wenn das alles wahr ist … wenn Mutter und Vater dir das angetan haben, dann … Und ich habe nichts gemerkt. Ich habe alles getan, was sie von mir verlangt haben«, stieß er zwischen zusammengebissenen Zähnen hervor und so schnell, dass ich Mühe hatte, jedes seiner Worte zu verstehen.

Behutsam griff ich nach seinen Fingern, die unnatürlich warm unter meiner Berührung waren. »Hör auf, Ryk. Es ändert nichts.«

»Ich mache es wieder gut. Ich finde einen Weg – *wir* finden einen Weg. Wir werden mit unseren Eltern reden und die Wahrheit einfordern, wir –«

»Nein«, unterbrach ich ihn harsch und umschloss seine Hände fester. »Nein, ich werde nicht mit Mom und Dad sprechen. Diese Reise … das ist etwas, das ich ganz allein tun muss.«

Ruckartig ließ er mich los. »Hast du den Verstand verloren?«

»Ganz im Gegenteil. Ich war mir bei einer Sache noch nie so sicher.«

Ryker riss die Augen auf und hob abwehrend die Hände. »Ich werde dich ganz sicher nicht allein in die Menschenwelt lassen, mit nichts als einem Hinweis, der vom Teufel höchstpersönlich stammt. Außerdem …«

»… außerdem besitze ich keine Magie? Ist es das, was du sagen willst?« Ich machte einen Schritt auf ihn zu und schob ein schiefes Lächeln auf meine Lippen. »Genau deswegen muss ich das ja tun, Ryk. Ich kann nicht länger die anderen für mich in den Kampf schicken, nur, weil ich selbst nicht dazu in der Lage bin. Es geht hierbei um *mich* und wenn das eine Falle von Beliar oder Hölle weiß wem ist, dann kann ich nicht riskieren, jemand anderen als mich selbst hineinlaufen zu lassen.«

Ein liebevoller Ausdruck huschte über Rykers Züge, als er mir kopfschüttelnd eine Hand an die Wange legte und eine Strähne zurück hinter mein Ohr schob. »Wann bist du so erwachsen geworden, Cat?«

»Theoretisch gesehen bin ich sogar älter als du.«

Schmunzelnd hob er eine Braue, dann zog er mich in seine Arme und drückte mich an seine warme Brust. »Wenn dir irgendetwas geschieht … Ich kann dich nicht gehen lassen. Du hast keine Ahnung von der Erde. Von den Menschen. Ich könnte mir niemals verzeihen, wenn ich dich verliere.«

»Du wirst mich genauso verlieren, wenn ich hierbleibe, das weißt du«, murmelte ich an seiner Schulter. »Ich werde die Antworten finden, die ich brauche. Allein und auf meine Art, und danach werden wir gemeinsam überlegen, was wir damit machen. Vertrau mir.«

Behutsam, aber bestimmt, schob mich Ryker eine Unterarmlänge von sich und sah mir in die Augen. »Die meisten Dinge, die im Laufe der Geschichte fehlgeschlagen sind, haben mit diesen zwei verfluchten Worten begonnen.«

»Nicht alle hatten einen so großartigen Bruder, der ihnen den Rücken freihält.«

Ryker murmelte einen leisen Fluch. »Ich weiß nicht, ob ich dich bewundern oder in den Kerker schleppen und anketten soll.«

»Wenn ich wählen könnte, würde ich Ersteres bevorzugen.« Ich ließ von ihm ab und trat zu der Chaiselongue, auf der meine fast fertig gepackte Tasche wartete.

»Welche Rolle spiele ich in deinem kleinen Masterplan?«

Ein schiefes Grinsen trat auf meine Lippen, als ich die neuen Pfeile in den Dufflebag packte und mich anschließend zu Ryker umdrehte. »Ich hatte gehofft, dass du das fragst.«

Kapitel 4

Die nächsten Tage waren in etwa so, wie ich mir psychische Folter vorstellte. Es wurde einem zwar kein unmittelbares physisches Leid angetan, aber man lebte in dem Bewusstsein, dass es jeden Moment mit einem Schlag vorbei sein konnte.

*In den ersten Stunden, nachdem i*ch Ryker alles erzählt und er mein Schlafzimmer verlassen hatte, hatte ich jede Sekunde damit gerechnet, dass meine Eltern meine Gemächer stürmen würden, um meinem Plan ein Ende zu bereiten, noch bevor er überhaupt angefangen hatte.

Nicht, weil ich meinem Bruder nicht vertraute, sondern weil ich fürchtete, dass uns doch jemand belauscht haben könnte. Dass alles an uns förmlich schrie und blinkte, dass wir etwas Verbotenes planten und Mutter und Vater hintergingen.

Doch es geschah nichts dergleichen.

Ich lebte weiter mein eintöniges Leben, das zum großen Teil aus Bogenschießtraining, dem einen oder anderen Ausflug an den Strand von Kur'Tarak und unzähligen Lesestunden bestand. Ich saß mit Atarah auf meinem Bett und zeichnete, was sie mir über den Hades und Aker erzählte, und wich meinen Eltern und Jade resolut aus.

Ein Tag ging beinahe nahtlos in den nächsten über.

Alles wie immer, wenn man von der Aufregung und dem Kribbeln in meinem Inneren absah, das mit jeder Minute, die verging, heftiger wurde. Ich fühlte mich, als würde ich unter Strom stehen und jeden Augenblick explodieren. Meine Gedanken rasten und während der nächtlichen Treffen mit

Ryker, in denen wir unser Vorgehen besprachen, konnte ich kaum stillsitzen, obwohl ich eigentlich todmüde sein sollte.

Ich hielt das Warten kaum noch aus, griff immer wieder nach meiner bereits gepackten Tasche, um im Fall der Fälle keine Zeit zu verlieren, und konnte mich jedes Mal nur mit Mühe davon abhalten, einfach loszupreschen und so womöglich alles gegen die Wand zu fahren.

Ryker und ich hatten beschlossen, Atarah außen vor zu lassen, weil sie in erster Linie meiner Mutter verpflichtet war, genauso hielten wir Jade raus. Meine Begegnung mit Beliar und mein Vorhaben war ein Geheimnis zwischen Ryker und mir – beinahe wie in früheren Zeiten, als wir Streiche ausgeheckt und uns in die Palastküche gestohlen hatten.

Und dann, sechs Tage nach meinem Rendezvous mit dem Teufel, war es schließlich so weit. Plötzlich war der Moment gekommen, wo es nur zwei Möglichkeiten gab: abbrechen oder durchziehen. Ich hatte fast eine Woche darauf gewartet und dennoch war ich schlichtweg überfordert mit der Situation, als Ryker an diesem Morgen in meine Gemächer kam. Überfordert, hin- und hergerissen und am Ende mit den Nerven.

»Setz dich endlich hin und hör mir zu, Cat. Wir haben nur ein kleines Zeitfenster und diese eine Chance.«

Ich fasste mir an meine verschwitzte Stirn und blieb abrupt stehen. »Ich glaube, ich werde krank, Ryk.«

Ryker bedachte mich mit einem zweifelnden Blick. Dann legte er den kleinen schwarzen Lederbeutel, den er bis eben in seinem dunklen Gehrock versteckt gehalten hatte, auf den Tisch vor dem Kamin. »Du magst im Augenblick keine Fähigkeiten besitzen, aber du bist immer noch eine Vollblutdämonin und Dämonen werden nicht krank.«

»Bist du dir da sicher?«

»Setz dich«, wiederholte er nur und klopfte neben sich auf die Couch. »Und krieg in drei Teufels Namen deine Nervosität in den Griff.«

»Du hast leicht reden.« Mit einen leisen *Uff ließ ich mich neben ihn fallen und zog die Beine in den Schneidersitz.*

Ryker verharrte mitten in der Bewegung. »Du hast Zweifel an der ganzen Sache? Willst du es abblasen? Denn noch ist es nicht zu spät dafür.«

Ich riss die Augen auf und schüttelte den Kopf. »Nein!«, erwiderte ich heftig und fügte dann, etwas ruhiger und gefasster, hinzu: »Ich *bin mir sicher, ich … ich habe nur Angst.«*

»Ich würde mir Sorgen machen, wenn es nicht so wäre.«

Wir sahen einander einen Moment lang an und auch ohne telepathische Gabe konnte ich genau sagen, was Ryker mich wortlos wissen ließ.

Ich bin für dich da, Cat. Du kannst mir vertrauen, immer und egal, was passiert. Ich stehe hinter dir.

Ich lächelte leicht und deutete auf den Lederbeutel. »Jetzt zeig schon her. Was hast du da?«

Mein Bruder löste sich aus seiner Starre und leerte den Inhalt auf die polierte Oberfläche aus Obsidian. Fünf bläuliche Perlen rollten über den Tisch, gefolgt von einem dunklen Lederband, an dem eine durchsichtige Kristallspitze hing.

Stirnrunzelnd griff ich danach und drehte den Kristall in den Fingern. Es wirkte beinahe, als wäre grauer Nebel darin eingeschlossen.

»Das ist ein Rauchkristall, gefüllt mit dem Rauch aus dem Gewölbe der *Alten Hölle. War nicht einfach, da ranzukommen.« Mit einem Räuspern strich er sich ein paar dunkle Strähnen aus der Stirn. »Jedenfalls verhindert er, dass dich Dämonen aufspü-*

ren oder erkennen können. Selbst Mutter und Vater sind damit nicht in der Lage, dich zu orten. Ich habe ihn aber so einstellen lassen, dass er für dich als Kommunkationsbrücke funktioniert. Wenn du ihm dein Blut gibst, kannst du im Notfall mit mir kommunizieren.«

»Du hast an alles gedacht.«

Er hob einen Mundwinkel. »Er funktioniert nur, solange du ihn trägst und er von deiner Körperwärme gespeist wird. Nimmst du ihn ab, erscheinst du sofort auf dem Radar unserer Eltern.«

Nickend hängte ich mir die Kette um und ließ den Anhänger durch meine Finger gleiten. Unter meiner Berührung schien der Kristall zu pulsieren, als würde in ihm ein winziges, mächtiges Leben wohnen.

»Das hier«, auf einen Wink seiner Hand hin erhoben sich die bläulich schimmernden Perlen in die Höhe und schwebten vor uns in der Luft, »ist deine Versicherung.«

Ich pflückte eine der Perlen aus der Luft. Auf die Telekinese war ich schon immer besonders neidisch gewesen »Versicherung?«

»Jede einzelne von ihnen kann dich auf direktem Weg in den Palast zurückbringen, wenn du sie in den Mund nimmst und darauf beißt.«

Ich verzog das Gesicht und betrachtete die Perle von allen Seiten. Sie war nicht viel größer als der Nagel meines kleinen Fingers und funkelte beinahe wie Perlmutt. »Nach was schmecken die?«

»Spielt das eine Rolle?« Ryker schürzte irritiert die Lippen. Ich winkte ab und verstaute die Perlen im Lederbeutel. »Du musst mir versprechen, dass du sie immer bei dir trägst und sofort nutzt, solltest du in Gefahr geraten.«

Vielsagend schob ich den kleinen Beutel in die Hosentasche meiner dunkelgrauen Jeans und tätschelte seine Hand. »Danke, Ryker, aber ich hoffe, du weißt, dass ich mich sehr gut selbst verteidigen kann.« Die Runzeln auf seiner Stirn wurden tiefer. »Was soll mir auf der Erde schon passieren, wenn kein Wesen der Übernatürlichen Welt erkennen kann, wer ich bin? Und mit den Menschen komme ich klar.«

»Versprich es mir einfach, Cat. Versprich mir, dass du dich meldest und kein unnötiges Risiko eingehst. Und versprich mir, dass du mich rufst, sobald du am Ziel bist. Wir ziehen das gemeinsam durch.« Die Ernsthaftigkeit in seiner Stimme ließ mich schlucken.

»Ich verspreche es, Ryker.«

»Gut.« Sein Blick glitt zu der schweren Standuhr, die gegenüber von meinem breiten Himmelbett bis zur hohen, gewölbten Decke ragte. »Mutter und Vater werden in einer halben Stunde wieder hier sein. Du solltest jetzt gehen.«

Der Kloß in meinem Hals wurde größer. »Es wird alles gut gehen. In ein paar Tagen bin ich zurück. Mit Antworten.« Ich versuchte, zuversichtlich zu klingen, doch in diesem Moment schien sich ein tonnenschweres Gewicht auf meine Schultern zu senken.

Wir standen gleichzeitig auf, so dicht voreinander, dass ich den Kopf in den Nacken legen musste, um Ryker ins Gesicht schauen zu können.

»Natürlich wird alles gut gehen. Ich habe es dir vermutlich nie genug gezeigt, aber für mich besteht nicht der geringste Zweifel an deiner Stärke, Calea. Ob Magie oder nicht, du besitzt ein Feuer, das heller brennt, als Jades oder meines es jemals könnten, und mehr Willenskraft, als gut für dich ist. Wenn jemand das schaffen und Erklärungen finden kann, dann du.«

Ein verräterisches Brennen trat in meine Augen, das ich rasch verbarg, indem ich nach meinem Dufflebag aus grobem, dunkelgrünem Leinen griff und mir meine kleine Ledertasche über die Schulter hängte.

»Danke, Ryker«, wiederholte ich und gönnte mir einen langen Atemzug, um mir jedes Detail meines Bruders einzuprägen. Seine funkelnden graublauen Augen, seine scharfen Gesichtszüge, die in diesem Moment weicher wirkten als sonst, seine breiten Schultern und seine stolze Haltung. Ryker hatte ja keine Ahnung, wie viel mir das bedeutete. Wie viel es mir bedeutete, dass er jetzt hinter mir stand, obwohl ich dabei war, unser Leben, wie wir es bisher gekannt hatten, ins Chaos zu stürzen.

Er war hier, an meiner Seite, und würde mir den Rücken freihalten. Mehr konnte ich mir nicht wünschen.

Als sich die Stille ausdehnte, räusperte sich Ryker vernehmlich und deutete auf den Kamin. »Bist du bereit?«

Als ich seinem Blick folgte und in die Flammen starrte, stellte ich mit Erstaunen fest, dass ich mich bereit fühlte. Da waren Furcht und Anspannung und Zweifel, aber sie hielten mich nicht länger zurück, sondern befeuerten mich. Sie trieben mich vorwärts, ließen Mut und Entschlossenheit durch meine Adern rauschen, als hätte man sie unter Hochspannung gesetzt. So in etwa stellte ich mir den Rausch von Magie vor, wenn man danach griff und dann die Kontrolle an sie verlor.

»Ja. Ja, ich bin bereit.« Ich schloss meinen dunkelgrünen Parka, überprüfte den Sitz meines Duffles und der Tasche und sah wieder zu Ryker. »Was ist mit dir?«

»Bereit, meine Schwester in eine Welt gehen zu lassen, die unserer Mutter beinahe das Leben gekostet hat? Hab mich nie bereiter gefühlt.«

Ich versetzte ihm einen Knuff und schloss ihn dann in die Arme. »Wir sehen uns bald wieder.«

»Das werden wir. Und egal was passiert, ich bin nur einen Flügelschlag entfernt, Cat. Vergiss das nicht.«

Ich löste mich von ihm und grinste, während Tränen in mir aufstiegen. »Ist das eine Drohung?«

»Nein, ein Versprechen.«

Ich hob einen Mundwinkel und drehte mich dann zu dem schweren Samtkissen um, auf dem Hero lag und uns mit halbgesenkten Lidern beobachtete. »Kommst du?«

»Moment, du willst den Kami mitnehmen?«

Schulterzuckend verfolgte ich, wie Hero träge die Augen öffnete, sich ausgiebig streckte und dann auf samtigen Pfoten zu uns geschlichen kam.

Warum klingt der kleine Prinz denn so überrascht?, fragte Hero in meinen Gedanken und gähnte.

»Calea, du kannst den Dämon nicht mitnehmen. Nicht in die Menschenwelt. Niedere Dämonen haben dort keinen Zutritt, weil sie nur für Chaos und Unordnung sorgen.« Ryker verschränkte die Arme vor der Brust und zog die dunklen Augenbrauen zusammen.

Ich ging in die Hocke, um über Heros Kopf zu streicheln und winkte ab. »Dann wird Hero eben der erste Dämon sein, der kein Chaos stiftet.«

Mit einem undeutlichen Murmeln, das nach einem Fluch klang, gab sich mein Bruder schließlich geschlagen. »Pass nur auf, dass es dabei bleibt.« Ich nickte brav und richtete mich auf. »Gut, du weißt, wo dich das Portal hinbringen soll?«

»Inverness.« Von dort aus würde ich ohne magische Hilfe weiter in den Norden bis Sinclair Girnigoe reisen. Alles andere wäre zu riskant.

»Dort ist es im Augenblick Mai, sieben Uhr am Abend und etwas ungemütlich, also –«

»Ich komme schon klar, Ryk.«

Ryker seufzte und machte dann eine geschmeidige Bewegung in Richtung Kamin. Das Feuer darin loderte auf und nahm eine intensivere Färbung an. »Halte dir Inverness vor Augen und lass deine Gedanken nicht abschweifen, sonst landest du sonst wo.«

Lächelnd sah ich zwischen den Flammen und meinem Zwillingsbruder hin und her, ehe ich mich auf die Zehenspitzen stellte und ihm einen Kuss auf die Wange drückte. »Lass dich nicht zu sehr von Jade terrorisieren.«

»Eigentlich ist sie ganz handzahm.«

Ich machte einen Schritt rückwärts in Richtung Feuerstelle. »In deinen Träumen vielleicht.« Ein zweiter Schritt. Und mit jedem Meter, den ich mich von Ryker entfernte, hatte ich das Gefühl, etwas hinter mir zu lassen. Etwas, das niemals wieder so sein würde wie zuvor. Als würde sich mit dieser Entscheidung alles unwiderruflich verändern.

»Pass auf dich auf, Cat. Sei mutig.«

Noch ein Schritt. Die Hitze der Flammen prickelte selbst durch den dicken Stoff meiner grauen Jeanslatzhose. Ich umfasste den Träger meiner Tasche fester und hielt an Rykers Augen fest.

So lange, bis das Feuer mich erfasste, Flammen neckend an mir emporzüngelten und mich schließlich in die Tiefe des Portals zogen.

Ich schloss die Augen, fokussierte mich auf mein Ziel und atmete langsam aus. Ich ließ los. Ich ließ Calea los. Ich ließ den Hades los. Ich ließ los, was mich neunzehn Jahre zurückgehalten hatte, während mein Körper in unzählige Splitter zersprang, um sich an einem gänzlich anderen Ort wieder zusammenzusetzen.

Es war meine erste Portalreise, der erste Gang durch die Flammen, doch ich hatte nicht damit gerechnet, dass es so abrupt und schmerzhaft enden würde.

In einem Moment hatte ich noch in der Schwebe gehangen, irgendwo zwischen Hades und Erde, umzingelt von Flammen und dem Knistern der Magie – und im nächsten schlug ich ungebremst auf dem harten Boden auf, sodass mir alle Luft aus der Lunge gepresst wurde. Kleine Steinchen bohrten sich in meine Haut und ein tiefes Brummen dröhnte in meinen Ohren.

Ein Motor?

Keuchend kämpfte ich gegen die dunklen Flecken vor meinen Augen an, gegen das Brennen in meinem Rücken und die plötzliche Kälte, die in meine Haut biss. Nein, keine bloße Kälte, das war Regen. Eisiger Regen, der sich, kleinen Nadelstichen gleich, durch meine Kleidung grub. Innerhalb von Sekundenbruchteilen war ich komplett durchnässt.

Um mich herum war es ohrenbetäubend laut. Stimmen schienen von überall zu mir zu dringen – nein, nur *eine* Stimme und die Sprache erkannte ich. Es war Englisch.

»Scheiße, bist du okay? Ich habe dich echt nicht gesehen!«

Blinzelnd versuchte ich die Augen zu öffnen, doch es war, als würden Gewichte an meinen Lidern hängen. Die Helligkeit stach und biss und das Grollen in meinem Kopf –

»Fuck!«

Kühle Finger fuhren über meine Wange, ein so angenehmes Gefühl, dass ich leise seufzte.

»Was zum …?«, murmelte die Stimme, Panik und Verwirrung schwangen darin mit. »Ich kann dich nicht … Verflucht, scheiß drauf.«

Im nächsten Augenblick wurde ich hochgehoben und lag an einer warmen Brust, die fremd roch. Ich konnte einen Herzschlag ausmachen, der viel zu schnell schlug und den würzigen Geruch von Kaffee. Eine angenehme Schwere breitete sich in mir aus und plötzlich hatte ich das Gefühl, dass es in Ordnung wäre, der Dunkelheit, die an den Rändern meines Bewusstseins lauerte, zu folgen. Sie zuzulassen. Nur für einen Moment.

»Wage es ja nicht zu sterben. Ist das klar?«

Die Kälte verschwand und wurde durch warme Luft ersetzt, die über meine Haut fuhr. Beinahe wie die Flammen des Portals. Das Dröhnen des Motors wurde lauter und das Prasseln des Regens schien mit einem Mal wie das Summen unzähliger, kleiner Stimmen.

»Du wirst dich jetzt zusammenreißen und wach bleiben. Das hier wandert ganz sicher nicht in meinen Lebenslauf für die Hölle.«

Wie dickflüssiger Teer breitete sich die Finsternis in mir aus und verband sich zu einer dunklen Decke, die mich Zentimeter für Zentimeter verschlang.

Du wärst überrascht, dachte ich träge.

Dann schlug die Dunkelheit über mir zusammen, begrub mich unter sich und löschte auch den letzten verbliebenen Funken Licht vollständig aus.

Du wärst überrascht.

Kapitel 5

»Guten Morgen, London. Ich hoffe, ihr hattet einen super Start in die Woche und seid nun fit für den neuen Tag. Und um es euch noch etwas angenehmer zu machen, kommt hier der Gute-Laune-Hit-Mix mit einem ganz besonderen Ohrwurm für euch…«

Die seltsam verzerrte Stimme wurde von irgendeinem Song abgelöst, der beunruhigenderweise lächerlich perfekt mit dem Dröhnen in meinem Schädel harmonierte und…

Moment – London?!

Mit einem Schlag war ich hellwach und richtete mich ruckartig auf, nur um mir im nächsten Moment stöhnend an den Kopf zu fassen.

Nach und nach kamen die Erinnerungen an die Geschehnisse zurück. Wie Bruchstücke eines verschwommenen Bildes, die sich langsam zusammensetzten. Ryker, das Portal, der Aufprall, der kalte Regen, diese warme Stimme…

Hastig sah ich mich um und konnte den Fluch, der mir auf der Zunge lag, nicht länger zurückhalten.

»Hölle und Hades«, stieß ich hervor und riss die Augen auf. Keine Ahnung, was ich erwartet hatte, aber das hier… das ganz sicher nicht.

Ich befand mich auf einer ausladenden Couch aus schwarzem Leder, die sich in einem weitläufigen Raum mit hoher Decke, großen Fenstern und viel nacktem Beton befand. Ich zählte zwei Autos und drei Motorräder, die in verschiedenen Bauphasen über die Fläche verteilt aufgebockt waren. An großen Teilen der Wände hingen Schwarz-Weiß-Fotografien von Städten und Fahrzeugen. Andere verschwanden vollkommen hinter Regalen, in denen unzählige Dinge standen, die ich auf Anhieb nicht benennen konnte. Ich vermutete, dass sie irgendetwas mit der Reparatur von Autos und Motoren zu tun haben mussten … und war das ein *Wagenheber*?

Siehst du, dann war es doch für etwas gut, dass du mit Ryker diese dämliche Sendung über den Umbau alter Trucks angeschaut hast.

Ich verscheuchte den wenig hilfreichen Gedanken und ließ den Blick über meine neue Umgebung schweifen. Es gab mehrere Werkbänke, einen Boxsack und einen breiten Kühlschrank, der über und über mit bunten Magneten bedeckt war. Mitten im Raum führte eine Metalltreppe in die zweite Etage. Halbhohe Regale, in denen Bücher standen, teilten die große Fläche in mehrere Bereiche ein und der Geruch von Gummi, Schmiere und Kaffee lag in der Luft.

Mein Magen antwortete sofort mit einem vernehmlichen Knurren, was mich zu der Überlegung brachte, wann ich zuletzt etwas gegessen hatte und wie lange ich schon hier lag. Wo auch immer dieses *Hier* eigentlich sein mochte.

Was hatte die Stimme noch mal gesagt? London? Beim Teufel, das darf doch nicht wahr sein!

Ich biss die Zähne zusammen und sah dann auf die grobe, karierte Decke, die jemand ganz offensichtlich über mir ausgebreitet hatte. Darunter trug ich noch immer die Kleidung, in der ich den Hades verlassen hatte – und sie war noch immer leicht feucht. Das wiederum bedeutete, mein Totalausfall konnte nicht allzu lange her sein.

Ich gab mir einen weiteren Augenblick lang Zeit, um das Chaos in meinem Kopf zu ordnen, ehe ich die Decke zur Seite schlug und die Beine über die Sofakante schwang. Meine Füße stießen gegen mein Gepäck, das unberührt – wenn auch immer noch ein wenig nass – schien. Der Dufflebag, die Handtasche ... von meinem kleinen Kami-Dämon fehlte jedoch jede Spur.

Hero?, fragte ich über unsere mentale Verbindung und horchte in mich hinein, erhielt allerdings keine Antwort. War er doch im Hades geblieben?

Ich versuchte mich daran zu erinnern, ob er bei meinem Aufprall auf der Erde an meiner Seite gewesen war, fand jedoch keine Antwort darauf. Irgendetwas in mir zog sich zusammen.

Eins nach dem anderen, Cat. Geh nicht gleich vom Schlimmsten aus.

Langsam stand ich auf. Für einen Sekundenbruchteil drehte sich die Welt vor meinen Augen, dann rutschte alles wieder zurück an den richtigen Platz.

So weit, so gut.

Da ich keinen Anhaltspunkt besaß, wer oder *was* mich hergebracht hatte, entschied ich mich kurzerhand, mir zumindest meinen Dolch zu schnappen, bevor ich irgendetwas anderes tat. Wer konnte schon sagen, ob der Kristall von Ryker, der um meinen Hals baumelte, auch wirklich funktionierte?

Sicher war sicher.

Die Klinge im Ärmel meines Parkas versteckt, setzte ich langsam einen nackten Fuß vor den anderen, vorbei an einem Auto mit aufgeklappter Motorhaube, und halb zerlegten Motorrädern. Immer darauf bedacht, möglichst keinen Laut von mir zu geben. Regen prasselte lautstark gegen die großen Scheiben und ließ nur dämmriges Licht in die Werkstatt, während das Radio weiter vor sich hin dudelte – und abrupt verstummte.

»Wolltest du dich ohne ein Wort davonschleichen?«

Ich fuhr ruckartig herum und erstarrte, als ich mich nicht, wie erwartet, einem Dämon, sondern einem jungen Mann gegenüberfand. Einem jungen Mann in grauer Jogginghose mit nacktem Oberkörper, feuchten dunkelblonden Haaren und hellgrünen Augen. Dunkle Schatten lagen darunter, als hätte er mehrere Nächte nicht durchgeschlafen.

Einen Moment lang konnte ich ihn nur sprachlos anstarren, die vereinzelten, schwarzen Tattoos auf seiner hellen Haut, die Muskeln, die sich darunter abzeichneten und seine locker vor der Brust verschränkten Arme.

»Verstehst du mich?«, fragte er, als ich weiterhin beharrlich schwieg, und legte den Kopf leicht schief. Ein paar Strähnen fielen ihm dabei in die Stirn. »Sprichst du überhaupt Englisch?«

Endlich riss ich mich von seinen faszinierenden Augen los – eine solche Schattierung von Grün hatte ich bisher nie zuvor gesehen – und nickte.

Ja, ich konnte ihn verstehen. Dämonen waren in der Lage, jede Sprache aus dieser und allen anderen Welten problemlos zu beherrschen. Doch irgendetwas an ihm verschlug mir ganz offensichtlich trotzdem die Sprache.

»Gut. Ich hatte schon gedacht, dein Kopf hätte vielleicht etwas abbekommen, als du wie aus dem Nichts vor meinem Auto aufgetaucht bist.«

»Auto?«, brachte ich hervor und schluckte gegen den merkwürdigen Geschmack an, den die ungewohnte Sprache auf meiner Zunge hinterließ.

Der junge Mann zog die Augenbrauen zusammen. »Du bist gestern Nacht ein gutes Stück außerhalb von London vor meinen Jeep gelaufen.«

Das verdammte Portal hatte mich auf einer Straße im *Nirgendwo* ausgespuckt? Sollte das ein schlechter Scherz sein? Wenn Ryker dahintersteckte …

»Ich wollte dich erst in ein Krankenhaus bringen, aber … Sagen wir mal so, ich habe keinen Ausweis bei dir gefunden und die Sache mit dem Bogen …«

Ich verengte die Augen und umfasste den Dolch, den ich noch immer in meinem Ärmel verborgen hielt, fester. »Du hast in meinen Sachen gewühlt?«

»Nein, ich habe versucht herauszufinden, wer zum Teufel du bist und was du nachts mutterseelenallein in der Einöde zwischen Westerham und Biggin Hill mitten auf der Straße gemacht hast.«

Ich funkelte ihn noch einen Augenblick länger an, dann sah ich zur Seite und entspannte mich etwas. »Ist eine lange Geschichte.«

Der junge Mann atmete hörbar aus und machte vorsichtig einen Schritt in meine Richtung, so als wäre ich ein wildes Tier, dem er sich nur mit äußerster Vorsicht nähern wollte. »Du schuldest mir keine Erklärung, keine Sorge.« Noch einen Schritt, dann streckte er mir eine Hand entgegen. »Ich bin übrigens Kenzo.« Auf seinem Unterarm erkannte ich weitere Tattoos, die in ihrer Gesamtheit ein wirres Bild ergaben, und fragte mich unweigerlich, welche Bedeutung sie wohl hatten.

Einen Atemzug später schob ich meine Klinge ein Stück weiter den Ärmel hoch, ließ sie los und ergriff stattdessen seine kühlen Finger. »Cat.«

Kurz zuckte sein Blick zu der markanten roten Narbe, die sich um mein Handgelenk schlängelte, ehe er mir wieder in die Augen sah und dünn lächelte. »Okay, Cat, freut mich – schätze ich.«

Ich hob einen Mundwinkel und neigte den Kopf. »Auf die Gefahr hin, dass das jetzt merkwürdig klingt, aber hast du meinen … Kater gesehen?«

Verwirrung flog über seine Züge, ehe er sich einen schwarzen Hoodie von der Lehne eines karierten Sessels schnappte und überzog.

»Einen Kater? Nicht, dass ich wüsste. Tut mir leid. Bist du sicher, dass er bei dir war, als ich … als du vor mein Auto gelaufen bist?«

Besorgt biss ich die Zähne zusammen und schluckte gegen die drängender werdende Sorge an. »Ehrlich gesagt nicht. Ich glaube, ich sollte mich auf die Suche nach ihm machen.«

Skepsis trat in seine jadefarbenen Augen. »Mitten in London?«

Ach ja, London.

Verdammt, das hatte ich für einen kurzen Moment komplett vergessen. Oder verdrängt, je nachdem.

Kenzos Lächeln wurde weicher, als ich nichts erwiderte, sondern nur missmutig auf einen Punkt knapp neben seinem Kopf starrte.

»Ich weiß ja nicht, wie es dir geht, aber ich könnte jetzt einen Kaffee vertragen. Warum ziehst du dir nicht etwas Trockenes an und lässt dich von mir um die Ecke auf ein Frühstück einladen? Ich denke, das bin ich dir nach heute Nacht schuldig.«

Ich richtete meine Aufmerksamkeit wieder auf Kenzo und musterte ihn skeptisch. Diese ganze Situation war einfach komplett absurd. Ich war in *London* statt in Inverness gelandet. Bei irgendeinem Typen, der nicht viel älter als ich sein konnte und augenscheinlich in einer Werkstatt wohnte. Und ich hatte nicht die geringste Ahnung, wie ich das wieder geradebiegen sollte. Ganz zu schweigen davon, dass Hero irgendwo auf diesem Höllen-Trip verschollen gegangen war.

So viel zum Thema, ich komme klar.

Kenzo interpretierte mein Schweigen falsch und fasste sich an den Nacken. »Oder willst du vielleicht jemanden anrufen? Wartet irgendjemand auf dich?«

»Nein.« Ich schüttelte rasch den Kopf. »Kann man so nicht sagen. Ich … ich bin nur nicht ganz dort, wo ich sein wollte.«

»Dann sind wir schon zu zweit.« Ein Anflug von Resignation hatte sich bei diesen Worten in seine Stimme geschlichen. »Wie dem auch sei, sag mir einfach, was ich für dich tun kann. Ein Taxi, Telefon, etwas zu essen?«

Als wäre das sein Stichwort gewesen, gab mein Magen in diesem Augenblick ein weiteres Knurren von sich. Reflexartig legte ich mir eine Hand auf den Bauch und lächelte verlegen.

Elender Verräter.

Kenzo hob vielsagend die Augenbrauen.

Langsam ließ ich meinen Atem entweichen, den ich unbewusst angehalten hatte. Trockene Kleidung und etwas zu essen klangen tatsächlich ziemlich verlockend. Danach wäre immer noch genügend Zeit, sich mit dem Rest zu beschäftigen. Und wer weiß, vielleicht konnte mir dieser Kenzo am Ende sogar helfen. Warum also nicht?

Ich spürte, wie mein Lächeln breiter wurde, als sich ein neuer Plan in meinem Kopf zusammensetzte. »Steht das Angebot mit dem Frühstück noch?«

***

Als wir eine halbe Stunde später nach draußen traten, hatte es aufgehört zu regnen und ich stellte überrascht fest, dass die Werkstatt im Erdgeschoss eines eleganten Altbaus lag. Auf der anderen Straßenseite breitete sich das Grün eines Parks aus, rote Doppeldeckerbusse rauschten an uns vorbei und auf den Bürgersteigen war erstaunlich viel los.

»Dein erstes Mal in London?«

Mein erstes Mal außerhalb des Palasts der Hölle, um genau zu sein. Aber das sagte ich natürlich nicht, stattdessen sah ich ihn von der Seite an und zuckte mit den Schultern. »Kann man so sagen.«

Kenzo hatte Jogginghose und Hoodie gegen eine dunkle Jeans, ein locker sitzendes hellblaues Hemd, einen schwarzen Mantel und Lederboots getauscht. Im Sonnenlicht, das sich nur vereinzelt durch die Wolken kämpfte, wirkten seine Augen beinahe wie heller Jade, und bildeten einen harten Kontrast zu den Schatten darunter. Ein Teil von mir, vermutlich derjenige, der beschlossen hatte, es wäre eine gute Idee, mit einem wildfremden Menschen frühstücken zu gehen, fragte sich unwillkürlich, was Kenzo den Schlaf raubte.

»Du verpasst nichts. Klar, es gibt ein paar coole Ecken. Die Brick Lane ist ganz nett und auch *Camden* hat seine Reize, aber der Rest ist einfach nur laut, voll und Fassade.« Kenzo blickte auf und betrachtete unsere Umgebung mit unverhohlener Abneigung.

»Klingt, als ob du weg möchtest.«

Nun war es an ihm, mit den Schultern zu zucken. »Meine ältere Schwester Jules ist vor ein paar Jahren zu ihrer Freundin nach Edinburgh abgehauen. In meinen Augen hat sie alles richtig gemacht. Edinburgh ist zumindest *real.* Und du? Was treibt dich her?«

»Meine Mutter hat mir immer von London vorgeschwärmt«, erwiderte ich, als wir an einer roten Ampel zum Stehen kamen. »Schätze, ich wollte mir ein eigenes Bild machen.« Ironischerweise entsprach das sogar in gewisser Weise der Wahrheit.

»Ich hoffe, du wirst nicht allzu sehr enttäuscht.«

Wir setzten uns wieder in Bewegung, passierten einen kleinen Stand, der frische Crêpes und Kaffee verkaufte, und bogen dann in eine winzige Seitenstraße. Schicke Häuser aus hellem Stein reihten sich hier nahtlos aneinander. Sie glichen sich beinahe wie ein Ei dem anderen.

Ich seufzte leise. »London kann mich nicht enttäuschen. *Alles* ist aufregender als meine Heimat, vertrau mir.«

Kenzos Blick prickelte einen Moment lang auf mir, dann nickte er in Richtung des Eckcafés vor uns. Große Fenster mit dunkelgrünen Rahmen und Blumenkästen durchbrachen die helle Fassade des *The British Coffee Lady*, wie ein Schild mit geschwungenen Lettern verkündete.

»Da wären wir. Es sieht aus wie ein uriger Treff für alte Damen mit Häkelnadeln, aber glaub mir, sie machen hier die besten Eggs Benedicts der Welt.« Zuvorkommend öffnete Kenzo die Tür und hielt sie mir auf. Ich trat in das warme Innere. Das Café war in dezenten Erdtönen gehalten. Decke und Boden bestanden aus dunklem Holz, die Polster der gemütlichen Sitzecken aus dunkelgrünem Samt und selbst das Licht, das die goldfarbenen Lüster verströmte, war warm und heimelig. Stimmen füllten die vom Kaffeeduft geschwängerte Luft und vermischten sich mit der leisen Musik im Hintergrund. Ein bisschen so, als wäre man nicht länger im Herzen einer pulsierenden Großstadt, sondern irgendwo auf dem Land. Und obwohl es so ganz anders war als alles, was ich bisher im Hades gesehen hatte, wusste ich doch auf Anhieb, dass es mir hier gefiel.

»Dahinten am Fenster ist noch ein Platz frei.« Kenzo schob mich sanft in besagte Richtung und reichte mir wenig später die Speisekarte über den Tisch. »Such dir aus, was du möchtest, Cat. Das Frühstück geht auf mich.«

»Das musst du nicht«, gab ich zurück und fuhr mit den Fingern über die handgeschriebene Karte.

»Ich weiß, aber ich stehe zu meinem Wort. Keine große Sache.«

Ich hob eine Augenbraue. »Ein Mann mit Prinzipien?«

»Wohl eher eine Mutter, die der alten Schule treu geblieben ist.«

Da sind wir schon zwei.

Der Kellner, ein schlanker Typ mit roten Haaren und drei Ringen in der linken Augenbraue, nahm unsere Bestellung auf. Als er kurz darauf verschwand, lehnte sich Kenzo auf der Sitzbank zurück und sah mir direkt in die Augen. »Also, wer bist du, Cat? Und was hat dich gestern um diese Zeit auf eine Straße im Nirgendwo getrieben?«

»Ich dachte, ich schulde dir keine Erklärung?«

Seine Lippen zuckten. »Nenn es gesunde Neugier.«

»Wegen des Bogens?«

»Unter anderem.«

Ich legte die Unterarme auf den Tisch und verschränkte die Finger. »Man könnte sagen, der Start meiner Reise ist nicht ganz so verlaufen, wie ich es mir vorgestellt habe.«

»Also kommst du nicht von hier?«

»Nein, tatsächlich von ziemlich weit weg.« Ich sah auf meine Hände und drehte einen der silbernen Ringe an meinem Zeigefinger.

»Wo man noch mit Pfeil und Bogen jagt?«

Ein schiefes Lächeln zupfte an meinen Lippen, als ich aufsah. »Genau, und Strom und fließendes Wasser ist dort auch noch nicht erfunden.«

Wieder zuckte ein ironisches Grinsen über seinen Mund, in seinen hellen Augen blitzte es auf. »Verständlich, dass du dich dann in unserer Welt verlaufen hast. Das würde jeden überfordern. Die Elektrizität, das grelle Licht und Kutschen ohne Pferde.«

Ich hob vielsagend eine Braue, woraufhin sich Kenzo räusperte und erneut ernst wurde. »Wohin sollte deine Reise denn eigentlich gehen?«

»In den Norden von Schottland. Und es ist mehr eine Suche als eine Reise, würde ich sagen«, erwiderte ich und zog die Arme zurück, als der Kellner mit unserer Bestellung an den Tisch kam. Sofort erfüllte der Geruch von Zucker und Kaffee und frischem Brot die Luft zwischen uns und mir lief das Wasser im Mund zusammen.

»Okay, dann bist du wirklich am falschen Ende der Insel rausgekommen und im falschen Land.« Kenzo griff nach seiner Tasse und drehte sie nachdenklich in den Händen. »Darf ich dich fragen, wonach du suchst?«

Ich hielt in der Bewegung inne und ließ den Löffel sinken. »Das ist nicht so einfach zu erklären.«

»Schon in Ordnung.« Als Kenzo dieses Mal die Mundwinkel hob, schaffte es das Lächeln kaum über seine Lippen hinaus. »Jedenfalls tut es mir leid.«

Irritiert zog ich die Brauen zusammen. »Was meinst du?«

»Ich habe mich noch nicht dafür entschuldig, dass ich dich angefahren und anschließend nach London verschleppt habe. Es war eine Kurzschlussreaktion, die mir jetzt im Nachhinein ziemlich dämlich vorkommt.« Resigniert stieß er den Atem aus und schüttelte den Kopf.

»Das musst du auch nicht. Dich trifft keine Schuld, Kenzo. Das war einfach … ein blöder Zufall. Nicht mehr und nicht weniger.«

Kenzo musterte mich ungläubig. »Ich bin mir ziemlich sicher, dass das die meisten anders sehen würden.«

»Nun, ich bin nicht wie die meisten«, murmelte ich schulterzuckend. Das war definitiv die Untertreibung des Jahrhunderts.

»Das wird mir langsam auch klar.«

Für einige Minuten füllten nur die Hintergrundgeräusche des Cafés die Stille zwischen uns. Die leise Musik, das Gemurmel und das helle Klappern von Geschirr.

Als ich die Hälfte meiner Eggs Benedict verdrückt hatte und gerade nach meinem Karamell-Kaffee greifen wollte, brach Kenzo schließlich das Schweigen. »Warum fangen wir nicht noch mal von vorne an?«

Fragend legte ich die Stirn in Falten. »Von vorne?«

»Ja. Wir lassen die Sache heute Nacht unter den Tisch fallen und tun so, als hätten wir uns hier bei einem Kaffee kennengelernt.«

»Du meinst, ich soll vergessen, dass du mich entführt hast?«

»Ich habe dich nicht entführt, ich –« Kenzo verstummte, als er mein schiefes Grinsen bemerkte, und brummte: »Schon klar, schätze, das habe ich verdient.«

»War zu verlockend.« Ich richtete mich auf und streckte ihm eine Hand über den Tisch hinweg entgegen. »Hallo, ich bin Calea Emaya, aber meine Freunde nennen mich Cat, und ich komme aus Neuseeland.«

»Du bist schräg, Cat.«

»Hey, das mit dem Neustart war deine Idee.«

Schmunzelnd stellte Kenzo seine Tasse ab und ergriff meine Finger, so wie heute Morgen in der Werkstatt. »Freut mich. Ich bin Kenzo Warren, einen wirklichen Spitznamen habe ich nicht – bis auf den, den mir meine Schwester verpasst hat, aber den werde ich mit ins Grab nehmen – und ich lebe, seit ich denken kann, in London.«

Kenzo hielt meine Finger einen Moment länger fest, als nötig gewesen wäre, ehe er sich räusperte und seine Hand senkte.

»Und du arbeitest in einer Werkstatt?«, fragte ich dann und nahm mein Besteck wieder auf.

»Schön wär's. Ich studiere Betriebswirtschaftslehre und arbeite im Unternehmen meiner Mutter – das ist Teil des Deals, um die Werkstatt unten im Haus behalten zu dürfen. Wir kriegen uns deswegen trotzdem ständig in die Haare.«

»Warum bleibst du dann?«

Kenzo fuhr sich übers Kinn. »Das ist nicht so einfach zu erklären«, wiederholte er meine Worte von vorhin und lächelte resigniert. »Meine Mutter ist schwierig und hat sehr starre Muster, von denen sie nur selten abweicht und … Egal, ich muss einfach mal ein bisschen raus und den Kopf freibekommen.«

In seinen Augen erkannte ich denselben Wunsch nach Freiheit, der auch in mir pochte. Wir mochten aus ganz unterschiedlichen Welten stammen, aber es schien, als hätten wir trotz allem eine Menge gemeinsam. Vielleicht antwortete ich deswegen im nächsten Moment: »Ich weiß, was du meinst, mir geht es genauso.«

Überrascht hob er eine Augenbraue. »Eine schwierige Mutter mit hohen Ansprüchen?«

»Wenn du wüsstest …« Ich nahm einen Schluck aus meinem Becher, ließ den Blick zum Fenster wandern und verschluckte mich prompt an meinem Kaffee. Dort draußen auf einem der zusammengeschobenen Tische saß mein Kami-Dämon und beobachtete mich aus funkelnden Augen.

»Cat, alles okay?«

Hustend winkte ich ab und sog frische Luft in meine protestierende Lunge. »Danke, geht schon wieder«, krächzte ich und tastete nach der mentalen Verbindung zu Hero.

Schön, dass du auch mal auftauchst.

Für einen winzigen Sekundenbruchteil blitzten seine weißen, messerscharfen Fangzähne auf. *Ich freue mich auch, dich zu sehen, Prinzessin. Wie ich sehe, hast du schon Gesellschaft gefunden.*

Noch nie war ich so erleichtert gewesen, Heros Sarkasmus durch meine Gedanken fluten zu hören.

»Ist das… *dein Kater*?« Kenzo stutzte und sah mehrmals von Hero zu mir und zurück.

Ich faltete die Hände unter meinem Kinn und bedachte Kenzo mit einem undurchsichtigen Lächeln. »Allerdings. Schätze, London hat ihn von ganz allein zu mir geführt.«

Kapitel 6

»Was hast du jetzt vor?« Kenzo hatte sich auf die Lehne seiner Couch gesetzt und verfolgte aufmerksam, wie ich ein paar Sachen von meinem Dufflebag in meine Handtasche räumte und umgekehrt. Dabei glitt sein Blick immer wieder zu Hero, der mit zuckendem Schwanz neben mir auf dem Boden hockte und keinen von uns aus den Augen ließ.

»Ich werde in Richtung Norden losziehen, schätze ich. Wie gesagt, London war nicht mein ursprüngliches Ziel.« Ich sah auf und schenkte Kenzo ein schiefes Lächeln, woraufhin sich die Runzeln auf seiner Stirn weiter vertieften.

»Allein?«

Schulterzuckend richtete ich mich auf und pustete eine Strähne meiner langen, hellbraunen Haare aus der Stirn. »Hero ist ja auch noch da.«

»Dein Kater?«

Hero maunzte empört und sagte in Gedanken zu mir: *Der hat doch keine Ahnung. Kleingläubiger Mensch.*

Nur mühsam verkniff ich mir ein leises Lachen und widmete mich wieder meinem Dufflebag. In erster Linie wollte ich dafür sorgen, dass mein Bogen nicht mehr für alle Welt sichtbar war, sobald man die Tasche öffnete. Hades sei Dank, dass Kenzo nicht auch noch die Dolche entdeckt hatte.

»Hero ist stärker, als er aussieht. Ein hervorragender Beschützer«, erwiderte ich dann und hätte schwören können, dass sich mein kleiner Kami-Dämon aufrechter hinsetzte.

»Ich kann immer noch nicht glauben, dass er dich einfach so in London gefunden hat. Ich meine ... zwischen dort, wo ich dich aufgegabelt habe, und hier liegen einige Meilen.«

Du wärst überrascht, wozu ich sonst noch so in der Lage bin, Mensch. Hero leckte sich die Fangzähne.

»Irgendwie findet Hero immer den Weg zurück zu mir. Man könnte sagen, dass wir miteinander verbunden sind.« Ich zwinkerte Kenzo zu und hievte dann meinen Dufflebag über eine Schulter. »Schätze, jetzt heißt es Abschied nehmen.«

Kenzo nickte langsam. »Scheint so.«

Sein merkwürdiger Tonfall ließ mich die Stirn runzeln. »Okay, dann ...«

Hero kam auf die Füße und streckte sich ausgiebig – inklusive Gähnen, wobei er ein weiteres Mal seine spitzen Zähne zeigte, die im Gegensatz zu seinen Hörnern nicht vor den Augen der Menschen verborgen waren.

»... danke für das Frühstück und den Schlafplatz.« Nun klang ich auch schon so seltsam. Lag das an dem intensiven Blick, mit dem mich Kenzo aus seinen jadegrünen Augen musterte? Oder daran, dass die Aussicht, sich allein bis in den Norden Schottlands durchzuschlagen, irgendwie nicht mehr so verlockend wirkte?

Hast du in der Zeit, in der ich weg war, kalte Füße bekommen, Calea?

Nein. Gehen wir.

»Keine Ursache. Dafür musst du dich nicht bedanken. Schließlich habe ich dich nach London *entführt.*« Sein linker Mundwinkel wanderte nach oben und vertrieb die Runzeln auf seiner Stirn.

Etwas unbeholfen – und dabei war ich sonst nie unbeholfen – hob ich eine Hand zum Abschied und bewegte mich langsam in Richtung der breiten Metalltür. »Trotzdem, danke. Mach's gut, Kenzo.«

»Ja, du auch, Cat.« Er hob ebenfalls eine Hand, rührte sich jedoch nicht von der Stelle.

Ich schaute noch einmal über die Schulter, dann schob ich das, was mich aus irgendeinem Grund zurück zu Kenzo zog, resolut beiseite und steuerte entschlossen den Ausgang an.

Also, wie lautet dein Masterplan, Prinzessin?

Ich –

»Cat?« Abrupt fuhr ich herum und hob fragend die Brauen. Kenzo war von der Lehne aufgestanden und hatte ein paar Schritte in meine Richtung gemacht. »Vielleicht kann ich dir bei deiner Suche helfen.«

***

Ich halte das immer noch für keine gute Idee. Er ist eine Ablenkung und eine Last, die wir nicht gebrauchen können, murrte Hero und fixierte Kenzo aus zusammengekniffenen Augen.

Ich streichelte über seinen Kopf und pikte ihm dann in die Seite. *Bist du eifersüchtig?*

Das hättest du wohl gerne.

Die Metalltreppe knarzte vernehmlich, als Kenzo die Stufen zur Werkstatt herunterkam. Ich blickte auf.

»Hier ist sie. Ich habe in den letzten Wochen ein bisschen dran gearbeitet und ... na ja, nicht der Rede wert.«

Kenzo stellte sich neben mich, so dicht, dass sich unsere Schultern beinahe berührten, und breitete eine Karte von Großbritannien auf der Werkbank aus. Entlang der Küste war eine breite, rote Linie eingezeichnet, die von mehreren Kreuzen durchbrochen wurde und in Edinburgh endete. Den Knicken und Falten nach zu urteilen, musste Kenzo die Landkarte schon unzählige Male auf- und zugeklappt haben.

»Was genau ist das?«, fragte ich und beugte mich über den Plan.

»Meine Auszeit. Ich habe dir doch erzählt, dass meine Schwester Jules bei ihrer Freundin in Edinburgh lebt.«

Ich nickte und tippte auf die schottische Hauptstadt, die mit dem Wort *Ziel* markiert worden war. »Sie studiert dort.«

»Richtig. Jules hat in ein paar Tagen Geburtstag und ich möchte sie mit meinem Besuch überraschen. Auf dem Weg dorthin liegen ein paar Spots, die ich schon immer mal fotografieren wollte, deswegen habe ich aus der Fahrt in den Norden kurzerhand einen kleinen Roadtrip gemacht. Drei Tage, vielleicht vier, an der Küste entlang und dort stoppen, wo es sich eben ergibt.«

»Okay.« Ich zog das Wort in die Länge und sah Kenzo von der Seite an.

»Ich fahre morgen los, bevor meine Mutter von ihrer Tagung aus Dublin zurückkommt und die Krise kriegt, weil ich die Vorlesungen sausen lasse, und dachte … du könntest mitkommen, wenn du möchtest. Ich meine, du musst nicht, und vermutlich ist es absoluter Bullshit, aber ich denke …« Er fuhr sich über den Nacken und schaute rasch zur Seite. »Ich fahre eh in den Norden und Edinburgh ist schon mal die Hälfte der Strecke, also …«

Ich hob die Augenbrauen. Meinte er das ernst? Und all das trotz unseres seltsamen Kennenlernens? Oder vielleicht gerade *deswegen* … »Kenzo …«

»Schon in Ordnung. War eine Schnapsidee.« Er winkte ab und wollte die Karte vom Tisch nehmen, doch ich streckte hastig eine Hand danach aus, um sie an Ort und Stelle zu halten.

»Warte.«

»Cat, ist schon gut. Es war nur ein Gedanke und bevor du wieder nachts im Regen auf der Straße landest, dachte ich, ich biete es dir an, aber wie gesagt, du schuldest mir keine Erklärung.«

»Das ist es nicht.« Ich schüttelte den Kopf. »Ich bin nur ... überrascht, das ist alles. Du scheinst dir viele Gedanken über diesen Trip gemacht zu haben und in keinem davon war vorgesehen, einen blinden Passagier mitzunehmen.«

Seine Mundwinkel zuckten nach oben. »Hast du schon mal einen Roadtrip gemacht?«

Ich verneinte. Tatsächlich kannte ich den Begriff nur aus den unzähligen Büchern, die ich in meiner Zeit im Hades verschlungen hatte, und aus etlichen Filmen und Serien.

»Das Reizvolle daran ist, dass man sich zwar einen Plan macht, diesen aber schlussendlich komplett über den Haufen wirft, Cat.«

»Ich glaube, das musst du mir erklären. Wozu einen Plan machen, wenn man sich letztlich nicht daran hält?«

Sein Lächeln wurde breiter. »Um den Möglichkeiten, die sich unterwegs ergeben, Raum zu schaffen. Denn genau diese Möglichkeiten sind es, die einen Roadtrip ausmachen, weißt du?«

»Und ein Mädchen, das du nachts aufgegriffen hast, ist so eine Möglichkeit?«

Der Ausdruck, mit dem mich Kenzo ansah, veränderte sich. Wurde irgendwie intensiver und sorgte dafür, dass sich die Härchen in meinem Nacken aufstellten. »Das werde ich erst herausfinden, wenn ich dafür Raum schaffe, oder nicht?«

»Du kennst mich nicht. Was ist, wenn ich dir deinen Trip versaue?«

»Du kennst mich auch nicht – faire Ausgangsbedingungen, würde ich sagen.«

Ich verzog das Gesicht. »Und du sagst, *ich* sei schräg.«

Kenzo sah auf die Karte und glättete einen Knick. »Überleg es dir. Wie gesagt, ich starte morgen früh vermutlich gegen zehn Uhr, dann ist der Berufsverkehr durch. Du kannst den Zug nach Edinburgh nehmen, in ein Flugzeug steigen … oder mit mir fahren. Egal, wie du dich entscheidest, mein Angebot steht.«

Bei seinen Worten breitete sich eine seltsame, ungewohnte Wärme in mir aus, die meine Nervenenden kribbeln ließ.

Ziehst du das tatsächlich in Erwägung, Calea? Hero stieß mich mit dem Kopf an. *Es mag selten vorkommen, aber hier bin ich ganz deiner Meinung. Du kennst ihn nicht und Dämonen sollten Menschen nicht zu nahe kommen, wenn es sich vermeiden lässt. Ganz besonders nicht du. Warum sollte er dir überhaupt so ein Angebot machen? Wo ist der Haken?*

Vielleicht gibt es keinen, Hero. Kenzo ist ein Mensch, wie du richtig erkannt hast, und kein Dämon.

Du denkst wirklich darüber nach.

Keine Ahnung, erwiderte ich ruppig und umfasste die raue Kante der Werkbank fester. *Okay? Ich weiß es nicht.*

Dann schlage ich vor, dass du das änderst und Vernunft annimmst. Denn meine Instinkte sagen mir, dass dieser Mensch Ärger bedeutet. Ärger, den wir nicht gebrauchen können.

***

Der Himmel war grau und verhangen und der Geschmack von Regen lag in der Luft. Die ersten Straßenlaternen waren bereits angegangen und es würde nicht mehr lange dauern, bis auch die letzten Reste Tageslicht verschwunden sein würden.

Seit fast vier Stunden lief ich jetzt schon ziellos durch Londons Straßen, während ich in Gedanken wieder und wieder die Begegnung mit Kenzo durchging und die daraus entstandenen Konsequenzen meiner Reise.

Mom hatte mir bei jeder sich bietenden Gelegenheit von der Stadt vorgeschwärmt, von dem Zauber, der ihr innewohnte, und den unendlichen Möglichkeiten, die sich hier boten. Doch sosehr ich ihre Geschichten über London auch geliebt hatte, mit jedem Schritt, den ich zurücklegte, musste ich zugeben, dass ich diesen Zauber nicht spürte. Beinahe so, als wäre ich blind und taub dafür. London war die Stadt meiner Mutter, und auch wenn mich die Bauwerke, die Lichter und selbst die überfüllten Straßen faszinierten, spürte ich, dass *meine* Stadt woanders lag.

Wo auch immer das sein mochte.

Vielleicht findest du das ja auf diesem Roadtrip heraus. Ich unterband den lächerlichen Gedanken, noch bevor er sich wirklich in mir festsetzen konnte, und blieb am Ufer der Themse stehen. Vor mir ragte die beleuchtete Tower Bridge auf, dahinter der berüchtigte Tower of London. Unzählige Touristen hielten ihre Handys und Kameras in die Höhe, schossen Fotos von den Sehenswürdigkeiten oder ließen sich selbst mit dem funkelnden Fluss im Hintergrund fotografieren.

Es war merkwürdig. Im Hades hatte ich immer das Gefühl gehabt, ich würde besser in die Menschenwelt passen, so ohne Fähigkeiten und Höllenfeuer. Doch jetzt, allein inmitten von Menschen, die lachten, sich unterhielten und sich an ihre warmen Coffee-to-go-Becher klammerten, fühlte ich mich genauso fehl am Platz. Genauso rastlos und aus dem Bild gerissen.

Vermutlich sollte es mich nicht wundern. Schließlich war ich kein Mensch und London nicht mein wundersamer Anker. Und doch war das niemals stillstehende Rad in mir für ein paar Momente langsamer gelaufen. Im Café. Mit Kenzo.

Hör dir doch mal selbst zu, Cat. Ist das dein Ernst?

Hero war nicht in der Nähe, um mir diese Dinge an den Kopf zu werfen, und trotzdem klang die Stimme in meinen Gedanken verdächtig nach dem Kami.

Seufzend legte ich die Unterarme auf die Mauer, die die Themse von dem breiten Fußweg trennte, und schaute zur Brücke. Egal, wie oft ich meinen ursprünglichen Plan während meines Spaziergangs durch London auch durchgegangen war, Kenzo hatte sich immer wieder in meine Gedanken geschlichen. Er und sein vermaledeiter Roadtrip.

Ich lächelte unwillkürlich, als ich an die unzähligen Kommentare auf der Landkarte und an die Selbstverständlichkeit dachte, mit der er sein Angebot ausgesprochen hatte. Als würde er nicht eine Sekunde daran zweifeln, dass es die richtige Entscheidung war, mich einzuladen.

»Das ist doch absurd«, murmelte ich kaum hörbar und kuschelte mich tiefer in meinen dicken Pullover, als ein frischer Wind aufkam. »Absurd und dämlich und…« Ich zog die Unterlippe zwischen die Zähne und strich mir die verirrten Haarsträhnen zurück.

Und was?, fragte mich meine innere Stimme herausfordernd, die sich jetzt nach einer Mischung aus Hero und Jade anhörte. *Was hast du denn zu verlieren? Kenzo ist tatsächlich deine beste Option. Er kennt sich aus, stellt keine Fragen und es interessiert ihn nicht die Bohne, was der wirkliche Grund deiner Reise ist.*

Ich atmete hörbar aus und musste der Stimme recht geben.

Und sollte er dir dumm kommen, kannst du immer noch verschwinden. Also, seit wann denkst du so viel darüber nach, was schiefgehen könnte, anstatt einfach zu leben?

Diese Selbstgespräche mussten dringend aufhören.

Zähneknirschend ließ ich meine innere Stimme verstummen und starrte auf die Narbe, die mir der Teufel höchstpersönlich verpasst hatte. Meine Eintrittskarte in diesen ganzen Schlamassel und der Beginn meiner Geschichte.

Das reizvolle daran ist, dass man sich zwar einen Plan macht, diesen aber schlussendlich komplett über den Haufen wirft, Cat.

Ich hatte Ryker gebeten, mich diese Sache auf meine Art und Weise durchziehen zu lassen. Und vielleicht war das hier genau meine Art: Raum schaffen, für Möglichkeiten, die sich auf dem Weg ergaben. Kenzo Raum schaffen, um so eine Möglichkeit zu werden.

Ich spürte, wie ein schiefes Grinsen an meinen Mundwinkeln zupfte, während sich mein Herzschlag beschleunigte. Keine Ahnung, ob es die richtige Entscheidung war, aber ich würde es niemals erfahren, wenn ich es nicht darauf ankommen ließ.

In mir rastete etwas ein. Ein einziges winziges Zahnrad ruckte an die passende Stelle und stoppte das sich kreisende Gedankenkarussell in meinem Kopf.

Sei mutig, Cat.

Im nächsten Augenblick hatte ich mich auch schon entschlossen von der Tower Bridge abgewandt und ließ sie, zusammen mit den Touristen und Zweifeln, hinter mir zurück.

Ich hatte mich entschieden, jetzt war es an mir herauszufinden, wo mich diese Entscheidung hinführen würde.

Jetzt war es an mir, mutig zu sein.

Kapitel 7

Es war kurz vor zehn Uhr, als ich vor der breiten Tür der Werkstatt stand, in der ich gestern aufgewacht war. Wenn ich so darüber nachdachte, kam es mir vor, als würde das schon weitaus länger in der Vergangenheit liegen als vierundzwanzig Stunden.

Ich konnte nicht genau sagen, warum ich bis zur letzten Minute gewartet hatte und erst jetzt hergekommen war, aber als ich nun gegen das kühle Metall klopfte, hatte ich keinen Zweifel daran, das Richtige zu tun. Ryker hatte mir geraten, auf meinen Instinkt zu vertrauen und genau das tat ich. Und daran konnten selbst Heros zynische Kommentare, die er in einer Tour von sich gab, nichts ändern.

Dein Mensch ist nicht da, gehen wir, dann erwischen wir vielleicht noch den Zug.

Just in diesem Moment wurde ein Schlüssel im Schloss umgedreht, nur einen Sekundenbruchteil später erschien Kenzo im Türrahmen und sah mich ungläubig an. »Cat?«

»Hey, ich weiß, ich bin spät, aber –«

Er winkte ab und öffnete die Tür etwas weiter. »Komm rein, ich packe gerade die letzten Sachen – vorausgesetzt, du bist deswegen hier.« Ein warmes Leuchten trat in seine hellen Augen.

Ich lächelte. »Ja, genau deswegen bin ich hier.«

»Mit Kater?« Sein Blick glitt für einen kurzen Moment zu Hero, der sich vielsagend über die Fangzähne leckte.

Hör auf mit dem Quatsch, rügte ich und stupste ihn sanft an.

»Mit Kater.«

»Tja, dann stelle ich dir mal Boy vor.«

Hero fauchte in meinen Gedanken. *Boy? Ich werde mich ganz sicher nicht mit irgendeinem Straßenköter oder einer Hauskatze arrangieren, Prinzessin.*

Hast du etwa Angst vor einem Haustier?

Lach du nur. Mal sehen, ob du immer noch lachst, wenn besagtes Schoßhündchen mein Mittagessen wird.

Kenzo schloss die Tür hinter mir und schnappte sich wortlos meinen Dufflebag, ehe er mich weiter in sein Reich führte. Seit gestern hatte sich nicht viel verändert, bis auf die Tatsache, dass nun auf der freien Fläche in der Mitte ein weißer Geländewagen stand. Ich kannte mich nicht besonders gut mit Autos aus, im Hades gab es so etwas nicht, aber mit den großen, schwarzen Reifen und dem Wildfänger an der Motorhaube wirkte der Wagen fast schon Furcht einflößend.

»Das ist Boy. Mein Jeep.«

Ich sah Kenzo mit großen Augen an. »Dein Jeep heißt Boy?«

Ich habe es dir ja gesagt, dein Mensch hat nicht alle Krallen beisammen.

Er ist nicht mein *Mensch, Hero.*

Kenzo versenkte die Hände schulterzuckend in den Taschen seiner ausgewaschenen Bluejeans. »War Jules' Idee, nicht meine.«

Langsam ging ich näher an den Wagen ran und lief einmal um das Ungetüm herum. Der Jeep hatte zwei Türen, einen Gepäckträger auf dem Dach und ein zusätzliches Rad an der Heckklappe. »Sieht fahrtüchtig aus.«

Schmunzelnd klopfte Kenzo auf die Motorhaube und

nickte. »Ist er auch. Hilfst du mir, die restlichen Sachen einzuladen, dann können wir los und –«

»Kenzo?« Eine schrille Frauenstimme hallte durch den Raum.

»Verdammt«, brummte er und biss die Zähne zusammen, sodass ein Muskel an seinem Kiefer zuckte. Ich zog fragend die Augenbrauen hoch, bekam jedoch im nächsten Moment bereits eine Antwort, als eine schlanke Frau mit blondem Knoten und dunkelblauem Kostüm die Metalltreppe hinunterkam.

»Hab ich's mir doch gedacht, dass du mal wieder hier unten steckst, anstatt im Hörsaal zu sitzen. Professor Hurrington hat –« Die Frau verstummte, als sie mich bemerkte, und schürzte die Lippen. »Würdest du mir das bitte erklären, Kenzo?«

»Hi, Mum. Ich wüsste nicht, was es zu erklären gibt. Du weißt, dass ich Jules zu ihrem Geburtstag besuche. Cat begleitet mich.«

»*Cat*«, wiederholte Kenzos Mutter, als wäre mein Name irgendetwas Undefinierbares. Ich begann zu verstehen, was Kenzo mit *Auszeit* und *schwierige* Mutter gemeint hatte.

»Ja, *Cat,* und ehrlich gesagt sind wir spät dran.« Mit einem Blick in meine Richtung stieß er sich von Boy ab, hauchte seiner Mom einen flüchtigen Kuss auf die Wange und schnappte sich dann die Tasche, die neben ihren makellosen High Heels am Boden stand.

»Juliettes Geburtstag ist erst in drei Tagen und du hast Vorlesungen. Von den prüfungsrelevanten Seminaren morgen mal ganz zu schweigen.«

»Ich bin erstaunt, dass du das noch weißt«, erwiderte Kenzo kühl, verstaute besagte Tasche im Jeep und schlug die Tür so heftig zu, dass ich unwillkürlich zusammenzuckte. »Und wie gesagt, wir sind spät dran. Wenn du uns also entschuldigen würdest …«

Seine Mutter machte einen aufgebrachten Schritt in seine Richtung. »Kannst du mal bitte einen Augenblick stillhalten und vernünftig mit mir sprechen?«

»Ich denke, wir wissen beide, dass es dafür ein bisschen zu spät ist. Wir sehen uns in ein paar Tagen, ich werde Jules von dir grüßen. Kommst du, Cat?«

Etwas unschlüssig sah ich zwischen Kenzo und seiner Mutter, deren Wangen sich verdächtig gerötet hatten, hin und her und umfasste meine Ledertasche fester. »Sicher. Hat mich gefreut, Mrs Warren.«

Ohne auf eine Erwiderung zu warten, kletterte ich auf den Beifahrersitz, dessen Tür mir Kenzo aufgehalten hatte. Mit gemischten Gefühlen verfolgte ich, wie er mit angespannten Schultern um die Motorhaube herumging und sich auf den Fahrersitz schob.

»Kenzo …«, meinte ich leise und sah ihn von der Seite an.

»Fahren wir«, war alles, was er entgegnete, ehe er den Motor startete und über eine kleine Fernbedienung das breite Garagentor öffnete.

Kurz darauf rauschten wir auch schon in den grauen Morgen und ließen die Werkstatt hinter uns.

Dein Sonnenschein kann ja auch anders, kommentierte Hero, der es sich auf der Rückbank, zwischen Taschen und einer Kühlbox, bequem gemacht hatte, und leckte sich die Pfoten.

Nicht hilfreich.

Wir kamen an einer roten Ampel zum Stehen und ich sah ein weiteres Mal zu Kenzo. Er wirkte noch immer angespannt, seine Fingerknöchel traten weiß hervor, so fest hielt er das

Lenkrad umklammert, und das Grün seiner Augen schien deutlich dunkler als Momente zuvor.

Als er meinen Blick bemerkte, seufzte er leise. »Tut mir leid, dass du das mit ansehen musstest. Ich hatte gehofft, wir würden fahren, bevor meine Mutter zurückkommt.«

»Du musst dich nicht entschuldigen und du hättest auch ruhig noch mit deiner Mom sprechen können ...«

Kurz schaute er zu mir, dann fuhr er ruckartig an. »Ich bin nicht wegen dir so kurz angebunden gewesen. Die Sache mit meiner Mutter ist ... eine lange Geschichte.«

Es wurde still im Wagen, bis auf das leise Radio und das stetige Brummen des Motors. Weil ich das Gefühl hatte, Kenzo bräuchte ein paar Minuten für sich, konzentrierte ich mich stattdessen auf alles außerhalb des Jeeps und sog diese andere Welt in mich auf. Erst als die Straßen schmaler wurden und immer weniger Häuser den Fahrbahnrand säumten, brach Kenzo schließlich das Schweigen.

»Erzähl mir etwas von dir, Cat«, bat er leise und löste eine Hand vom Lenkrad.

Ich wandte mich vom Fenster ab und zog ein Bein an. Meine Schuhe hatte ich schon vor einer Weile ausgezogen. »Was möchtest du hören?«

»Warum *Cat*? Wie bist du von Calea zu dem Spitznamen Cat gekommen?«

»Das war die Idee meines Bruders, als Hero mein ... Haustier geworden ist.«

Haustier?, murrte der Kami. *Es reicht schon, dass Ryker mich als Schoßhündchen sieht, fang du nicht auch noch damit an.*

In diesem Moment fragte ich mich, was Ryker wohl gerade tat. Oder Jade. Hatten meine Eltern den Wachen schon die Hölle heißgemacht, weil ich verschwunden war?

»Ist er älter oder jünger?«

»Ryker und ich sind Zwillinge. Ich bin allerdings die ältere.« Wenn man nach dem ging, was der Teufel mir erzählt hatte. »Dann habe ich noch eine jüngere Schwester, Jade, aber wir stehen uns im Augenblick nicht besonders nahe. Jade hat es nicht leicht und meine Eltern sind ziemlich auf Ryker fixiert.« Ich wusste nicht genau, warum ich Kenzo das alles erzählte, aber aus irgendeinem Grund *wollte* ich es ihm sagen. »Mein Bruder wird unser ... Unternehmen irgendwann übernehmen, das steht außer Frage, aber Jade ist sehr ehrgeizig und kommt nicht so gut damit klar, dass sie in Ryks Schatten steht.«

Kenzo hob eine Augenbraue und tippte einen schnellen Rhythmus auf das Lenkrad. »Was ist mit dir?«

»Hm?«

»Wie geht es dir damit, dass dein Bruder in erster Reihe steht?«

Erstaunt stellte ich fest, dass ich mir darüber nie Gedanken gemacht hatte. Für mich war Ryker der Thronfolger und daran änderte auch die Tatsache, ob in mir doch so etwas wie Magie schlummerte, nichts. Es war mir nie darum gegangen, seinen Platz einzunehmen, immer nur ...

»Mir ist das gleich. Ich möchte einfach nur dazugehören.«

Erst als ich Kenzos Blick auf mir prickeln spürte, wurde mir bewusst, dass ich meine Gedanken laut ausgesprochen hatte. Hastig sah ich aus dem Fenster und umfasste den Rauchkristall, der um meinen Hals baumelte, mit meiner Faust.

»Bist du deswegen auf dieser Reise?«, fragte Kenzo erstaunlich sanft und brachte den Wagen ein weiteres Mal zum Stehen.

»Schätze schon.« Ich seufzte. »Es gibt so viele ungeklärte Angelegenheiten und mir ist bewusst geworden, dass ich zu

Hause keine Antworten darauf finden werde. Also bin ich gegangen.«

»Dann hast du den schwersten Teil bereits hinter dir.«

Nun sah ich doch wieder zu Kenzo und runzelte leicht die Stirn. »Was meinst du?«

»Du hast deine Komfortzone verlassen, um deinen eigenen Weg zu finden. Das erfordert sehr viel Mut, Cat.«

Nur fühlte ich mich im Augenblick nicht mutig, eher ... innerlich zerrissen. Als würde ich zwischen zwei Zuständen hängen. Beide Seiten – das, was ich zurückgelassen hatte und das, was vor mir lag – zerrten und rissen gleichermaßen an mir und ich konnte nicht einmal sagen, welche die richtige war.

Nach ein paar Minuten, in denen keiner von uns etwas gesagt hatte, stupste mich Kenzo leicht gegen die Schulter und schenkte mir ein Lächeln, das ein seltsames Kribbeln in meinem Bauch auslöste.

»Was auch immer auf deiner Reise passiert, alles Weitere wird sich ergeben und dich von ganz allein finden, wenn du bereit dafür bist. So ist es immer. Hab ein bisschen Vertrauen.«

***

Als wir London schließlich hinter uns gelassen hatten, waren auch die ernsten Themen dort zurückgeblieben. Ich fragte Kenzo nicht, warum er seiner Mutter mit einer solchen Kälte begegnete, und Kenzo stellte im Gegenzug keine weiteren Fragen über meine Reise. Stattdessen verfielen wir in eine lockere Unterhaltung über alles Mögliche – wäre ich ein Mensch und religiös, würde ich vermutlich *über Gott und die Welt* sagen – und dabei umschifften wir beinahe meisterhaft all die ungesagten Dinge, die wie eine dunkle Wolke zwischen uns hingen.

Kenzo berichtete mir von seiner Leidenschaft für das Zerlegen und Zusammenbauen von Motoren, die er von seinem Vater hatte, verschwieg jedoch, was mit seinem Dad geschehen war. Ich erzählte vom Bogenschießen und dem Strand, an dem unser Zuhause lag, erwähnte allerdings nicht, dass es sich dabei um die Festung des Hades handelte und Bogenschießen so ziemlich das Einzige war, in dem ich Ryker und auch Jade schlagen konnte – ganz ohne Magie. Selbst bei unserer Pause in irgendeiner Kleinstadt, deren Namen ich mir nicht gemerkt hatte, brach unser Gespräch nicht ab, während wir uns über Burger und Pommes hermachten.

Es war erstaunlich leicht, mit Kenzo zu reden. Ich sprach Sachen aus, die ich seit Jahren für mich behielt, ohne groß darüber nachzudenken, einfach, weil es sich gut anfühlte, es endlich jemandem zu erzählen. Mit jeder Meile, die wir gemeinsam in Boy zurücklegten, stellten wir mehr Gemeinsamkeiten fest und verstrickten uns tiefer in Diskussionen über Bücher, Serien und Superheldenuniversen – Kenzo schwor auf Marvel, während ich eine unbestreitbare Schwäche für DC besaß.

Die Zeit verflog wie ein Wimpernschlag, und erst als Kenzo den Motor abstellte und plötzlich Ruhe im Wageninneren einkehrte, wurde mir bewusst, dass ich kaum etwas von der Fahrt mitbekommen hatte.

Es war einfach mit Kenzo. So einfach und mühelos, dass sich ein kleiner Teil von mir unwillkürlich fragte, ob es nicht *zu* einfach war. Ob es mir nicht merkwürdig vorkommen sollte, dass es sich nach den paar Stunden mit Kenzo anfühlte, als würden wir einander schon eine halbe Ewigkeit kennen.

Nachdenklich fuhr ich mir über das Kinn, folgte Kenzo schließlich aus dem Jeep und erstarrte, als mir bewusst wurde, wo wir gelandet waren.

Langsam setzte ich einen Fuß vor den anderen und schüttelte sprachlos den Kopf.

»Na, was meinst du? Gefällt es dir?«

Ohne den Blick von der rauschenden See vor uns abzuwenden, nickte ich lächelnd. »Damit habe ich nicht gerechnet.«

»Du wolltest ja nicht wissen, wohin genau die Reise geht.«

Nun sah ich doch zu Kenzo. Der Wind fuhr durch seine dunkelblonden Haare und das letzte Tageslicht ließ seine Augen funkeln. »Ich lasse mich eben gerne überraschen.«

Schmunzelnd zog sich Kenzo den dicken Wollpullover, den er bis eben in den Händen gehalten hatte, über. »Dann würde ich sagen, dass mir die Überraschung gelungen ist – dem erstaunten Ausdruck auf deinem Gesicht nach zu urteilen.«

»Allerdings.«

Kenzo hatte Boy auf einen menschenleeren, schier endlosen Strand gelenkt. Vor uns lag nichts als das Meer und der dunkler werdende Himmel, hinter uns Dünen und karge, grasbewachsene Hügel. Der Wind schmeckte nach Salz und Grenzenlosigkeit und wisperte leise Worte, während er beinahe liebevoll über meine Haut fuhr.

»Es ist wunderschön«, murmelte ich und machte ein paar Schritte in Richtung Wasser. »Wo sind wir?«

»Nordöstlich von Norwich, wenn dir das etwas sagt. Etwas südlich gibt es Strandteile, die sehr überlaufen sind, doch hierher kommt so gut wie niemand. Deswegen ist es auch der perfekte Ort, um Seehunde zu beobachten.« Ich drehte den Kopf in seine Richtung. »Wir können morgen bei Sonnenaufgang nach ihnen suchen, wenn du möchtest. Ein Stück die Küste rauf gibt es Felsen, wo sie gerne bei Tagesanbruch hocken.«

Als eine weitere Böe über den Strand fegte, umschlang ich mich mit den Armen und kuschelte mich tiefer in mein kariertes Flanellhemd. In all den Geschichten über die Erde hatte meine Mutter ganz offensichtlich ausgelassen, wie kalt es hier werden konnte.

»Bleiben wir heute Nacht am Strand?«

Kenzo nickte. »Du kannst hinten im Jeep schlafen, das ist echt gemütlich.«

»Was ist mit dir?«

»Ich habe ein Zelt dabei, das stelle ich direkt neben Boy auf.« Schulterzuckend deutete er hinter sich und ging dann zurück zum Jeep. »Ich weiß nicht, was mit dir ist, aber ich könnte jetzt etwas zu essen und ein Lagerfeuer gebrauchen. Ich habe sogar Marshmallows.«

»Klingt nach einem Plan.«

Es dauerte nicht lange, bis wir eine Grube ausgehoben und ein ordentliches Feuer aus dem Treibholz und ein paar Scheiten gemacht hatten, die Kenzo hinten in Boy gelagert hatte. Wir erhitzten etwas Wasser für zwei Tassen Tee und ließen uns anschließend auf einer dicken Picknickdecke direkt am Feuer nieder. Selbst Hero hatte sich zu uns gesetzt und döste, eingelullt von der Wärme. Ich konnte es ihm nicht verdenken, denn Menschenwelt hin oder her, Feuer war unser Element und übte auf jedes Wesen aus dem Hades eine natürliche Anziehung aus.

Während wir die restlichen Sandwiches und übrig gebliebenen Pommes verspeisten, sahen wir schweigend auf das Meer hinaus und lauschten dem Knacken der Flammen und dem Rauschen der See. Zwei so unterschiedliche Elemente direkt nebeneinander. Über uns lösten sich die Wolken des Tages nach und nach auf und gaben den Blick auf einen dunklen Himmel frei, der über und über mit Sternen gespickt war.

In diesem Moment verstand ich das erste Mal, was Mom gemeint hatte, als sie von dem Zauber der Erde gesprochen hatte. Denn hier und jetzt war ich mir absolut sicher, dass ich in meinem gesamten Leben nichts Magischeres gesehen hatte, als den Sternenhimmel über uns.

Ich fragte mich, ob Ryker bei seinen Missionen auf der Erde jemals etwas Vergleichbares erlebt hatte.

»Ist alles in Ordnung?«, fragte Kenzo irgendwann leise und lehnte sich auf seine Unterarme zurück.

Ich nickte und kraulte nachdenklich Heros Kopf, der daraufhin leise schnurrte und sich weiter an mich schmiegte. So viel zum Thema chaosstiftender Kami-Dämon.

»Danke, Kenzo«, sagte ich nach einer Weile und schaute zu ihm. Das Feuer malte tanzende Schatten auf sein Gesicht, die sich mit seinem Lächeln vermischten. »Danke, dass du mich mit auf deine Auszeit genommen hast.«

»Ich bin froh, dass du dabei bist, Cat.« Seine Stimme war genauso leise wie meine. Beinahe so, als wollte keiner von uns das Meer, das nun ruhig, beinahe friedlich, vor uns lag, stören.

Wir sahen einander an, dasselbe Lächeln auf den Lippen, als würden wir in diesem Augenblick ein gemeinsames Geheimnis teilen, dessen ganzes Ausmaß wir gerade erst zu entdecken begannen.

***

Das Feuer war längst runtergebrannt und die Sterne vom hellen Licht eines halbvollen Mondes vertrieben worden, als ich lautlos aus dem Jeep schlüpfte. Bis auf das Rauschen der See und dem leisen Rascheln des Windes war es beinahe totenstill hier draußen. Auch aus dem dunkelgrünen Zelt von Kenzo drang kein Laut – es war fast so, als wäre die Zeit in diesem Moment einfach stehen geblieben.

Ich schlang die Decke fester um meine Schultern, warf einen letzten Blick auf Hero, der leise schnarchend neben meinem Kopfkissen lag, und ließ den Jeep hinter mir. Trotz der Decke kroch mir sofort eine unangenehme Gänsehaut über den Körper. Einmal mehr wünschte ich mir, das Höllenfeuer zu besitzen, das in jedem Dämon brannte und ihn zuverlässig vor jeder Art von Kälte schützte.

Kopfschüttelnd wischte ich die Gedanken beiseite und folgte dem Strand für ein paar Minuten Richtung Norden, bis Boy und das Zelt außer Sichtweite waren, ehe ich mich in den kühlen Sand fallen ließ und einen meiner Dolche hervorzog. In dem schwachen Mondlicht blitzte er hell auf und erinnerte mich daran, dass das hier längst überfällig war.

Hastig zog ich den Rauchkristall unter meinem Pullover hervor und drückte die Spitze der Klinge an meinen Zeigefinger – als ich ein lautes Knacken hörte und erschrocken herumfuhr.

Mein Herz schlug mir bis zum Hals und das Blut rauschte dröhnend und viel zu schnell in meinen Ohren, während ich langsam aufstand und mich, den Dolch drohend vor mir ausgestreckt, umsah.

Nichts.

Der Strand war verlassen, das Meer ruhig, die Hügel hinter mir leer.

Da ist niemand, Cat. Wer sollte ausgerechnet hier *vorbeikommen und Jagd auf dich machen?*

Ich entspannte mich ein wenig, ließ mich zögerlich zurück in den Sand gleiten und atmete aus.

Bring es hinter dich, dann kannst du zurück ins Bett.

Es war lächerlich, wie unwohl ich mich hier fühlte, wo ich doch aus der wahrhaftigen Hölle kam und dort bereits so gut wie jede Art von Ungeheuer zu sehen bekommen hatte.

Entschlossen setzte ich die Klinge erneut an, drückte sie in meine Haut, bis ein paar Tropfen Blut hervorquollen und presste dann meinen blutigen Finger gegen den Rauchkristall. Der Anhänger erwärmte sich sofort unter der Berührung und sandte ein diffuses, milchig weißes Licht aus. Nur einen Herzschlag später materialisierte sich Ryker vor mir.

»Cat.«

Ich ließ den Dolch sinken und starrte auf die durchscheinende Projektion meines Zwillingsbruders. Er war physisch noch immer im Hades, doch sein Bewusstsein war für den Moment hier bei mir.

»Hey«, brachte ich hervor und spürte mit einem Mal, wie sehr er mir bereits nach diesen zwei Tagen fehlte. Sosehr Ryker mir zu Hause auch auf die Nerven ging, ihn plötzlich nicht mehr in der Nähe zu wissen, war ungewohnt.

Ryker lächelte sanft. »Ich habe nicht viel Zeit, du hast mich mitten aus einer Verhandlung mit einem Clanführer aus Detroit gerissen. Geht es dir gut? Warum bist du nicht in Inverness?«

»Ich bin in Ordnung. Es gab ein paar Änderungen, aber ich habe alles im Griff.«

»Gut.«

»Was ist mit dir? Was ist zu Hause los?«

Sofort verfinsterte sich Rykers Miene. »Im Hades ist die Hölle los, um es mal gelinde gesagt auszudrücken. Seit du verschwunden bist, gab es nicht eine ruhige Minute. Unsere Eltern haben alle Hebel in Bewegung gesetzt, um dich zu finden.«

Das hatte ich befürchtet. Instinktiv umfasste ich den Rauchkristall fester. »Deswegen die Verhandlungen?«

Ryk nickte grimmig. »Jemand will dich in Detroit gesehen haben. Mom und Dad versuchen so diskret wie möglich vorzugehen, aber es ist längst durchgesickert, dass die Königin der Hölle nach jemandem sucht, der ihr sehr viel bedeutet. Ich habe unsere Eltern darauf angesprochen, warum sie ausgerechnet die Elite zusammen mit jedem verfügbaren Wachtrupp losschicken, aber sie sagen mir nichts.«

Meine Miene verfinsterte sich. »Das ergibt keinen Sinn, als Jade letztes Jahr für ein paar Tage in die Clubs des Hades abgehauen ist, haben sie sie einfach machen lassen. Was ist an mir so anders? – Zumal ich in der *Menschen*welt bin. Ungefährlicher geht es quasi nicht.«

Ryker fuhr sich über den Nacken. »Was auch immer es ist … ich weiß nicht, wie lange dein kleiner Plan noch funktionieren wird.«

Ich stand auf und zog die Augenbrauen zusammen. »Das passt doch vorne und hinten nicht. Wir haben damit gerechnet, dass sie irgendwann nach mir suchen würden, aber sofort mit der gesamten Streitmacht der Hölle? Ohne mir zumindest ein paar Tage zu geben, zurückzukommen?«

»Wie gesagt, sie drehen jeden Stein um und wenn ich es nicht besser wüsste, würde ich sagen, dass … dass sie Angst haben. Dad hat seine Elite antreten lassen und Mom hat Kontakt zu Zayden und den Iljos aufgenommen.«

Die Iljos waren das Gegenstück zu den Dämonen und die selbst ernannten Beschützer der Menschen. Wenn Mom sogar auf sie zurückgriff… Mein Magen zog sich schmerzhaft zusammen. »Was bedeutet das alles?«

»Das bedeutet, dass du dir lieber nicht mehr so viel Zeit mit deinem Abenteuer lässt, Cat. Keine Ahnung, wie lange es noch dauert, bis unsere Eltern mich durchschauen oder sie dich gefunden haben.«

Ich knirschte mit den Zähnen. »Das ergibt doch gar keinen Sinn. Ich bin nicht von Wert, keine mächtige Dämonin oder sonst etwas… Warum geben sie mir nicht einfach etwas Freiraum? Nur dieses eine Mal.«

Mein Zwillingsbruder legte nachdenklich die Stirn in Falten und wirkte ebenso unzufrieden, wie ich mich in diesem Augenblick fühlte. »Ich habe das Gefühl, dass uns irgendetwas entgeht. Dass da mehr ist, nur… im Augenblick kann ich es dir noch nicht sagen, Calea. Ich werde weiterhin versuchen, es herauszufinden und dir Zeit zu verschaffen. Irgendwie, aber hier und jetzt kann ich dir keine Antwort geben.«

»Ich wünschte, wir wüssten es. Ich wünschte wir wüssten, was hinter all dem steckt, was unsere Eltern dazu bringt, sofort alle Hebel in Bewegung zu setzen.«

Rykers Projektion flackerte für einen Moment, dann begannen seine Iriden Bernsteinfarben zu glühen. Ein Zeichen, dass unser Treffen ein Ende fand.

»Was auch immer es ist, Cat, konzentrier dich auf deinen Plan und zieh ihn durch. Das hier ist vermutlich deine letzte Chance und sie wird mit jeder Sekunde, die du zögerst, kleiner.«

Ich verengte die Augen und machte einen weiteren Schritt auf Ryker zu, sodass ich den Kopf in den Nacken legen musste, um ihm direkt ins Gesicht sehen zu können. »Du hast eine Vermutung, oder?«

Ryker nickte langsam und fuhr sich über das Gesicht. Erst jetzt fielen mir die dunklen Schatten unter seinen Augen und die Erschöpfung in seinen Zügen auf.

Was zum Teufel ging hier eigentlich vor sich?

»Ja, ich habe eine Vermutung. Wenn ich wetten müsste, dann würde ich sagen, dass unsere Eltern gerade alles daransetzen, dass du nicht herausfindest, was sie seit Jahren so vehement verschweigen. Ich habe unsere Mutter noch nie so gesehen. Was auch immer es ist, sie wollen nicht, dass es an die Oberfläche kommt, und werden nicht eher ruhen, bis du wieder unter Kontrolle und im Hades bist. Ich lege dir also nahe, dich zu beeilen, Cat. Beeil dich und löse dieses verfluchte Rätsel, bevor es zu spät ist. Denn es ist nur noch eine Frage der Zeit, bis unsere Mutter die ganze verdammte Hölle auf die Erde loslässt, um dich zurückzuschleifen.« Sein Blick wurde eindringlicher und jagte mir eine ganze Reihe Schauer über den Rücken, die nichts mit der nächtlichen Kälte zu tun hatten.

»Und normalerweise bekommt die Höllenkönigin, was sie will. Selbst wenn es dabei um die Freiheit ihrer eigenen Tochter geht.«

Kapitel 8

Es war kühl, die Sonne noch nicht aufgegangen und über dem Meer hing ein Schleier aus Gischt. Die Luft war klar und schmeckte nach dem Salz der See. Mit diesem Anblick vor Augen war ich plötzlich dankbar dafür, dass meine Gedanken mich wach gehalten hatten.

Ich hatte es mir im Sand mit meiner Decke gemütlich gemacht, mein abgegriffenes Skizzenbuch auf den Knien und den Wind in den Haaren. Seit ein paar Minuten, vielleicht waren es auch Stunden, starrte ich bereits auf das Meer und drehte meinen Kohlestift gedankenverloren in den Händen. Die angefangene Skizze zeigte den Strand mit Boy und dem Zelt und ein heruntergebranntes Lagerfeuer. Ich hatte mir vorgenommen, meine Erlebnisse in Form von Zeichnungen festzuhalten, so, wie ich es schon immer getan hatte. Doch mit jedem Strich, den ich gesetzt hatte, waren meine Gedanken lauter geworden. Normalerweise verstummten sie, sobald ich mich in meinen Skizzen verlor, oder beschränkten sich auf die leisen Worte, mit denen meine beste Freundin Atarah mir den Hades beschrieben hatte – aber heute gelang es mir nicht, die Stimme meines Bruders auszublenden.

Ich lege dir also nahe, dich zu beeilen, Cat. Beeil dich und löse dieses verfluchte Rätsel, bevor es zu spät ist.

Ich wirbelte den Stift schneller in den Fingern und biss mir von innen auf die Wangen. Hier zu sitzen und aufs Meer zu starren, war Zeitverschwendung – und darüber hinaus gefährlich. Wenn ich Rykers Worten Glauben schenkte dann blieb mir viel weniger Zeit, als ich angenommen hatte. Gerade mal ein Wimpernschlag, der jeden Augenblick vorbei sein konnte. Ich sollte aufstehen, in Bewegung bleiben, mich auf mein Ziel konzentrieren und *nur* darauf. Und doch ... blieb ich, wo ich war.

Ursprünglich war ich auf diese Reise gegangen, um Antworten auf die unzähligen Fragen zu bekommen, die mein Leben seit meiner Geburt beherrschten. Doch nun, wo ich einen Blick auf diese Welt erhascht hatte, wo ich den Sand unter den Füßen und die Gischt auf der Haut gespürt hatte, wurde neben dem Verlangen nach Erklärungen und der Furcht noch etwas anderes präsent: Sehnsucht. Neugier. Der Drang nach Freiheit. Der Wunsch, sich nicht länger an Pläne halten zu müssen, sondern auf *Möglichkeiten* zu warten und sie zu nutzen. Sollte ich diese einmalige Gelegenheit nicht auskosten? Jede einzelne Sekunde genießen, wenn sie jeden Moment enden konnte?

Was für törichte und naive Gedanken, dachte ich schmunzelnd und blätterte durch mein Skizzenbuch. Zeichnungen von meinem Zimmer, der Hauptstadt des Hades, wie ich sie von meinem Balkon aus gesehen hatte, von Mutter und Vater sprangen mir entgegen. Von Ryker und Jade, von Hero, wie er einen winzigen Kugel-Dämon im Maul trägt. Das alles war meine Heimat, keine Frage, doch was war, wenn sich mein *Zuhause* an einem ganz anderen Ort befand?

Ich schlug die Seite mit der Strandskizze auf und setzte den Kohlestift wieder auf das raue Papier, als ich hinter mir Schritte hörte.

»Du bist ja schon wach.« Kenzo ließ sich neben mir auf der Decke nieder und reichte mir eine Tasse aus Emaille, aus der ein himmlischer Duft nach Kaffee aufstieg. »Möchtest du dir den Sonnenaufgang anschauen?«

»Danke. Darüber habe ich noch gar nicht nachgedacht, ehrlich gesagt. Ich konnte nicht schlafen, deswegen bin ich weiter ans Meer gegangen. Ich wollte dich nicht wecken.« Ich schlang die Finger um die warme Tasse und bemerkte die Kamera, die an einem bunten Band quer über Kenzos Brust hing. »Du fotografierst Sonnenaufgänge?«

»Unter anderem, ist irgendwie so ein Tick von mir. Ich fange gerne außergewöhnliche Momente ein. So wie beispielsweise einen Sonnenaufgang an diesem Ort. Wusstest du, dass dieser Punkt einer der ersten in Großbritannien ist, der die Sonne des neuen Tages zu sehen bekommt?«

Ich schüttelte den Kopf. »Nein, aber ich mag den Gedanken.«

Kenzo nippte an seinem Kaffee und nickte auf meine Zeichnung. »Stift und Papier sind deine Art, Augenblicke festzuhalten?«

So hatte ich das noch nie betrachtet. Für mich waren meine Skizzen immer eine Möglichkeit, das sehen zu können, was für andere selbstverständlich war. Meine eigene Wirklichkeit. »Ich habe mir auf dem Papier meine Welt erschaffen«, erwiderte ich leise und sah zu Kenzo auf. In dem fahlen Licht wirkten seine Augen beinahe wie Frost, der frisches Gras überzog. Ein paar seiner dunkelblonden Strähnen lugten unter einer dunkelroten Mütze hervor und fielen ihm in die Stirn.

»Du bist wirklich gut – also deine Zeichnungen sind sehr gut. Darf ich sie mir ansehen?«

Etwas unschlüssig blickte ich zwischen meinem Skizzenbuch und Kenzo hin und her, ehe ich ihm das schwarz eingebundene Buch schließlich reichte. Beinahe andächtig schlug er die einzelnen Seiten um und musterte jede Zeichnung einige Momente schweigend, während es um uns herum immer heller wurde.

»Ist das deine Familie?« Er deutete auf eine Zeichnung, die ich vor ein paar Jahren angefertigt hatte. An diesem Tag hatten uns die besten Freunde meiner Mutter besucht: Tante Annie und Zayden.

Ich nickte und tippte nacheinander auf die einzelnen Personen. »Meine Eltern, Ryker, Jade und ich.«

»Sie sehen nett aus, wie eine liebevolle Familie.«

Stirnrunzelnd nahm ich ihm das Buch wieder ab und legte es neben mich. »Das sind sie, aber … es ist kompliziert.«

Ich sah aufs Meer hinaus, wo der Himmel gerade zu einem hellen Rosa wechselte und die ersten Anzeichen des Sonnenaufgangs am Horizont erschienen. Kenzo hatte recht: Das hier war definitiv ein außergewöhnlicher Moment, dessen Schönheit man einfangen sollte.

»Mit komplizierten Familien kenne ich mich aus, glaub mir. Meine Mum durftest du ja schon kennenlernen und mein Dad … meinen Dad habe ich seit einer Ewigkeit nicht mehr gesehen.«

Überrascht hob ich den Kopf. »Warum? Lebt er nicht mehr in London?«

Kenzos Miene wurde nachdenklich, beinahe so, als würde er sich in sich zurückziehen. »Ich weiß nicht, wo er wohnt oder ob er überhaupt noch am Leben ist. Er könnte genauso gut auf dem Mond oder Jupiter sein. Ich habe mir immer vorgenommen, ihn eines Tages gemeinsam mit Jules zu suchen. Aber bisher ist dieser Tag noch nicht eingetroffen.«

Aus einem Impuls heraus legte ich eine Hand auf seine, die zwischen uns auf der Decke ruhte. Von dort aus, wo sich unsere Finger berührten, rauschte ein angenehmes, warmes Prickeln durch meinen Körper.

»Hast du nicht gesagt, dass die Dinge einen finden, sobald man bereit dafür ist?«

Kenzo fuhr mit dem Daumen über meinen Handrücken, was das Kribbeln verstärkte, und hob einen Mundwinkel. »Vielleicht sollte ich zur Abwechslung auch mal selbst auf meine Glückskekssprüche hören.«

»Ja, vielleicht.«

Gemeinsam beobachteten wir, wie die Sonne sich Stück für Stück über den Horizont erhob. Kenzo griff nicht nach seiner Kamera und ich ließ meinen Stift liegen. Statt den Augenblick in irgendeiner Form einzufangen, saßen Kenzo und ich einfach nur da und genossen diesen außergewöhnlichen Moment. Und ich die Wärme, die Kenzos Nähe in mir auslöste.

Die Sonne war längst aufgegangen und das Zelt verstaut, als wir nach einem kurzen Frühstück in Boy saßen. Vor uns, ausgebreitet auf dem Armaturenbrett, lag die Landkarte, in die Kenzo die Route eingezeichnet hatte. An jedem roten Kreuzchen standen kleine Kommentare und die ungefähre Fahrzeit zum nächsten Ziel. Sie war selbst ein kleines Kunstwerk.

»Also keine Überraschungen mehr?«

Schulterzuckend fuhr ich die Linie nach und blieb an der Markierung hängen, an der wir uns gerade befanden. »Du hast bewiesen, dass du Überraschungen draufhast, also kann ich jetzt getrost einen Blick auf die Route werfen.«

Kenzo setzte einen Haken hinter unseren ersten Stopp und tippte auf die folgenden. »Bis zum Leuchtturm hier sind es etwa sechs Stunden, dort könnten wir Mittag machen und dann den Abend und die Nacht wieder an der Küste verbringen. Das bietet sich beim *Drinking Dinosaur* an.«

Skeptisch hob ich die Augenbrauen. »Und was genau ist das?«

Lächelnd faltete Kenzo die Karte zusammen und zwinkerte mir dann zu. »Lass dich überraschen.«

***

Wir legten die sechsstündige Strecke bis zum Leuchtturm, der eigentlich *RNLI Humber Lifeboat Station* hieß, in einem Stück zurück. Dort angekommen machten wir es uns erst mal gemütlich: Wir setzten uns an die warme runde Außenwand des schwarz-weiß gestreiften Leuchtturms und genossen den uneingeschränkten Blick aufs Meer. Kenzo zauberte – man konnte es ganz einfach nicht anders nennen, da er nur einen winzigen Campingkocher besaß – ein Mittagessen aus Nudeln und würziger Soße. Danach schoss er einige Fotos, während ich mir die Sonne auf den Körper scheinen ließ.

In diesem Augenblick schienen der Hades und meine Probleme so unglaublich weit entfernt. So, als würden sie hier schlichtweg nicht mehr existieren. Selbst Hero, der es sonst liebte, genau solche Momente mit irgendwelchen sarkastischen Kommentaren zu zerstören, lag zufrieden neben mir. Ein bisschen war es so, als wären wir durch das Portal nicht nur in eine andere Welt, sondern auch in ein gänzlich anderes Leben gefallen.

Schmunzelnd öffnete ich die Augen und bemerkte Kenzo, der ein paar Meter entfernt vor mir stand und die Kamera auf mich gerichtet hielt.

»Erwischt«, sagte ich, stellte meine leere Tee-Tasse zur Seite und stand auf. Der Wind erfasste meine langen Haare und zupfte beinahe spielerisch an dem großen Strickpullover, den ich über meine weite Jeans gezogen hatte. Ein leises Klicken erklang, dann senkte Kenzo die Kamera und kam zu mir.

»Ich hoffe, das ist okay. Du bist … das war nur einer dieser Momente, weißt du? Ich musste ihn einfangen.«

Seine Worte trieben mir eine ungewohnte Hitze in die Wangen, sodass ich rasch zur Seite schaute.

Wie konnte das sein? Wie konnte ein Mensch, den ich kaum drei Tage kannte, dieses heftige Kribbeln durch meinen Körper schicken? Würde ich es nicht besser wissen, hätte ich gesagt, dass hier Magie am Werk war. Eine besonders teuflische noch dazu.

Kenzo räusperte sich vernehmlich und hängte sich die Kamera über eine Schulter. »Wir sollten weiter. Ich habe mir überlegt, dass wir heute doch noch die Distanz bis zur ersten Burg zurücklegen. Dann haben wir dort mehr Zeit für Erkundungstouren.«

Ich nickte und strich mir die Haare hinter die Ohren. »Das klingt gut, bin dabei.«

Mit ein paar Handgriffen war alles wieder in Boy verstaut und wir zurück auf der Straße. Wir machten einen kurzen Stopp beim *Chalk Tower*, einem weiteren historischen Leuchtturm, diesmal in Weiß. Anschließend verbrachten wir ein paar Stunden beim *Drinking Dinosaur*, einem gewaltigen Felsmassiv, das ins Meer ragte und tatsächlich eine gewisse Ähnlichkeit mit einem trinkenden Dinosaurier besaß. Mit viel Fantasie und gutem Willen.

Nach der Kletterpartie auf dem Dinosaurierfelsen fuhren wir zwei Stunden ins Landesinnere, wo das nächste Ziel lag: Der *North York Moors National Park*. Kenzo erzählte mir, dass es dort riesige Findlinge gab, die sogenannten *Bridgestones*, um die sich viele Legenden rankten, und zeigte sie mir wenig später. Ich musste zugeben, dass diese Steine wirklich etwas Außergewöhnliches an sich hatten, fand es aber weitaus interessanter zu beobachten, welche Verrenkungen Kenzo anstellte, um die Findlinge aufs Bild zu bekommen. So lange, bis Kenzo mich aus dem Gras hochzog, wo ich mit Skizzenblock und ein paar Keksen gesessen hatte.

»Ich werde ganz sicher nicht für ein Foto da rauf klettern, Kenzo«, lachte ich und wehrte mich gegen seine Hände, mit denen er mich immer weiter zu dem größten der hellen Findlinge scheuchte.

»Warum? Das wäre bestimmt ein sehr guter Moment für die Kamera.« In seinen Augen blitzte es auf.

»Verstehe. Wieso tauschen wir nicht die Rollen und du machst es dir dort oben gemütlich?«

»Sicher, ich –« Kenzo verstummte, als ich mit dem Rücken gegen den Stein stieß und wir einander plötzlich unheimlich nahe waren. So nah, dass wir dieselbe Luft atmeten und ich die kleinen, dunkleren Sprenkel in dem Jadegrün seiner Iriden erkennen konnte. So nah, dass ich seinen rasenden Herzschlag spüren konnte.

Ich schluckte und sah von seinen Augen zu seinen Lippen und zurück, während das Kribbeln in mir zunahm.

Kenzo stützte eine Hand neben meinem Kopf an die raue Oberfläche des Steins und kam mir noch ein Stück näher. »Cat ...«

»Hey! Habt ihr die Schilder nicht gelesen! Nicht berühren!«, brüllte plötzlich eine Stimme. Ein dickbäuchiger Ranger hob drohend eine Faust, als ich mich erschrocken nach ihm umdrehte.

Kenzo und ich fuhren auseinander, dann griff er sich auch schon meine Hand, verschränkte seine Finger mit meinen und zog mich von dem Findling fort. Ohne langsamer zu werden, schnappte er sich im Lauf mein Skizzenbuch und folgte dann dem Weg zurück zu Boy. Meiner Kehle entrang sich ein atemloses Lachen, als wir Hand in Hand über den losen Pfad rannten, als wäre der Teufel persönlich hinter uns her.

Nun, bis zu einem gewissen Grad stimmte das ja sogar.

Hero tauchte aus dem Gebüsch auf, etwas im Mund, das verdächtig nach einer kleinen Feldmaus aussah, und heftete sich an unsere Fersen.

Was ist los? Gefahr?

Nein, erwiderte ich in Gedanken, *nur ein außergewöhnlicher Moment.*

Als wir am Jeep ankamen, waren wir verschwitzt und unser Atem ein heiseres Keuchen auf dem beinahe leeren Parkplatz.

»Gut, dass ich nicht noch auf den Stein geklettert bin«, brachte ich hervor und stützte die Hände auf die Knie. »Der Ranger hätte uns am Ende gevierteilt.«

Kenzo strich sich die Haare aus der Stirn und grinste schief. »Oder Schlimmeres.«

Ich richtete mich auf und nahm mein Zeichenbuch, das er mir entgegenhielt. »Danke, dass du bei unserer Verfolgungsjagd noch dran gedacht hast.«

»Ist selbstverständlich, ich kann schließlich nicht zulassen, dass dir jemand deine erschaffenen Welten raubt.« Er sah mich noch einen Augenblick länger lächelnd an, dann wurde seine Miene ernster. »Wenn ich dir gerade bei den Findlingen zu nahe getreten bin, ich –«

Hastig legte ich ihm eine Hand auf den Arm und schüttelte den Kopf. »Nein, das bist du nicht«, erwiderte ich und war erstaunt über den Nachdruck in meiner Stimme.

Kenzo zog die Augenbrauen zusammen und nickte langsam. »Gut, denn…« Wieder brach er ab und atmete frustriert aus. »Hör zu, ich bin keiner dieser Typen, die … die sich einfach an jemanden ranmachen. Es fällt mir ja nicht mal besonders leicht *irgendjemandem* nahezukommen. Doch mit dir … Verdammt, ich klinge wie ein Vollidiot. Überspringen wir das, okay?«

»Okay«, hörte ich mich leise antworten und wusste mit jeder Faser meines Körpers, dass keiner von uns beiden es auch so meinte. Dass wir das hier nicht einfach *überspringen* konnten. Oder wollten.

Und obwohl es nicht so sein sollte, obwohl ich mich auf die Mission und die Hölle konzentrieren sollte, die jeden Moment über mich hereinzubrechen drohte, konnte ich plötzlich über nichts anderes mehr nachdenken, als darüber, wie schön es gewesen war, Kenzo nahe zu sein. Wie einfach und mühelos.

Ich dachte an das berauschende Prickeln, an seine Art, die Welt zu sehen, an die vielen verstohlenen Momente, in denen sein Blick auf mir gekribbelt hatte. Ich dachte häufiger an die Calea, die ich hier auf der Erde war, und immer weniger an die Dämonin, die in mir schlummerte.

Das war gefährlich.

Kenzo war gefährlich.

Und das Gefährlichste war, dass ich mir dessen voll und ganz bewusst war und dennoch nichts dagegen unternahm. Es einfach geschehen ließ.

Wie eine Möglichkeit, der ich Raum schaffte.

***

Ich musste eingeschlafen sein, denn als ich das nächste Mal die Augen öffnete, war es draußen stockdunkel und ich allein im geparkten Jeep. Selbst Hero, der die Fahrt über auf der Rückbank gedöst hatte, war verschwunden. Langsam richtete ich mich auf und schob die Decke, die Kenzo offensichtlich über mir ausgebreitet hatte, zur Seite. Dann fiel mein Blick auf den kleinen Zettel, der an der Windschutzscheibe klebte.

Bin im Zelt, falls du mich suchst.
Morgen machen wir die Burgen unsicher.
Schlaf gut, K.

Das erklärte Kenzos Abwesenheit, aber wo war Hero? Ich entschied, dass ich mich mit der Frage auch morgen früh noch beschäftigen konnte. Mein Kami-Dämon wusste durchaus auf sich aufzupassen und vielleicht hatte er letztlich doch noch Freundschaft mit Kenzo geschlossen. Zuzutrauen wäre es dem wankelmütigen kleinen Monster durchaus.

Hastig schlüpfte ich aus meinen Lederboots und kletterte dann zwischen den Vordersitzen nach hinten, als ich ein lautes Knacken hörte. Dasselbe vernehmliche Knacken, das ich auch gestern Nacht am Strand gehört hatte.

Was beim Hades ...?

Mitten in der Bewegung erstarrt, lauschte ich auf weitere Geräusche und versuchte meinen rasenden Puls zu beruhigen.

Du machst dich lächerlich, Cat.

Ich schüttelte kaum merklich den Kopf und löste nacheinander meine verkrampften Finger vom Sitz, um zur Schlaffläche zu gelangen. Im nächsten Moment hörte ich es wieder, das Knacken, dieses Mal gefolgt von einem rauen Schaben. Es war jetzt lauter und deutlich näher am Jeep und jagte mir eine Gänsehaut über den Körper.

Immer noch Einbildung?

Ich verscheuchte den Gedanken und zog meine Tasche zu mir heran. Mit ein paar Griffen hatte ich Pfeil und Bogen in den Händen und spähte in die Dunkelheit. Dank meiner Dämonengene konnte ich auch ohne Licht gut sehen. Nicht ganz so hervorragend wie ein Dämon im Vollbesitz seiner Fähigkeiten, aber gut genug, um zu erkennen, dass da draußen *etwas* war. Etwas, das nicht hierhergehörte und sich nur ein paar Meter von dem schlafenden Kenzo entfernt befand.

Reflexartig umfasste ich den Bogen fester und tastete mich vor, bis ich den Griff der Heckklappe erreichte und sie lautlos aufdrückte. Sofort schlug mir die kühle Luft entgegen, die auch hier nach Meer schmeckte, und die leicht muffige Note alter Gemäuer in sich trug. So leise wie möglich sprang ich aus dem Jeep und positionierte den Bogen in meinen Händen, während ich einen Fuß vor den anderen setzte. Dieses Mal war Boy in der Nähe eines Gebüschs, direkt am Anfang des Strands abgestellt. Ein gutes Stück hinter mir ragten die Umrisse des *Warkworth Castle* in den nächtlichen Himmel.

Mit angehaltenem Atem hielt ich inne und spähte um die Ecke des Jeeps, Pfeil und Bogen vor mir, bereit, jeden Moment zu schießen. Doch außer einem ausgeblichenen Stück Treibholz war nichts zu sehen.

Ich verliere langsam den Verstand.

Mit zusammengebissenen Zähnen zwang ich mein rasendes Herz zur Ruhe und schob mich um Boy herum, als ich eine rasche Bewegung im Augenwinkel ausmachte. Ohne zu zögern, wirbelte ich herum, spannte den Bogen aufs Maximum und stieß einen heftigen Fluch aus, als keine zwei Meter vor mir gelbe Augen aufleuchteten.

Hölle und Hades, ist das …?

Nur einen Atemzug später waren sie wieder verschwunden, gefolgt von einem vernehmlichen Zischen, das mir durch Mark und Bein ging.

Soll das ein verdammter Scherz sein?

Den Bogen weiter im Anschlag setzte ich einen Fuß vor den anderen, mein Herz trommelte so schnell und unregelmäßig, dass es mich nicht gewundert hätte, würde es mir beim nächsten Schlag aus der Brust springen.

Wo bist du?

Langsam ließ ich den Blick über die Umgebung schweifen, versuchte jede noch so winzige Veränderung, jede Regung auszumachen, doch da war ... nichts.

Unwillkürlich umfasste ich Pfeil und Bogen fester, so fest, dass meine Knöchel weiß hervortraten und sich das schwarze Holz unter meiner Haut erhitzte. Ich hatte mir die Augen nicht eingebildet, ich –

Ich kam nicht dazu, den Gedanken zu Ende zu bringen, denn einen Herzschlag später durchschnitt ein lautes Knacken die knisternde Stille. Jenes unverkennbare Knacken, das erklang, wenn etwas aus dem Dickicht brach. Etwas Großes und Massiges.

Beim Hades ...

Angespannt bis in die Zehenspitzen fuhr ich herum – und schoss. Das Wesen fauchte, wich dem Pfeil aus und baute sich dann bedrohlich vor mir auf. Nur mit Mühe unterdrückte ich einen frustrierten Schrei, als mir klar wurde, *was* das für eine Kreatur war.

Vor mir ragte die massige Gestalt einer schwarzen Großkatze mit spitzen Hörnern und langen Reißzähnen auf. Sie reichte mir bis zur Mitte der Brust und fixierte mich nun mit ihren grünlichen Augen, als würde sie sich bereits ausmalen, wie es wäre, mich zu zerfleischen.

Hero.

Zähneknirschend ließ ich den Bogen sinken und klinkte mich in unsere mentale Verbindung. *Was soll der Mist? Verwandle dich zurück.*

Hero bleckte die Zähne und fauchte ein weiteres Mal, ehe er langsam zu schrumpfen begann, bis er wieder normale Kater-Größe angenommen hatte. *Ich war jagen, wenn es dich so brennend interessiert, und das macht so deutlich mehr Spaß.*

So lange, bis dich jemand sieht und die Tierfänger alarmiert. Oder ich dich erschieße. Du kannst von Glück reden, dass ich dich verfehlt habe.

Kopfschüttelnd ging ich in die Hocke, um meinen Pfeil aufzuheben. Er war unnatürlich warm unter meiner Berührung. Nachdenklich drehte ich ihn in den Fingern und blickte dann über den Strand, auf das ruhige Meer dahinter.

Das Knacken und Rascheln war Hero gewesen, daran bestand kein Zweifel, doch die gelben Augen, die schattenhafte Bewegung im Augenwinkel …

»Cat?«

Reflexartig sprang ich auf, legte den Pfeil an die Sehne und fuhr herum – nur um den Angriff im letzten Moment abzubrechen.

»Beim Teufel, ich hätte dich fast erschossen!«, stieß ich hervor und ließ meine Waffe sinken.

Kenzo riss erschrocken die Augen auf, schien sich jedoch schnell von dem ersten Schock zu erholen. Skeptisch sah er auf den Bogen: »Langsam wird es zur Tradition, dass du mitten in der Nacht allein unterwegs bist, was?«

»Das ist nicht witzig. Ich hätte dich töten können.«

Irgendetwas an meiner Stimme ließ sein Lächeln einfrieren. »Ist alles okay? Du zitterst ja.«

Erst jetzt bemerkte ich das Klappern meiner Zähne, das ganz sicher nicht von der kühlen Nacht herrührte. »Ich … ich dachte, ich hätte etwas gehört.«

Kenzo machte einen vorsichtigen Schritt in meine Richtung. Dann noch einen. »Und da dachtest du, du stürzt dich wie Merida mit Pfeil und Bogen direkt in den Kampf?«

»Ich habe keine Ahnung, was das bedeutet.«

»Ist auch egal. Warum hast du mich nicht einfach geweckt?« Noch immer zitternd verfolgte ich, wie Kenzo mir behutsam die Hände auf die Schultern legte und meinen Blick suchte. »Ist wirklich alles in Ordnung bei dir, Cat?«

Ich sah ihm direkt in die Augen, die in dem dämmrigen Licht des wolkenverhangenen Monds dunkler wirkten, und nickte langsam. Jetzt, wo Kenzo so nah bei mir war, kehrte die Wärme allmählich in meine Glieder zurück und das Zittern ließ nach. Doch das änderte nichts an dem unangenehmen Prickeln, das noch immer in meinem Nacken brannte. An dem unguten Gefühl, beobachtet zu werden.

»Wir sollten etwas schlafen. Bis zum Sonnenaufgang sind es noch etwa fünf Stunden«, sagte Kenzo dann leise und strich mir eine verirrte Strähne aus der Stirn. Ich hielt den Atem an, als seine rauen Finger über meine Wange fuhren und dort einen Sekundenbruchteil länger verharrten, als nötig gewesen wäre.

»Ich glaube nicht, dass ich gerade einschlafen kann, Kenzo.« Nicht bei dem Gedanken an diese verfluchten gelben Augen, die mir einfach nicht mehr aus dem Kopf gingen – und dem, was sie zu bedeuten hatten.

»Dann bleiben wir wach. Gemeinsam.« Er ließ von mir ab, brachte etwas Distanz zwischen uns und hielt mir seine Hand hin. »Und vielleicht erzählst du mir bei der Gelegenheit dann gleich, ob alle Neuseeländerinnen nachts mit Pfeil und Bogen auf die Jagd gehen.«

Ich hätte seine Einladung ignorieren sollen. Spätestens nach diesem Zwischenfall war klar, in welcher Gefahr ich schwebte und dass ich Kenzo mit hineinzog. Es wäre das Richtige gewesen, es hier und jetzt zu beenden. Zu gehen. Doch ich war noch nie gut darin gewesen, das Richtige zu tun.

Ich hängte mir meine Waffe über den Rücken und ergriff seine ausgestreckte Hand. Und als ich meine Finger dieses Mal mit seinen verschränkte, fühlte es sich an, als hätte ich damit sein Schicksal unwiderruflich besiegelt.

Ein Schicksal, das ihn womöglich das Leben kosten würde.

Kapitel 9

»Es tut mir leid, dass wir die anderen Stopps auslassen müssen.« Kenzo überholte einen Traktor und sah dann kurz zu mir. »Vielleicht können wir das ja irgendwann nachholen.«

»Sicher«, erwiderte ich mit einem Lächeln, das es kaum über meine Lippen hinaus schaffte. Der Regen fiel beinahe sintflutartig aus den tiefhängenden dunklen Wolken und ließ alles, was mehr als ein paar Meter entfernt war, hinter einem grauen Vorhang verschwinden.

Kurz nachdem wir heute Morgen aufgestanden waren, hatte sich Hannah, Jules Freundin, bei Kenzo gemeldet, um ihm von der Überraschungsparty zu erzählen, und der Bitte, einen Tag früher anzureisen. Zusammen mit dem miesen Wetter hatte das schließlich zum vorzeitigen Ende von Kenzos *Auszeit* geführt.

Vermutlich sollte ich froh darüber sein, dass es so gekommen war. Denn so ging unser kleiner Roadtrip schneller zu Ende und damit auch die Gefahr, dass ich Kenzo noch weiter in meine Finsternis ziehen konnte, als ich es schon getan hatte. Unsere Wege würden sich in ein paar Stunden trennen. Kenzo würde bei seiner Schwester Jules in Edinburgh bleiben und ich würde mir einen Weg in den Norden suchen, um hinter das Geheimnis meiner gebannten Magie zu kommen. Alles wäre so, wie es sein sollte. So, als hätte es diese paar Tage gar nicht gegeben, in denen ich beinahe vergessen hatte, wer ich eigentlich war und *warum* ich dieses gewaltige Risiko überhaupt einging.

Es war besser so. Für Kenzo. Für mich. Für die ganze verfluchte Welt. Nur warum fühlte es sich dann so falsch an?

»Du bist heute so still. Hat das was mit vergangener Nacht zu tun?«

Kenzo und ich waren tatsächlich noch eine ganze Weile wach geblieben, hatten ein Lagerfeuer gemacht und schweigend in die Flammen gestarrt, bis mir irgendwann doch die Augen zugefallen waren. Heute Morgen war ich im Jeep aufgewacht, Hero hatte neben mir gelegen und Kenzo war wieder in seinem Zelt gewesen.

Alles so, wie es sein sollte, dachte ich erneut und begann diesen einen Satz langsam, aber sicher zu verabscheuen.

»Ich denke nur nach.«

»Das merke ich, deine Gedanken sind sehr laut.«

Ich hob einen Mundwinkel und drehte den Kopf in seine Richtung. »Ach ja?«

»Mhm.«

»Und was sagen meine lauten Gedanken so?«

»Das weiß ich nicht. Dazu müsste ich schon genauer zuhören und das wäre unhöflich. Schließlich sind es deine Gedanken.« Kenzo löste eine Hand vom Lenkrad und legte sie neben meine auf die Ablage zwischen den Sitzen.

»Wie anständig. In dir steckt ja ein richtiger Gentleman.« Ich zog ein Bein auf den Sitz und legte das Kinn auf mein Knie, ohne ihn aus den Augen zu lassen.

»Das muss der Einfluss von London sein. Vieles davon ist Fassade, aber in jedem Schwindel steckt irgendwo auch ein Fünkchen Wahrheit. Ist es nicht so? Also, Calea Emaya aus Neuseeland, teilst du deine Gedanken mit mir, bevor ich meinen Gentleman-Anstand doch noch vergesse?«

Bei der Ernsthaftigkeit, mit der er seine Rolle spielte und

dem übertriebenen Londoner Akzent, brach ein helles Lachen aus mir heraus, ohne dass ich etwas dagegen hätte unternehmen können.

»Viel besser. Ich wusste, dass mein Schauspielunterricht sich irgendwann bezahlt machen würde.« Kenzo drückte kurz meine Hand und legte sie dann wieder ans Lenkrad.

»Schauspielunterricht?« Irgendwie konnte ich mir Kenzo, der spontane Roadtrips und das Herumschrauben an Motoren liebte, nicht auf einer staubigen Theaterbühne vorstellen.

»Du wärst überrascht. Ich habe in der Grundschule reihenweise Mütter zum Weinen gebracht.«

Ob das etwas Gutes oder Schlechtes war, blieb jetzt mal außen vor.

Für ein paar Atemzüge füllten nur das leise Quietschen des Scheibenwischers und das Trommeln des Regens auf dem Autodach die Stille zwischen uns. Dann sagte ich: »Meine Eltern haben meine Reise nicht gut aufgenommen. Sie ... sie kommen nicht damit klar, dass ich einfach von zu Hause weggegangen bin, anstatt zu machen, was sie von mir erwarten.«

Kenzo atmete hörbar aus. »Niemand kann dich zwingen, etwas zu tun, das du nicht möchtest, Cat. Nicht einmal deine Eltern.«

»Du kennst meine Mutter nicht. Sie ist ... sehr mächtig. Wenn sie etwas verlangt, dann wird es auch getan.« Ich schaute aus dem Fenster in den grauen Regen. »Es wird nicht mehr lange dauern, bis sie kommt und mich zurück nach Hause bringt. Ob ich will oder nicht.«

»Aber du bist kein Kind mehr. Du bist erwachsen und kannst tun und lassen, was du möchtest. Strenge Mutter hin oder her.«

Ich wünschte, es wäre so einfach, doch mit der Höllenkönigin als Mutter war *gar nichts* einfach.

Vor uns tauchte ein grünes Schild aus der Regenwand auf, das verkündete, dass uns nur noch knapp fünfzig Kilometer von Edinburgh trennten.

»Du solltest mitkommen.«

»Bitte?« Ich riss mich vom Fenster los und hob die Augenbrauen.

»Zu der Überraschungsparty und meiner Schwester. Du wirst sie mögen, glaub mir. Jules ist definitiv die spaßigere von den Warren-Geschwistern und es wäre ein schöneres Ende für unseren Roadtrip als diese deprimierende Autofahrt.«

Kopfschüttelnd richtete ich mich auf. »Das geht nicht. Ich weiß nicht, wie viel Zeit mir noch bleibt, um in den Norden zu kommen. Und ich *muss* dorthin. Es hängt sehr vieles davon ab, dass ich mein Ziel erreiche.«

Kenzo legte die Stirn in Falten. »Es ist nur ein Tag und du solltest ohnehin nicht wieder mitten in der Nacht auf Wanderschaft gehen.«

Ich pikte ihn in die Seite. »Haha.«

»Bleib, Cat. Für einen Tag.«

Beim Hades, irgendetwas sagte mir, dass es alles nur noch viel schwerer und komplizierter machen würde und doch … doch erwischte ich mich dabei, wie ich nickte. Wie ich nickte, zustimmte und Calea aus dem Hades in den Hintergrund schob, bis nur noch Cat übrig blieb.

Für einen letzten Tag.

***

»Ich kann immer noch nicht fassen, dass dich mein Bruder einfach aufgesammelt und gekidnappt hat.« Jules fasste ihre weißblonden, langen Haare zu einem unordentlichen Knoten zusammen und schüttelte den Kopf. »Mein kleiner, rechtschaffener Bruder, der sonst über keine rote Ampel geht.«

»Es reicht, Jules. Ich denke, sie hat es verstanden«, brummte Kenzo leicht genervt, der es sich auf der roten Samtcouch gemütlich gemacht hatte. Für seine Größe wirkte sie irgendwie zu klein.

Ich hatte Jules auf Anhieb gemocht. Sie erinnerte mich an eine offenere, unbeschwertere Version von Atarah, die kein Blatt vor den Mund nahm. Jules und ihre Freundin Hannah wohnten gemeinsam in einer winzigen Altbauwohnung im historischen Stadtkern von Edinburgh. Vom Küchenfenster aus konnte man sogar die Burg sehen, die beleuchtet auf einem Berg thronte und mich seltsamerweise an den *Drinking-Dinosaur*-Felsen erinnerte.

»Es ist immer wieder erfrischend, euch beide in Action zu erleben. Wie ein altes Ehepaar.« Hannah schob sich in das kleine Zimmer, das Wohn-, Ess- und Arbeitszimmer zugleich war, und stellte ein Tablett vor uns auf den wackeligen Tisch, ehe sie Jules einen schnellen Kuss auf die Lippen hauchte. »Sie bellen sich an wie Hunde, doch sobald man sie trennt, vermissen sie sich ganz furchtbar und hängen stundenlang am Telefon.«

Rein optisch war Hannah mit ihrer braunen Haut und den lockigen, schwarzen Locken das komplette Gegenteil von Jules, doch zusammen wirkten sie, als wären sie zwei Seiten ein und derselben Medaille.

Augenverdrehend knuffte Jules ihre Freundin in die Seite und schnappte sich dann eine Tasse Tee vom Tablett. »Egal, es ist auf jeden Fall eine wundervolle Überraschung, dich kennenzulernen, Cat.«

Ich grinste und nahm dankend den bunten Becher entgegen, den mir Hannah hinhielt. Alles in der Wohnung schien bunt und zusammengewürfelt. Es gab unzählige Pflanzen, windschiefe Bücherregale, die jeden Moment zusammenzubrechen drohten, und keine einzige Wand war schlicht weiß gehalten.

»Ich freue mich auch. Bisher hat Kenzo wenig über seine Familie erzählt.«

Jules lachte leise. »Vermutlich, weil Zozo stundenlang über irgendwelche Motoren geschwafelt hat.«

»Zozo?«

Kenzo stieß einen leisen Fluch aus und schloss resigniert die Augen. »Du bist ein Monster, Juliette. Ich hätte dir damals einen Blutschwur abnehmen sollen, diesen Namen niemals wieder zu erwähnen.«

»Davon rate ich ab, die gehen jedes Mal nach hinten los«, erwiderte ich, woraufhin Hero in meinen Gedanken sagte: *Du musst es ja wissen, Prinzessin.*

Ich stupste meinen Kami-Dämon an, der es sich auf der Fensterbank zwischen einer Monstera und einer Pilea gemütlich gemacht hatte, und nahm einen Schluck Tee.

Hannah klatschte in die Hände, sodass die silbernen Reifen an ihren Armen klimperten: »Wir sollten nicht noch mehr Zeit vertrödeln!«

»Und uns für die *Überraschungsparty* zu meinem Geburtstag fertig machen?«

Es war ein Wunder, dass Jules bei dem Blick, mit dem Hannah sie nun bedachte, nicht in Flammen aufging.

»Du bist eine Spielverderberin.«

»Und du bist absolut mies im Geheimnisse bewahren«, kommentierte Kenzo trocken von der Couch aus.

Hannah warf eine Serviette nach ihm. »Das liegt an den papierdünnen Wänden, du Idiot. Ich kann da gar nichts dafür.«

»Sicher.«

»Leute!«, fuhr Jules dazwischen. »Es ist völlig egal, okay? Ich freue mich trotzdem auf den Abend und über deinen Überraschungsbesuch, Zozo. Plus die wirkliche Überraschung, dass du ein Mädchen samt ihrem Kater mitgebracht hast.«

Hero hob den Kopf, sodass seine Schnauze auf dem Tisch lag, und schnurrte leise, als ihn Jules zu kraulen begann.

Schleimer.

Du hast dich zuerst bei deinem Menschen eingeschleimt, Prinzessin. Vergiss das nicht.

»Also, was ist? Sollen wir uns fertig machen? Nicht dass du noch zu spät zu deiner eigenen *Überraschungs*party kommst.«

Dieses Mal war es Jules, die ihren plüschigen Hausschuh auszog und nach ihrem Bruder warf. Jules, Hannah und ich brachen beinahe synchron in schallendes Gelächter aus, als Kenzo fluchend aufsprang und sich den Kopf rieb. Einen Moment lang starrte er seine ältere Schwester finster an, ehe sein Blick zu mir glitt. Sofort wurde sein Lächeln schmaler, während ein dunkler Schatten über seine Züge huschte.

Auch ohne die Fähigkeit der Telepathie wusste ich genau, woran er dachte. Vielleicht weil es derselbe ernüchternde Gedanke war, der auch mein Lächeln gefrieren ließ und ein unangenehmes Stechen in meinen Magen schickte.

Das hier war nicht real.

Ich biss die Zähne zusammen und krallte die Finger in Heros schwarzes Fell.

Kenzo und ich, die vergangenen Tage, der kurze Roadtrip – das waren nicht mehr als flüchtige Momentaufnahmen, die in wenigen Stunden für immer vorbei sein würden. Erinnerungen aus einem anderen Leben.

Weil wir aus unterschiedlichen Welten kamen.

Weil wir einander niemals näherkommen durften, als wir es jetzt schon taten.

Weil unsere Wege niemals dazu bestimmt gewesen waren, ein und derselbe zu werden.

Es hatte diese kurze Begegnung zwischen uns gegeben. Zwei Schicksale, die sich gekreuzt hatten, und die es vielleicht niemals hätte geben dürfen. Hades allein wusste, was wir damit bereits angerichtet hatten. Ich musste das beenden, noch bevor wir es auf eine schmerzhafte Art und Weise herausfinden würden. Bevor es zu spät sein würde.

Vielleicht ist es längst zu spät, du Närrin.

Ein einziger Tag noch. Gib uns nur noch einen einzigen Tag, flehte ich in Gedanken, ohne von Kenzos außgerwöhnlichen Augen abzulassen.

Ein einziger Tag.

Kapitel 10

Die Musik war bereits draußen in der spärlich erleuchteten schmalen Gasse zu hören. Einige junge Erwachsene standen mit Gläsern und Zigaretten in den Händen vor einer niedrigen Tür, die ganz offensichtlich in den Club führte.

»Du hast das *Port Ifrinn* für meine Überraschungsparty gebucht?« Jules zog die beinahe weißen Augenbrauen bis zum Haaransatz hoch und starrte ihre Freundin fassungslos an. »Wie hast du das bitte schön hinbekommen?«

Als ich den Namen des Nachtclubs hörte, musste ich unwillkürlich grinsen. Port Ifrinn – Gälisch für *Tor zur Hölle*, wie passend für meine letzten Stunden auf der Erde.

»War nicht so einfach, aber Paul kennt wen, der wen kennt … ach, du weißt schon. Die anderen warten schon drinnen.«

Jules drückte sich enger an Hannah und stieß einen leisen Freudenschrei aus. »Gott, ich liebe dich.«

»Psst, nicht, dass das die Dämonen hören.«

»Ja, oder der Weihnachtsmann.« Kenzo verdrehte die Augen und zupfte sein schwarzes, schlichtes T-Shirt zurecht, dann sah er zu mir. »Immer, wenn ich glaube, mich könnte bei den beiden nichts mehr überraschen, hauen sie den nächsten Spruch raus.«

»Sei kein Spielverderber, Zozo. Ein bisschen dunkler Gruselkram passt doch zum Untergrund von Edinburgh wie die Faust aufs Auge. Und stell dir mal vor, so etwas wie ein Höllenportal gäbe es wirklich!«

Gab es – und für Menschen, die ihm aus irgendeinem unglücklichen Grund zu nahe kamen, ging es meistens nicht so gut aus. Entweder sie verloren den Verstand oder wurden in die Tiefen des Hades gezogen. Keine Ahnung, woher diese ungesunde Faszination der Menschen für alles, was mit der Hölle und Dämonen zu tun hatte, kam. Von guten Erfahrungen oder Bewertungen auf Google ganz sicher nicht.

»Oh, dann wäre es definitiv das *Port Ifrinn*. Was da immer so abgeht ... Da muss der Teufel seine Finger im Spiel haben«, bekräftigte Hannah und überprüfte, ob ihre beiden seitlichen Haarknoten noch an Ort und Stelle saßen. Ein bisschen wie kleine Hörner. Goldener Lidschatten funkelte über ihren Augen und passte perfekt zu ihrem gold-schwarzen Kleid.

Ihre Antwort ließ mich das Gesicht verziehen. Im Gegensatz zu der üblichen Annahme hatten weder Dämonen noch der Teufel persönlich die Finger im Spiel, sobald Menschen Mist bauten. Wir halfen nach, das schon, aber die Entscheidung, Scheiße zu bauen, die trafen die Menschen jedes Mal ganz alleine.

Ich schüttelte kaum merklich den Kopf und riss mich aus meinen Gedanken. Spielte eh keine Rolle.

»Ich sehe schon, in dieser Unterhaltung kämpfe ich auf verlorenem Posten. Und dabei bist du die Ältere von uns beiden, Jules.« Kenzo grinste seine Schwester an und berührte dann wie beiläufig im Gehen meine Hand. Ruckartig zog ich sie zurück, als jenes ungewohnte Kribbeln durch meinen Körper schoss. Beim Hades, dieser Mensch hatte einen viel zu großen Einfluss auf mich.

»Die Ältere ja, aber ich habe nie behauptet, dass ich die Erwachsenere von uns beiden bin.«

Wieder streiften seine Finger meine und dieses Mal zuckte

ich nicht zurück, sondern ergriff seine Hand und verschränkte meine Finger mit seinen. Es war erstaunlich, wie mühelos meine kleine Hand in seine große passte. Als wäre sie genau dafür geschaffen.

»So, da sind wir. Ivan wird uns gleich durchlassen, er weiß Bescheid.« Hannah führte uns zu einem stämmigen Kerl mit slawischen Zügen und hauchte ihm einen Kuss auf die Wange. »Hey, Ivan. Alles klar bei dir?«

»Sicher. Hab mich schon gefragt, wann ihr auftaucht.« Auf seinen Worten tanzte ein schwerer osteuropäischer Akzent.

»Es geht doch gerade erst los. Die Nacht ist noch jung.« Mit einem Zwinkern in seine Richtung legte Hannah Jules einen Arm um die Schultern und bedankte sich dann bei Ivan, als er eine rote Samtkordel löste und den Weg freigab. »Viel Spaß und sagt hinterher nicht, ich hätte euch nicht gewarnt. Da drin ist einiges los. Man sagt, die Dämonen würden heute Hochzeit feiern.«

Die beiden schoben sich lachend an ihm vorbei, dann richteten sich Ivans braune Augen auf uns. Mir wäre beinahe ein Fluch über die Lippen gekommen, als ich das Lodern in seinen Iriden bemerkte. Ein Lodern, das für Menschen nicht zu sehen war, jedem Wesen der Übernatürlichen Welt jedoch sofort verriet, *was* er war.

Ein Dämon. Ivan war ein verfluchter Dämon.

»Lange nicht gesehen, Kenzo.« Ivan klopfte Kenzo freundschaftlich auf die Schulter und leckte sich über die Unterlippe. »Und wen hast du bei dir?«

Ich zwang mich zu einem dünnen Lächeln und hoffte mit jeder Faser meines Körpers, dass Rykers Rauchkristall hielt, was er versprach. »Hi, ich bin Cat.«

Für einen Sekundenbruchteil zuckte ein Schatten über

Ivans Züge, dann wurde sein Grinsen breiter. »Freut mich, dich kennenzulernen! Genieß deine Zeit im *Port Ifrinn*, du wirst sehen, es ist ein außergewöhnlicher Ort.«

Bei seinen Worten drückte ich Kenzos Hand fester und nickte nur. Erst, als wir durch die Tür gegangen und die schmale, steile Treppe nach unten gestiegen waren, entspannte ich mich wieder.

Ivan war ein Zufall. Dämonen gab es überall auf der Welt, gerade in Nachtclubs und dunklen Ecken. Es war nur eine Frage der Zeit gewesen, bis ich einem über den Weg laufen würde. Und er hatte mich nicht erkannt. Es war alles in bester Ordnung.

Resolut schob ich meine anhaltende Paranoia zur Seite und konzentrierte mich auf den Club, die Umgebung und Kenzo. Das hier war meine letzte Nacht, ich würde einen Teufel tun und sie mit Gedanken an den ganzen Mist, der draußen auf mich lauerte, vergeuden.

Mit jedem Schritt, den wir tiefer unter die Erde gingen, wurde die Luft stickiger, die Musik lauter und das Prickeln, das sich auf meine Haut gelegt hatte, intensiver. Ein bisschen so, als würde man von einer Welt in eine andere gehen. Die Wände und der Boden waren schwarz gestrichen, das dämmrige Licht wurde immer wieder von hellen Blitzen durchbrochen, und verwandelte damit den Nachtclub in eine Szenerie, in der man sich tatsächlich gut ein Höllenportal vorstellen konnte.

Kenzo und ich quetschten uns in einem schmalen Flur mit niedriger Decke an anderen Clubgängern vorbei und kamen schließlich auf eine Empore, die halb in einen riesigen Raum ragte. Unzählige Menschen wanden sich unter uns auf der Tanzfläche vor einem Podium, auf dem eine DJane für Musik sorgte. Es war ein faszinierender Anblick, etwas, das ich so noch nie zuvor gesehen hatte. Instinktiv trat ich näher an das Geländer und starrte auf die Körper herab, die zu einer einzigen Masse verschmolzen schienen.

»Ist das deine Welt?« Kenzos warmer Atem fuhr über meine Haut, als er sich zu mir beugte, damit ich ihn über den Lärm hinweg verstehen konnte.

»Das muss ich erst noch herausfinden.« Ich drehte den Kopf in seine Richtung und keuchte leise auf, als ich bemerkte, wie nah wir einander waren. So nah, dass sich unsere Nasenspitzen beinahe berührten und es nur eine winzige Bewegung gebraucht hätte, um ihn zu küssen.

Hör auf, überhaupt nur daran zu denken, Cat.

Kenzo sah auf meine Lippen, dann zurück zu meinen Augen und ich spürte, wie mir eine unbändige Hitze in die Wangen stieg. Die Musik schien zu verstummen, bis ich nur noch seinen Atem hörte und das heftige Pochen meines Herzens.

Wie machst du das nur, Kenzo? Was hast du an dir, dass ich in deiner Nähe jede Vernunft vergesse?

In der nächsten Sekunde war der Moment vorbei. Kenzo brachte etwas Abstand zwischen uns und streckte mir eine Hand entgehen. »Wollen wir es herausfinden?«

Ich brauchte einen Moment, um wieder zu mir zu kommen, und nickte schließlich langsam. »Klar.«

Noch immer ein wenig außer Atem ergriff ich seine Finger und ließ mich von ihm über eine gewundene Eisentreppe mitten in die wabernde Menge ziehen. Keine Ahnung, wo Hannah und Jules abgeblieben waren, aber in diesem Augenblick war es mir auch völlig gleich. Es war, als wäre ich in einem Rausch. Die dröhnend laute Musik, der Bass, der mir in die Glieder fuhr, Kenzo, der mir so unglaublich nah war.

Ich hatte das Gefühl, zu ersticken und gleichzeitig das erste Mal seit einer Ewigkeit wirklich durchatmen zu können.

Wie war das nur möglich? Wie konnten zwei so gegensätzliche Empfindungen überhaupt im selben Moment entstehen? Wie konnte *irgendetwas* von alldem hier existieren?

Mein Blut rauschte heiß und schnell in meinen Ohren, vermischte sich mit der Musik und ließ meine Fingerspitzen prickeln. Ich versank in der Menge, ich versank in Kenzos leichten Berührungen und ich ertrank in dem intensiven Blick, mit dem er mich musterte. So, als wäre ich alles, was er hier und jetzt wahrnahm. Als wäre ich alles, was er sehen *wollte*.

Ich lächelte, drehte mich um meine eigene Achse, sodass meine langen Haare flogen, und landete wieder in Kenzos Armen, direkt an seiner festen Brust. Ich musste den Kopf in den Nacken legen, um ihm ins Gesicht blicken zu können. Unter meinen Fingern spürte ich sein Herz schneller schlagen, seinen raschen Atem, seine prickelnde Wärme.

»Calea …«, wisperte er inmitten des Lärms und strich mir eine Strähne hinters Ohr, als würde es das Chaos um uns herum gar nicht geben. »Was machst du nur mit mir?«

»Wollen wir es herausfinden?«, fragte ich genauso leise und stellte mich auf die Zehnspitzen, bis unsere Gesichter dicht voreinander schwebten.

Und dann überwand ich auch die letzten Millimeter zwischen uns und legte meine Lippen auf seine. Es war nicht mehr als eine federleichte Berührung, kaum ein echter Kuss und doch fühlte es sich an, als hätte jemand in mir ein Feuer entzündet. Flammen jagten durch meine Glieder, befeuerten jedes Nervenende und ließen mich keuchend zurückweichen.

Was zum …?

Ich riss die Augen auf, öffnete den Mund – und wurde im nächsten Moment brutal von ihm fortgerissen.

»Cat!«

Starke Finger schlossen sich schraubstockartig um meine nackten Oberarme, zerrten mich in die Menge, bis wir von den Körpern um uns herum verschluckt wurden. Bis ich Kenzo aus den Augen verlor.

Ich kämpfte gegen den schmerzenden Griff an und wollte schreien, doch mir wurde eine warme Hand auf den Mund gepresst, die jeden Laut erstickte. Tränen traten mir in die Augen, als ich tobte und mich wehrte, und doch diesem Jemand hilflos ausgeliefert war. Niemand um uns herum schien etwas mitzubekommen, kein Mensch drehte sich nach meinem Widersacher und mir um, fast so … als wären wir nicht länger Teil ihrer Welt.

Magie. Das hier ist verfluchte Dämonenmagie.

Wir verließen die Tanzfläche und betraten einen schmalen Gang, der menschenleer war. Ein weiteres Mal bäumte ich mich auf, trat um mich und erwischte *irgendetwas*. Die Hand löste sich von meinem Mund und für einen Sekundenbruchteil war ich frei.

»Loslassen! Weißt du überhaupt, wer ich bin?!«, brüllte ich, verstummte jedoch sofort, als mich eine schallende Ohrfeige traf und gegen die schwarze Wand in meinem Rücken schmetterte. Bunte Punkte explodierten vor meinen Augen und ein stechender Schmerz raste von meinem Kopf in mein Rückgrat.

»Oh, ich weiß genau, wer du bist, Prinzessin. Wir haben dich schon erwartet.« Es war eine zischende Stimme, die mir nicht vertraut war, und mir dennoch einen eisigen Schauer über den Rücken jagte.

Ich blinzelte gegen die Schwärze an den Rändern meines

Blickfelds an und keuchte auf, als ich erneut gepackt und weitergeschleift wurde. Wieder drückten Finger fest gegen meinen Mund, während ich eine lange Treppe hochgezerrt wurde.

Steckte meine Mutter dahinter? Hatte sie angeordnet, mich ohne Skrupel zurückbringen zu lassen? Sah so ihre Bestrafung aus?

Kaum merklich schüttelte ich den Kopf, um wieder klar denken zu können und fand mich im nächsten Augenblick in einem kleinen Zimmer wieder. Durch ein schmales Fenster fiel das gelbliche Licht einer Straßenlaterne und beleuchtete den spartanisch eingerichteten Raum, der bis auf einen Stuhl leer war.

»Setz sich«, spuckte mir mein Entführer entgegen und stieß mich in Richtung Stuhl.

Kaum hatte er mich losgelassen, wirbelte ich herum und riss meinen Dolch aus seinem Versteck. »Du kannst mich mal! Schickt dich meine Mutter?«

Der Dämon vor mir, ein schlanker Mann in ausnahmslos schwarzer Kleidung mit weißblonden Haaren und lodernden Augen verzog die schmalen Lippen zu einem dünnen Lächeln. »Du könntest nicht falscher liegen, kleine Prinzessin.«

Ich biss die Zähne zusammen und machte einen drohenden Schritt in seine Richtung. Doch da war er auch schon aus dem Raum geschlüpft und hatte die Tür lautstark hinter sich zugeworfen.

Fluchend stürzte ich nach vorne und hämmerte gegen das spröde Holz. »Aufmachen, du Bastard! Mach verflucht noch mal auf!«

»Ich fürchte, das wird nichts bringen, Calea.«

Blitzartig fuhr ich herum und hätte beinahe meinen Dolch fallen gelassen. Vor mir stand ein junger Mann mit schwarzem Undercut, blasser Haut, die bis auf sein Gesicht beinahe vollständig tätowiert war, und dunkler Kleidung. Ich hatte ihn noch nie zuvor gesehen, aber meine Instinkte warnten mich, dass er kein gewöhnlicher Dämon war. Er strahlte eine besonders furchterregende Art von Finsternis aus, eine, die das Leben erstickte und durch Verwüstung und Tod ersetzte.

»Ich habe gehört, du suchst nach mir.« Beinahe anmutig bewegte er sich in meine Richtung und fuhr sich mit dem Daumen über die Unterlippe.

Endlich riss ich mich aus meiner Starre und fand meine Stimme wieder. »Wer bist du?«

»Seymour Sajoscha.« Er machte eine leichte Verbeugung. »Zu deinen Diensten, Prinzessin.«

Ich umfasste meinen Dolch fester und hob das Kinn. »Du kannst mir Antworten geben?«

Einer seiner Mundwinkel zuckte. »Oh, ich kann noch so viel mehr, aber ja, ich habe Antworten für dich und ich weiß, was du dir am sehnlichsten wünschst.«

Die Härchen in meinem Nacken stellten sich auf. »Ach ja?«

»Ich weiß vieles. Meine Augen sind überall und schnappen eine Menge auf. Zum Beispiel weiß ich, dass du dich danach sehnst, die Fesseln deiner Macht zu lösen. Genauso wie ich weiß, dass es dich tief in dir drin nicht nach dem Thron verlangt, sondern nach Freiheit und Normalität. Wie passt das zusammen, frage ich mich.« Wieder machte Seymour einen Schritt in meine Richtung und legte den Kopf schief. Im dämmrigen Licht blitzten seine dunklen Augen auf. »Du bist ein Rätsel, Calea, und ein mächtiges noch dazu.«

»Warum verrätst du mir nicht einfach im Klartext, was ich tun muss, um … um die Ketten zu lösen?«

Seymour lachte leise, ein so kaltes und freudloses Lachen,

dass ich unwillkürlich zusammenfuhr. »So direkt, gefällt mir. Doch in dieser Hinsicht muss ich dich enttäuschen, fürchte ich. Hier und jetzt habe ich weder die Mittel noch die Zeit, dich zu befreien. Ich mag vor dir stehen und doch bin ich nicht wirklich hier. Nicht mehr als Rauch und Asche, wenn du so willst. Du musst zu mir kommen, mich suchen, um deine Antworten zu bekommen. Hier kann ich sie dir nicht geben.«

»Was bedeutet das? Warum bist du dann hier?«

Sein Lächeln wurde breiter, sodass seine spitzen, weißen Zähne zum Vorschein kamen. »Ich bin hier, um mir eine Versicherung geben zu lassen.«

Ich zog die Augenbrauen zusammen und spannte mich innerlich an. »Versicherung? Wovon zum Teufel sprichst du?«

»Wir wollen doch sichergehen, dass du auch wirklich zu deinem Wort stehst und an deinem Plan festhältst. Ich lebe schon zu lange, um mich auf das wankelmütige Gemüt eines Kindes zu verlassen.«

»Fahr in die Ewigen Flammen«, fauchte ich und verabscheute mich im selben Moment dafür, dass ich auf seine Provokation hereingefallen war.

»Glaub mir, da war ich schon unzählige Male.« Seymour bleckte die Zähne und packte nach meiner ausgestreckten Hand. Der Dolch glitt mir aus den Fingern und landete klappernd auf dem Holzboden. »Und jetzt hör mir *genau* zu.« Seine dunklen Nägel bohrten sich in mein Handgelenk, nur Millimeter oberhalb der Narbe, die mir Beliar verpasst hatte. Ich presste die Lippen aufeinander. »Du willst doch Antworten, oder?«

»Nicht von dir«, brachte ich hervor und versuchte, die stechenden Schmerzen auszublenden. »Lass mich los.«

»Plötzlich so wählerisch. Beliar sagte mir, du wärst ganz

versessen darauf, den Fluch, den deine Eltern dir auferlegt haben, loszuwerden.«

»Beliar ist tot.«

Seymour zog mich zu sich heran, sodass ich ungebremst gegen ihn prallte. Reflexartig legte ich eine Hand auf seine Brust, um ihn von mir zu stoßen und schrie erschrocken auf, als meine Hand in ihm versank. Ins *Nichts* griff.

Nur Rauch und Asche.

Und doch verletzte er mich. Der Schmerz war *real.*

»Es gibt so viel mehr Zustände als lebend und tot, naives Ding. Ich kann es kaum erwarten, sie dir alle zu zeigen, wenn du zu mir kommst.«

»Das kannst du vergessen.« Ich würde einen anderen Weg finden, um meine Antworten zu bekommen. Einen Weg, der nichts mit diesem unheimlichen Dämonen-Wesen zu tun hatte.

Sein Griff wurde stärker, warmes Blut trat aus den Wunden und lief über meinen nackten Arm. »Und an diesem Punkt kommen wir zurück zu meiner Versicherung, mein Täubchen.«

Ekel stieg in mir auf, wie hatte ich nur so naiv sein können? So besessen davon, es dem Hades, meinen Eltern und mir selbst zu beweisen, dass ich es allein schaffen konnte. Ich, eine nutzlose Dämonin, die sich kaum länger als ein paar Stunden außerhalb des Palastes aufgehalten hatte.

»Du wirst mich in drei Tagen in den Ruinen von Sinclair Girnigoe treffen, Prinzessin. Und du wirst dich von niemandem davon abbringen lassen, weder von deiner Mutter noch von sonst irgendwem.«

Herausfordernd schob ich das Kinn vor und sah ihm direkt in die schwarzen Abgründe, die seine Augen waren. »Oder was, Seymour Sajoscha?«

»Ich hatte gehofft, dass du das fragst.«

Er machte eine rasche Handbewegung, woraufhin sich die Tür öffnete und zwei Dämonen eintraten. Zwei Dämonen, die einen blassen Menschen zwischen sich reinschleiften, der wie eine leblose Puppe in ihren Armen hing. Blut lief ihm über die Schläfe und an seinem Kinn bildete sich bereits ein faustgroßer Bluterguss. Mir drehte sich der Magen um.

Nein.

Wie in Zeitlupe hob der Mensch den Kopf und sah mich an. Ein Blick, der mir durch Mark und Bein ging.

Kenzo.

Kapitel 11

»Verdammter Bastard!«, stieß ich hervor und riss ein weiteres Mal wütend an dem stählernen Griff. »Er hat nichts damit zu tun. Er ist nur ein Mensch!«

»Du wärst überrascht, Calea. Es hat alles mit ihm zu tun. Mit ihm, mit dir ... Aber das wirst du noch früh genug erfahren.«

»Cat«, brachte Kenzo schwach über die Lippen und verzog das Gesicht, als würde ihm schon diese einzelne Silbe Schmerzen bereiten.

»Lass ihn gehen, verflucht noch mal!« Ich funkelte Seymour hasserfüllt an und ballte die Hände zu Fäusten. »Beim Hades, lass Kenzo gehen und ich werde bleiben, du hast mein Wort.«

»Rührend, aber nicht genug. Zuerst brauche ich noch was von meinem besonderen Gast.« Seymour nickte den Dämonen zu, die Kenzo daraufhin zu Boden warfen und sich breitschultrig vor der Tür positionierten. Kenzo war kaum in der Lage, seinen Sturz abzufangen und krachte mit einem hässlichen Schlag auf die Dielen, wo er sich stöhnend auf den Rücken rollte.

Tränen traten mir in die Augen und brannten beinahe so sehr wie der Hass, der in meiner Brust loderte. Immer heißer und drängender, als hätte man in mir einen Funken entzündet, der nun sein gesamtes Umfeld in Brand steckte. Wut und Hass und abgrundtiefe Abscheu nährten die Flammen in mir und ließen sie immer höher schlagen.

»Ich werde dich umbringen, Seymour«, zischte ich und sah ihm in seine leblosen Augen. »Ich werde dich finden und umbringen.«

Lachend bohrte Seymour seine Nägel noch ein Stück weiter in mein Fleisch, ehe er mich von sich stieß und herausfordernd die Arme ausbreitete. »Nur zu, Prinzessin. Ich werde auf dich warten.«

Ich hielt mich nicht mit dem scharfen Schmerz auf, der bei dem Aufprall durch meinen Körper zuckte, sondern krabbelte sofort zu Kenzo und zog ihn in meinen Schoß. »Es tut mir so leid«, murmelte ich und strich ihm die Haare aus der Stirn. »Es tut mir leid.« Meine Finger zitterten und prickelten, als würde Strom durch meine Adern fließen.

Kenzos Lider flatterten und hoben sich. »Cat ... pass auf«, krächzte er.

Ich runzelte die Stirn und blickte auf. Zu spät. Immer zu spät. Einer von Seymours Lakaien zerrte mich vom Boden hoch und riss meine Arme brutal auf den Rücken, während Seymour vor Kenzo in die Hocke ging. Hilflos musste ich mit ansehen, wie er Kenzo an der Kehle anhob und gegen die Wand presste.

»Entspann dich einfach, Mensch. Dann ist es schneller vorbei«, säuselte Seymour und legte seine freie Hand auf Kenzos Brust – genau dorthin, wo sein Herz schlug.

»Nein«, hauchte ich und kämpfte gegen den erbarmungslosen Griff des Dämons an. »NEIN!«

Seymours Hand begann zu glühen, gleißend und hell, wie pures Feuer. Mühelos schoss es durch den Raum, füllte jeden Winkel mit Hitze und Magie. Meine Härchen stellten sich auf und das Prickeln und Lodern in mir nahm mit beängstigender Intensität zu. Beinahe so, als würde in mir etwas auf dieses Licht reagieren. Auf die Magie darin und den Schmerz, der in Kenzos grünen Augen stand.

»Aufhören!«, keuchte ich. »Was auch immer du tust, hör auf damit, Seymour! *Bitte!*«

Mein Kopf begann zu dröhnen, als würde man mit einem Hammer darauf einschlagen und mit jedem gequälten Laut, den Kenzo von sich gab, wurde es schlimmer. Meine Haut schien mit einem Mal zu eng für meinen Körper, mein Blut schoss kochend heiß durch meine Adern und raubte mir die Luft zum Atmen. Panik machte sich in mir breit. Panik. Angst. Wut. Hass. Schmerz. Macht.

Was geschieht hier?!

»Bitte!«, flehte ich wieder und wand mich im Klammergriff des Dämons.

Seymour verzog die Lippen zu einem Lächeln, krümmte die Finger auf Kenzos Brust und versenkte die Nägel in seiner Haut.

Kenzo schrie auf.

Und in diesem Moment legte sich in mir ein Schalter um.

Es war so, als wäre die Welt auf einmal kristallklar, wo ich sie bisher nur durch einen grauen Schleier gesehen hatte. Die Farben stachen in meinen Augen, jedes noch so kleine Geräusch war ohrenbetäubend laut. Ich spürte die Hitze des Lichts. Das Feuer, das in den Dämonen um mich herum brannte. Die Magie, die in mir wütete. Gleichzeitig wurde in mir etwas ganz ruhig. Etwas, das seit Jahren getobt und niemals stillgestanden hatte, ruckte an den richtigen Platz – und setzte mich in Flammen.

Einer Welle aus Feuer gleich brach die Magie ungezähmt und wild aus mir heraus und begrub den gesamten Raum unter sich. Die Macht – *ich* – schleuderte den Dämon, der mich bis eben fixiert hatte, von mir. Mit einem hässlichen Knacken schlugen er und sein Kumpane gegen die Wand und blieben als verdrehte Knäuel regungslos am Boden liegen. Seymour wurde von Kenzo fortgerissen und prallte ungebremst gegen den Stuhl, der unter der Wucht in unzählige Stücke zerbarst, die wie kleine Geschosse durch den Raum flogen.

Instinktiv warf ich mich schützend vor Kenzo und stieß einen heiseren Schrei aus, als ein stechender Schmerz durch meinen Rücken zuckte. Ein Schmerz, als würde man mir beim lebendigen Leib die Haut von den Knochen schälen.

Und dann war es plötzlich ruhig.

Ruhig, bis auf das leise Knistern von Flammen und dem viel zu schnellen, unregelmäßigen Herzschlag, der in meinen Ohren dröhnte.

Einige Atemzüge lang wagte ich es nicht, mich zu bewegen, konzentrierte mich nur auf Kenzo, den ich in meinen Armen hielt, und auf seinen Puls unter meinen Fingerspitzen. Die Haut auf seiner Brust war versengt, wo Seymour ihn berührt hatte, und der scharfe Geruch nach verbrannter Haut stieg mir in die Nase. Doch er lebte. Was auch immer ich getan hatte – was auch immer hier gerade geschehen war …

»Cat, was … was ist das?« Kenzos trockenes Husten ließ mich die Augen öffnen. Noch im selben Atemzug stieß ich ein heiseres Fluchen aus, als mir bewusst wurde, *wo* wir waren.

Kenzo und ich waren in einem Kokon aus ledrigen, dunklen Flügeln gefangen. Flügeln mit kleinen Krallen an den Gelenken und feinen Adern. Flügel, wie sie mein Vater besaß – wie *ich* sie besaß.

Meine Flügel.

Ruckartig fuhr ich hoch, wodurch sich der Kokon öffnete und den Blick auf lodernde Flammen freigab, die nach und nach jeden Zentimeter des Raums verschlangen. Von Seymour und den Dämonen fehlte jede Spur.

Dichter Rauch lag in der Luft, es roch nach verbranntem Plastik und Schwefel und mit jeder Sekunde, die verging, wurde es heißer und drückender. Die Flammen kesselten uns ein, verschlangen den Raum und würden uns jeden Moment erreichen. Flammen, die mir nichts anhaben konnten, Kenzo jedoch würden sie innerhalb kürzester Zeit umbringen.

Wir müssen hier raus.

Mein Blick zuckte zur Tür, an der bereits Feuerzungen knabberten, dann zu dem schmalen Fenster und zurück zu Kenzo.

»Bleib wach, okay? Ich bringe uns hier raus. Ich ... ich verspreche es.« Ich packte Kenzo unter den Achseln, zog ihn auf die Beine und schlang meine Flügel ein weiteres Mal um uns. Wieder sah ich zum Fenster und spürte, wie sich mir vor Angst der Magen umdrehte. Es gab nur diese eine Möglichkeit. Diese eine Chance, Kenzo lebend aus dem Inferno herauszubringen, das ich entfacht hatte.

Holz knackte, nur einen Sekundenbruchteil später barst das Glas in funkelnde Scherben, die sofort vom Feuer verschlungen wurden.

Nur eine Chance, dachte ich, fixierte das gesprungene Fenster und drückte Kenzo fester an mich.

Dann hörte ich auf zu denken, schloss die Augen und rannte los. Direkt durch die Flammen, durch das Knistern und das Züngeln, bis der Boden unter unseren Füßen verschwand – und sprang.

***

»Was hast du dir dabei gedacht, verflucht noch mal?!« Ryker raufte sich die Haare und funkelte mich todbringend an. »Du hättest sterben können!«

»Es war ja nicht so, als hätte ich eine wirkliche Wahl gehabt, oder?«, fauchte ich und fuhr mir über das dreckige Gesicht.

Mein Zwillingsbruder hielt in seinem hektischen Auf- und- ab-Gehen inne und schüttelte den Kopf, dann glitt sein Blick zu Kenzo, der mit geschlossenen Augen an einem Baum lehnte. »Er muss ins Krankenhaus.«

»Nein. Ich kann ihn nicht allein lassen. Was ist, wenn ... wenn Seymour wieder auftaucht, um zu beenden, was er angefangen hat?« Ich schlang die Arme um mich und zuckte zusammen, als ich die frischen Wunden berührte, die mir Seymour zugefügt hatte. Das Blut war längst getrocknet und die tiefen Schnitte heilten bereits, doch der Schmerz blieb.

»Das wird er nicht. Seymour hat bekommen, was er wollte.« Langsam ging Ryker vor Kenzo in die Knie und schob den verbrannten Stoff seines Shirts zur Seite, sodass die Wunde auf Kenzos Brust vollständig zu sehen war. Eine Brandnarbe in Form eines Handabdrucks. Seymours Abdruck.

Mir drehte sich der Magen um. »Was hat das zu bedeuten?«

»Das heißt, dass es nicht in Seymours Absicht steht, Kenzo umzubringen. Er wollte nur einen Teil von ihm und den hat er bekommen.«

»Hölle und Hades, rede endlich Klartext, Ryk! Ich verstehe nur die Hälfte von dem, was du sagst.«

»Seymour hat ein Bruchstück von Kenzos Seele aus seinem Geist gerissen, das er nun kontrolliert. Ich schätze mal, damit will er sich absichern, dass du in seinem kleinen Masterplan mitspielst und nicht aus der Reihe tanzt. Was auch immer das für ein Plan sein mag.«

»Sag mir, dass das nicht wahr ist!« Meine Stimme bebte und ich hatte das Gefühl, jeden Moment zu explodieren.

Ryker stand wieder auf und wandte sich mir zu. »Können wir irgendwo ungestört reden? Der Park ist wohl kaum der richtige Ort. Ich wüsste nämlich nur allzu gerne, warum plötzlich aus jeder deiner Poren ungezähmte Macht strömt.«

Da konnte ich ihm nur zustimmen.

Als ich mit Kenzo aus dem brennenden Haus gesprungen war und wir den Sturz irgendwie überlebt hatten, hatte ich nicht lange nachgedacht, sondern Kenzo an den nächstbesten ruhigen Ort geschafft und Ryker gerufen. Den echten Ryker aus Fleisch und Blut, keine Projektion.

»Ich … Keine Ahnung.« Ich spürte, wie das Adrenalin, das mich bis eben unter Strom gesetzt hatte, langsam nachließ und mit ihm auch das Prickeln der ungewohnten Magie, die auf einmal durch meine Adern rauschte. »Ich weiß gar nichts mehr.« Heiße Tränen liefen mir über die Wangen, dann spürte ich plötzlich die starken Arme meines Bruders, die mich an seine Brust zogen und festhielten.

»Wir werden es herausfinden, Cat. Wir werden herausfinden, was das alles zu bedeuten hat, aber erst einmal müssen wir uns um den Menschen kümmern. Und danach sehen wir weiter.«

Ruckartig löste ich mich von meinem Bruder und zog die Augenbrauen zusammen, als mir klar wurde, was Ryker da andeutete. »Ich werde Kenzo nicht zurücklassen und ich werde ganz sicher nicht mit dir nach Hause gehen, ich –«

»Cat?«

Ryker und ich fuhren herum.

Kenzo hatte sich auf die Beine gekämpft, den Baum als Stütze im Rücken, und sah uns fragend an. »Was ist hier los?«

Mein Bruder fluchte. »Großartig. Das hat uns gerade noch gefehlt.«

Ich ignorierte ihn geflissentlich und machte ein paar Schritte in Kenzos Richtung. »Wie geht es dir?«

Noch immer war er blass und der Bluterguss hatte eine beängstigend dunkle Färbung angenommen, doch die Schnittwunde über seiner rechten Augenbraue hatte bereits aufgehört zu bluten und er wirkte deutlich lebendiger als noch Momente zuvor.

»Ich fühle mich, als hätte ich sieben Nächte durchgefeiert und wäre anschließend von einem Zwanzigtonner überrollt worden.« Stöhnend sah er sich um. »Sind wir im Schlosspark?« Ryker hob nur eine Augenbraue. »Was von dem, was ich glaube gesehen zu haben, ist wirklich passiert?« Kenzo tastete über seine Brust und erstarrte, als seine Finger an der seltsam geformten Narbe hängen blieben. »Scheiße, das ... das habe ich mir nicht eingebildet und das Feuer – *Fuck!* Wir müssen zurück! Ich muss zu meiner Schwester.«

»Wir sollten das woanders klären, Calea«, drängte Ryker und überging die Mischung aus Furcht und Unglaube, die sich auf Kenzos Zügen ausbreitete, resolut.

Kenzo stieß sich vom Baum ab und machte einen drohenden Schritt in Rykers Richtung. Die Sorge um Jules schien ihm einen regelrechten Energieschub gegeben zu haben. »Hast du mir nicht zugehört? Ich muss meine Schwester finden. Sofort!«

»Du dummer, naiver Mensch. Wir können nicht dorthin zurück –« Ryker verstummte abrupt, als ihn Kenzo gegen die Brust stieß. Ein wütendes Glühen trat in die Augen meines Bruders, als er sich drohend vor Kenzo aufbaute und jeden Muskel anspannte. Es fehlte nicht mehr viel und er würde seine rasiermesserscharfen Flügel ausfahren. »Fass mich noch einmal an und –«

»Es reicht!«, fuhr ich dazwischen und hielt Kenzo am Arm zurück. »Das bringt uns nicht weiter, okay?« Ich sah beiden nacheinander direkt in die Augen und blieb bei Ryk hängen. »Kannst du uns einen ruhigen Platz organisieren, an dem Kenzo und ich dich wieder treffen können?«

»Vergiss es, Cat. Ich lass dich sicher nicht allein mit diesem Menschen zurück an den Ort, an dem es mittlerweile vermutlich von Dämonen nur so wimmelt. Dein Erwachen war nicht zu übersehen.« Ryker verschränkte die Arme vor der Brust. »Übrigens noch etwas, über das wir sprechen sollten.«

»Dieser Mensch hat auch einen Namen«, knurrte Kenzo. »Und wovon redet ihr bitte? Was für *Dämonen*?«

Ich stieß den Atem aus und fuhr mir übers Gesicht. Plötzlich fühlte ich mich unendlich erschöpft und leer. *Ausgebrannt* war das richtige Wort.

»Cat, sprich mit mir«, bat Kenzo dann und drehte sich vollständig zu mir um. »Ich habe diese *Dinge* gesehen. Diese Männer und das Feuer. Was ... was ist hier los, verflucht noch mal?«

Sein misstrauischer Blick schnitt mir tiefer in die Haut, als es jede Klinge gekonnt hätte. »Ich werde dir alles erklären, Kenzo. Das verspreche ich dir. Ich werde es dir erklären und danach kannst du entscheiden, was du damit anfängst, aber jetzt müssen wir hier erstmal weg.«

Kenzo verengte die Augen, denen nun jede Wärme fehlte. »Ich werde ohne meine Schwester nirgendwo hingehen, Cat.«

»Bei den Ewigen Flammen, ich weiß, ich werde das noch bereuen, aber ich kümmere mich drum, okay? Ich werde deine Schwester suchen und zurückbringen. Du hast mein Wort.«

Beinahe synchron und mehr als verwundert sahen wir zu Ryker, der sichtlich unzufrieden mit den Kiefern mahlte.

»Du hast keinen Schimmer, wie Jules aussieht und überhaupt … ich kenne dich nicht. Da werde ich dir ganz sicher nicht das Leben meiner Schwester anvertrauen.«

»Genauso wenig, wie ich dich kenne, *Mensch.* Aber nach den jüngsten Ereignissen wird sich das wohl in Kürze ändern. Du hast dir mit dieser Nacht soeben einen Platz im Team *Himmelfahrtskommando* ergattert. Herzlichen Glückwunsch.«

Ich warf Ryker einen vernichtenden Blick zu und legte Kenzo eine Hand auf die Schulter. »Du kannst dich auf meinen Bruder verlassen. Er steht zu seinem Wort. Immer.«

»*Dein Bruder?*« Kopfschüttelnd fasste sich Kenzo an die Stirn und wirkte, als würde er jeden Moment den Verstand verlieren. Verübeln könnte ich es ihm nicht, ich war ja selbst kurz davor durchzudrehen.

Unwillkürlich griff ich nach seiner Hand und verflocht unsere Finger miteinander.

»Such nach Juliette und Hannah und komm dann zu uns. Wir werden in ihrer Wohnung in der Altstadt warten. Du weißt ja, wie du mich findest«, wandte ich mich an Ryker und nickte ihm knapp zu. »Pass auf dich auf.«

»Pass auf *dich* auf, Schwesterchen.«

Ohne Vorwarnung breitete er seine gewaltigen, schwarzgefiederten Flügel aus und stieß sich dann vom Boden ab.

»*Verfluchte Scheiße!*«, rief Kenzo und stolperte rückwärts. »Du siehst das auch, oder?«

»Ja, ich sehe es auch.« Ich seufzte resigniert und sah meinem Bruder nach, der innerhalb weniger Sekundenbruchteile in der Dunkelheit verschwunden war. »Und ich verabscheue es, wenn er das tut.«

Der Griff, mit dem sich Kenzo an meine Finger klammerte, wurde fester. »Was ist das? Wie ist das möglich?«

Ich sah in den Nachthimmel über Edinburgh und lächelte freudlos. »Das, Kenzo, ist mein Leben. Willkommen in meiner Welt.«

Kapitel 12

Vor uns breitete sich das nächtliche Edinburgh aus. Ein atemberaubender Anblick, der mich in jedem anderen Moment vollkommen eingenommen hätte, nur jetzt nicht.

Jetzt war ich viel zu sehr mit meinen Gedanken beschäftigt, die sich wie ein Kreisel unaufhörlich in meinem Kopf drehten und mich langsam, aber sicher in den Wahnsinn trieben. Ich dachte an Kenzo, der unten in der Wohnung seiner Schwester war und keine Ahnung hatte, in welchen Kampf er geraten war. Ich dachte an das Feuer, das plötzlich in mir loderte und sich gleichzeitig falsch und fremd und richtig und vertraut anfühlte. Und an meinen Zwillingsbruder, der schweigend Meter um Meter auf dem flachen Dach zurücklegte und sich dabei immer wieder frustriert durch die Haare fuhr.

»Wenn du nicht endlich den Mund aufmachst, werde ich durch diese Tür verschwinden und zurück zu Kenzo gehen, Ryk.«

Mein Bruder hielt inne und wandte den Kopf in meine Richtung. »Ich denke nach. Etwas, das du auch mal versuchen solltest.«

»Ich habe dir doch schon gesagt, dass ich keine Ahnung hatte, in was ich da hineingeraten bin!«

»Als würde das irgendetwas daran ändern, dass diese ganze Reise ein riesengroßer Fehler gewesen ist. Ich hätte dich niemals gehen lassen dürfen und wir hätten niemals ... wir hätten unsere Eltern nicht außen vor lassen sollen.«

Ich schob das Kinn nach vorne und stieß mich von dem Schornstein in meinem Rücken ab. Der Dämon in mir, der nun gelöst von seinen Fesseln nur darauf wartete, wieder auszubrechen, reagierte sofort auf meine brodelnden Emotionen. »Du hast mich doch dazu ermuntert!«

»Ja und sieh, wo es uns hingeführt hat! Kenzo hat einen Teil seiner Seele eingebüßt und ist diesem Seymour ausgeliefert und du … du hast plötzlich eine Macht in dir, die mir schier den Atem raubt, Cat. Und das ist in diesem Falle nichts Gutes.«

Ich verschränkte die Arme vor der Brust. »Was soll das heißen?«

»Du bist keine gewöhnliche Dämonin«, erwiderte er leiser. »Deine Signatur lodert. Du brennst förmlich. So etwas habe ich nie zuvor gesehen und es macht mir eine Scheißangst, dass wir weder wissen, was es damit auf sich hat, noch, ob und wie du es kontrollieren kannst.«

Bei seinen Worten bildete sich ein harter Knoten in meiner Mitte. »Du kannst es mir beibringen. Du kannst mit mir trainieren, Ryk.«

»Ehrlich gesagt weiß ich nicht, ob ich das kann. Und selbst wenn, was dann? Willst du dich dann kopfüber in die nächste Katastrophe stürzen?«

Ich spürte, wie meine Wangen warm wurden und das Kribbeln in mir zunahm. Seine Wut war gerechtfertigt, keine Frage und doch … ging es mir gewaltig gegen den Strich, dass er so tat, als wäre das hier alles allein meine Schuld. Unsere Eltern hatten dieses Chaos heraufbeschworen. Sie hatten uns jahrelang belogen und gingen nun, wo ich ausgebrochen war, über Leichen, um mich wieder einzufangen und das verdammte Geheimnis zu bewahren.

»Ich kann Kenzo ja schlecht allein lassen, oder?«

»Beim Hades, das ist nicht mehr deine Entscheidung. Überlass das jemand anderem. Jemandem, der weiß, wer dieser Seymour Sajoscha ist und welches kranke Spiel er spielt. Denn du und ich, Cat, wir haben nicht den blassesten Schimmer, womit wir es hier zu tun haben!«

»Oh doch«, ich machte einen drohenden Schritt auf meinen Bruder zu, »das ist definitiv meine Sache. Ich habe Kenzo mit in diese Scheiße gezogen und ich werde es wieder in Ordnung bringen. Und zwar ohne unsere Eltern.«

»Dann bist du eine noch größere Närrin, als ich bisher angenommen habe.« Rykers Augen flammten golden auf.

»Ich bin nicht länger hilflos. Irgendetwas ist in mir und –«

»Ja, etwas, über das du keine Kontrolle hast. Du hast fast ein ganzes Haus dem Erdboden gleichgemacht. Menschen hätten sterben können.«

Beschämt senkte ich den Blick und dachte an Hannah und Jules und all die anderen im Club, die in dieser Nacht beinahe gestorben wären. Wegen mir.

»Cat.« Ryk legte mir die Hände auf die Schultern und sah mir ins Gesicht. »Das hier ist eine Nummer zu groß für dich. Wir müssen das Mutter überlassen. Sie ist nur noch nicht hier, weil ich ihnen gesagt habe, dass ich mich um das Chaos kümmere. Noch wissen sie nicht, dass du darin verwickelt bist, aber das ist nur eine Frage der Zeit. Wir sollten dein Abenteuer beenden – bevor noch mehr Menschen zu Schaden kommen.«

»Ich kann nicht zulassen, dass Seymour Kenzo etwas antut«, flüsterte ich und drehte den Kopf zur Seite. »Dieser Bastard wird Kenzo umbringen, wenn Mutter oder Vater auch nur in die Nähe seiner Festung kommen.«

»Was –« Ryker riss die Augen auf. »Dieser Mensch bedeutet dir etwas, oder? Mehr als ein Menschenleben dir bedeuten sollte.«

Das Brennen in meinen Augen nahm zu. »Ich habe mir das nicht ausgesucht! Ich… ich weiß nicht, warum oder wieso, aber irgendetwas zieht mich in seine Richtung.«

Die Miene meines Bruders verfinsterte sich. »Was genau meinst du?«

Verwirrt über den Nachdruck in seiner Stimme wandte ich mich ab und starrte auf die beleuchtete Altstadt. »Wenn ich wüsste, wie ich es erklären könnte, würde ich das tun, aber ich habe keine Ahnung, okay?« Ein kalter Windstoß fegte über das Dach und riss an der dünnen Jacke, die ich übergeworfen hatte. Dunkle Wolken zogen von Westen heran und ich meinte bereits den Regen in der Luft schmecken zu können. »Ich glaube, es war Kenzo, Ryk«, sagte ich dann leise und senkte die Lider. Mein Bruder trat neben mich an die Dachkante und legte den Kopf in den Nacken. »Kenzo war der Auslöser dafür, dass meine Fesseln gelöst wurden.«

»Ich habe noch nie gehört, dass Magie an einen Menschen gebunden worden ist.«

Bilder von Kenzos Leiden und Seymour, der ihn folterte, schoben sich in meine Gedanken. Beinahe noch im selben Moment regte der Dämon in mir den Kopf. »Da ist eine Verbindung, Ryk. Eine Verbindung, die sehr tief geht – und ich spreche hier nicht von… von romantischen Gefühlen.« Jetzt war definitiv nicht der richtige Zeitpunkt, meinem Bruder von dem Kuss zu erzählen. Ich räusperte mich. »Als Seymour Kenzo verbrannt hat und ich gedacht habe, dass er ihn umbringen wird, da ist in mir etwas zersprungen.«

»Das passt vorne und hinten nicht zusammen.« Ryker legte

die Stirn in Falten. »Ein Grund mehr, jemanden zurate zu ziehen, der mehr Ahnung hat als wir. Siehst du es nicht, Cat? Wir haben mitten in ein Dämonennest gestochen, ohne zu ahnen, welche Auswirkungen das haben wird. Bitte sei nur dieses eine Mal vernünftig.«

»Es hat nichts mit Vernunft zu tun, wenn ich Kenzo einfach zurücklasse«, erwiderte ich heftig und zwang mich dann zur Ruhe. »Selbst wenn wir unsere Eltern einschalten, dann wird ihr Hauptaugenmerk darauf liegen, Seymour auszuschalten und nicht darauf, ein einzelnes Menschenleben zu retten. Sie werden nicht zuhören, sondern mich nach Hause schleppen und einsperren.«

»Reichlich dramatisch.«

»Und die Wahrheit, das weißt du.«

Ryker seufzte schwer. »Was willst du denn von mir hören?«

Ich sah ihn an und überkreuzte die Arme vor der Brust. »Ich will, dass du mir die Chance gibst, es wiedergutzumachen. Es *richtig* zu machen und Kenzo in Sicherheit zu bringen. Danach kehre ich in den Hades zurück.«

»Cat …«

»Aber dafür brauche ich deine Hilfe«, fuhr ich rasch fort. »Ich muss lernen, wie ich meine Magie einsetzen und kontrollieren kann. Wie ich damit kämpfen kann, um Seymour auszuschalten.«

»Das ist Wahnsinn.«

»Vielleicht, aber Vater hat uns mal gesagt, dass wir zu unseren Fehlern stehen und sie auch wieder geradebiegen müssen. Nichts anderes tue ich.«

Kopfschüttelnd fuhr sich Ryker über das Kinn. Das schwache Licht der Nacht ließ den schweren silbernen Ring an seinem Daumen aufblitzen. »Das hier ist etwas anderes.«

»Wäre ich es, dem Seymour ein Stück Seele gestohlen hätte, dann würdest du keine Sekunde zögern und ihn sofort jagen.«

»Wir haben aber keine Seele und –«

Ich stieß ihn an und verengte frustriert die Augen. »Darum geht es doch gar nicht! Sondern darum, das Richtige zu tun und dafür brauche ich deine Hilfe. *Bitte.*« Einen Atemzug lang schauten wir einander in die Augen, dann ließ Ryker resigniert die Schultern sinken. »Erzähl unseren Eltern einfach, dass es ein gewöhnlicher Zwischenfall in einem Club war und dass du für ein paar Tage Schottland im Auge behalten willst. Sie werden dir glauben. Und in dieser Zeit kannst du mich trainieren und dich umhören.« Ich legte ihm eine Hand auf den Arm. »Drei Tage. Um mehr bitte ich dich doch gar nicht.«

»Drei Tage zu viel«, brummte er. »Du hast dir das ja alles schon ganz wundervoll überlegt.«

Ich hob einen Mundwinkel. »Ich habe *nachgedacht.*«

»Du bist eine Plage, Calea Emaya.«

»Keine größere als du, Ryker Milan. Das heißt, du bist dabei?«

Seufzend nickte er und suchte dann meinen Blick. »Drei Tage. Danach kehren wir zurück, egal, was geschehen ist oder wie es um Kenzo steht. Ich werde dich trainieren und dir unsere Eltern vom Hals halten, bis wir Seymour in den Arsch getreten und das hier beendet haben. Drei Tage.« Ich biss die Zähne zusammen. »Das ist mein Angebot und ich will dein gebundenes Wort, dass du dich darauf einlässt.«

Meine Augenbrauen wanderten nach oben. »Du willst einen Bluthandel abschließen?«

Der Bluthandel würde mich an diesen Deal binden. Er würde mich nach drei Tagen in den Hades ziehen, unabhängig davon, was gerade um mich herum passierte.

»Ich möchte auf Nummer sicher gehen. Das ist alles. Was ist? Sind wir im Geschäft?«

Ich rümpfte die Nase. »Du bist unausstehlich, wenn du einen auf Kronprinzen machst.«

Seine Zähne blitzten auf, dann zog er einen filigranen Dolch aus geschliffenem Obsidian hervor. »Dein Wort?«

Bereitwillig hielt ich ihm eine Hand entgegen und machte keinen Mucks, als er die Klinge über meine Haut gleiten ließ. Blut quoll aus dem kleinen Schnitt hervor und tropfte auf den Boden.

»Na schön. Ich binde mich an mein Wort. Unser Handel steht. Drei Tage, ab jetzt. Zufrieden?«

»Zufriedenheit ist ein Zustand, in dessen vollen Genuss ich bisher nicht gekommen bin.« Ryker grinste selbstgefällig und steckte den Dolch zurück. »Deine Zeit läuft, Cat. Ich schlage vor, du sammelst deinen Schoßdämon und Schoßmenschen ein und machst einen Schlachtplan.«

Ich hatte Hero unten bei Kenzo gelassen – sicher war sicher.

»Witzig. Und was machst du solange?«

»Ich beseitige das Chaos, das du angerichtet hast, und kümmere mich um unsere Eltern. Die Hölle allein weiß, welche Hebel sie bereits in Bewegung gesetzt haben.«

***

Am Horizont war bereits das erste Licht des Tages zu sehen, als ich über die Feuerleiter zurück in Jules und Hannahs Wohnung kletterte. Nachdem Ryker verschwunden war, hatte ich ein paar Augenblicke für mich gebraucht, um meine Gedanken zu sortieren. In den letzten Stunden war so viel geschehen, dass ich kaum hinterherkam.

Diese tiefe Verbindung, die mich zu Kenzo zog – einem Menschen, den ich weniger als eine Woche kannte.

Die plötzliche Macht, die unaufhörlich in mir pulsierte und meine Nervenenden vibrieren ließ.

Seymour und der Kampf über dem Nachtclub.

Das Feuer, der fehlende Teil von Kenzos Seele ... und all die Dinge, über die Ryker und ich gesprochen hatten.

Der Bluthandel. – Ich hatte mich vehement für diese eine Chance eingesetzt, für Kenzos Seele und für ein paar Tage Aufschub, ehe ich in mein Gefängnis zurückkehren würde Doch nun spürte ich, wie meine uneingeschränkte Entschlossenheit nach und nach in Furcht umschlug. Furcht, zu versagen, Furcht vor meinem Gegner, über den ich kaum etwas wusste. Furcht vor der Magie in mir. Furcht vor den Konsequenzen.

Ryker hatte vollkommen recht gehabt, als er gesagt hatte, ich würde nie richtig nachdenken. Bei jeder Entscheidung horchte ich nur auf meine Impulsivität, meinen Drang, *irgendetwas* zu tun und ich fragte mich unweigerlich, wie oft ich ein und denselben Fehler noch begehen konnte, bevor es mich den Kopf kosten würde.

Möglichst lautlos schob ich das Fenster auf und erstarrte mitten in der Bewegung, als ich Kenzo am Küchentisch entdeckte. Er wirkte erschöpft, dunkle Schatten lagen unter seinen Augen, denen ihr vertrautes Funkeln fehlte, und Blut- und Rußspuren verunzierten seine Züge.

Einige Herzschläge lang sahen wir einander wortlos an, dann kletterte ich in die Küche und blieb unschlüssig an der Wand stehen. Ich wollte Kenzo nicht zu nahe kommen, da ich nicht abschätzen konnte, was gerade in ihm vorging. Ob er mich fürchtete oder verabscheute, ob er mich anschreien oder schweigen würde.

Auf dem Weg vom Park des Edinburgh Castles zur Wohnung hatte er kaum ein Wort gesagt. Verübeln konnte ich es ihm nicht, Kenzo hatte in diesen wenigen Stunden einiges durchgemacht und man sah nicht jeden Tag einen Höllenprinzen. Ich würde vollkommen verstehen, wenn er nach dieser Nacht kein Wort mehr mit mir sprechen und mich zum Teufel jagen würde.

»Hey«, murmelte ich vorsichtig, als er keinerlei Anstalten machte, die Stille zu durchbrechen, und versenkte die Hände in den Taschen meiner schwarzen Jeans. Sie war vollkommen zerrissen und angesengt. »Wie geht es Jules und Hannah?«

Kenzo atmete hörbar aus und fuhr sich durch die Haare. Dreck und kleine Splitter rieselten mit einem leisen Klacken auf den Tisch. »Sie stehen unter Schock, aber keine von ihnen ist verletzt.«

»Gut.« Ich leckte mir über meine aufgesprungene Unterlippe. »Kenzo, ich –«

Kenzo stand abrupt auf und ließ mich verstummen. Angespannt verfolgte ich, wie er um den Tisch herumkam und dann vor mir stehen blieb, kaum eine Unterarmlänge entfernt. Ich schluckte und sah zu ihm auf. Da standen so unzählig viele widerstreitende Gefühle in seinem Blick, so viel Schmerz und Wut und … *Zärtlichkeit.*

Kenzos Blick flog über meine Züge, als wollte er sich jedes Detail einprägen, nur einen Sekundenbruchteil später schloss er mich in die Arme. Für ein paar Atemzüge blieben wir regungslos in der Umarmung. Hielten einander nach dem Schrecken und Leid, das wir heute Nacht gesehen hatten. Und mit jeder Sekunde, die ich an Kenzos Brust lag, kam das wütende Monster in mir ein wenig mehr zur Ruhe. Ertrank in dem warmen Pulsieren, das von dort, wo wir einander berührten, durch meinen Körper flutete. Unwillkürlich fragte ich mich, ob dieses Pulsieren eine Folge seines fehlenden Seelensplitters war. Was für Konsequenzen Seymours Eingriff in Kenzos Seele haben würde.

»Ich glaube, ich weiß jetzt, warum du mit Pfeil und Bogen unterwegs bist.«

Mir kam ein erstickter Laut über die Lippen, eine Mischung aus Schluchzen und Lachen und Fluchen.

»Aber um eines klarzustellen«, sanft, aber bestimmt, schob er mich von sich, »du schuldest mir einige Erklärungen, Cat.«

Ich nickte und fuhr mir über das Gesicht. »Frag mich, was du möchtest. Ich werde dir alles erzählen.«

Kenzo legte die Stirn in Falten und spannte den Kiefer an. »Dieser Kerl, der uns fast umgebracht hat, ist der noch in Edinburgh?«

»Nein, und auch keine anderen ... Dämonen. Mein Bruder hat sich darum gekümmert. Wir sind in Sicherheit. Vorerst.«

»Dämonen.«

»Ja, Dämonen.«

»Und dein Bruder und du seid auch Dämonen?«

Wieder nickte ich. »Ja, aber wir stehen auf der richtigen Seite. Genau wie bei den Menschen gibt es auch in der Übernatürlichen Welt Gut und Böse.«

Kopfschüttelnd machte Kenzo einen Schritt rückwärts, bis er gegen den Tisch stieß und lehnte sich dagegen. »Wie kann das sein? Wie können Dämonen überhaupt existieren? Ich ... ich habe das Gefühl, den Verstand zu verlieren. Ich weiß, was ich gesehen habe, aber ich kann es einfach nicht glauben.«

Ich biss mir auf die Wange und überwand langsam die Distanz zwischen uns, so, als wäre Kenzo ein wildes Tier, das ich nicht verschrecken wollte.

»Ich weiß, dass das viel ist. Das ist es auch für mich, glaub mir, aber ich werde dir alles erklären. Versprochen«, sagte ich wieder. »Nur nicht hier.«

»Ich kann Jules und Hannah nicht allein lassen, nicht nachdem ...«

Ohne ihn aus den Augen zu lassen, griff ich nach seiner Hand und verschränkte unsere Finger miteinander. Sofort durchflutete mich dieses besondere Prickeln, das Kenzo in mir auslöste.

Was verbindet uns, Kenzo? Was hast du an dir, dass ich so sehr auf dich reagiere?

Ich schob die Gedanken resolut zur Seite. Das tat hier und jetzt nichts zur Sache.

»Keine Sorge, sie sind nicht allein. Hero ist bei ihnen.«

»Du meinst deinen Kater?«

»Nun, er ist etwas mehr als das. In meiner Welt ist nicht alles, wie es scheint. Wir folgen anderen Gesetzen und Regeln. Sind nicht an die Vorstellungen und Grenzen der Menschen gebunden.« Behutsam fuhr ich über seine Wange und strich mit federleichter Berührung über den Bluterguss. Seymour würde dafür bezahlen.

»Was ist das für eine Welt?«, fragte er leise und klang dabei genauso atemlos, wie ich mich fühlte.

Ich lächelte leicht und suchte seinen Blick. Suchte das Leuchten in seinem Jadegrün. »Wenn du es zulässt, dann werde ich sie dir zeigen, Kenzo. Alles davon.«

Kapitel 13

Auf den Straßen war kaum etwas los. Die meisten Menschen waren an diesem Samstagmorgen vermutlich noch im Bett oder nach einer durchgemachten Nacht erst auf dem Weg nach Hause.

Kenzo und ich hatten uns vor knapp einer halben Stunde aus der Wohnung seiner Schwester geschlichen und waren seitdem auf dem Weg an einen ruhigen Ort, an dem wir hoffentlich ungestört sprechen konnten. Ich hatte ihm versprochen, jede seiner Fragen zu beantworten und ihm alles über den Hades, die Dämonen und mein Leben zu erzählen, doch ein zunehmend lauter werdender Teil in mir warnte mich davor, wie Kenzo mich danach sehen würde. Er schürte meine Furcht vor seiner Ablehnung jedes Mal, wenn ich die Angst in seinem Blick wahrnahm. Und sein anhaltendes Schweigen, während wir durch die Straßen Edinburghs bis hin zum *Holyrood Park* liefen, machte es nicht leichter.

Als wir die Grenze des Parks erreichten, blieb Kenzo abrupt stehen und drehte sich zu mir um. Wir beide hatten mittlerweile unsere angesengte Kleidung gegen frische ausgetauscht und geduscht, doch ich zweifelte nicht eine Sekunde daran, dass man uns die letzte Nacht noch immer allzu deutlich ansah. In unseren ausgelaugten Zügen, dem kurzen Zögern, mit dem wir einen Fuß vor den anderen setzten, und daran, dass unser Blick immer wieder über die Schulter zurückhuschte. Die Nacht hatte ihre Spuren hinterlassen und ich fürchtete mich ehrlich gesagt davor, was es mit Kenzo machen würde.

Welche Konsequenzen es haben würde, dass ihm nun ein Teil seiner Seele fehlte, und ehrlich gesagt fürchtete ich mich vor dem Moment, in dem wir es herausfinden würden.

»Ich weiß nicht, wo ich anfangen soll, Cat. In meinem Kopf herrscht ein einziges großes Chaos.« Kenzo zog die Augenbrauen zusammen und blickte dann zu dem Hügel, der sich vor uns erhob: Der *Arthur's Seat*, eine der Sehenswürdigkeiten der Stadt.

»Ich denke über all die Dinge nach, über die ich mir im Augenblick eigentlich keine Gedanken machen sollte, anstatt mich mit dem Offensichtlichen zu beschäftigen.«

»Wer sagt denn, dass du nicht darüber nachdenken sollst? Ich glaube nicht, dass es für die Situation, in der du dich gerade befindest, den *einen* richtigen Weg gibt.«

Wir überquerten die Straße und betraten den Park, wo wir einvernehmlich dem Pfad zum *Arthur's Seat* folgten. Der Morgen war kühl und frisch, die Sonne noch nicht aufgegangen und unser Atem tanzte als kleine Wölkchen vor uns in der Luft.

»Fang einfach dort an, wo es sich für *dich* richtig anfühlt. Frag mich das Erste, was dir in den Sinn kommt.«

Kenzo lachte freudlos auf und versenkte die Hände in den Taschen seiner dunkelblauen Wachsjacke. »Jede meiner Fragen klingt so unglaublich absurd. Das alles ist absurd.«

»Wenn es dich beruhigt, als mir meine Mutter das erste Mal von den Menschen und der Erde erzählt hat, ging es mir nicht anders.«

Sein Kopf ruckte zu mir. »Ist das dein Ernst?«

Ich hob einen Mundwinkel. »Mein voller Ernst. Ich meine, Flugzeuge, Züge, Autos – und das alles ohne Magie.«

»Magie«, wiederholte Kenzo ungläubig und schüttelte den

Kopf. »Wenn ich nicht mit eigenen Augen gesehen hätte, wie diesem Seymour gleißendes Licht aus der Hand schoss oder wie deinem Bruder … *Flügel* wuchsen …«

»Es gibt so viel mehr als das, was die Menschen für möglich halten. Früher waren die Magie und die Übernatürliche Welt noch Teil eures Alltags, doch irgendwann ist das alles in Vergessenheit geraten und in Märchenbücher gewandert.«

»Wie passt du in das Bild? Du hast gesagt, du wärst eine Dämonin, aber wer bist du wirklich, Calea? Woher kommst du?«

Die Art, wie er meinen Namen aussprach, verursachte mir eine Gänsehaut. Sanft und ungewohnt, beinahe zärtlich.

Wir verstummten, als wir an einer älteren Dame vorbeikamen, die gerade ihren Dackel ausführte, und bogen dann auf einen schmaleren Weg ab.

»Mein Zuhause ist der Hades – die Hölle.« Seine Augen weiteten sich kaum merklich und ich beeilte mich fortzufahren. »Meine Eltern regieren über die Unterwelt und halten zusammen mit den Iljos das Gleichgewicht der Übernatürlichen Welt aufrecht. Wobei die Iljos so etwas wie das Gegenstück zu den Dämonen sind, aber halte sie bloß nicht für Engel oder so etwas.«

»Dann sind deine Eltern … Also ich meine, dann gibt es gar nicht *den* Teufel?«

»Oh, den gab es. Sehr lange sogar. Beliar, mein Großvater.« Nur war die Bezeichnung – oder der *Titel*, das kam darauf an, wen man fragte – mit Beliar gestorben. Meine Mutter hatte nie Anspruch darauf erhoben.

Kenzo murmelte ein paar Worte, die verdächtig nach einem Fluch klangen – oder einem Stoßgebet, je nachdem.

»Meine Mutter, Elyanor und Beliars Tochter, hat ihn vor

etwa fünfundzwanzig Jahren, nach Menschenrechnung, vom Thron gestoßen und seinen Platz als Königin des Hades eingenommen. Mom zieht die Begriffe *Herrscherin* oder *Königin* definitiv der Bezeichnung *Teufel* vor. Aber das sind nur Details.« Für einen kurzen Moment betrachtete ich sein Profil, die steile Falte, die sich zwischen seine Augenbrauen gegraben hatte, und den angespannten Zug um seinen Mund herum. »Du nimmst das alles sehr gut auf.«

»Glaub mir, das ist nur Fassade, innerlich bin ich kurz vorm Durchdrehen.« Seine Mundwinkel zuckten nach oben in Richtung eines humorlosen Grinsens. »Ich schätze, als ich dich nachts aufgegriffen und deinen Pfeil und Bogen gesehen habe, habe ich schon damit gerechnet, dass sich irgendeine außergewöhnliche Geschichte dahinter verbirgt. Zwar habe ich dabei nicht an so etwas gedacht, aber ... letztlich habe ich nicht wirklich eine Wahl, oder? Jetzt durchzudrehen, würde keinem von uns helfen.« Ich presste die Lippen aufeinander. Für ein paar Meter wurde es still zwischen uns, sodass nur unsere Schritte auf dem steinigen Boden zu hören waren, dann nahm Kenzo den Faden wieder auf: »Also Hölle, Königin, Teufel und dann bist du ... eine Prinzessin?«

Meine Wangen wurden warm. »Theoretisch ja, allerdings nicht so, wie du dir das jetzt vorstellst. Ich bin anders als meine Eltern oder Geschwister, deswegen bin ich auch nie in den vollen Genuss meines Titels gekommen.«

Wir erreichten den höchsten Punkt des *Arthur's Seat* und liefen ein Stück auf dem Grad des Hügels entlang, ehe wir uns im Gras niederließen. Genau dort, von wo aus wir einen uneingeschränkten Blick auf den Sonnenaufgang hatten.

»Bist du deswegen auf die Erde gekommen?« Kenzo klang erstaunlich sanft, als er das fragte.

Ich seufzte leise und legte mich auf den Rücken. Über uns breitete sich der Himmel aus, der jenen besonderen Blauton angenommen hatte, kurz bevor die ersten Sonnenstrahlen erschienen.

»Mein Bruder Ryk und meine Schwester Jade sind beide sehr mächtig. Ihre Magie ist stark und rein – sie sind echte Vorzeigedämonen. Ich hingegen bin ohne Magie zur Welt gekommen. Zumindest habe ich das bis vor ein paar Tagen noch angenommen.«

»Was hat sich geändert?«

»Ich habe herausgefunden, dass man uns belogen hat. Meine Eltern haben meine Macht nach meiner Geburt gebunden. Ich weiß nicht, warum oder wieso sie mich so vehement davon abhalten wollen, die Wahrheit herauszufinden, aber was auch immer es ist, ich bin nah dran, das Rätsel zu lösen. Zumindest hoffe ich das.«

Kenzo sah zu mir herab, dann legte er sich neben mich, so nah, dass ich die Wärme, die sein Körper ausstrahlte, spüren konnte. »Als Seymour mir diese verdammte Narbe verpasst hat, da ... da hast du irgendetwas gemacht. Ich verstehe nicht viel davon, aber das *war* Magie, oder?«

Ich drehte den Kopf zu ihm und nickte langsam. »Meine Magie war gefesselt, aber aus irgendeinem Grund hast du sie in diesem Moment gelöst.« Meine Stimme war nicht mehr als ein Flüstern, kaum lauter als der Wind, der durch das hohe Gras fuhr.

»Wie kann das sein?«

»Ich glaube, das alles ist Teil des Rätsels. Ein Rätsel, zu dem du jetzt auch gehörst.« Ich sah ihn noch einen Atemzug länger an, dann wandte ich mich ab und blinzelte gegen die ersten Sonnenstrahlen. Dieser Moment fühlte sich ein bisschen wie aus einem Traum an. Beinahe unwirklich. Ich hatte Kenzo die Wahrheit über mich erzählt, er hatte wegen mir Seymour kennengelernt und wäre heute Nacht beinahe gestorben und doch … lag er hier neben mir.

»Cat?«

»Hm?«

»Was wirst du jetzt tun? Gehst du zurück in den Hades?«

Ich schloss die Augen, als die Sonne mein Gesicht wärmte, und dachte an den Bluthandel. »Noch nicht. Es gibt noch etwas, das ich vorher erledigen muss, etwas, das ich dir noch nicht gesagt habe und –«

Ohne Vorwarnung stieß Kenzo plötzlich ein schmerzerfülltes Keuchen aus und presste seine Hände auf die Brust. Dorthin, wo Seymour ihn gebrandmarkt hatte.

»Kenzo!«, rief ich alarmiert und richtete mich auf. »Kenzo, was ist los?«

»Es brennt. Wie Feuer«, presste er zwischen zusammengebissenen Zähnen hervor. »Ich … ich bekomme keine Luft mehr. Ich kann nicht atmen.«

Seymour. Das musste Seymour sein. Die Macht, die er auf das Bruchstück von Kenzos Seele ausübte. Eine Warnung an mich.

»Hey, Kenzo, sieh mich an.« Behutsam legte ich meine Hände an seine Wangen und zwang ihn so dazu, zu mir zu schauen. Seine Haut prickelte unter meinen Fingerspitzen und fühlte sich unnatürlich heiß an. »Du kannst atmen, der Schmerz ist nicht real, okay?«

Schweiß trat auf seine gequälten Züge. »Cat …«

»Atmen, Kenzo. Du musst atmen.«

Sein ganzer Körper verkrampfte sich und dann – dann war es schlagartig vorbei. Die Anspannung wich aus seinen Gliedern und seine Arme fielen kraftlos zurück in seinen Schoß.

»Kenzo, sprich mit mir.«

»Das Brennen ist weg. Es hat aufgehört.« Er klang seltsam tonlos, als er das sagte, dann richteten sich seine hellgrünen Augen ruckartig auf mich. »Was zum Teufel war das?«

»Seymour hat dich nicht nur verbrannt, Kenzo. Er hat dir einen Teil deiner Seele genommen und diesen Teil kontrolliert er jetzt.« Als Kenzo sich von mir lösen wollte, hielt ich ihn unwillkürlich fester. »Hör mir zu, ich werde nicht zulassen, dass dieser Bastard diese Macht über dich behält. Wir werden das rückgängig machen, das verspreche ich dir.« Ich fuhr mit dem Daumen über seine Wange und suchte seinen Blick.

»Wieso hat er das getan?«

»Wegen mir. Er will mich. Ich weiß nicht wieso, aber Seymour hat dich in diese Sache mit hineingezogen, um sicherzugehen, dass ich seinen Befehlen Folge leiste.«

Als sich Kenzo dieses Mal losmachte, ließ ich es zu und verfolgte, wie er aufsprang und sich aufgebracht durch die Haare fuhr. »Was bedeutet das? Was für verdammte Befehle? Wie willst du das rückgängig machen?« Seine Stimme war mit jedem Wort lauter geworden und auch wenn um diese Uhrzeit nicht viel auf dem Hügel los war, wandten sich bereits jetzt die wenigen Köpfe neugierig in unsere Richtung.

»Beruhige dich, Kenzo. *Bitte.*«

»Mich beruhigen? Du sprichst von Dämonen und der Hölle und meiner verfluchten Seele! Wie soll ich mich da beruhigen?«

Seymours kleine Erinnerung an meine Rolle in seinem Plan hatte Kenzos Maß an dem, was er an einem Tag ertragen konnte, hochgradig überschritten. Panik flackerte in seinem Blick und das Beben in seiner Stimme fühlte sich an, als würde mir jemand ein stumpfes Messer in die Eingeweide rammen.

Ich habe ihm das angetan. Ich bin dafür verantwortlich.

»Wie konnte es so weit kommen?« Kenzo blieb stehen und warf mir einen kurzen Blick zu.

Langsam kam ich auf die Beine und stellte mich neben ihn. »Es ist mein Fehler. Ich habe ... Ich gebe dir mein Wort, dass ich es wiedergutmachen werde.«

»Wie?«

»Seymour erwartet mich. Ich werde deine Seele eintauschen und dann bist du frei.« Mir war bewusst, dass es darauf hinauslaufen würde, doch es jetzt laut auszusprechen, war etwas völlig anderes.

»Du willst dich diesem Wahnsinnigen ausliefern?«

»Wenn es sein muss.« Ich drehte den Kopf zu Kenzo und sah ihn eindringlich an.

»Cat, das kann nicht dein Ernst sein. Was ist, wenn er dich umbringt? Oder Schlimmeres?«

»Das ist nicht dein Kampf, sondern eine Sache zwischen Seymour und mir. Eine Sache der Übernatürlichen Welt, in die ich dich nie hätte mit hineinziehen dürfen«, erwiderte ich heftig.

»Was ist, wenn das nicht mehr stimmt?« Ich legte die Stirn in Falten und hielt den Atem an, als er mir ein paar lose Strähnen hinter die Ohren strich und dann mit dem Daumen an meiner Unterlippe verharrte. »Was ist, wenn es jetzt genauso meine Sache ist?«

»Hast du mir nicht zugehört?«

»Oh doch, ich habe jedes einzelne Wort mitbekommen, doch es ändert nicht das Geringste. Nichts, was du mir über deine Welt verrätst, ändert etwas ... ändert etwas daran, dass ich dich nicht gehen lassen kann. Es sollte etwas ändern. Ich sollte Angst haben und bei Gott, die habe ich auch, aber nicht vor dir.«

Meine Kehle schnürte sich zu. »Kenzo, nicht ...«

Ohne auf meinen schwachen Protest einzugehen, zog er mich zu sich, sodass ich den Kopf in den Nacken legen musste, um ihm ins Gesicht schauen zu können.

»Verstehst du es denn nicht? Ich habe panische Angst davor, dich ... dich zu verlieren. Es dürfte nicht so sein, nicht nach dieser kurzen Zeit, nicht nach allem, was ich über dich und Seymour und die wahrhaftige Hölle erfahren habe – und trotzdem ist es so. In diesem ganzen verdammten Chaos sehe ich nur dich.« Ein leichtes Zittern lag in seiner Stimme. »Wie kann das sein? Wie kannst du jeden meiner Gedanken beherrschen? Wie ...« Kenzo brach ab und fuhr mit dem Daumen über meine Unterlippe. Seine zarte Berührung stand im harten Kontrast zu den brodelnden Emotionen in seiner Stimme. »Ist das deine Magie?«

»Ich weiß nicht, was das ist. Ich weiß nur, dass es mir genauso geht. Dass ich nur noch dich sehe.«

Und in diesem Augenblick war es mir egal, was genau uns hierhergebracht hatte. Ob es irgendeine magische Verbindung gewesen war oder purer Zufall, dass ich gerade vor Kenzos Wagen gestolpert war. Es spielte keine Rolle, denn als meine Lippen Kenzos berührten, rückte das alles schlagartig in den Hintergrund.

Da gab es nur noch ihn und mich und unsere ganz eigene Magie, die wir gemeinsam erschufen. Eine Magie, die nichts mit der Hölle oder Blut oder sonst etwas zu tun hatte, sondern mit dem schnellen Rhythmus, in dem unsere Herzen im

Gleichtakt schlugen. Mit der Verzweiflung, mit der wir einander festhielten, mit dem Verlangen, das aus der Hitze sprach, die zwischen uns knisterte.

Kenzo zu küssen war, als würde ich das erste Mal aus der Dunkelheit treten. Sein Licht flutete mich und entzündete in mir etwas, von dem ich bis zu diesem Augenblick nicht einmal gewusst hatte, dass es überhaupt existierte. Beinahe so, als würde in diesem Moment ein fehlendes Teil an die richtige Stelle rücken, als wäre ich plötzlich vollständig.

Ich hatte nicht geglaubt, dass es so sein könnte. Dass sich etwas, das so falsch war, so unglaublich richtig anfühlen konnte. So selbstverständlich. So, als gehörte ich genau hierher.

»Ich habe das Gefühl den Verstand zu verlieren«, wisperte Kenzo, als er sich behutsam von mir löste, und legte seine Stirn an meine.

Ich schloss lächelnd die Augen und legte meine Hände flach auf seine warme Brust, genoss das Prickeln unter meinen Fingerspitzen und seinen trommelnden Herzschlag.

Mit dem Verstand schlägt man Schlachten, aber mit dem Herzen gewinnt man Kriege.

In diesem Moment verstand ich zum ersten Mal, was meine Mutter damit gemeint hatte.

***

»Das heißt, das Ziel deiner Reise, von dem du die ganze Zeit über gesprochen hast, ist die Festung, in der sich Seymour versteckt hält?«, fragte Kenzo ein paar Minuten später, in denen wir schweigend den Sonnenaufgang verfolgt hatten.

Ich zupfte einen Grashalm ab und zog die Beine in den

Schneidersitz. »Zumindest vermute ich das. *Sinclair Girnigoe Castle.* Wir werden dort hinfahren und die Sache beenden.«

»Du und ich.«

»Nein, du kommst nicht mit, Kenzo.«

Kenzos Blick brannte förmlich auf mir. »Das kommt nicht infrage. Es geht hierbei schließlich um meine Seele und ich werde dich ganz sicher nicht allein zu diesem Wahnsinnigen lassen.«

»Deswegen ist ja auch mein Bruder dabei.« Ich sah kurz zu Kenzo und stockte, als ich bemerkte, wie ernst es ihm war. »Bitte versteh das. Heute Nacht hätte Seymour dich beinahe umgebracht und ich… ich kann nicht zulassen, dass es noch einmal so weit kommt. Mit dir kann er mich erpressen und mich zu grausamen Dingen zwingen. Weil du mir wichtig bist.«

»Und ich kann nicht zulassen, dass du gehst, weil *du* mir wichtig bist«, wiederholte er und legte seine warmen Finger auf meine. »Das ist jetzt auch meine Sache, Cat. In dem Augenblick, in dem du vor meinen Jeep gesprungen bist, ist sie zu meiner Angelegenheit geworden. Du kannst nicht von mir erwarten, dass ich hier oder in London bleibe, während du dein Leben aufs Spiel setzt. Nicht nach allem, was passiert ist.«

Seufzend starrte ich auf meine verschränkten Beine. »Du wärst überrascht, was ich alles kann.« Kenzo drückte meine Finger fester. »Wir sollten das mit Ryker besprechen. Uns läuft die Zeit davon und wir brauchen einen Plan«, sagte ich dann und zog meinen Dolch hervor.

»Wow! – Warte, was wird das?« Fluchend griff Kenzo nach meinem Handgelenk, als ich die Klinge an meine Haut setzte, und riss meinen Arm zurück.

»Entspann dich, ich hole nur Ryker dazu. Aktuell verberge ich meine Identität mithilfe eines Kristalls. Kein Wesen der

Übernatürlichen Welt kann mich orten oder als das erkennen, was ich bin. Über mein Blut kann ich Ryker meinen Standort zukommen lassen.«

»Was ist so falsch an einem Handy?« Kenzo verfolgte misstrauisch, wie ich einen winzigen Schnitt setzte und dann meine blutigen Finger an den Rauchkristall legte.

Kurz sah ich mich um, um mich zu vergewissern, dass die anderen Besucher außer Sichtweite waren, dann vollzog ich den Zauber. »Wo bliebe da die Magie?«

Es dauerte nur einen Herzschlag lang, dann materialisierte sich mein Bruder auch schon vor uns. In Fleisch und Blut und mit finsterer Miene.

»Ich habe mich schon gefragt, wo du dich herumtreibst.«

»Scheiße«, murmelte Kenzo und starrte meinen Bruder an, als wäre ihm ein zweiter Kopf gewachsen. »Das ist … Ich weiß nicht mal, was das ist.«

Ryker überging ihn geflissentlich. »Falls es dir noch nicht aufgefallen ist, aber dir bleiben weniger als drei Tage für deinen Masterplan, Schwesterchen. Und wir haben, gelinde gesagt, einiges vor.«

Ich nickte. »Deswegen bist du auch hier. Was hast du herausgefunden?«

»Du willst das vor dem Menschen besprechen?« Abschätzig hob er eine Augenbraue und betrachtete Kenzo, als würde er darüber nachdenken, ihn zu verspeisen.

Verdammter Hahnenkampf.

»Dieser Mensch hat zufälligerweise ein Mitspracherecht, weil es hier um seine verfluchte Seele geht«, erwiderte Kenzo und stand auf. Er war ein kleines Stück größer als mein Bruder und auch ohne Magie definitiv einschüchternd in diesem Moment.

»Du hast auch wirklich gar kein Detail ausgelassen, oder Cat?«

Seufzend erhob auch ich mich aus dem weichen Gras und verschränkte die Arme vor der Brust. »Es geht mir gegen den Strich, aber Kenzo hat recht. Er verdient zu erfahren, was mit ihm passiert ist.«

Ryker murmelte ein paar scharfe Flüche in unserer Muttersprache, für die es vermutlich keine treffende Übersetzung gab. »Großartig.«

»Zurück zum Thema, bitte. Wo stehen wir gerade, Ryk?«

Ryker starrte Kenzo noch einen Atemzug länger an, dann entspannte sich seine Haltung ein wenig. Endlich. »Ich konnte ja schlecht direkt nach dem Castle im Norden fragen, aber über ein paar Ecken habe ich herausgefunden, dass sich dort ein Exil befindet, getarnt als Ruine.«

»Ein Exil?«

»Es ist so etwas wie das Fort Knox für übernatürliche Wesen, die Hochverrat begangen haben.«

Kenzo trat näher zu mir. »Und da wollt ihr einfach so reinspazieren?«

»Von einfach kann hier nicht die Rede sein, *Mensch*, aber wir haben einen minimalen Vorteil. Im Exil sind die Fähigkeiten der Insassen herabgesetzt. Wir sollten also gute Chancen haben.« Ryker legte die Stirn in Falten. »Bisher habe ich dafür allerdings noch keine Beweise gefunden, aber es ist ein Anfang.«

»Okay und weiter?«

»Ich denke, alles weitere sollten wir auf dem Weg besprechen und nicht länger unsere Zeit vergeuden. Wir müssen sichergehen, dass deine Macht nicht wieder unkontrolliert aus dir herausbricht, und das können wir ganz sicher nicht mitten in der Stadt tun.«

Das war ein gutes Argument.

»Und wie kommen wir zu dem Castle?«, meinte ich dann und ging gleichzeitig mehrere Optionen im Kopf durch. Fliegen ging noch nicht, weil ich dazu nicht annähernd genug Übung hatte. Ein Portal schied aus, weil das meine Eltern auf den Plan rufen würde – sie wurden über jede interdimensionale Reise informiert. Und weder Ryker noch ich konnten mit einem Auto umgehen, also … Mein Blick flog unwillkürlich zu Kenzo.

Verdammt.

»Ich verstehe«, erwiderte Ryk und fuhr sich über das Kinn. »Deswegen die kleine Scharade mit deinem Menschen.«

»Oh nein, denk nicht mal dran.«

»Warum? Er ist doch ganz begierig darauf, sich an unserem Himmelfahrtskommando zu beteiligen und schließlich geht es hier um *seine Seele*. Außerdem bin ich zugegebenermaßen neugierig, wie lange er durchhält.« Bei Rykers verächtlichem Tonfall lief es mir eiskalt über den Rücken. Ich liebte meinen Bruder, wirklich, aber in Momenten wie diesem würde ich ihn am liebsten erwürgen.

»Du bist unausstehlich, Ryk, weißt du das eigentlich?«

»Wie ich das sehe, ist es die einzige Möglichkeit, Cat«, schaltete sich nun auch Kenzo wieder ein und griff nach meinen Fingern. Mir entging der Anflug von Unbehagen nicht, der dabei über die Züge meines Bruders huschte.

»Und ich habe dir schon gesagt, dass ich mitkommen werde. Es ist auch meine Sache, schon vergessen? Du hast gesagt, dass ich ein Recht darauf habe, zu erfahren, was mit mir passiert ist. Warum habe ich dann nicht auch ein Recht darauf, für mich selbst einzustehen?«

Ich verabscheute, wie mühelos es Kenzo mit seinen Worten und der Eindringlichkeit darin gelang, meine harte Schale zu durchbrechen. Denn wenn ich ehrlich mit mir war, dann *wollte* ich, dass Kenzo mitkam. Ich wollte, dass er in meiner Nähe blieb. Ich wollte, dass dieses Prickeln, dem ich bereits hoffnungslos verfallen war, nicht aufhörte.

»Ihr braucht eine Mitfahrgelegenheit, ich habe einen Wagen.«

»Saubere Logik und scharf beobachtet«, kommentierte Ryker nüchtern und räusperte sich vernehmlich. »Damit ist das ja geklärt, nehme ich an.«

»Nein«, erwiderte ich im selben Augenblick, in dem Kenzo mit einem grimmigen Nicken »Ja« sagte.

Beim Hades.

Das würde so was von nach hinten losgehen.

Kapitel 14

Wir waren vor weniger als vierundzwanzig Stunden nach Edinburgh gekommen. Kaum ein Tag und doch hätte die Welt sich nicht mehr verändern können.

Kenzo fuhr den weißen Jeep und stierte geradezu mit angespanntem Kiefer auf die Straße. Mein Bruder saß auf der Rückbank und hatte seit seinem sarkastischen Kommentar zu Boy kein Wort mehr gesagt. Und ich hatte es mir wie immer auf dem Beifahrersitz gemütlich gemacht. Es lag eine seltsame Spannung in der Luft, die selbst Hero, der auf meinem Schoß döste, zu spüren schien, denn in den ganzen drei Stunden, die wir nun schon unterwegs waren, hatte er noch keinen einzigen nervtötenden Spruch von sich gegeben.

Ein Mensch, dem ein Teil seiner Seele fehlte, ein Höllenprinz auf dem Rücksitz, ein Kami-Dämon und ich in einem Jeep namens Boy – klang wie der Beginn eines schlechten Witzes.

Wie gesagt, die Welt hätte nicht verdrehter sein können. Aber ehrlich gesagt blieb uns auch nichts anderes übrig, als es runterzuschlucken und einfach weiterzumachen.

Unser heutiges Ziel war der *Cairngorms Nationalpark*, besser gesagt *Braemar Castle*, das weit im Nationalpark lag und damit der ideale Ort für meine erste Trainingsstunde war.

Wenn ich nur daran dachte, endlich der brodelnden Magie in mir nachgeben zu dürfen, rauschte bereits ein unbeschreibliches Hochgefühl durch meinen Körper. Magie. Echte Höllenmagie. In dem ganzen Durcheinander nach dem Zusammentreffen mit Seymour hatte ich bisher kaum Zeit gehabt, darüber nachzudenken, was das für mich bedeutete. Wie es sein würde, endlich zu erleben, was für einen Dämon selbstverständlich sein sollte. Wie es mein Leben und mich unwiderruflich verändern würde.

»Bei den Ewigen Flammen, Cat, halte dich zurück. Deine Energie knistert wie ein Höllenschlund.«

Ich drehte mich auf dem Sitz herum und musterte Ryk mit hochgezogenen Augenbrauen. Er wirkte etwas blass um die Nase und alles andere als zufrieden. Allerdings war mein Bruder selten wirklich zufrieden.

»Was soll das heißen? Wird sie gleich das Auto in Brand setzen?« Kenzo klang alarmiert und warf einen nervösen Blick in den Rückspiegel.

»Schwer zu sagen. Mehr Sorge bereitet es mir allerdings, wie lange der Rauchkristall dein Feuer noch dämpft. Auch das gute Ding hat seine Grenzen.«

Ich sah zwischen Kenzo und Ryker hin und her. »Es geht mir gut. Ich habe alles im Griff.«

»Berühmte letzte Worte«, murmelte mein Bruder nur und lehnte sich dann nach vorne. »Wie lange brauchen wir noch mit dieser Blechbüchse?«

»Wir sollten in zehn Minuten da sein.« Wie zur Bestätigung beschleunigte Kenzo daraufhin und zog an einem langsameren Van vorbei.

»Wenn du uns bis dahin nicht alle umbringst.«

»Ich dachte, ihr seid unsterblich.«

»Nicht ganz«, entgegnete ich an Rykers Stelle und strich über Heros warmes Fell. »Auch wir haben Schwachstellen.«

»Weihwasser?«, riet Kenzo und sah kurz zu mir, wobei ein schiefes Lächeln über seine Lippen huschte.

»Nein, Knoblauch. Das haben die Menschen nur sehr zu ihrem Leidwesen vertauscht, aber sag es keinem.«

»Ich werde es mir merken.«

Wir passierten ein grünes Schild, das die kleine Stadt *Braemar* ankündigte. Eine sehr bewaldete Region, die hauptsächlich aus Touristen und Tageswanderern bestand. Wie viele alte Bauwerke bot auch die Burg den idealen Schutz. Ihre Energie würde Rykers und meine überlagern und uns damit die Möglichkeit geben, an meinen Fähigkeiten zu arbeiten.

»Ihr habt vorhin von Training gesprochen, wie genau läuft das jetzt ab?«

»So interessiert an der Dämonenmagie?«

Langsam, aber sicher bekam ich das Gefühl, dass das hier Ryker weitaus mehr Spaß machte, als er zugab.

»Ich bin nur daran interessiert, wenn euer Training bedeutet, dass ihr historische Bauwerke oder Wälder abfackelt.« Kenzo lenkte Boy von der Hauptstraße und folgte einem schmaleren Weg in Richtung Wald.

Mein Zwillingsbruder grinste und ließ seine Augen golden aufleuchten. »Wo bliebe der Spaß, wenn ich dir das jetzt schon verraten würde? Was ist mit dir? Kannst du kämpfen oder hast du irgendwelche hilfreichen Talente vorzuweisen?«

»Ich kann Autofahren – im Gegensatz zu euch mächtigen Dämonen.«

Meine Mundwinkel zuckten. Ryker stieß nur ein Schnauben aus.

Die Straße wurde holpriger, als wir den Waldrand erreichten und dann über einen unbefestigten Pfad immer tiefer zwischen den Bäumen verschwanden.

»Eine halbe Meile von hier gibt es eine Lichtung. Dort sollten wir die Nacht verbringen und dein Training beginnen«, verkündete Ryker dann und lotste Kenzo durch den dichter werdenden Wald. »Ganz in der Nähe ist eine *historische* Stätte, wie ihr es ausdrücken würdet, ihre Energie zusammen mit der des Castles wird uns genügend Deckung verschaffen.«

»Was für eine Stätte?«

Rykers Grinsen wurde breiter. »Ein historischer Friedhof aus dem fünfzehnten Jahrhundert. Man sagt ihm nach, dass dort die Seelen der Verstorbenen mit den Dämonen tanzen.«

Ich drehte mich um und verpasste Ryk einen Schlag gegen sein Bein.

»Geister, Dämonen, was kommt als Nächstes? Eine Gruselgeschichte?«

»Mach die Augen auf, kleiner Mensch, du bist bereits mitten in deiner ganz persönlichen Gruselgeschichte.«

***

»Gut, ich möchte, dass du dieses unkontrollierte Lodern deiner Energie visualisierst. Stell es dir bildlich vor. Als leuchtender Feuerball oder brennende Quelle.«

Ich runzelte die Stirn, schloss die Augen und konzentrierte mich auf das flackernde Etwas in mir. Ryker sagte das so einfach. Es visualisieren, ihm eine Form geben … aber wie sollte das gehen, wenn ich nicht einmal in der Lage war, es überhaupt zu fassen zu bekommen?

Meine Macht war wie ein glitschiger Schlangen-Dämon. Etwas, das schnell und wendig und damit nahezu unerreichbar war. Sie rauschte ungebremst durch mich hindurch, ließ meinen gesamten Körper kribbeln und jagte mir einen Schauer nach dem anderen über den Körper und doch … hatte ich keine Verbindung zu ihr.

Ernüchtert öffnete ich die Augen und ließ die Hände sinken, die ich, die Fingerspitzen aneinandergelegt, vor meine Brust gehalten hatte, um die Energie zu zentrieren.

Ryker saß auf einem Stein, hatte ein Bein angezogen und drehte eine seiner geliebten Klingen in den Händen, während sein eindringlicher Blick auf mir lag. »Deine Ausdauer ist erbärmlich. Hast du erwartet, dass es gleich beim ersten Mal funktionieren würde?«

»Das ist nicht hilfreich«, stieß ich zwischen zusammengebissenen Zähnen hervor und fuhr mir durch die Haare.

»Aber notwendig. Hör auf, es zu sehr zu wollen.«

»Falls es dir noch nicht aufgefallen ist: Das ergibt keinen Sinn.«

»Doch, eigentlich schon.«

Ryker und ich drehten die Köpfe zu Kenzo, der gerade aus dem Wald kam und sich nun mit verschränkten Armen an einen Baum lehnte. Von Hero, der vor einer Stunde zum Jagen verschwunden war, fehlte nach wie vor jede Spur.

»Wie schön, dass ihr jetzt plötzlich doch einer Meinung seid.«

Kenzo lächelte schief. »Ich verstehe nicht viel von Magie, aber ich weiß, wie es ist, wenn man etwas zu sehr möchte. Aus einer Sache, die intuitiv geschehen sollte, wird plötzlich eine Kopfsache. Man denkt zu viel darüber nach, analysiert es bis ins kleinste Detail und versperrt sich damit selbst den Weg.«

»Kaum zu glauben, dass ich das mal sage, aber besser hätte ich es nicht ausdrücken können.« Ryk neigte anerkennend das Kinn. »Hör zu, Cat. Du hast diese Energie in dir, sie füllt jede einzelne deiner Zellen, und alles, was du tun musst, um Zugang zu bekommen, ist zu *fühlen.* Zieh sie zu dir heran, unterwirf sie deinen Emotionen. Forme sie nach deiner Vorstellung.«

Ich sah zwischen den beiden hin und her und kaute unschlüssig auf meiner Unterlippe herum. »Und das mit dem Zugang …?«

»Um das zu erreichen, musst du dir die Energie zuallererst vor Augen halten. *Visualisieren.*«

»Als Feuerball.«

»Oder eine andere Form deiner Wahl. Entscheidung und Kontrolle liegen ganz bei dir, Cat.«

Langsam atmete ich aus und nickte schließlich. Dann positionierte ich meine Hände erneut vor mir, legte die Fingerspitzen aneinander und schloss die Augen. Ich versuchte an die Kraft zu denken, die aus mir herausgeschossen war, als ich mit Kenzo in dem Zimmer über dem Nachtclub gewesen war. An das Gefühl, das durch meine Nervenbahnen gerauscht war und alles mit sich gerissen hatte. An das Prickeln. An meinen rasenden Herzschlag … und streckte meine mentalen Krallen nach dem Lodern aus. Ein Lodern, das die Welt um mich herum in Brand setzen und töten konnte, das spürte ich

Und fürchtete ich.

Ich könnte den Wald innerhalb eines Wimpernschlags vernichten. Den Wald und Kenzo.

Mein Atem beschleunigte sich unwillkürlich, als ich das Leuchten zu mir heranzog und es an mich band. So viel ungebändigte, tödliche Energie.

»Langsam, Cat«, hörte ich Ryker wie von weit entfernt mahnen. Ein leises Echo, das sich kaum über das Knistern der Flammen in mir Gehör verschaffen konnte.

Ich biss die Zähne zusammen, schlug meine Krallen tiefer in die Energie – und schrie im nächsten Moment frustriert auf. Die Macht war mir entglitten. Schon wieder.

»Zu viel. Das war viel zu viel«, brummte Ryker und stand

von seinem Felsen auf. »Du bist nicht fokussiert. Wo bist du mit deinen Gedanken, verdammt?«

Ich öffnete die Augen und sah zu Kenzo.

»Ich verstehe. Na, wenn das so ist…« Schneller, als ich reagieren konnte, hatte Ryker Kenzo gepackt und hielt seinen Kopf und Hals so im Griff, dass es nur eine winzige Bewegung seinerseits gebraucht hätte, um Kenzos Genick zu brechen.

»Was tust du da?! Lass den Scheiß!«

»Wenn du schon die ganze Zeit an deinen Schoßmenschen denkst, dann können wir ihn auch gleich ganz offiziell zu einem Teil unseres Spiels machen.« Er zerrte ein bisschen an Kenzos Kopf, was ihn schmerzhaft das Gesicht verziehen ließ.

Ich ballte die Hände zu Fäusten und machte einen drohenden Schritt in seine Richtung. »Sein Leben ist kein Spiel!«

»Dann hol ihn dir und rette ihn.«

Das Lodern in mir nahm zu. Auf eine unkontrollierte, beängstigende Art und Weise. »Ryk nicht, ich… Das sollte nicht *so* geschehen.« Ein leichtes Beben lag in meiner Stimme.

»Wir haben nicht den Luxus, uns Gedanken darüber zu machen, *wie* es geschehen sollte, denkst du nicht auch? Alles, was zählt, ist, *dass* es geschieht.«

Kenzo legte die Hände an Rykers Unterarm und versuchte, sich zu befreien, aber gegen den Höllenprinzen hatte er nicht die geringste Chance. Ein Anflug von Angst glitt über seine Züge.

»Lass es zu, Calea. Hör auf zu denken und gib endlich nach. Du bist eine Dämonin, verdammt.«

Ich schüttelte den Kopf.

Ryker verengte die Augen, im nächsten Moment schossen ihm seine gefiederten, nachschwarzen Flügel aus dem Rücken und legten sich wie Klingen an Kenzos Haut. »Nichts für ungut, Mensch.«

Aus Erfahrung wusste ich, dass jede einzelne Feder rasiermesserscharf war, wenn Ryker es darauf anlegte. Er könnte mit einem einzigen gezielten Schlag Kenzo in zwei Hälften teilen. So was hatte ich bereits miterlebt.

»Hör auf!«, rief ich, als er mit einer Feder über Kenzos Schulter strich, woraufhin sich ein oberflächlicher Schnitt öffnete. Kenzo fluchte und wand sich in Ryks Griff.

»Verfluchter –!«

»Ryker! HÖR AUF!« Ich bohrte die Nägel tiefer in meine Handflächen, halb blind vor Wut und dem gleißenden Licht, das sich immer weiter in meinem Blickfeld ausbreitete. Die Flammen in mir schossen hoch und höher, befeuerten jedes Nervenende und brannten so hell, dass ich das Gefühl hatte, jeden Moment in unzählige Teile zu zerspringen.

Die Augen meines Zwillingsbruders funkelten, während er zu einem zweiten Schnitt ansetzte. »Bring mich dazu.«

Ich kniff die Augen zusammen, presste meine Fäuste gegen die Schläfen. Alles in mir vibrierte und kochte. Mein Kopf dröhnte und mein Herz drohte mir jeden Moment die Rippen zu zertrümmern. Ich bekam keine Luft mehr. Spürte diese Enge, die ich bereits vom letzten Mal kannte – das Gefühl, innerlich wie äußerlich zu zerreißen.

Und doch fühlte ich mich mächtig. Ich fühlte mich stark und mächtig und *lebendig.*

»Cat«, drang Kenzos gepresste Stimme durch das Feuer zu mir. Durch die brennende Kugel, die in mir pulsierte und brannte. Die Kugel, die all meine Macht und Energie bündelte.

Meine Quelle.

Und plötzlich genügte ein einzelner gezielter Gedanke, um

sie an mich zu binden. Um die Energie zu einer Verlängerung meiner selbst zu machen. Um sie zu kontrollieren.

Ein einzelner, gewisperter Befehl.

Meine Macht schoss als gleißendes Band aus mir heraus, erreichte Ryker und schleuderte ihn durch die Luft, bis er gegen einen Baumstamm prallte und zu Boden ging. Ich machte einen drohenden Schritt in seine Richtung. Angespannt bis in die Fingerspitzen.

»Hast du vollkommen den Verstand verloren?!«, fauchte ich ihn an und hielt meine Energie genau an der Schwelle zwischen Kontrolle und Ausbruch. »Du hättest Kenzo umbringen können! *Ich* hätte euch beide umbringen können!«

Mit einer Mischung aus Lachen und Husten kam mein Bruder wieder auf die Beine und klopfte sich den Dreck von der Kleidung. »Dann können wir ja endlich beginnen.«

»Hast du mir nicht zugehört?!« Ich fegte Ryker die nächste Welle meiner Energie entgegen, doch dieses Mal war er vorbereitet. Beinahe anmutig wehrte er den für das menschliche Auge unsichtbaren Schlag ab und breitete herausfordernd die Arme aus. »Komm schon, Cat, wo ist das Feuer, mit dem du ein ganzes Haus in Brand gesteckt hast?«

»Du kannst mich mal«, knurrte ich und lief zu Kenzo, der am Boden kniete und sich hustend die Kehle hielt – und grinste.

Was zum …?

Ich stieß fassungslos den Atem aus. »Ihr Idioten.«

»Es tut mir leid, Cat, aber wir mussten deinen Trigger finden«, erwiderte Kenzo und blickte auf. Er klang noch etwas mitgenommen, doch das Leuchten in seinen Augen strahlte heller als je zuvor.

Ich stöhnte und musterte dann den Schnitt an seiner Schulter. Er war nicht tief und hatte bereits zu bluten aufgehört.

»Trigger? Wann habt ihr euch diesen wundervollen Plan ausgedacht?«

»Als du Wasser geholt hast.« Ryker kam gemächlich zu uns geschlendert. »Sei nicht böse auf ihn, er hat sich als sehr nützlich erwiesen.«

»Mistkerl«, brummte Kenzo mit einem grimmigen Lächeln und stand auf.

Kopfschüttelnd verschränkte ich die Arme vor der Brust. »Und das ist jetzt euer Ass im Ärmel? Jedes Mal Kenzo verletzen, damit meine Energie aus mir herausbricht?«

»Reg dich ab. Wie gesagt, es brauchte nur einen Trigger. Deine Energie ist aktiviert, Cat. Du strahlst wie eine verdammte Feuergrube.«

»Ich…« Ich öffnete den Mund und schloss ihn wieder, als mir bewusst wurde, dass mein Bruder recht hatte. Als ich in mich hineinhorchte, sah ich den glühenden Ball in meinem Zentrum, spürte die Energie, die an der Schwelle darauf wartete, von mir erfasst und geformt zu werden. Sein idiotischer Plan hatte tatsächlich funktioniert.

Das würde mir Ryker ewig vorhalten.

»Und jetzt, wo wir die Büchse der Pandora geöffnet haben, können wir damit anfangen, *richtig* zu trainieren. Die Energie zu aktivieren ist eine Sache, sie zu bändigen und ihre verschiedenen Formen einzusetzen, eine ganz andere.« Ryker klatschte in die Hände. »Also, legen wir los. Bis Sonnenuntergang bleiben uns noch ein paar Stunden und wir sollten jede einzelne davon nutzen, wenn wir überhaupt eine Chance haben wollen, das lebend zu überstehen.«

Ich hob die Augenbrauen und verlagerte mein Gewicht auf das andere Bein. »An deinen Motivationssprüchen musst du dringend noch arbeiten.«

***

Es war weit nach Sonnenuntergang, als ich mich mit einem frustrierten Schnauben neben Kenzo auf die dicke Decke fallen ließ. Ich fühlte mich wortwörtlich ausgebrannt, jeder Knochen in meinem Körper schmerzte und dabei waren wir noch gar nicht zur eigentlichen Verwandlung gekommen. Ryker hatte mich nur stundenlang Energie wandeln lassen. Ich hatte Feuer daraus erschaffen und fast den Wald in Brand gesteckt. Ich hatte Zugang zu meiner Telekinese gefunden, konnte sie jedoch kaum drei Herzschläge lang aufrechterhalten. Und ich hatte mehrmals auf die pure Energie zugegriffen und diese als Waffe eingesetzt. Vermutlich war das für den ersten Tag eine wahre Meisterleistung, doch im Vergleich zu der Leichtigkeit, mit der Ryk oder jeder andere Dämon seine Macht kontrollierte, war das gar nichts.

»Hey«, begrüßte mich Kenzo mit einem schiefen Lächeln und schob seinen Laptop zur Seite. »Alles okay?«

»Darauf möchtest du keine ernst gemeinte Antwort, glaub mir.«

»So schlimm kann es nicht gewesen sein. Am Ende hat dein Bruder nur noch alle zwei Minuten einen sarkastischen Kommentar losgelassen. Das ist ein Fortschritt.«

Schmunzelnd stupste ich ihn an. »Wann bist du so ironisch geworden?«

»Ich passe mich nur an.« Kenzo streckte seine Beine aus und machte mir so etwas Platz auf der Decke. Ich rutschte neben ihn.

»Was hast du eigentlich die ganze Zeit gemacht?«

»Ich sichte ein paar der Fotos der letzten Tage.« Mit einem Schulterzucken zog er den schlanken Computer wieder zu sich heran und stellte ihn so auf seine Knie, dass ich auf den Bildschirm schauen konnte. Darauf war der Strand zu sehen, an dem wir die erste Nacht des Roadtrips verbracht hatten.

»Es kommt mir vor, als wäre das in einem anderen Leben gewesen«, murmelte ich und musste mich davon abhalten, über den Bildschirm zu streichen. Dann sah ich zu Kenzo. »Als wäre das nicht real gewesen.«

Sein Lächeln wurde wärmer. »Du bist real, Cat.«

Ich spürte, wie mir die Hitze in die Wangen stieg. »Wie kommst du nur damit klar? Ich meine, ich wusste, dass es Dämonen und Seelen und den Teufel gibt, und meine Nerven liegen trotzdem blank. Wie kannst du so ruhig bleiben?«

Kenzos Miene wurde nachdenklich und das Lächeln verschwand so schnell, wie es gekommen war. Instinktiv legte ich meine Hand auf seine und malte kleine Kreise auf seinen Handrücken.

»Ich weiß, dass es nur diesen einen Weg gibt. Es bringt nichts, sich querzustellen oder sich von der Angst lähmen zu lassen. Stattdessen versuche ich sie zu akzeptieren und zu nutzen. Um vorwärtszukommen. Denn letztlich gibt es nur diese eine Richtung: Vorwärts.«

»Klingt, als wäre das nicht das erste Mal, dass du dir Gedanken darüber machst.«

Kenzo seufzte leise. »Erinnerst du dich, was ich dir über meinen Vater erzählt habe?«

»Du weißt nicht, wo er wohnt.«

»Richtig. Als er Mum, meine Schwester und mich verlassen hat, brach unsere Welt zusammen, verstehst du? Meine Mutter hatte damals keinen Job, weil sie sich um uns gekümmert hat. Jules war dreizehn, ich elf und wir standen quasi auf der Straße. Zwar waren zu dem Zeitpunkt keine Dämonen involviert, aber die Situation war mindestens genauso beängstigend.« Kenzo verstummte und legte den Kopf in den Nacken. Durch die Öffnung zwischen den dichten Bäumen über uns konnten wir gerade so einen Blick auf den Sternenhimmel erhaschen.

»Jedenfalls habe ich damals gelernt, dass es nichts Gefährlicheres gibt, als sich von seinen Ängsten kontrollieren zu lassen. Wenn man ihnen zu viel Macht einräumt, dann ersticken sie dich. Rauben dir jede Kraft, bis dir nichts anderes übrig bleibt, als aufzugeben. Wenn du sie jedoch akzeptierst und zulässt, dann nimmst du ihnen diese Macht über dich. Dann kannst du daraus Kraft schöpfen. Denn anders als die meisten glauben, ist Angst keine Schwäche, sondern eine Stärke. Aus Angst wird Mut und aus Mut der Wille zu kämpfen.«

Ich drehte den Kopf zu ihm und betrachtete ihn von der Seite. Seinen markanten Kiefer, die winzige halbmondförmige Narbe an seinem Kinn, die mir bisher nicht aufgefallen war, das Leuchten in seinen hellen Augen.

»Ich bin froh, dass du hier bist, Kenzo. Ich wünschte, du hättest das alles nicht durchmachen müssen, aber ich bin unendlich froh, dass es dich hierhergeführt hat.«

Zu mir.

Sein Blick fand meinen, dann legte er eine Hand an meine Wange und folgte behutsam der Linie meines Kiefers. Ich erschauderte und fühlte mich gleichzeitig, als würden unzählige kleine Funken über meinen Körper tanzen.

»Ist es verrückt, wenn ich sage, dass es mir genauso geht?«

»Nicht verrückter als dein Plan mit Ryk.«

Seine Mundwinkel zuckten, als er federleicht mit seinen Lippen über meine strich.

»Manchmal muss man verrückt sein, um das zu erreichen,

was andere für unmöglich halten, Cat. Denn was ist Verrücktsein schon anderes als der Mut, die Welt auf eine andere Art und Weise zu sehen?«

Kapitel 15

Die Sonne war noch nicht aufgegangen, als ich aus der Heckklappe von Boy kletterte und auf die Lichtung trat. Nebel waberte über den Boden, Wassertropfen hingen an den einzelnen Grashalmen und die Äste, die sich schwarz gegen den mitternachtsblauen Himmel abhoben, wiegten sich leicht im Wind. Das Bild, das sich mir bot, wirkte beinahe unwirklich, wie ein winziger Splitter aus einer fremden Traumwelt.

Lächelnd kuschelte ich mich tiefer in meinen dicken Wollpullover und sah dann zu Hero, der in diesem Moment aus dem Jeep sprang und sich ausgiebig streckte.

Ich hoffe, du hast einen guten Grund dafür, dass du um diese abscheuliche Zeit aufstehst.

Du kannst gerne hierbleiben, ließ ich ihn wissen und kontrollierte den Sitz von Bogen und Köcher auf meinem Rücken.

Mein Kami-Dämon fauchte, was jedoch nicht halb so angsteinflößend wirkte wie sonst, weil das Fauchen nur einen Sekundenbruchteil später in einem langen Gähnen unterging.

Und verpassen, was du dir jetzt wieder in deinem hübschen Köpfchen ausgedacht hast?

Möglichst lautlos schloss ich Boys Heckklappe und band meine langen Haare zu einem unordentlichen Knoten hoch. *Bei dir klingt das immer, als wäre ich ein böses Supergenie, das sekündlich den Weltuntergang plant.*

Willst du darauf wirklich eine ehrliche Antwort, Prinzessin?

Kopfschüttelnd fuhr ich ihm über den seidigen Rücken und sah dann zu dem dunkelgrünen Zelt, das Kenzo direkt an der

Baumgrenze zwischen zwei alten Eichen aufgestellt hatte. Wir hatten gestern noch lange auf der Decke gesessen und über alles Mögliche geredet. Er hatte mir die Fotos gezeigt, die er in den letzten Tagen geschossen hatte, und dann, wie er sie bearbeitete. Für mich hatte es wie Magie gewirkt, als aus den Fotos, die die Landschaft, Boy und mich zeigten, einzigartige Kunstwerke wurden. Kenzos ganz eigene Magie.

Und irgendwann hatten wir gar nicht mehr gesprochen, sondern einfach auf der Lichtung gelegen und in den Sternenhimmel geschaut. Ich hatte mich auf seine Brust gekuschelt und seinem Herzschlag gelauscht, während Kenzo träge Kreise auf meine Haut gemalt hatte.

Noch so ein Moment, der wie ein Traumsplitter gewirkt hatte.

Wo ist eigentlich der Höllenprinz?

Heros Frage riss mich aus den Gedanken. Hastig wandte ich mich vom Zelt ab. *Vermutlich im Hades oder sonst wo, um* Informationen *zu sammeln, wie er es nennt.*

Ich würde es eher als schnüffeln bezeichnen.

Also weißt du etwas, das ich nicht weiß? Ich setzte mich in Bewegung, umrundete den Jeep und tauchte dann tiefer in den Wald ein.

Hero blieb an meiner Seite, wie ein Schatten, der mir geräuschlos folgte. Dann erwiderte er, ohne auf meine vorherige Frage einzugehen: *Verrätst du mir jetzt, was du vorhast? Willst du dich wieder davonschleichen und auf eigene Faust handeln?*

Den Kopf freibekommen und nachdenken. Ich sprang über einen umgefallenen Baum und landete im raschelnden Laub. *Seit wann bist du so passiv-aggressiv oder auf der Seite der Vernunft? Das hier muss wahrlich eine verkehrte Welt sein.*

Vor mir tauchten die ersten verwitterten Grabsteine des

historischen Friedhofs auf. Unwillkürlich wurde ich langsamer. Dass Dämonen Grabstätten heimsuchten oder auf den Gräbern tanzten, war ein Ammenmärchen, und trotzdem spürte ich dieses Kribbeln. Die einzigartige Magie dieses Ortes, die sich wispernd über mich legte, als würde sie mich begrüßen. Kein Wunder, dass historische Schauplätze Übernatürliche Magie überlagerten. Bei dem Prickeln, das in der Luft lag, war es schwer, überhaupt etwas anderes wahrzunehmen.

Mir lief ein Schauer über den Rücken, der mich die Schultern hochziehen ließ.

Nette Location, kommentierte mein Kami-Dämon trocken.

Ich drehte den Kopf zu Hero, nur um festzustellen, dass er seine Katzengröße aufgegeben und eine Statur angenommen hatte, die irgendwo zwischen Katze und Löwe lag.

Du hast meine Frage gar nicht beantwortet, Hero.

Er blickte zu mir und leckte sich einmal über die Fangzähne, ehe er auf Löwengröße anwuchs. *Ich habe eventuell etwas mitbekommen.*

Vorsichtig schob ich ein paar Äste zur Seite und betrat den Friedhof. In dem dämmrigen Licht jagte selbst mir dieser Ort eine Gänsehaut über den Körper. Nebel lag in der Luft. Bäume ragten zwischen den bröckelnden Grabmälern wie knorrige Finger aus dem moosigen Boden und die eingefallenen, rankenbesetzten Mausoleen wirkten jedes einzelne wie Tore in den Untergrund.

Sag schon, Hero.

Kleine Nervensäge. Nun, ich bin Ryker gefolgt und habe ein paar Schauergeschichten über das Exil gehört, in das ihr so heldenhaft eindringen wollt.

Ich runzelte die Stirn und umrundete ein brüchiges, steinernes Kreuz, in das Runen eingeschlagen worden waren. Die meisten waren nicht mehr zu erkennen, doch die Worte *Teufel* und *Tod* reichten mir vollkommen.

Wir wissen, dass es kein Spaziergang werden wird, Hero.

Schieb es auf meinen siebten Sinn, aber ich glaube, dass da noch mehr ist, kleine Prinzessin. Etwas, das wir alle übersehen und das uns den Kopf kosten wird. Deine plötzliche Macht, der Mensch und seine Seele, Seymour, der das alles besitzen möchte …

Ich starrte auf meine Stiefelspitzen, die immer wieder im moosbedeckten Boden einsackten und biss die Zähne zusammen.

Wir haben keine andere Wahl, wenn wir Kenzo helfen wollen.

… und diese unerklärliche Anziehung zwischen euch, fuhr Hero fort, als hätte ich nichts gesagt. *Wie passt das alles zusammen?*

»Ich weiß es nicht, okay?«, erwiderte ich nun laut und deutlich gereizter und fuhr mir über das Gesicht. »Ich habe keinen blassen Schimmer. Ich verstehe nur die Hälfte und diese Hälfte jagt mir eine Scheißangst ein, aber … was ich weiß, ist, dass ich Kenzo nicht im Stich lassen kann.«

Der Kami setzte über die Ruinen einer eingefallenen Gruft und kletterte dann auf den größten, mit Flechten bewachsenen Stein. *Ich weiß, du hast keine Wahl.*

Überrascht sah ich zu ihm auf, woraufhin er hinzufügte: *Du weißt, dass ich Magie* sehen *kann.*

Ich nickte und nahm Bogen und Köcher vom Rücken. Niedere Dämonen waren in der Lage, die individuelle Energie magiebegabter Menschen und Dämonen gleichermaßen als Leuchtspuren zu sehen. Das machte sie unter anderem zu den perfekten Attentätern in meiner Welt.

Jetzt, wo deine Magie erwacht ist, brennst du, Calea. Ich sehe deine Macht und wie gefährlich und stark sie ist. Aber bei diesem

Menschen ... In seiner Gegenwart leuchtest du am hellsten. Als würde seine Sterblichkeit deine Macht verstärken. Zwei Teile eines großen Ganzen – das habe ich in all den Jahrhunderten, die ich nun schon lebe, nie zuvor gesehen.

Also hatte mein Kami es bemerkt. Das Prickeln, das bei jeder Berührung zwischen Kenzo und mir entstand. Stirnrunzelnd schaute ich wieder zu Hero, der ein Stück über mir auf der eingefallenen Gruft lag. Eine seiner gewaltigen Pranken baumelte in der Luft, die andere ruhte unter seiner Schnauze. Seine hellen Augen blitzten.

Ich kann nur noch nicht sagen, ob das etwas Gutes oder etwas Schlechtes ist. Aber ich bin mir ziemlich sicher, dass wir das eher früher als später erfahren werden. Auf die eine oder andere Weise.

***

Knapp zwei Stunden später dachte ich immer noch über Heros Worte nach. Normalerweise sagte mein Kami-Dämon viel, wenn der Tag lang war und das meiste bestand aus Sarkasmus und unnötigen Kommentaren, doch dieses Mal war es anders. Vielleicht, weil mir diese Gedanken selbst schon gekommen waren und Hero ihnen auf diesem Friedhof eine Stimme verliehen hatte.

»Hey, Cat, bist du auch noch unter uns oder haben wir dich irgendwo auf dem Weg verloren?« Ryker versetzte mir unter dem Tisch einen sanften Tritt und holte mich so aus meinen Gedanken. Seinem finsteren Gesichtsausdruck nach zu urteilen, war es nicht das erste Mal, dass er mich angesprochen hatte.

»Sorry, was ist los?« Fragend sah ich zwischen meinem Bruder und Kenzo hin und her. Sie saßen mir gegenüber auf einer mit rotem Kunstleder überzogenen Sitzbank in einer Nische, die Teil des Diners war, in dem wir einen Stopp eingelegt hatten. Irgendwo zwischen dem *Cairngorms National Park* und Inverness. Das Diner selbst war etwas, was ich definitiv nicht in Schottland erwartet hätte, sondern viel mehr in den USA oder als Gag in Asien. Alles in dem etwas heruntergekommenen Gebäude wirkte wie aus einem US-amerikanischen Film aus den Siebzigern. Die Sitznischen mit ihren Kunstlederbänken, der schwarz-weiß gekachelte Boden, die verspiegelte Decke, die bunten Plakate an den Wänden ... Und weiter hinten im Raum stand sogar eine alte Jukebox, die irgendeinen Song spielte, der an das Gejammer einer Katze erinnerte. Und mittendrin saßen wir. Außer uns war nur eine andere Nische mit einer deutschen Touristenfamilie besetzt. Der Parkplatz vor dem Diner lag verlassen da und dem Staub auf den anderen Tischen nach zu urteilen, war das hier bereits *Hochbetrieb.*

»Ich hatte angenommen, du wärst etwas aufmerksamer, wenn man bedenkt, dass es hier um *dein* Himmelfahrtskommando geht, Schwesterchen.«

»Nenn es nicht immer so.« Ich zog die Stirn kraus und griff nach meiner Cola. »Vielleicht habe ich ja *nachgedacht.*«

»Dann lass uns doch bitte an deinen bahnbrechenden Gedanken teilhaben.«

So langsam ging mir Rykers missbilligender Unterton ziemlich auf die Nerven. Zumal ich ohnehin nicht gut auf ihn zu sprechen war, nachdem er Kenzo missbraucht hatte, um meine Energie zu reaktivieren. Selbst wenn Kenzo eingeweiht gewesen war.

»Was ist dein Problem?«

Rykers schwarze Augenbrauen flogen nach oben und er

spannte sich merklich an. »*Mein* Problem? Ich gehe ein wahnwitziges Risiko für dich ein und du hältst es nicht einmal für nötig, dich an diesem zum Scheitern verurteilten Unterfangen zu beteiligen. Was ich, nur beiläufig erwähnt, wegen *dir* und deinem Menschen durchziehe!«

Zähneknirschend stellte ich das Glas so heftig ab, dass ein Teil der Cola auf den Tisch schwappte. »Ist das dein Ernst? Hör dir doch mal selbst zu.«

»Leute«, fuhr Kenzo dazwischen und beugte sich über den Tisch. »Sosehr ich eine gute Konfrontation auch zu schätzen weiß, hier ist ganz sicher nicht der richtige Ort dafür.«

Ich hob den Kopf und stellte fest, dass sowohl die Bedienung – Flora –, als auch die deutsche Familie in unsere Richtung sahen. Großartig.

Langsam ließ ich den Atem entweichen und fuhr mir übers Gesicht. »Kenzo hat recht, Ryk. Es bringt nichts, wenn wir uns gegenseitig zerfleischen. Uns läuft die Zeit davon. Also, können wir es noch mal vernünftig versuchen?«

Mein Bruder nickte knapp. Das gefährliche Funkeln seiner Magie zog sich aus seinen Augen zurück. »Der Mensch hat recht. Gut, noch mal: Wir haben über den weiteren Verlauf gesprochen. Uns bleiben etwa zwei Tage. Die Strecke an sich ist nicht mehr lang, aber ich würde einen Umweg einplanen, um auf Nummer sicher zu gehen.«

»Du bist der Schlachtplan-Stratege. Was schlägst du vor?«, erkundigte ich mich und zog den große Pommes-Teller zu mir, den Flora vor ein paar Minuten gebracht hatte. Die Burger hatten wir längst vertilgt.

»Wie schön, dass du mein Talent endlich anerkennst.«

Ich zwinkerte Ryker zu und sah dann auf die Landkarte, die Kenzo vor uns ausbreitete – beziehungsweise zwischen unseren leeren Tellern. Es war die Karte, auf der er unzählige Kommentare und Anmerkungen notiert hatte. Seine Auszeit, die er sich bestimmt ganz anders vorgestellt hatte.

Unwillkürlich wanderte mein Blick zu Kenzo. Er schaute konzentriert auf die Karte, zeichnete mit dem Finger eine der bunten Linien nach und hatte die Stirn leicht in Falten gelegt. Seine langen Wimpern warfen kleine Schatten auf seine Haut, während sein Blick über die Anmerkungen flog. Ich konnte immer noch nicht glauben, dass er wirklich hier war und einen Angriff auf das Exil plante, um einen Teil seiner Seele zurückzuholen. Hätte mir das jemand vor ein paar Tagen gesagt, ich hätte ihn vermutlich über die nächstbeste Klippe geworfen.

Als hätte Kenzo meinen Blick bemerkt, hob er in diesem Moment den Kopf. Seine Mundwinkel zuckten leicht, dann spürte ich seine Hand an meinem Knie, genau dort, wo meine Jeans aufgerissen war. Mein Herzschlag beschleunigte sich merklich, als Wärme in meine Wangen schoss und mir die Röte ins Gesicht trieb. Ohne mich aus den Augen zu lassen, zeichnete er kribbelnde Kreise auf meine Haut, ehe er sich wieder aufrichtete und nach einem Stift griff. Noch immer lag ein schiefes Lächeln auf seinen Lippen. So, als wüsste Kenzo genau, wie sehr mich diese winzige Berührung aus dem Konzept gebracht hatte.

Ich atmete langsam aus, als mir bewusst wurde, dass ich ungewollt die Luft angehalten hatte, und beruhigte meinen ungleichmäßigen Puls. Beim Hades, Kenzo und sein Einfluss auf mich würden mich früher oder später noch ins Grab bringen.

»Das Exil ist hier.« Ryker tippte auf die Karte, woraufhin Kenzo die Ruinen von *Sinclair Girnigoe* markierte. »Ich würde vorschlagen, dass wir unsere nächsten beiden Stopps hier und hier einlegen.«

Wieder färbte Kenzo die beiden erwähnten Punkte ein: das *Ardvreck Castle* ganz im Nordwesten und das *Castle Varrich* im Norden. Kopfschüttelnd fuhr er sich durch die Haare. »Ziemlicher Umweg.«

»Ein Umweg, ja, aber einer, der uns das Leben erleichtern wird. Außerdem haben wir dort zum einen den Schutz der historischen Bauten und zum anderen genügend Möglichkeit, um ungestört an Cats Fähigkeiten zu arbeiten. Insbesondere das Flugtraining macht mir Sorgen.«

Ich verschluckte mich prompt an meiner Pommes. »Bist du dir sicher, dass –«

»Haben wir denn eine Wahl? Im Notfall müssen wir uns darauf verlassen können, Cat.«

Ich leckte mir über die Unterlippe und nickte. Sosehr ich immer bedauert hatte, dass ich nie in den Genuss des Fliegens gekommen war, so sehr hatte ich jetzt Angst davor, mir dabei das Genick zu brechen. Denn normalerweise dauerte der Lernprozess mehrere Wochen. Zeit, die wir nicht hatten.

Wieder lagen Kenzos Hände auf meinem Knie und dieses Mal rauschte das mittlerweile vertraute Prickeln beruhigend durch meinen Körper.

»Damit haben wir die Route geklärt. Wir werden allerdings nicht direkt bis zum Exil fahren, sondern den Wagen ein gutes Stück vorher abstellen und dann fliegen. Auch dafür wäre es günstig, wenn du bis dahin die Grundlagen draufhast.«

»Nur kein Druck«, murmelte ich und blickte dann ruckartig auf, als mir die volle Tragweite von Rykers Antwort klar wurde. »Wir lassen Kenzo zurück und verschaffen uns von oben Zutritt?«

»Muss ich nicht dabei sein, wenn es um… na ja, meine Seele geht?« Kenzo spannte den Kiefer an und senkte die Stimme. »Außerdem wäre es mir definitiv wohler, euch zu begleiten.«

Ryker warf ihm einen unterkühlten Blick zu. »Ich fürchte, wir haben gerade nicht den Luxus, uns auf das Wohlbefinden von irgendjemandem zu konzentrieren. Das ist die einzig schlüssige Vorgehensweise, vermutlich würdest du letztlich nur im Weg stehen, Mensch.«

»Bei den Ewigen Flammen, sein Name ist Kenzo«, brummte ich und sah dann überrascht zu meinem Glas, das ich unwillkürlich fester umschlossen hatte. Dampf stieg daraus empor und die Cola war kurz davor zu kochen. Hastig ließ ich es los und schob die brodelnde Energie in mir zurück. »Warum besprechen wir das nicht, wenn wir am nächsten Halt angekommen sind. Sollte ich beim Fliegen komplett versagen, brauchen wir ohnehin einen Plan B.«

»Oh, sei dir sicher, Schwesterchen, den habe ich.«

»Irgendetwas sagt mir, dass er mir nicht gefallen wird.«

Ryker lehnte sich zurück und drehte den schweren Siegelring an seinem Finger. »Dann schlage ich vor, du konzentrierst dich ganz auf dein Flugtraining, Cat.«

Ich schnitt eine Grimasse und ertränkte die nächste Pommes in meiner Mischung aus Ketchup und Mayo, als ein Ruck durch mich hindurchging. Wie ein heftiges Zupfen an meinem inneren Dämon. Schwer zu beschreiben, was genau es war, aber als ich zu Ryker sah, wurde mir klar, dass er es auch gespürt hatte.

»Was –«, begann ich, doch Ryk hob hastig eine Hand und schüttelte den Kopf.

»Was ist los?«, stellte Kenzo die Frage und zog die Augenbrauen zusammen.

»Wir sind nicht allein«, entgegnete mein Bruder düster, wobei seine Hand langsam zu der verborgenen Waffe an seiner Seite glitt. »Verflucht – ich hatte schon die ganze Zeit über das Gefühl, dass uns irgendwelche Blutsauger folgen.«

Ich riss die Augen auf. »Und das sagst du uns erst jetzt?«

»Was zur Hölle soll das bedeuteten?«

»Zwölf Dämonen. Ein Spähtrupp der Königin. Sie sind auf mich angesetzt und haben das Diner umstellt.«

»Das ist ein Scherz, oder?« Kenzo fluchte und sah sich angespannt um, während er die Karte zusammenfaltete und in seine Jackentasche stopfte.

Mein Herzschlag sprang in die Höhe und ich spürte, wie das Prickeln meiner Energie schlagartig zunahm. »Wenn sie mich bei dir entdecken …«

»Das haben sie schon und sie werden alles daransetzen, die entlaufene Prinzessin wieder einzufangen. Deswegen die Offensive. Das heißt im Klartext, wir müssen sie daran hindern, dass sie ihren Auftrag ausführen und ihre neuste Erkenntnis an den nächsten Trupp weitergeben können.« In Ryks Stimme schwang ein harter Unterton mit, der mir eine Gänsehaut über den Rücken jagte.

»Und wie willst du das anstellen? Wir sind in Edinburgh gerade so mit dreien fertiggeworden!«

Ryker bedachte Kenzo mit einem warnenden Blick und sah dann zu mir. Das goldbraune Leuchten seiner Energie trat in seine sonst graublauen Augen und ich wusste, was das bedeutete. Noch bevor er es überhaupt laut ausgesprochen hatte.

»Wir töten sie.«

Kapitel 16

Die drei Worte hatten kaum Rykers Mund verlassen, da erklang von draußen auch schon ein ohrenbetäubendes Scheppern. Nur einen Sekundenbruchteil später zersprang eines der gewaltigen Fenster mit einem hellen Klirren.

Die Kinder der Familie schrien auf, als zwei weitere Glasscheiben folgten und Splitter wie tödliche Geschosse durch die Luft schleuderten.

»Was zur Hölle tun sie?«, stieß Kenzo hervor und hielt sich reflexartig die Hände über den Kopf.

»Angreifen. Bring die Menschen hier raus und warte dann beim Wagen. Cat und ich übernehmen den Rest.« Ryker war nahtlos in den Soldatenmodus gewechselt und sprang nun über den Tisch, mitten in den Haufen aus gesplittertem Glas. Energie züngelte über seine Glieder und vermutlich fehlte nicht mehr viel und er würde sich ganz verwandeln. »Worauf wartest du?! *LOS*!«

Kenzo nickte, sah zu mir und drückte einmal kurz meine Finger. »Pass auf dich auf, Cat.«

»Pass du auf dich auf«, gab ich genauso eindringlich zurück.

Ein warmes Lächeln flog über seine angespannten Züge, als er über meine Hand streichelte, dann sprintete er los.

Einen Moment lang konnte ich ihm nur hinterhersehen und hoffen, dass wir hier gerade nicht den größten Fehler unseres Lebens begangen.

Dass wir uns wiedersehen würden.

Dann riss mich eine weitere Explosion zu Boden.

Keuchend robbte ich halb unter den Tisch und ließ den Blick über das Chaos gleiten, das einmal das bizarre Diner gewesen war. Kaum eine Fensterscheibe war noch heil, aus der Küche drang schwarzer Rauch in den Hauptraum und der scharfe Geruch nach verbranntem Plastik lag in der Luft.

Was zum Teufel war hier gerade geschehen? Hatten die Dämonen denn nicht den Befehl, subtil vorzugehen?

»Cat!«

Ruckartig drehte ich den Kopf nach rechts und fand Ryker, der halb verborgen hinter dem Tresen hockte, sein gebogenes Kurzschwert aus schwarzem Obsidian in Händen. Ohne mich aus den Augen zu lassen, tippte er sich an die Stirn und biss die Zähne zusammen. Ich verstand.

Ich horchte in mich hinein, lauschte auf meine Energie, die sorgsam hinter einer mentalen Wand auf ihren Einsatz wartete, und senkte die Barriere um meinen Geist. Dazu war ich bereits ohne Magie im Stande gewesen, nur hatte ich nie jemandem Einlass in meine Gedanken gewährt – einmal abgesehen von Hero.

Kaum waren meine Barrieren unten, war Ryker auch schon in meinem Kopf.

Okay, hör zu, Cat. Allein schaffe ich die Zwölf nicht, das heißt, ich brauche dich. Und deine Macht.

Ich ballte die Hände zu Fäusten. *Super Timing, wo ich ja schon so viel Erfahrung habe.*

Über unseren Köpfen erklang ein gefährliches Knarren, das klang, als würde uns die verfluchte Decke jeden Moment unter sich begraben.

Sieh es einfach als Training an. Du kannst das, es liegt dir im Blut, Cat. Hör einfach auf zu denken.

Fluchend zog ich meinen Dolch hervor, der mir angesichts unserer aktuellen Lage lächerlich nutzlos vorkam, und umschloss ihn fester. *Warst du es nicht, der gesagt hat, ich solle mehr nachdenken?*

Ein paar Meter entfernt wurde die Tür aufgetreten, kurz darauf knirschten schwere Stiefel auf den Glassplittern. Reflexartig hielt ich die Luft an und versuchte mich unter dem Tisch noch kleiner zu machen.

Das diskutieren wir später. Jetzt darfst du ausnahmsweise auf deinen Instinkt hören! Setze meinetwegen den gesamten Laden in Brand, okay? Wenn sie deine Position erreicht haben, möchte ich, dass du die ersten drei ausschaltest. Ich übernehme die hinteren drei.

Mein Puls schoss in die Höhe und entfachte das Lodern in mir. Hölle, ich hatte das Gefühl jeden Moment zu explodieren.

Hast du verstanden, Calea?!

Ja, schoss ich zurück. *Und die restlichen sechs?*

Die Schritte kamen näher. Von meinem Standort aus sah ich bereits dunkle Lederstiefel, die mit rasiermesserscharfen Dornen besetzt waren. Diese Dämonen waren Teil der Elite. Teil von Dads ganz persönlichem Tötungskommando und für die *speziellen* Aufträge ausgebildet.

Darum kümmern wir uns, wenn wir dann noch am Leben sind. Bereit?

Manchmal fragte ich mich, ob man diese bescheuerte Frage eigentlich immer genau dann stellte, wenn klar war, dass derjenige, den man fragte, *nicht* bereit war.

Trotzdem neigte ich den Kopf, umfasste meinen Dolch fester und spannte jeden Muskel in meinem Körper an. Wie einen Bogen kurz vor dem tödlichen Schuss.

Das hier war beim Hades nicht mein erster Kampf, meine

Eltern hatten mich trotz fehlender Magie trainiert und das nicht zu wenig, doch hier und jetzt war das eine andere Sache.

Eine gänzlich andere.

Schweiß trat mir auf die Stirn und das Rauschen meines Blutes wurde immer lauter und eindringlicher, während ich die Stiefel fixierte.

Drei.

»Prinzessin Calea, Prinz Ryker, bitte folgt uns zurück in den Hades. Man erwartet dort Eure Anwesenheit«, verkündete eine kühle Stimme, die mir entfernt bekannt vorkam.

Ein weiterer Schritt.

Zwei.

»Meine Männer und ich sind auf Befehl Ihrer Majestät der Königin hier.«

Kaum zu glauben, dass Mutter so etwas autorisiert hatte. Normalerweise war sie für eine Begegnung auf Augenhöhe und ohne dass Zivilisten involviert waren. Aber verzweifelte Zeiten verlangten augenscheinlich verzweifelte Maßnahmen.

Ich spannte den Kiefer an und lugte ein Stück unter dem Tisch hervor.

»Wenn Ihr kooperiert, erfolgt kein gewaltsamer Zugriff.«

Eins.

Halt dich bereit, ließ mich Ryker wissen und schenkte mir ein grimmiges Lächeln. *Und mach es ihnen nicht zu leicht.*

Ich sah ein letztes Mal zu meinem Bruder, dann schloss ich für einen winzigen Moment die Augen. Horchte auf meine Magie. Horchte auf das Brodeln meines inneren Dämons. Ich wusste nicht, wie genau man mit dieser unbändigen Macht kämpfte, aber ich wusste, welche Kraft ihr innewohnte. Und wo ich ansetzen musste.

Du hast es im Blut.

Hitze rauschte durch meinen Körper, setzte jede einzelne Zelle in Brand und brachte die letzten Blockaden in mir zum Einsturz. Sie war roh und ungeschliffen und gefährlich. *Tödlich.*

Null.

Ich riss die Augen auf, band meine Energie an mich und sprang aus meinem Versteck. Auch wenn ich unerfahren im Umgang mit meiner Magie war, der erste Soldat hatte nicht die geringste Chance. Wie eine wild gewordene Furie stürzte ich mich auf ihn, rammte meinen Dolch in seinen ungeschützten Hals und schleuderte ihn dann mit einer Welle aus purer Energie von mir. Nur einen Sekundenbruchteil später schlang mir jemand einen Arm um die Kehle und riss mich brutal gegen eine harte Brust. Aus dem Augenwinkel sah ich, wie Ryker an mir vorbeischoss und sich auf die anderen Dämonen warf. Dann war er aus meinem Blickfeld verschwunden und ich auf mich allein gestellt.

»Prinzessin, hört auf, Euch zu wehren«, zischte mir der zweite Soldat ins Ohr und hielt mir zur Warnung sein Schwert an den Hals. »Wir wollen Euch nur nach Hause bringen.«

»Gefängnis trifft es wohl eher«, spuckte ich ihm entgegen, sammelte Energie in meinen Händen und krallte mich dann in seinen Arm. Der Soldat ließ sofort mit einem schrillen Kreischen von mir ab, sein Schwert rutschte klirrend über den Boden.

Hustend machte ich einen Schritt zurück und feuerte ihm blindlings die nächste Ladung Energie entgegen. Geformt von einem hastigen Gedanken wurde sie zu einem Speer aus Feuer, der sich zielsicher in die Brust des Soldaten bohrte.

Und ihn von innen heraus verbrannte.

Fassungslos starrte ich auf den Dämon, der, die Lippen zu einem stummen Schrei verzogen, auf die Knie ging und sich einen Herzschlag später in einer Wolke aus schwarzer Asche auflöste. Das war *ich* gewesen.

Bei den Ewigen Flammen …

»Cat! Vorsicht!«

Rykers Warnung kam eine Sekunde zu spät, denn kaum hatte ich mich von dem dunklen Fleck am Boden losgerissen, packte mich auch schon der dritte Soldat. Ich wurde durch die Luft geschleudert und landete keuchend auf dem Rücken inmitten unzähliger Glassplitter. Kleine, scharfe Kanten bohrten sich durch den Stoff meines Flanellhemds und stachen mir schmerzhaft in die Haut.

»Bitte ergebt Euch, Prinzessin«, wies mich mein Angreifer an und hielt seine Klinge an meine Kehle. »Wir wollen Euch und Eurem Bruder keinen Schaden zufügen.«

Von irgendwo aus dem zerstörten Diner erklang ein tiefer Schrei. *Ryker.*

»Zu spät«, knurrte ich in der Sprache der Dämonen, sammelte mit den Händen Glassplitter auf und schmetterte sie ihm, gespickt mit meiner Energie, als todbringende Geschosse entgegen.

Fluchend wich der Soldat zurück und fasste sich ans Gesicht. Dunkles Blut quoll zwischen seinen Fingern hervor. Hastig sprang ich auf die Beine, ignorierte das Ziehen und Stechen, das durch meine Glieder raste, und ballte die Hände zu Fäusten.

»Schickt Euch wirklich meine Mutter? Wie lautet der Befehl?«

Der Dämon ließ von seinem Gesicht ab und nahm das Schwert wieder auf. »Wir haben die Anweisung von der Königin erhalten. Mit höchster Dringlichkeit.«

Ich machte einen weiteren drohenden Schritt auf ihn zu

und ließ meine Energie über meine Haut tanzen. »Sah diese Anweisung auch dieses Chaos vor? Den Einsatz von tödlichen Waffen?!«

Angst zuckte über seine Züge. Etwas, das bisher nie bei meinem Anblick geschehen war. »W-w-wir haben die Befugnis, alles Nötige zu tun, um Euch und Euren Bruder in den Hades zu bringen. Notfalls auch Waffengewalt. Die Mission steht unter S-s-stufe 9.«

Stufe 9, was zum –?

»Cat!«

Kenzo.

Reflexartig wandte ich mich zu Kenzos Stimme um, sah ihn zwischen zwei Dämonen eingekeilt, die ihn hielten, als wollten sie ihn jeden Moment in zwei Teile reißen.

»Kenz–« Der Rest seines Namens blieb mir im Halse stecken, als mein Angreifer, den ich für den Bruchteil einer Sekunde vergessen hatte, meine Arme packte und grob auf den Rücken zerrte. Tränen schossen mir in die Augen und in meiner rechten Schulter knackte es vernehmlich.

Bastard!

»Lasst ihn los, verdammt noch mal!«, rief ich und wehrte mich gegen meinen Widersacher, doch er hatte die bessere Ausgangsposition. Hilflos musste ich mit ansehen, wie Kenzo auf die Knie gestoßen wurde. Einer der Soldaten griff in seine Haare und riss seinen Kopf erbarmungslos zurück.

»Wenn meine Mutter hiervon erfährt –«

»Wird sie uns dafür belohnen, dass wir die drohende Katastrophe abgewendet haben. Ihr habt ja keine Ahnung, was Eure Anwesenheit auf der Erde und dieser *Mensch* beinahe angerichtet hätte. Erledigt den Wurm, dann gehen wir.«

»Nein!«, schrie ich und bäumte mich auf. Hölle, sie würden Kenzo umbringen – sie würden einen unschuldigen Menschen umbringen! Wie hatte meine Mutter diesen Einsatz genehmigen können?!

Das Feuer in mir loderte auf, das Pochen in meinem Schädel nahm zu. Nein. Das war falsch. Das hier war auf so viele Arten falsch.

»Worauf wartet ihr?«, bellte der Soldat, der mich noch immer fixierte, woraufhin einer der Dämonen einen gebogenen Dolch zog und an Kenzos Kehle hielt.

Nur über meine verfluchte Leiche.

Ich schob den Schmerz in meinem Inneren resolut zur Seite, überging all das, was mich zu einem Menschen gemacht hatte, und riss meinen inneren Dämon an mich. Meinen Kern. Das, was ich tief in mir drin schon immer gewesen war: ein Monster. Ein tödlicher, lodernder Höhedämon, dem die Hölle in jedem einzelnen verdammten Knochen saß.

Dann brach es aus mir heraus.

Mir kam ein heiserer Schrei über die Lippen, als sich meine Flügel ihren Weg aus meinem Rücken bahnten und den Soldaten von mir schleuderten. Wie ein lebloses Gerippe flog er durch die Reste des Diners und verschwand in den Trümmern.

Diesen Augenblick nutzte Kenzo, um sich loszumachen und nach dem Dolch zu greifen, den ich im Laufe des Kampfes fallen gelassen hatte. Nur einen Atemzug später federte er auf die Beine zurück und rammte die Klinge in einen der Dämonen. Der zweite fiel meinen rasiermesserscharfen Flügeln zum Opfer.

Hölle und Hades!

Japsend blickte ich auf die dunklen Flecken, die die getöteten Dämonen zurückgelassen hatten, dann machte ich einen Satz nach vorne und schloss Kenzo in meine Arme.

»Verdammt, Kenzo!«, fuhr ich ihn an, drückte ihn fester an mich und faltete meine Flügel fein säuberlich hinter mir. »Was zum Teufel sollte das?«

Kenzo hauchte mir einen Kuss auf die Stirn und schob mich dann ein Stück von sich. »Das war –«

Ohne den Satz zu beenden, packte er mich an den Schultern und zog mich mit sich zur Seite, als sich auch schon zwei Wurfklingen in eines der Plakate bohrten. Nur wenige Zoll von dort entfernt, wo wir Sekundenbruchteile zuvor noch gestanden hatten.

Es war noch nicht vorbei.

»Verschwinde, Kenzo.«

»Weil das letztes Mal so gut funktioniert hat?«

»Ich werde jetzt nicht mit dir diskutieren!«, fuhr ich ihn an und wehrte instinktiv zwei weitere Messer mit meinem Flügel ab. Die Klingen verursachten einen stechenden Schmerz, drangen jedoch nicht durch die Membran meiner ledernen, krallenbesetzen Schwingen. Gut zu wissen.

»Weiter«, drängte ich, kam gemeinsam mit Kenzo wieder auf die Beine und schob mich schützend vor ihn. Die Hände zum nächsten Angriff erhoben, zielte ich auf die zwei Soldatendämonen, die sich mit ihren Waffen im Anschlag vor uns positioniert hatten.

»Tretet von dem Menschen weg, Prinzessin Calea.«

»Zuerst legt ihr die Waffen nieder«, erwiderte ich kalt und leitete etwas Energie in meine Hände, sodass sie schwach aufleuchteten. Es war den Männern anzusehen, dass sie nicht damit gerechnet hatten, einer Dämonenprinzessin im Vollbesitz ihrer Fähigkeiten zu begegnen.

»Ich fürchte, dieser Bitte können wir nicht nachkommen.«

Ich spürte, wie Kenzo näher an mich herantrat und spannte

den Kiefer an. »Dann *fürchte* ich, dass wir uns in dieser Sache nicht einig werden, meine Herren.«

Der Satz hatte kaum meine Lippen verlassen, da flogen auch schon die nächsten Wurfmesser in unsere Richtung. Reflexartig riss ich die Hände hoch, formte die Energie in meinen Fingerspitzen zu einem Schild und stieß ihn dann mit aller Kraft von mir. Einer der Soldaten wurde sofort darunter begraben und blieb als verdrehtes Bündel liegen. Der zweite jedoch sprang rechtzeitig aus der Bahn und griff von der Seite an.

Knurrend stürzte ich mich auf ihn. Sein Schwert raste nur Millimeter von meinem Gesicht entfernt an mir vorbei, als ich ihn zur Seite drängte und mit meinem Gewicht zu Boden schickte. Wieder flog seine Klinge auf mich zu, touchierte meinen Arm und schlug dann klirrend auf die gesprungenen Fliesen. Ein brennender Schmerz jagte durch meinen Körper und ließ bunte Punkte vor meinen Augen tanzen. Ich kannte diese Art von Stahl. Teuflisches Zeug, das schlimmere Schmerzen verursachte als jede gewöhnliche Klinge.

»Letzte Chance, Prinzessin. Stellt den Kampf ein. Ich möchte nicht noch mehr Blut vergießen.« Der Soldat suchte meinen Blick und richtete sich auf. Blut tropfte von seinem Schwert. *Mein Blut.*

Ich fasste mir an den Arm und schob mich auf die Fersen.

»Manchmal führt kein Weg am Blutvergießen vorbei, Canjor«, hörte ich Ryker düster sagen, ehe er seine Klinge hob, um den Soldaten zu köpfen.

Noch bevor sein abgetrennter Kopf auf dem Boden aufkam, waren er und der enthauptete Körper bereits zu Asche zerfallen.

Mir drehte sich der Magen um. Keuchend sank ich zurück auf meine Knie und presste mir eine Hand auf den Bauch.

Wie hatte aus einem harmlosen Burgeressen ein derartiges Massaker werden können?

»Waren … Waren das alle?«

Ryker wischte sein Schwert mit einem Lappen ab und schüttelte den Kopf. »Wir haben erst elf erledigt. Einer fehlt noch. Was ist mit dem Menschen?«

Hastig fuhr ich herum, kam auf die Beine und stürzte mit einem scharfen Fluch auf den Lippen zu Kenzo. Sein Gesicht war aschfahl und er lehnte mehr an dem Mauerfragment hinter ihm, als dass er wirklich stand.

»Kenzo, sprich mit mir«, forderte ich und tastete ihn vorsichtig ab – bis meine Finger auf Blut trafen.

Ein Wurfmesser steckte in seiner Seite. Wie hatte das passieren können? Ich hatte doch beide abgewehrt, ich …

»Du bist ziemlich Furcht einflößend, weißt du das, Cat?«, flüsterte er und streckte eine Hand nach meinem Gesicht aus.

»Sei still. Warum hast du nichts gesagt?« Tränen traten mir in die Augen und ließen die Welt um mich herum unscharf werden. Alles verschwand bis auf Kenzos jadegrüne Augen und das Leuchten darin, das mit jedem Atemzug schwächer wurde.

»Und ich mag deine Flügel. Stehen dir. Viel besser als diese veraltete Version mit … mit Federn.«

Mir kam eine Mischung aus Lachen und Schluchzen über die Lippen, als Kenzo langsam an der Wand hinunterrutschte. Sofort legte ich die Arme um ihn und brachte ihn behutsam zu Boden.

»Cat, wir können nicht hierbleiben. Wenn der zwölfte Dämon bereits Bericht erstattet –«

»Wage es ja nicht, weiterzusprechen!«, fauchte ich und hielt Kenzo fester. Blut sickerte aus seiner Wunde und durchtränkte meine Jeans. »Ich lasse Kenzo nicht hier.«

»Er wird es nicht schaffen und das weißt du!« Rykers Blick flog durch das Diner.

»Dein Bruder hat recht«, wisperte Kenzo und blinzelte. Eine einzelne Träne rann über seine ascheverschmierte Wange. »Geh, Cat. Ist schon in Ordnung.«

»Nein, ist es nicht! Gar nichts ist in Ordnung. Ich werde dir helfen, ich ...«

»Ich bin froh, dass du vor ... vor mein Auto gefallen bist. Cat.« Kenzos Lider flatterten und ich spürte seinen Herzschlag immer schwächer werden. Er starb. Kenzo starb und ich konnte nicht das Geringste ausrichten. Außer ...

Mutters Blutzauber. Ihre besondere Macht, mit ihrem Blut zu heilen!

»Ryk – du musst Mutter holen! Sie kann ihm helfen!«

»Auf keinen Fall, sei nicht albern!« Wieder ließ er seinen Blick durch das Diner fliegen. »Dann wäre alles umsonst gewesen. All die Opfer, die Lügen!«

Schluchzend sah ich wieder auf Kenzo herab, strich mit bebenden Fingern sanft über seine Stirn, seine Haare. Das Prickeln, das ich sonst bei jeder kleinen Berührung verspürte, wurde leiser, verstummte.

»Cat, bitte. Es ist zu spät.«

Ich kniff die Augen zusammen und legte meinen Kopf an seine Brust. Nein, es konnte nicht zu spät sein. Es durfte nicht zu spät sein. Wut und Trauer und Schmerz rasten durch mich hindurch, als ich meine Finger in sein Shirt krallte und Kenzo an mich zog.

Du darfst nicht sterben, nicht nach dieser kurzen Zeit. Nicht, solange wir nicht wissen, was das zwischen uns ist ... Wo es hingeführt hätte ... Ich biss mir auf die Lippe, um das nächste Schluchzen zu unterdrücken.

Nicht, solange wir unser gemeinsames Rätsel noch nicht gelöst haben.

»Cat, verdammt! Wir müssen gehen!«, drängte Ryker und erstarrte dann mitten in der Bewegung, ehe er seine Klinge hochriss und erneut Angriffshaltung einnahm.

Im selben Moment fuhr ich von Kenzos Brust hoch, als in mir alles mit einem gnadenlosen, endgültigen Ruck zum Stehen kam. Ein Ruck, der sich anfühlte, als hätte mir jemand eine glühende Klinge direkt ins Herz gestoßen.

Kenzos Herzschlag war verstummt.

Er war tot.

In den Resten der Tür stand der zwölfte Dämon.

Kapitel 17

Ich klammerte mich an Kenzos leblosen Körper, als Ryker aus seiner Starre erwachte und sich mit einem gedämpften Knurren auf den Angreifer stürzte. Feuer züngelte über sein Schwert, tauchte sein Gesicht in einen rötlichen Schein, als würde die Hölle selbst in ihm stecken. Ich wusste, dass mein Bruder mächtig war, aber in diesem Moment übertraf er jedes Gerücht über das Monster, das wirklich in ihm hauste.

Innerhalb eines Wimpernschlags hatte er den letzten Soldaten gepackt und durch das Diner geschleudert, wo sich der Dämon japsend auf die Knie kämpfte und sich die Kapuze vom Kopf zog. Flammend rote Haare kamen zum Vorschein, ergossen sich in langen Wellen über schmalen Schultern.

Atarah.

»Ryker! Nicht!«, rief ich erstickt, legte Kenzo behutsam ab und schob mich zwischen meine beste Freundin und meinen Bruder. »Nicht, sie ist meine Freundin.«

Rykers funkelnde Augen hefteten sich einen Moment lag auf mich, dann sah er zu Atarah, die ergeben das Haupt gesenkt hatte.

»Sie gehört zu den Dämonen, die uns angegriffen haben, Cat! Die Dämonen, die Kenzo umgebracht haben!«, fuhr er mich an. »Sie hat deine Freundschaft nicht verdient, sondern einen langsamen, brutalen Tod.«

Die Worte meines Bruders gruben sich wie Krallen in meinen Leib und drohten mir den Boden unter den Füßen fortzureißen. Kenzo war tot. Und Atarah … Wütend wandte ich mich zu meiner Dienerin und Freundin um. »Erklär dich!«, forderte ich kalt. »Warum bist du mit dem Spähtrupp hergekommen?«

Atarah wagte es noch immer nicht, aufzuschauen. »Es war die einzige Möglichkeit, Euch zu erreichen, Prinzessin.« Ihre Stimme bebte vor Angst und dass sie plötzlich meinen Titel nutzte, sprach Bände. »Ich konnte Eure Mutter überzeugen, mich gehen zu lassen, um Euch zurückzubringen.«

Ryker machte einen Schritt in ihre Richtung und hob ihr Kinn mit der stumpfen Seite seiner Klinge an. »Wieso willst du Calea so dringend erreichen, Dienerin?«

Ein Zittern ging durch Atarahs schmalen Körper. »Ich habe eine Nachricht … Ich habe etwas mitbekommen, das –«

»Spuck es schon aus.«

»Ryk!«, warnte ich ihn. »Lass sie reden!«

Atarah warf mir einen dankbaren Blick zu, ehe sie wieder zu Boden sah. »Die Königin sprach von einer Verbindung. Von einem Menschen, mit dessen Hilfe du für den Untergang der Barriere sorgen würdest, Hoheit.« Mit jedem Wort wurde ihre Stimme schneller und höher.

Mein Magen zog sich zusammen. Hatte einer der Soldaten nicht etwas Ähnliches gesagt?

Ihr habt ja keine Ahnung, was Eure Anwesenheit auf der Erde und dieser Mensch beinahe angerichtet hätte.

»Weiter«, befahl Ryk und verstärkte den Druck seiner Klinge.

»I-i-ich weiß nicht genau, was das bedeutet, aber es hat mir Angst gemacht wie … welch drastische Maßnahmen die Königin in Erwägung zog, um Euch aufzuhalten, Prinzessin.«

»Der Mensch ist tot. Deine Nachricht kam zu spät und jetzt steh auf, du wirst uns begleiten«, erwiderte Ryker tonlos.

Tot.

Ich stolperte einen Schritt zurück und schluchzte lautlos, als mich dieses eine Wort erneut mit der Wucht eines Drachen-Dämonen traf. Unwillkürlich glitt mein Blick zurück zu der Stelle, an der ich Kenzo zurückgelassen hatte. Tränen ließen meinen Blick verschwimmen. Eine große Blutlache hatte sich auf dem Boden ausgebreitet, weitaus mehr Blut, als ein Mensch überleben konnte und doch –

»Bei den Ewigen Flammen!«

Alarmiert von meinem scharfen Fluch, fuhr Ryker herum und schob mich instinktiv hinter sich. »Was ... Das ist unmöglich!«

Kenzo lag nicht länger zwischen den Glassplittern auf den Fliesen, sondern stand auf wackeligen Beinen inmitten seines Blutes. In einer Hand hielt er die gebogene Klinge, die ihn das Leben gekostet hatte, die andere presste er noch immer an seine verletzte Seite.

Ich brauchte nur einen Herzschlag, ehe ich mich aus meiner Starre löste und zu Kenzo lief. »Du ... du lebst, aber du ... du warst tot. Dein Herzschlag, das Prickeln ...«

»Ja, ich war tot. Ich ... ich habe keine Erklärung dafür, Cat. Ich bin gestorben, ich habe es *gespürt.*« Stirnrunzelnd ließ er die Klinge sinken, ehe er eine Hand an meine Wange legte. In seinen hellen Augen erkannte ich ein verräterisches Schimmern. »Aber was auch immer es war, ich ... ich bin froh über dieses Wunder. Denn sonst hätte ich keine Chance mehr bekommen, das hier zu tun.«

Die letzte Silbe hatte kaum seinen Mund verlassen, da zog er mich auch schon an sich und presste seine Lippen auf meine. Das Wurfmesser ging mit einem Klirren zu Boden, als Kenzo auch die zweite Hand an mein Gesicht legte und mich küsste, als wäre ich der Atem, der ihn nach und nach zurück ins Leben holte. Als wäre ich das Einzige, das ihn im Hier und Jetzt hielt. Seufzend schmiegte ich mich an ihn, ertrank in dem Rausch des Prickelns, das nun heftiger als je zuvor durch meinen Körper strömte. Die Welt um uns herum verschwand, wurde zu bedeutungslosen Schlieren, während dieser Kuss alles bedeutete.

Während Kenzo und ich *alles* bedeuteten.

Behutsam löste sich Kenzo schließlich von mir und legte seine Stirn an meine.

»Ich glaube nicht, dass das ein Wunder war.« Rykers Stimme, in der ein misstrauischer Unterton mitschwang, ließ mich den Kopf drehen. Kenzo umfasste meine Schultern fester.

»Was willst du damit sagen?«

Langsam senkte er sein Schwert und steckte es zurück in das Futteral an seiner Seite. »Dass Menschen nicht einfach so von den Toten zurückkehren. Dass sie eigentlich überhaupt nicht von den Toten wiederkehren. Es gibt dafür eine logische Erklärung und wir sollten schleunigst herausfinden, wie es sein kann, dass er noch lebt, bevor seine freudige Wiederauferstehung zu einem Albtraum wird. Und jetzt lasst uns endlich von hier verschwinden.«

***

Es herrschte eine merkwürdige Stimmung, als wir zu viert in den Jeep gequetscht durch Schottlands raue Landschaft nach Norden fuhren. Regen trommelte auf Boys Dach und die Scheibenwischer fuhren so schnell über das Glas, dass einem schlecht davon werden konnte.

Seit unserem Aufbruch erfüllte beinahe eisiges Schweigen das Innere des Wagens. Ryker saß auf dem Beifahrersitz, um im Notfall sofort eingreifen zu können. Kenzo fuhr und nichts an ihm gab auch nur den geringsten Hinweis darauf, dass er vor einer knappen Stunde noch tot gewesen war. Selbst die tödliche Wunde war spurlos verschwunden. Magie war die einzige Möglichkeit, irgendetwas davon zu erklären. Eine dunkle, mächtige Art von Magie, die nicht existieren durfte. Und trotzdem warf diese Erklärung unzählige weitere Fragen auf.

Ich hatte mich mit Atarah auf die Rückbank zurückgezogen. Hero, dem die Dämonensoldaten auf dem Parkplatz ziemlich übel zugesetzt hatten, lag zwischen uns und schnarchte leise. Es war ein weiteres Wunder, dass mein Kami überhaupt noch atmete. Aber niedere Dämonen waren zähe Biester und in diesem Augenblick war ich unsagbar dankbar dafür.

Ich schüttelte kaum merklich den Kopf und kraulte Hero sanft hinter den Ohren, dann schaute ich ein weiteres Mal zu Atarah. Sie saß ruhig und bewegungslos auf ihrem Sitz, so, als wollte sie möglichst wenig Platz einnehmen. Ihr Blick glitt starr aus dem Fenster und ihre Hände lagen gefaltet in ihrem Schoß. Ich war mir nicht sicher, ob Atarah eine Geisel war oder Teil unserer stetig wachsenden Freiheitskämpfergruppe, doch ich war froh, dass sie hier war. In den vergangenen Tagen hatte ich kaum Zeit gehabt, an sie zu denken oder daran, wie es ihr im Hades ergangen sein mochte, aber ich hatte sie vermisst. So lange war sie die einzige Person gewesen, die mich überhaupt wahrgenommen hatte, meine Freundin – das schien eine Ewigkeit her.

»Atti?«, fragte ich in die Stille hinein und beugte mich etwas zu ihr.

Atarah drehte langsam den Kopf in meine Richtung und senkte sofort demütig den Blick. »Ihr wünscht?«

Kenzo sah im Rückspiegel zu mir und zog die Augenbrauen zusammen. Ich zuckte kaum merklich mit den Schultern und wandte mich dann wieder an meine Freundin: »Du musst dich hier an keine Förmlichkeiten halten, ich bin immer noch Cat und du immer noch meine beste Freundin.« Sie wagte es, aufzuschauen, ihre hellblauen Augen leuchteten. Ich schenkte ihr ein Lächeln und nickte. »Alles beim Alten. Mein Titel hat dich doch sonst auch nicht interessiert.«

Einer ihrer Mundwinkel zuckte. »Stimmt.«

»Kannst du uns genau erzählen, wie du Teil des Spähtrupps wurdest und wie ihr uns finden konntet?«

Ein Schatten flog über ihre blassen Züge, doch noch ehe Atarah den Mund aufmachen konnte, füllte Rykers tiefe Stimme das Wageninnere. »Das geht auf meine Kappe. Der Trupp, nicht die Dienerin. Vermutlich habe ich in den Augen unserer Eltern plötzlich doch etwas zu viel Interesse an Schottland und den Vorgängen dort entwickelt. Sie haben geahnt, dass ich sie früher oder später zu dir führe, Cat.«

»Warum hast du nichts gesagt?«

»Und dich damit beunruhigt? Du hattest schon genug mit deiner Magie und dem Menschen hier zu tun gehabt.«

Kenzo murmelte einen undeutlichen Fluch. »Der Mensch hat auch einen Namen.«

Ich schürzte die Lippen. »Eine kleine Warnung wäre trotzdem nett gewesen.«

»Ja, definitiv – und ich darf das sagen, schließlich haben mich diese Kamikaze-Soldaten-Dämonen, oder was auch immer das waren, *umgebracht*«, brummte Kenzo und warf mir einen weiteren Blick im Rückspiegel zu.

Ryker seufzte leise und drehte sich auf seinem Sitz um. »Sie folgen mir schon seit Edinburgh, aber bisher habe ich sie immer in eine andere Richtung lenken können. Skye, Glasgow. Der Trupp hatte keinen wirklichen Anhaltspunkt.«

»Bis jetzt«, entgegnete ich düster.

»Bis jetzt. Sie müssen mir bei meinem letzten Ausflug in den Hades gefolgt sein, ich … ich dachte, ich hätte sie abgeschüttelt. Es tut mir leid.«

Mir wäre beinahe die Kinnlade runtergefallen und auch Atarah sah Ryker entsetzt an und vergaß dabei vollkommen, dass sie das normalerweise nicht wagte. Mein Bruder – der mächtige Höllenprinz – hatte sich entschuldigt, er hatte *gestottert* … es schien fast so, als würde dieser Trip jeden von uns verändern. Ob man wollte oder nicht.

Ich räusperte mich und neigte den Kopf. »Wir haben alle Fehler gemacht, Ryk. Und wir haben es überlebt. Irgendwie.«

Kenzo verzog die Lippen zu einer freudlosen Grimasse. »Erst ein Teil meiner Seele, dann mein Tod mit unheimlicher Wiederauferstehung … Was kommt als Nächstes?«

Atarah zog nachdenklich die feuerroten Augenbrauen zusammen. »Seele?«

»Ja, einer dieser üblen Dämonen hat einen Teil meiner Seele gestohlen und weiß Gott wohin verschleppt.«

»Was ist, Atti? Weißt du was darüber?« Behutsam stupste ich sie an.

Kopfschüttelnd knetete Atarah ihre Finger und sah zwischen Ryker, mir und Kenzo hin und her. »Nicht über die Entwendung der Seele, aber ich habe die Erklärung für die Wiedererweckung des Menschen – *Kenzo*.«

Selbst Ryker wirkte überrascht. »Raus damit. Womit haben wir es zu tun?«

Atarahs Wangen wurden warm. »Wenn ... wenn ihm ein Teil seiner Seele fehlt, dann kann er nicht sterben. Ein Mensch – *jedes* Lebewesen – muss im Vollbesitz seiner Seele sein, damit sein Leben beendet werden kann. Dämonen mal ausgenommen, aus offensichtlichen Gründen.«

Ich fluchte leise. Dann hatte dieser verfluchte Seymour Kenzo gerade unbeabsichtigt das Leben gerettet?

»Fehlt auch nur der kleinste Seelensplitter, ist der Tod unmöglich. Viele Jahre lang haben Menschen Dämonen angefleht, ihnen etwas von ihrer Seele zu stehlen, damit sie die Unsterblichkeit erlangen, aber dieses Unterfangen hat auch eine Schattenseite«, fuhr Atarah mit ruhiger Stimme fort.

»Die haben wir schon zu spüren bekommen«, sagte Kenzo und rieb sich unbewusst über die Brust. Dort, wo Seymours Mal saß. In diesem Moment kamen mir die Bilder von Kenzo, wie er auf dem *Arthur's Seat* am Boden gelegen und mit dem Tod gerungen hatte, wieder in den Sinn.

»Ja, der Dämon erhält Macht über den Menschen. Kann ihn in gewisser Weise kontrollieren. Deswegen ist diese Art von Magie ja auch bei Todesstrafe verboten.«

»Woher weißt du das alles, Atti?«

Sie zuckte mit ihren schmalen Schultern und strich sich die Haare zurück. »Ich habe mich ab und zu an deiner Bibliothek bedient, fürchte ich. Dort gibt es einige Bücher über alte Magie und die Geschichte der Dämonen.«

Unwillkürlich verzog ich das Gesicht. »Von den Geschichtsschinken habe ich mich bisher erfolgreich ferngehalten.«

»Da steht einiges drin, was sehr nützlich sein kann.«

Zum Beispiel die Tatsache, dass Kenzo zurzeit unsterblich und der Gnade des verrückten Seymour ausgeliefert ist.

»Das wird ja immer besser«, kommentierte Kenzo trocken

und lenkte den Wagen nach Westen, weg von Inverness und tiefer in die schottischen Highlands. »Was kommt als Nächstes?«

Ryker warf ihm einen vernichtenden Blick zu. »Du solltest dich nicht beschweren, Mensch.«

»Und du solltest dir endlich merken, dass mein Name Kenzo ist, *Dämon.*«

Neben mir sog Atarah scharf die Luft ein. Vermutlich, weil sie noch nie mitbekommen hatte, dass jemand derartig respektlos mit dem Thronfolger gesprochen hatte und danach auch nur einen Atemzug länger am Leben geblieben war.

Doch zu ihrer und auch meiner Überraschung lachte mein Bruder nur und fuhr sich durch die dunklen Haare. »Scheint, als hätte dir der Tod endlich etwas Biss verliehen.«

Was für eine verkehrte Welt.

»Du wärst überrascht.«

***

Eine gute Stunde später erreichten wir unser heutiges Ziel. Ich war froh, endlich aus dem Wagen rauszukommen, denn die letzten Meilen waren schlichtweg grauenvoll gewesen. Ryker hatte, einfach weil er Ryker war, das Thema auf die Fehler gelenkt, die ich seiner Meinung nach im Kampf begangen hatte, und mir in einer Tour vorgehalten, was alles hätte schiefgehen können. Unabhängig davon, dass wir es trotz allem überlebt und halbwegs unbeschadet überstanden hatten. Beinahe leidenschaftlich hielt er mir einen Vortrag darüber, wie leichtsinnig es gewesen war, meine Flügel als Schutz einzusetzen – sie waren das, was bei einem Dämon am empfindlichsten war und am schwersten heilte – und wie gefährlich nah ich die Gegner an mich herangelassen hatte.

Er nannte es Nachbesprechung der gewonnenen Erfahrungen, ich fand es einfach nur furchtbar.

Kenzo setzte sich anfangs noch für mich ein, gab es jedoch nach ein paar Minuten auf. Gegen Ryker kam niemand an, wenn er einmal in Fahrt gekommen war. Seine Lieblingsaussage in dieser ganzen sinnfreien Diskussion war dabei: *Das ist mir egal, Cat. Du bist meine Schwester und ich bin verdammt noch mal für dich verantwortlich.*

Ich hatte mir irgendwann nicht mehr die Mühe gemacht, auf seine Schimpftiraden zu antworten. Letztlich machte sich Ryker nur Sorgen und das konnte ich ihm schwerlich verübeln. Zwar hatte uns meine Magielosigkeit im Laufe der Jahre immer weiter auseinandergetrieben, aber wir waren immer noch auf eine instinktive Art und Weise miteinander verbunden. Als Zwillinge und als Geschwister. Wir sorgten füreinander und wäre ich an seiner Stelle, würde ich mich vermutlich nicht anders verhalten.

Also hatte ich schweigend nach draußen in den Regen geschaut und mir die letzten Stunden noch einmal durch den Kopf gehen lassen. Das, was im Diner geschehen war, Kenzos Tod, Atarahs Auftauchen und … ihre *Nachricht* an mich, die eher eine Warnung war.

Die Königin sprach von einer Verbindung. Von einem Menschen, mit dessen Hilfe du für den Untergang der Barriere sorgen würdest.

Eine Autotür knallte und riss mich aus meinen Gedanken. Ryker war bereits ausgestiegen und Atarah war ihm mit Hero auf dem Arm wie ein Schatten gefolgt, sodass nur Kenzo und ich zurückblieben.

»Endlich, ich dachte diese Fahrt würde nie enden«, brummte Kenzo, schnallte sich ab und drehte sich zu mir um. »Alles okay bei dir, Cat? Du warst sehr still die letzten Minuten. Ich meine, nicht, dass ich dir das vorhalten würde, nach allem, was wir heute erlebt haben.«

Ich ergriff seine Hand, die er mir hinhielt, und nickte langsam. »Ja, es war viel. Viel zu viel und ich bin mir ziemlich sicher, dass es mich früher oder später zerbrechen wird, aber im Augenblick ... kann ich nur an Attis Worte denken, weißt du? Daran, dass Mutter das alles guten Gewissens autorisiert hat. Normalweise verabscheut sie jede Art von blutigem Konflikt. Sie hat sehr viel in ihrer Jugend durchgemacht, deswegen ... Was kann so schlimm sein, dass selbst die Königin der Hölle solche Angst davor hat? Dass sie ihre Prinzipien über Bord wirft und ihren Kindern die *Elite* auf den Hals hetzt?«

Kenzo drückte beruhigend meine Finger und streichelte mit dem Daumen über meine Haut. »Wir werden herausfinden, was hier läuft, Cat.«

Ich blickte auf, direkt in das Jadegrün seiner Augen. »Und genau das jagt mir eine verfluchte Angst ein.«

Kapitel 18

Das *Ardvreck Castle* hatte wenig mit einem Schloss gemeinsam, es war vielmehr die Ruine einer einst wohl mächtig gewesenen Turmburg. Wie ein Zeuge aus einer längst vergessenen Zeit ragten die verfallenen Mauerreste auf grünen Hügeln direkt am *Loch Assynt* in den grauen Himmel. *Ardvreck* war deutlich kleiner, als ich es mir vorgestellt hatte und dennoch lief mir ein kalter Schauer über den Rücken, als ich aus dem Jeep stieg und sie betrachtete. Eines stand fest, hier waren einige tragische Dinge geschehen, bei denen die Dämonen ihre Finger im Spiel gehabt hatten, denn das Prickeln der alten Energie war unbestreitbar vorhanden.

»Wusstest du, dass man sich erzählt, der Teufel hätte eine MacLeod-Tochter in den Selbstmord getrieben? Sie hat sich von dem höchsten Turm des *Ardvreck Castle* gestürzt. Angeblich, weil ihr Vater sie verraten hat, aber die meisten denken dennoch, dass Beliar schuld sei.« Atarah fasste ihre langen, roten Haare zusammen und verschränkte die Arme vor der Brust.

»Und was denkst du?«

Kurz sah sie zu mir, dann ließ sie den Blick wieder über die Landschaft gleiten. »Ich denke, dass es kaum eine Katastrophe gibt, bei der der Teufel nicht in irgendeiner Art und Weise beteiligt gewesen ist.«

Ich nickte nachdenklich und riss mich dann von der Ruine los, um in Boys Kofferraum nach meinen Sachen zu kramen. Noch immer waren einige Touristen unterwegs und selbst das graue Wetter hielt sie nicht davon ab, Foto um Foto zu schießen und auf den Ruinen herumzuklettern, was bedeutete, dass wir uns vorerst noch bedeckt halten mussten. Immerhin regnete es gerade nicht.

»Ryk?«, rief ich und band mir Köcher und Bogen um. »Wie sieht es mit dem Schirm aus?«

»Ich arbeite daran und würdest du nur halb so viel Zeit auf deine Magie verwenden, wie du es auf deine Künste mit Pfeil und Bogen tust, dann wärst du auch allein dazu imstande, uns vor den Menschen abzuschirmen.«

»Du kommst nur nicht damit klar, dass ich besser im Bogenschießen bin als du.«

Atarah verkniff sich sichtlich das Lachen, als Ryker etwas Unverständliches in unserer harschen Muttersprache brummte und sich dann herrisch abwandte. Grinsend schloss ich die Heckklappe und sah dann am Jeep vorbei zu Kenzo, der gerade von dem offiziellen Parkplatz zurückkam.

»Also, theoretisch dürfen wir hier weder parken noch diese Straße überhaupt nutzen«, ließ uns Kenzo wissen und schloss den Reißverschluss seiner Wachsjacke. »Einer der Parkplatzwächter hat bereits gemeldet, dass wir hier stehen.«

Mit *hier* meinte er den Trampelpfad zur Ruine, dem wir kurzerhand mit dem Jeep gefolgt waren. So waren wir näher an dem historischen Platz und damit an der schützenden Macht, die uns vor den neugierigen Augen der Übernatürlichen Welt verbarg.

Ich stemmte die Hände in die Hüfte und warf einem Touristen einen finsteren Blick zu, als er nur allzu offensichtlich auf meinen Bogen starrte und dann auf Schwedisch sagte: *Rennen schon mit Pfeil und Bogen rum.*

Die Jugend heutzutage glaubt auch, ihr würde die Welt gehören.

Ich ließ meine Augen warnend aufleuchten, was den Mann sichtlich erschreckte, ehe ich antwortete: »Dann hoffen wir mal, dass Ryker mit dem Schutzschild etwas in die Gänge kommt und uns für die Menschen unsichtbar macht.«

»Wo ist er überhaupt hingegangen?« Kenzo betätigte die Zentralverriegelung des Jeeps und nahm dann die Tasche vom Boden auf.

»Ich bin hier – und der Schild wird jeden Moment greifen. Trotzdem sollten wir das Training vorerst an einen anderen Ort verschieben.« Mein Bruder überwand die letzten Meter und trat zu uns.

»Warum?«, fragte ich, als ich die Anspannung in seiner Haltung bemerkte und umfasste meinen Bogen fester. »Du hast diese Ruine doch ausgewählt.«

»Allerdings. Die Magie dieses Ortes ist ziemlich stark. Das ist auf der einen Seite ein großer Vorteil, weil er unsere überdecken wird. Auf der anderen Seite kann diese Magie aber auch zum Problem werden, wenn sie mit dem Schirm interferiert, den ich aufbaue, um uns vor den Menschen zu verbergen. Und aus diesem Grund suchen wir uns eine Alternative, bis ich weiß, wie der Schild und die Magie der Ruine miteinander auskommen.«

Atarah nickte und fügte leise hinzu: »Außerdem können Magieinterferenzen gefährlich für Menschen werden.«

»Und wir wollen schließlich jede Art von Kollateralschaden vermeiden, nicht wahr?« In Rykers Augen blitzte es.

Ich zuckte mit den Schultern und überging meinen Bruder geflissentlich. »Okay, klingt einleuchtend, dass wir uns etwas umorientieren. Irgendwelche Vorschläge?«

»Eine halbe Meile die Straße runter ist eine Ruine, die Teil der ganzen Anlage gewesen ist. Das *Calda House.*« Kenzo deutete über seine Schulter und stellte sich neben mich. »Es ist keine große Sehenswürdigkeit und liegt direkt am See. Ziemlich alt, also sollten dort dieselben Vibes herrschen.«

»Richtig. Das hatte ich auch im Sinn.« Ryker warf Kenzo einen beinahe anerkennenden Blick zu und wandte sich dann ruckartig ab. »Gehen wir, wir haben schon genug Zeit verloren.«

***

Das *Calda House* erwies sich tatsächlich als sehr guter Trainingsort. Es war ein Stück von der Straße entfernt, sodass die Touristen auch ohne Schirm kein Problem darstellten, und bot mit den hochaufragenden halbverfallenen Wänden genug Sichtschutz. Früher musste diese Ruine mal ein beeindruckendes Anwesen gewesen sein, mit vielen Räumen und gewaltigen Ausmaßen. Jetzt war davon nicht mehr viel zu sehen.

»Vermutlich steht es mir nicht zu, das zu fragen, aber wie kann es, dass dich der Mensch vorhin geküsst hat?«

Vorhin. Kaum zu glauben, dass der Angriff auf das Diner erst ein paar Stunden her war.

»Fang du nicht auch noch mit *der Mensch* an. Sein Name ist Kenzo und was den Rest betrifft«, ich löste meinen Blick von besagtem Menschen, der gerade in einen Übungskampf mit Ryker verwickelt war, und sah zu Atarah, »fürchte ich, kann ich dir keine Antwort geben. Wir kennen uns kaum und trotzdem ist es so, als wäre da etwas *Altes* zwischen uns. Etwas, das schon viel länger als diese eine Woche existiert.« Atarah legte die Stirn in Falten, dunkle Gewitterwolken zogen in ihren sonst so hellblauen Augen auf. Hastig räusperte ich mich und machte eine wegwerfende Geste. »Vielleicht sind es auch nur die Nachwirkungen der letzten Tage.«

»Das sind sie nicht und das weißt du auch, Calea«, erwiderte sie deutlich düsterer, als ihr Tonfall normalerweise war.

»Du sprichst von dem, was du belauscht hast, oder?«

Ihre Wangen röteten sich. »Ich würde es nie wagen, zu lauschen. Schon gar nicht bei der Königin. Sie würde mich vermutlich vierteilen lassen – oder Schlimmeres.«

Kopfschüttelnd lehnte ich mich gegen die Mauer, den Blick wieder auf die beiden ungleichen Kontrahenten gerichtet. Von hier aus wirkten Kenzo und Ryker, die im feuchten Kies direkt am Ufer des *Loch Assynt* kämpften, tatsächlich wie Tag und Nacht. Hinter ihnen ragten gewaltige Berge auf, deren Spitzen in den tiefhängenden Wolken verborgen waren. Ein mystischer Ort, der mich ein wenig an den Kur'Tarak erinnerte.

»Weißt du, eigentlich ist meine Mutter ein richtiger Softie.«

Atarah sah mich nur vielsagend an, dann wurde sie wieder ernst. »Selbst wenn, ich habe keine der Informationen auf unerlaubte Art und Weise erhalten. Die Königin hat einige ihrer engsten Vertrauten zu sich gerufen, um ihnen die Dringlichkeit deiner Rückkehr aufzuzeigen. Da ich als deine Leibdienerin zu deinen unmittelbaren Kontaktpersonen gehöre, war ich ebenfalls dabei. Bevor Ihre Majestät jedoch ins Detail gehen konnte, wurde ein Großteil der Anwesenden aus dem Saal geleitet. Mich eingeschlossen.«

Ich sah auf den gefiederten Pfeil in meinen Fingern und drehte ihn langsam hin und her. »Und das, was du mitbekommen hast …«

»Ist weder besonders informativ noch in irgendeiner Art und Weise beruhigend. Wie gesagt, die Königin hat uns klargemacht, dass es oberste Priorität hat, dich in den Hades zurückzubringen. Und dafür sehr drastische Maßnahmen autorisiert, die … Ich habe sie so noch nie erlebt, Calea. Und als die Sprache auf den Menschen gefallen ist, kurz bevor wir den Saal verlassen mussten …« Atarah zupfte an der Jeans und dem weiten blau-grünen Pullover, die ich ihr gegeben habe, weil sie schlecht in ihrer üblichen Kleidung in der Menschenwelt herumspazieren konnte. Es war offensichtlich, dass sie sich unwohl darin fühlte. Das hier war nicht ihre Welt.

»Ihre Majestät hatte Angst.« Ihre Worte waren nicht lauter als ein Flüstern.

Ich hob den Kopf und musterte sie eindringlich, als sich ihre innere Anspannung unwillkürlich auf mich übertrug.

»Der Ausdruck in ihren Augen … Der Mensch – *Kenzo* – und du, das darf nicht sein. Unter keinen Umständen.«

Verständnislos zog ich die Augenbrauen zusammen und ließ den Pfeil sinken. »Ich verstehe das nicht. Mom hat keine Probleme mit Menschen. Ihre beste Freundin, Tante Annie, ist ein Mensch und sie ist auch mit einem Dämon zusammen! Hölle und Hades, Annie und Reena sprechen sogar von Adoption!«

Atarah fuhr bei meiner plötzlichen Heftigkeit zusammen. »Es tut mir leid, Calea, aber ich habe keine Erklärung dafür. Ich weiß nur, dass die Königin die Barriere, den Menschen und dich in Zusammenhang gebracht hat.«

Ich fuhr mir über das Kinn und stieß mich von der Mauer in meinem Rücken ab. Barriere … Bei der Hölle, ich hatte keine Ahnung, was das alles bedeutete.

»Vielleicht solltest du auf sie hören. Auf die Königin, meine ich. Sie wird einen sehr guten Grund für das alles haben, wenn sie die Elite schickt«, sagte Atarah dann und legte mir eine Hand auf den Arm. Damit sprach sie exakt die Gedanken aus, die mir auch schon seit Tagen durch den Kopf geisterten. Und dennoch …

»Ich kann nicht, Atti. Nicht, solange Seymour noch Kenzos Seelensplitter hat. Meine Eltern würden mich für wer weiß wie lange einsperren und ich hätte keine Möglichkeit mehr, ihm zu helfen. Außerdem …« Wieder schaute ich zu Kenzo, verfolgte, wie er immer geschmeidiger mit der Klinge umging, die Ryker ihm gegeben hatte. Beinahe so, als würde er das nicht zum ersten Mal machen, als wäre Kenzo für all das hier gemacht worden. Für den Kampf gegen Dämonen, für all die Rätsel und Katastrophen. Für mich.

»Ich verstehe schon«, erwiderte Atarah leise, beinahe sanft. »Ich habe bemerkt, wie ihr einander anseht. Da ist mehr.«

»Und gegen dieses Mehr ist jeder noch so scharfe Verstand machtlos.«

»Dann hoffe ich, dass die Königin unrecht behält. Für dich und für den Menschen.«

Das hoffe ich auch.

Ich schluckte und ließ den einzelnen Pfeil zurück in meinen Köcher gleiten. »Atti?«

Meine Freundin hob den Blick und strich sich ein paar lose Strähnen, die der Wind in ihre Augen geweht hatte, zurück. »Hm?«

»Die Umstände sind vielleicht nicht optimal, aber ich bin froh, dass du hier bist. Es ist schön, jemanden Vertrautes in diesem ganzen Durcheinander in meiner Nähe zu haben.«

Ihre Mundwinkel zuckten. »Und mit Durcheinander meinst du den Spagat zwischen Kenzo und deiner neuen Magie? Ich kann immer noch nicht glauben, dass … dass du doch Magie besitzt. Dass sie immer da gewesen ist.«

»Ich auch nicht. So real die Gefahr auch sein mag, in der

wir alle schweben, dieser ganze Trip fühlt sich manchmal immer noch wie ein Traum an.«

Atarah öffnete den Mund, um mir zu antworten, als uns Rykers leicht genervte Stimme unterbrach.

»Wenn ihr dann fertig seid mit Quatschen, könntet ihr euch vielleicht ein bisschen nützlich machen.«

Ich verdrehte die Augen und stieß Atti an, ehe ich einen Pfeil herauszog, den Bogen spannte und in Ryks Richtung schoss. Direkt auf die Hand, in der er seine funkelnde Klinge hielt. Mein Bruder war schnell, verdammt schnell – doch mein Pfeil war schneller. Zischend steuerte er sein Ziel an, zerschnitt die Luft, in der bereits der Geschmack von Regen lag, und entwaffnete Ryker, ohne ihm ein Haar zu krümmen. Kenzo machte reflexartig einen Schritt zurück und sah dann zu mir.

Ich zwinkerte ihm zu und ließ meine Waffe sinken, ehe ich mit Atarah zu ihnen schlenderte. »Hattest du *so* etwas im Sinn?«

Fluchend schüttelte Ryker seine Finger aus und verengte dann die Augen. »Witzig. Anscheinend hat sich nichts daran geändert, dass du dich immer noch nur allzu gerne hinter deinen Pfeilen versteckst, Schwesterchen.«

»Es hat nichts mit Verstecken zu tun, wenn man effizient vorgeht«, erwiderte ich und hängte mir meinen Bogen quer über die Brust.

»Wo sie recht hat … Das war schon ziemlich effizient. Und effektiv noch dazu.« Kenzo trat neben mich und strich mir wie beiläufig über den Arm. Sofort erschauderte ich auf angenehmste Art und Weise.

Dieser Mensch hat wirklich mehr Einfluss auf mich, als gut für einen Dämon ist.

Ryker ließ sein Schwert, das in den feuchten Steinen am Ufer gelandet war, mithilfe seiner Macht zu sich zurückkommen und fuhr über die flache Seite. »So kann man es natürlich auch ausdrücken.«

»Ist das eine Herausforderung?«

Ein schiefes Lächeln umspielte Rykers Mundwinkel, als er unter seinen halb gesenkten Lidern zu mir sah. »Würdest du es denn darauf ankommen lassen?«

Unbeeindruckt von seinem düsteren Unterton reichte ich Atarah Bogen und Köcher und breitete die Arme aus. »Du wählst die Waffe.«

»Ist das eine gute Idee?«, fragte Kenzo und zog die Augenbrauen zusammen.

»Das ist sogar eine hervorragende Idee und eine sehr gute Vorbereitung auf die unausweichliche Konfrontation mit Seymour. Außerdem, wenn ich mich recht erinnere, dann habe ich unseren letzten Kampf gewonnen, oder? Hölle, das ist viel zu lange her.«

»Und das aus gutem Grund«, murmelte Atarah und senkte sofort den Blick, als Ryker sie mit einem schneidenden Blick bedachte.

Kenzo schaute zwischen Atarah, Ryk und mir hin und her. »Warum?«

»Weil die beiden dickköpfiger sind als Steindämonen und im selben Zug unglaublich schlechte Verlierer.«

»Auf wessen Seite stehst du eigentlich, Atti?« Ich verschränkte die Arme vor der Brust. »Egal jetzt – können wir anfangen?«

»War nie bereiter. Bleiben wir beim klassischen Schwert. Bis Blut fließt, dann ist Schluss. Und keine Magie. Mensch, gib Cat die Klinge.«

Zögerlich reichte Kenzo mir das Schwer und presste die Lippen aufeinander. Ich schenkte ihm ein beruhigendes Lächeln und wog das Schwert in den Händen. Es war etwas schwerer als meine übliche Wahl, würde aber gehen.

»Das musst du gerade sagen. Du hast letztes Mal geschummelt.«

»So etwas geben nur schlechte Verlierer von sich.«

Grinsend schwang ich das Schwert hin und her und nahm dann eine lockere Angriffshaltung ein. »Atarah, Kenzo – ihr passt auf, dass mein Bruder fair bleibt.«

Über uns donnerte es vernehmlich, ein Blitz zuckte am Himmel und brachte mir den Geschmack von verbranntem Ozon auf die Zunge. Ein einzelner Regentropfen landete auf meinem Gesicht. Ich würde das hier definitiv in vollen Zügen genießen. Denn ja, unser letzter Kampf war etwas her, aber ich hatte die Zeit seitdem genutzt, um besser zu werden. Schließlich hatte Ryker immer noch seine Magie, auf die er sich verlassen konnte, während ich nur meine körperliche Stärke gehabt hatte.

Adrenalin flutete meinen Körper und ließ jede einzelne Zelle vor Energie vibrieren.

Oh ja, ich würde das hier genießen.

»Du gibst das Zeichen, Atti.«

»Wie Ihr wünscht, Prinzessin.« Sie verbeugte sich mit einem schiefen Grinsen, trat zwischen Ryker und mich und hob eine Hand. »Bis zum ersten Tropfen Blut, nach den Regeln geschmiedet auf den Schlachtfeldern des Hades.«

»Reichlich dramatisch«, kommentierte Kenzo und neben dem Sarkasmus schwang auch noch ein Rest Sorge in seinen Worten mit.

Rykers Blick bohrte sich in meinen, in seinen Augen tanzten Berechnung und tödliche Präzision einen engen Tanz. Mein Herzschlag beschleunigte sich, während um mich herum alles außer Ryker und seiner Klinge verschwand.

»Feuer.« Atarahs Züge wurden ernst, als sie ihre Hand ein kleines Stück senkte. »Rauch.« Noch ein Stück, gleichzeitig machte sie einen Schritt rückwärts, um die Kampffläche freizugeben.

Ich biss die Zähne zusammen und hob das Schwert. Mein Bruder tat es mir gleich.

»Asche.«

Das Wort hatte kaum Atarahs Mund verlassen, da gingen wir beide auch schon aufeinander los. Getrieben von dem Dämonenblut in unseren Adern wurden unsere Schläge schneller und brutaler, sodass kein menschliches Auge ihnen folgen konnte. Stahl krachte auf Stahl, Funken stoben auf, während Ryk und ich in unserem tödlichen Tanz gefangen waren.

»Du hast an deiner Beinarbeit gefeilt, wie ich sehe«, bemerkte Ryker, machte einen großen Ausfallschritt und zielte dann auf meine Knie.

Leichtfüßig sprang ich zur Seite, blockte den Schlag ab und ließ die Klinge auf seine Schulter herabsausen. »Du hast mir ja oft genug gesagt, wie miserabel ich darin bin.«

Lachend riss er das Schwert hoch und drehte sich einmal um die eigene Achse, ehe er den nächsten Angriff startete. So ging es Schlag um Schlag. Wir parierten, griffen wieder an, blockten, tänzelten über den feuchten Kies am Ufer des *Loch Assynt*, während der Regen über uns hereinbrach. Schon bald klebten mir meine langen Haare auf der Haut, genauso wie meine dunkle Kleidung. Wasser rann mir über das Gesicht und stob auf, wann immer der nächste Schlag folgte.

Ryker schüttelte seine nassen Haare und wirbelte das

Schwert in der Hand. »Und wie sieht es mit deiner schwachen Seite aus? Was hältst du davon, wenn wir es etwas interessanter machen?«

»Sicher. Deine Angriffsmuster wurden ohnehin langsam etwas eintönig, Ryk.« Mit einer schwungvollen Bewegung wechselte ich die Klinge von rechts nach links und richtete mich neu aus.

»Irgendwie macht das den beiden etwas zu viel Spaß, meinst du nicht?«, hörte ich Kenzo Atarah fragen. Die beiden hatten sich dicht an die Überreste des *Calda House* gestellt und verfolgten unseren Kampf mit angespannten Mienen.

»Sie sind damit aufgewachsen. Andere Welt, andere Sitten.«

Ryker folgte meinem Beispiel und tauschte die führende Schwerthand. »Dann mal los.«

Wieder griffen wir an. Dank unseres jahrelangen Trainings hatte der Handwechsel kaum eine Auswirkung auf die Art und Weise, wie wir einander attackierten. Kleine Steine flogen durch die Luft, als wir immer schneller kämpften, immer waghalsigere Streiche ausführten, uns gegenseitig immer weitertrieben.

Mittlerweile rann mir der Schweiß über die Stirn und vermischte sich mit dem Regen. Mein Atem ging keuchend und mein Puls dröhnte mir in den Ohren. Hades, ich hatte die Kämpfe mit Ryker vermisst. Den Rausch, den Fokus, das Wissen, dass jeder Fehltritt fatale Folgen haben könnte.

Wieder zuckte ein Blitz durch die dunkelgrauen Wolken, erhellte den Himmel für den Bruchteil einer Sekunde, bevor tiefer Donner durch die Luft rollte.

»Worauf wartest du, Ryk? Oder haben dich die vielen Trainingsstunden mit Jade langsamer gemacht?«

Seine Zähne blitzten auf. »Eifersucht steht dir nicht, Cat. Lassen wir Jade außen vor, ja?«

Von wegen Eifersucht.

Ich griff ein weiteres Mal an, täuschte rechts vor und scherte im letzten Moment nach links aus. Wütend wirbelte ich herum, ließ den heiseren Laut, der mir auf der Zunge lag, heraus und stürmte vorwärts. Meine Klinge rauschte durch die Luft, touchierte Ryks Arm, drang jedoch nicht bis zu seiner Haut durch. Kein Blut.

Verdammt.

Mein Bruder nutzte den Moment, in dem ich ihm so gefährlich nahe gekommen war, sofort aus, packte mich am Arm und zog mich an sich, sodass ich nun mit dem Rücken gegen seine Brust stand. Sein Arm lag um meine Kehle, sein Schwert ruhte an meiner Wange, sodass ich meine Spiegelung im nassen Stahl erkennen konnte. Eine wilde Dämonin mit glühenden Augen und berechnenden Zügen.

»Gewonnen, Schwesterchen. Schon wieder«, flüsterte er in mein Ohr und strich beinahe zärtlich über meine Haare, was im krassen Kontrast zu der Klinge stand, die nur Millimeter vor meinem Hals schwebte.

Mein Atem entwich zischend, dann verzog ich den Mund zu einem schiefen Grinsen. »Bist du dir da sicher?« Noch ehe Ryk antworten konnte, pikte ich ihn mit dem kleinen Dolch, den ich mit der rechten Hand gezogen hatte, in die Seite. Warmes Blut traf auf meine Finger. Es war nicht viel, keine gefährliche Verletzung und doch … Blut. »Schätze, diese Runde geht an mich.«

»Wer ist jetzt die Schummlerin?« Ryk gab mich frei und fuhr sich über den Schnitt. In wenigen Atemzügen würde er nur noch ein kleiner roter Fleck auf seiner Kleidung sein.

Ich legte mir das Schwert auf die Schulter und zuckte mit einer Schulter. »Vergiss nicht, dass wir Dämonen sind, Ryk. Regeln wurden gemacht, um von uns gebrochen zu werden.«

***

Später an diesem Abend saßen wir zusammen im Kies direkt am See. Das Wasser lag beinahe Schwarz, aufgewühlt von unzähligen Regentropfen, da und erinnerte mich ein wenig an das Ewige Meer des Hades – den Kur'Tarak bei Nacht. Vor uns flackerte ein Lagerfeuer, das ich mithilfe meiner Macht entfacht hatte, während uns der magische Schirm, den Ryker erschaffen hatte, sowohl vor dem tosenden Regen als auch vor unerwünschten Blicken schützte. Nur ein paar Meter entfernt stand Boy, daneben das zweite Zelt, das wir in einem Outdoorladen für Atarah besorgt hatten. Wo Ryker nachts blieb, war mir noch immer ein Rätsel. Kenzo hatte scherzhaft gemeint, dass er vermutlich in einer Gruft schlief oder kopfüber wie eine Fledermaus – was wir nicht taten, nur mal nebenbei bemerkt.

Hero lag schnurrend halb auf meinem Schoß, halb auf der Decke, die wir unter uns ausgebreitet hatten, und war von seiner Erkundungstour, die ihn erst vor einer knappen halben Stunde zurück zu uns gebracht hatte, und den Spuren des Überfalls im Diner, sichtlich erledigt.

Ja, der Kami hatte ein hartes Leben.

»Ich denke, wir sollten schlafen gehen«, meinte Atarah und richtete sich auf ihrem Platz auf. »Zumindest werde ich schlafen gehen. Ich bin todmüde.«

Ich lächelte ihr zu und nickte. »Keine schlechte Idee.«

»Dann sag deinem Schoßdämon, dass er Atarah im Blick

behalten soll.« Ryker saß uns gegenüber auf einem alten Baumstamm, den der See irgendwann mal angeschwemmt haben musste, und starrte in die Flammen.

»Ist das dein Ernst? Du vertraust ihr immer noch nicht?«

»Nein. Nicht, solange so viel für uns alle auf dem Spiel steht. Und dabei werde ich ganz sicher keine Rücksicht auf die Gefühle deiner Dienerin nehmen.«

Hölle noch mal, Ryker konnte so ein Arsch sein.

»Das müsst Ihr auch gar nicht«, murmelte Atarah sofort und senkte beschämt den Blick. »Ich werde Eure Wünsche in der Hinsicht natürlich respektieren, Prinz Ryker.«

Zähneknirschend sandte ich einen Schwall meiner Energie in das knisternde Lagerfeuer, woraufhin Funken in den Himmel stoben und Ryk fluchend zurückwich.

»Da draußen wartet die gesamte Armee der Königin plus Seymour Sajoscha mit seinen dubiosen Anhängern. Meint ihr nicht auch, dass das genug Probleme sind?« Ich sah meinen Bruder anklagend an. »Da sollten wir einander zumindest in dieser kleinen Runde vertrauen. Also schieb deinen Argwohn am besten gleich zusammen mit deiner nervtötenden Überheblichkeit zur Seite, ja?«

Atarah lächelte mir zu und winkte ab. »Ist schon in Ordnung, Calea. Hero kann gerne bei mir bleiben.«

Als wäre das sein Stichwort gewesen, hob mein Kami den Kopf und kam langsam auf die Pfoten. *Das war's dann wohl mit meinem Schönheitsschlaf am warmen Feuer.*

Ryker warf ein neues Holzscheit in die Flammen und faltete dann die Hände im Schoß. »Siehst du, Cat, alles in bester Ordnung. Jeder kennt seinen Platz.«

Ich schnaubte nur, woraufhin Kenzo beruhigend seine Finger mit meinen verflocht.

»Wir sehen uns morgen«, sagte Atti leise und stand auf. Hero sprang von meinem Schoß und heftete sich an ihre Fersen. Ich sah ihnen mit gerunzelter Stirn hinterher und schob mich kurz entschlossen sanft in Atarahs Gedanken.

Atti? Es tut mir leid.

Aus dem kleinen Ruck, der durch ihre Gestalt ging, schloss ich, dass sie nicht mit meiner mentalen Stimme gerechnet hatte.

Wie gesagt, es ist okay. Ich kenne meinen Platz.

Unwillkürlich drückte ich Kenzos Finger fester. *Lass dir diesen Quatsch bloß nicht von Ryk einreden. Hier gibt es keine* Plätze – *es gibt uns. Unser Team. Ein Team, das an einem Strang zieht. Jeder mit derselben Berechtigung und jede Stimme ist gleichberechtigt. Egal, ob Mensch, Dienerin oder Prinz.*

Atarah war aus meinem Blickfeld verschwunden, kurz darauf hörte ich das leise Ratschen des Zeltreißverschlusses.

Ich weiß, du hast nie darüber nachgedacht, Calea, aber du wärst eine großartige Herrscherin. Eine bessere, als es dein Bruder oder Jade jemals sein werden. Ob mit oder ohne Magie.

Dann hatte Atarah ihre geistigen Mauern auch schon hochgezogen. Es wäre ein Leichtes für mich gewesen, wieder in ihren Kopf einzudringen, aber ich respektierte ihren Entschluss, das Gespräch zu beenden. Zurück blieben nur ihre Worte, die noch immer durch meinen Geist schwirrten und mir eine Gänsehaut über den Rücken jagten.

»Ich bin froh, wenn das alles vorbei ist. Das ist mir bei Weitem zu viel Drama«, brummte Ryker und fuhr sich durch die Haare.

Ich riss mich von meinen Gedanken los und hob eine Augenbraue. »Und das von jemandem, der sonst jede Art von Dramatik liebt.«

»Ich denke, Atarah hat recht, wir sollten schlafen gehen. Es ist gleich Mitternacht und wir haben morgen eine weite Strecke vor uns«, mischte sich Kenzo ein, bevor es ein weiteres Mal zwischen meinem Bruder und mir ausarten konnte. Ein diplomatischer Schachzug, denn innerlich war ich kurz davor, Ryk seinen verfluchten Kopf abzureißen.

Dankbar lächelte ich Kenzo an und nickte. »Jap, wir sollten definitiv unsere Gemüter etwas zur Ruhe bringen, bevor wir uns morgen für die lange Fahrt wieder zusammenquetschen müssen. Ganz zu schweigen von dem Flugtraining.«

»Dann war das also kein Scherz?« Kenzos Augen weiteten sich merklich. »Ihr zieht das wirklich durch?«

»Was denkst du denn? Irgendwie muss Calea ja flügge werden«, kam Ryks unqualifizierte Antwort von der anderen Seite. So langsam beschlich mich das Gefühl, dass ihm irgendeine Feuerlaus über die Leber gelaufen war. Klar, mein Bruder hatte so seine Anwandlungen, aber *das*? In einem ruhigen Moment würde ich ihn definitiv darauf ansprechen.

Ich schüttelte kaum merklich den Kopf und beugte mich dann zu Kenzo, um ihm einen Kuss auf die Lippen zu hauchen. »Schlaf gut, Kenzo.«

Er lächelte an meinem Mund und strich mir sanft über die Wange. »Du auch, Cat.«

Rykers Knurren ignorierte ich dabei geflissentlich und wuschelte ihm nur einmal durch die Haare, als ich zu ihm ging, ehe ich dem Feuer den Rücken kehrte. Schwer zu sagen, ob es eine gute Idee war, Kenzo und Ryker allein zu lassen, aber früher oder später musste mein Bruder akzeptieren, dass Kenzo jetzt zu mir gehörte.

Der Gedanke entlockte mir ein Lächeln. Es gab so vieles, das wir voneinander noch nicht wussten. So vieles, das ich über Kenzo erfahren wollte, das ich an ihm kennenlernen wollte. Seine Familie, seine Freunde, selbst sein Studium, das er nicht ausstehen konnte… Ich hoffte einfach – hoffte aus tiefstem Herzen –, dass wir die Zeit, einander richtig kennenzulernen, bekommen würden. Dass es nach diesem ganzen Chaos eine Zukunft für uns geben würde.

Wie auch immer diese letztlich aussehen mochte.

Am Jeep angekommen, öffnete ich die Heckklappe und schob mich auf das gemütliche Lager im hinteren Teil des Wagens, das mittlerweile zu einem kleinen Zuhause geworden war. Kaum vergleichbar mit meinen Gemächern im Palast des Hades und doch mehr ein Zuhause, als es die Festung jemals gewesen war. Mit einem einzigen Wink meiner Magie ließ ich die Lichterkette, die ich in Edinburgh gekauft und in Boy befestigt hatte, aufleuchten und schob die bunten Kissen und Decken zu einem Bett zusammen.

Ich werde das alles hier vermissen. Hölle und Hades, ich werde Kenzo vermissen.

Langsam sank ich in die Kissen – und fuhr im nächsten Moment wie vom Blitz getroffen hoch, als es plötzlich klopfte. Hastig richtete ich mich auf und entriegelte die Heckklappe, als ich Kenzo erkannt hatte. »Kenzo?«

»Ich wollte dich nicht stören.«

Ich zog die Unterlippe zwischen die Zähne. »Das tust du nicht, stören meine ich. Und Boy ist immer noch *dein* Auto.«

Seine Mundwinkel zuckten, dann reichte er mir etwas, das er bisher hinter seinem Rücken gehalten hatte. »Hier, das hast du am Feuer liegen gelassen. Nicht, dass der magische Wunderschirm doch noch bricht und es nass wird.« Kenzo beugte sich vor und reichte mir mein dickes Flanellhemd. »Du hast es dir hier drin wirklich gemütlich gemacht.«

»Ja, ich mag es. Boy ist cool«, murmelte ich und drückte das Hemd an mich. »Danke. Also für das Hemd.«

»Nicht dafür.« Kenzo fuhr sich über den Nacken und machte Anstalten, wieder aus der Heckklappe zu klettern. »Gut, dann … gehe ich mal. Bis morgen.«

Nein. Der Gedanke kam unerwartet heftig. Nein, ich wollte nicht, dass er ging. Ehrlich gesagt hatte ich es satt, ihn gehen zu lassen. Ich hatte Kenzo heute beinahe verloren – ich *hatte* ihn für ein paar Augenblicke verloren und niemand konnte sagen, wie lange wir einander überhaupt noch haben würden. Wie lange dieser Traum noch anhalten würde. Wie hoch der Preis für diese zweite Chance sein würde.

Denn dass wir ihn früher oder später zahlen mussten – das wussten wir beide.

Entschlossen legte ich das Flanellhemd zur Seite und suchte seinen Blick. »Bleib bei mir, Kenzo.«

Seine hellgrünen Augen leuchteten in dem dämmrigen Licht auf. »Cat …«

Ich nahm seine Hand und verschränkte unsere Finger miteinander. Sie passten perfekt zusammen. Als wären sie füreinander geschaffen worden.

Als wären *wir* füreinander geschaffen worden.

Mein Herzschlag beschleunigte sich, als das vertraute Prickeln durch meinen Körper raste. Sanft zog ich ihn zu mir, bis sein warmer Atem federleicht über meine Lippen strich. Bis ich das Verlangen in seinen Augen sah. Bis unsere Herzen im selben Takt schlugen.

»Bleib.«

Kapitel 19

»Okay, Kinn heben, Ziel fokussieren und ausatmen, bevor du schießt. Das ist das Wichtigste. Der Rest kommt durch Übung.«

»Du hast leicht reden, bei dir sieht Bogenschießen ja auch so selbstverständlich wie Atmen aus, Cat.« Kenzo bedachte mich mit einem warmen Blick, in dem eine Spur von Ratlosigkeit lag.

Ich hob einen Mundwinkel und korrigierte seine linke Hand, die etwas zu hoch am Bogen lag. »Es *ist* wie Atmen. Du wirst sehen. Nach ein paar Schüssen fühlt sich der Bogen wie eine natürliche Verlängerung deines Körpers an. Und der Pfeil folgt deinem Blick.«

Eine Augenbraue wanderte nach oben, während sein Lächeln breiter wurde. »Du bist die Expertin.«

Ich spürte, wie mir die Hitze in die Wangen stieg, als mir Bilder der letzten Nacht in den Sinn kamen, in der er mich mit demselben Ausdruck bedacht hatte. Einer Mischung aus Zuneigung und Zärtlichkeit, gleich neben Unsicherheit und einer gewissen Zurückhaltung. So, als könnte Kenzo dem, was er sah und fühlte, nicht trauen. So, als wäre das hier nur ein Wimpernschlag, der jeden Augenblick enden konnte. Ein Traum, in dem das reale Leben einfach auf *Pause* geschaltet worden war.

Ganz so falsch liegt er damit nicht, oder?

Ich brachte meine innere Stimme zum Verstummen, noch ehe sie so richtig in Fahrt kommen konnte und konzentrierte mich stattdessen auf das Stück Treibholz, das uns am Ufer direkt hinter dem *Ardvreck Castle* als provisorisches Ziel diente. Ein leises Wispern meiner Macht reichte aus, damit sich der hohle Baumstamm entgegen der Naturgesetze aufrichtete und so zum idealen Ziel wurde.

»Du hast das schon ziemlich gut drauf. Das mit der Magie und dem Zaubern, meine ich.« Kenzos ruhige Stimme war mit einem Mal so nah, dass ich seinen Atem auf meiner Haut spürte. Langsam wandte ich den Kopf in seine Richtung und nickte, unfähig, den Blick von dem schimmernden Hellgrün seiner Augen abzuwenden.

»Nicht vom Thema ablenken«, erwiderte ich genauso leise und zog die Unterlippe zwischen die Zähne. Ein winziger Teil von mir hatte angenommen, dass es nach der vergangenen Nacht leichter sein würde, seiner verfluchten Anziehung zu widerstehen. Dass sich irgendein Schalter umlegen und der Zauber verfliegen würde, jetzt, wo wir ihm einmal nachgegeben hatten. Doch ich hatte absolut falschgelegen. Wenn überhaupt hatten die gestohlenen Momente auch die letzten Zweifel beiseitegeräumt und deutlich gemacht, dass ich Kenzo hoffnungslos verfallen war. Mit Haut und Haaren und meiner nicht vorhandenen Übernatürlichen Seele.

»Cat?«

»Hm?«

»Wenn ich schießen soll, dann musst du mich loslassen.« Ein unverkennbares Schmunzeln tanzte auf seinen Worten.

Ruckartig sah ich zu meiner Hand, die ich unbewusst auf seine Brust gelegt hatte, dorthin, wo Seymour ihn gezeichnet hatte. »Ich habe nicht mal bemerkt, dass ich –«

»Ich auch nicht«, murmelte er und legte seine Stirn an meine. »Es passiert einfach.«

Und wir folgen dieser Anziehung blind, sind schlichtweg nicht in der Lage, uns ihr zu widersetzen. Oder zu sagen, wohin uns das alles führen wird.

Ich ließ meine Finger noch einen Moment länger über seinem viel zu schnell schlagenden Herzen ruhen, dann machte ich einen Schritt rückwärts und strich mir die Haare aus dem Gesicht. Ich brauchte definitiv etwas Abstand, wenn ich klar denken wollte und das hier Früchte tragen sollte.

»Okay. Zurück zum Thema – Schießen. Erinnerst du dich an das, was ich gesagt habe?«

»Kinn heben, Ziel fokussieren und ausatmen«, wiederholte Kenzo mit einem Zwinkern und nahm den Bogen wieder auf.

Ich straffte die Schultern und sog einen Schwall frische Morgenluft in meine Lunge. »Und nicht zögern.«

»Verstanden.« Kenzo stellte sich merklich gerader hin, spannte den Bogen noch etwas weiter und schob den schwarzgefiederten Pfeil zurecht, bis er die perfekte Ausgangslage besaß. Seine Finger, die an der Sehne lagen, berührten seine Wange, sein Blick war konzentriert und entschlossen. Ich hörte ihn leise einatmen – ein unwirklich lautes Geräusch in der Stille –, nur einen Sekundenbruchteil später stieß Kenzo den Atem aus und schoss.

Zischend raste der Pfeil durch die Luft, so schnell und kraftvoll, dass selbst meine Dämonenaugen Probleme hatten, ihm zu folgen, und touchierte schließlich die knorrige Rinde.

»Wow! Das war ein grandioser erster Schuss, Kenzo! Noch ein, zwei Schüsse und du –« Grinsend drehte ich mich um und verstummte abrupt. Im nächsten Moment fiel ich auch schon fluchend neben Kenzo auf die Knie.

»Kenzo! Rede mit mir!«

Kenzo lag bebend auf dem Rücken, beide Hände in den

Stoff seines Pullovers gekrallt – direkt über seinem Herzen. Blut breitete sich unter seinen Fingern aus.

Seymour.

»Kenzo!« Ich zog ihn vorsichtig auf meinen Schoss und schob seinen Kragen zur Seite, sodass das Mal zu sehen war. Blut sickerte aus dem eingebrannten Handabdruck, ohne dass erkennbar war, woher es wirklich stammte. Es gab keine offene Wunde, keinen Schnitt, nur Blut, entzündete Haut und Kenzo, der mit jeder Sekunde, die verging, bleicher wurde.

»Sag doch was«, rief ich und legte ihm eine Hand an die Wange. Seine Haut schien in Flammen zu stehen. Und ich war absolut machtlos.

»Es … brennt, Cat«, brachte er mühsam über die Lippen, dann zuckte er heftig zusammen und verdrehte die Augen. Ich zog ihn fester an mich. Was sollte ich tun? Was *konnte* ich überhaupt tun?

Ich kniff die Augen zusammen und legte meine Stirn an Kenzos. »Ich bleibe bei dir, ich hab dich«, murmelte ich, während es in meinen Ohren rauschte.

Ein neuer Ruck ging durch seinen Körper. Kenzo keuchte schmerzerfüllt auf und in diesem Moment fühlte es sich an, als würde derselbe Schmerz auch durch mich hindurchschießen. Ihn so leiden zu sehen, ohne etwas dagegen unternehmen zu können –

»Calea!«

Ich blickte auf, Kenzo noch immer fest an mich gedrückt und schluchzte erleichtert auf. Mein Bruder stand neben mir, gefolgt von Atarah, die Hero auf dem Arm trug.

»Was ist passiert?« Rykers Augen blitzten gefährlich auf, als seine Hand instinktiv zu seinem Schwertgriff wanderte.

»Seymour, er … er quält Kenzo.«

Atarah ging neben mir in die Knie und beäugte das Mal, so wie ich es Sekunden zuvor getan hatte. Hero sprang aus ihren Armen und bezog neben mir Position.

Dein Mensch sieht nicht gut aus, Prinzessin.

Wieder erzitterte Kenzo, während sein Puls unter meinen Fingern immer schwächer wurde. Dieser Anfall dauerte zu lange. War zu heftig. Was auch immer Seymour tat, Kenzo würde das nicht mehr lange durchhalten. Und dieses Mal würde Seymours Macht über ihn Kenzo wirklich umbringen.

»Warum tut er das?!«, stieß ich hervor. Ich erkannte meine eigene Stimme nicht wieder. »Wir folgen seinen Befehlen, wir –«

»Weil er es kann, Cat«, brummte Ryker und zog die Brauen zusammen. »Kannst du ihm helfen, Atarah?«

»Ich bedauere, aber es ist, wie ich gesagt habe: Seymour hält sein Leben in den Händen. Wir können nichts machen, außer zu warten.«

Machtlos. Wir waren absolut machtlos.

Das Blau der Augen meines Bruders verfinsterte sich merklich, als würde er darüber nachdenken, Atarah für diese Antwort den Kopf abzureißen. »Ich dachte, du würdest so viele schlaue Bücher lesen?!«

Atti zuckte unter der Wucht seiner Worte zusammen.

»Hölle, Ryk, das ist gerade nicht hilfreich!«, ging ich dazwischen und streichelte über Kenzos verschwitzte Wange. Mittlerweile zitterten meine Finger genauso wie Kenzo selbst.

Komm schon, Kenzo. Du bist stärker als der kleine Splitter, den dir dieser Bastard genommen hat.

Hero stupste mich sanft und schmiegte sich an meine Seite. Ich biss die Zähne zusammen.

»Seymour wird ihn nicht umbringen«, sagte Ryker dann

und betrachtete die grauen Wolken über uns verächtlich. »Aber wir sollten den Menschen zumindest von hier wegbringen, bevor dieser grässliche Regen wieder einsetzt«, entschied Ryker dann und fuhr sich übers Kinn.

»Und ich dachte, du hättest dir meinen Namen endlich gemerkt.«

Synchron flogen unsere Köpfe zu Kenzos heiserer Stimme, die in ein unterdrücktes Fluchen überging, als er sich langsam aufsetzte. Atarah und ich griffen sofort nach ihm, um ihn zu stützen.

»Ist es vorbei?«, fragte meine Freundin leise und legte die Stirn in Falten.

Kenzos Blick verharrte an dem blutigen Fleck auf seiner Brust, dann fanden seine Augen mich. »Ich glaube schon, aber ich … Dieses Mal war es anders.«

Ich drückte seine Finger fester, um mich davon abzuhalten, ihm um den Hals zu fallen und ihn an mich zu pressen. »Was meinst du?«

Vorsichtig atmete er aus und verzog dabei merklich das Gesicht. »Er war da. Ich habe den Dämon gesehen und er hat mit mir gesprochen.«

Ryker kam näher. »Was hat diese Kakerlake gesagt?«

»Ihm gefallen die Spielchen nicht, die wir mit ihm treiben. Er will es *interessanter* gestalten.«

»Das ergibt doch keinen Sinn.« Ich schüttelte den Kopf. »Wir spielen keine Spiele. Wir tanzen nach seiner verdammten Pfeife, was also ist Seymours Problem?«

Ein Schatten flog über Kenzos Züge, dann senkte er den Blick auf den Bogen, der vergessen neben ihm im Kies lag. »Seymour war nicht allein. Ein Mädchen war bei ihm. Vielleicht fünfzehn Jahre alt und –«

Er musste den Satz nicht zu Ende bringen, damit ich wusste, von wem er sprach. Wie von der Tarantel gestochen kam ich auf die Beine und ballte die Hände zu Fäusten. »Jade!«

»Beim Hades, wenn das ein Scherz sein soll.« Ryker spannte den Kiefer an und verengte die Augen.

»Ich denke nicht, dass hier und jetzt der richtige Moment für Scherze ist«, erwiderte Kenzo überraschend kalt und erhob sich mühsam. »Schließlich kann mich dieser Kerl ausknipsen, wie es ihm in den Kram passt, und falls es dir noch nicht aufgefallen ist, *Dämon*, das macht keinen Spaß.«

Ich sah zwischen meinem Bruder und ihm hin und her und stellte mich schließlich neben Kenzo. »Hat Jade etwas gesagt? Ging es ihr gut?«

»Sie war nicht gefesselt oder verletzt, sie –«

Ryker knirschte mit den Zähnen. »Was ist mit unserer Schwester? Raus damit oder *ich* werde der Nächste sein, der dich ausknipst, Mensch.«

Kenzo begegnete den leuchtenden Augen meines Bruders und atmete hörbar aus. »Sie hat gelächelt.«

***

Da wir nicht noch einmal in einen Zwischenfall wie im Diner geraten wollten, ließen wir sämtliche Restaurants und Cafés auf dem Weg nach *Castle Varrich* aus und stillten unseren Hunger stattdessen mit allem, was der winzige Supermarkt der Tankstelle zu bieten hatte. Das war nicht viel, aber großen Appetit hatte ohnehin niemand. Nicht nach dem, was Kenzo uns berichtet – oder besser gesagt, *nicht* berichtet hatte.

Während das Rascheln der Chipstüten und Kenzos leise

Stimme während des Telefonats mit seiner Mutter die Stille im Wagen füllten, konnte ich an nichts anderes als unsere kleine Schwester denken. Wie passte Jade in das ganze Bild? Wieso war sie bei Seymour? Oder war das nur ein Trick und er hatte Kenzo Gespenster sehen lassen?

Seufzend lehnte ich den Kopf an die kühle Scheibe und starrte aus dem Fenster. Schier endlos zogen grüne Hügel an uns vorbei, vereinzelte Häuser und Weiden mit gewaltigen, plüschigen Kühen, deren Hörner Hero in seiner Dämonengestalt Konkurrenz machten.

»Ich meine es ernst, Mum, ich lege auf, wenn du nicht dazu in der Lage bist, dich wie eine Erwachsene zu unterhalten.«

Ehrlich gesagt fragte ich mich, warum er dieses Gespräch nicht schon längst beendet hatte. Seit fast einer halben Stunde wechselte er zwischen Resignation, Wut, ein paar netten Floskeln und Vorwürfen hin und her – gepaart mit ein paar fadenscheinigen Erklärungen, die seine Mutter sofort abschmetterte. Dank unserer verbesserten Hörleistung bekamen Ryk, Atarah und ich jedes einzelne von Madeline Warrens Worten mit und mittlerweile wünschte ich mir, es wäre nicht so.

»Komm mir nicht so, Kenzo. Du hast hier einfach alles stehen und liegen lassen, um mit irgendeinem dahergelaufenen Mädchen einen Roadtrip zu machen. Das mag vieles sein, aber ganz sicher nicht erwachsen!«

Kenzo umfasste das Lenkrad fester und trat aufs Gas.

»Hast du eigentlich eine Ahnung davon, wie viel mich dein Studium kostet? Wie oft ich bereits mit dem Dekan gesprochen habe, weil du nicht erwachsen genug bist, um einmal in deinem Leben etwas wirklich durchzuziehen?«

Dieses Mal wäre selbst ich beinahe unter der Wucht ihrer Worte zusammengezuckt. Unwillkürlich krallte ich die Finger fester in Heros Fell, der daraufhin den Kopf hob und leise knurrte. *Ich habe anscheinend nichts verpasst. Die Hexe ist immer noch am Telefon.*

Keine Ahnung, warum er sich das antut, murmelte ich mental an meinen Kami-Dämon gewandt und legte die Stirn in Falten. *Ihre Worte stechen mehr als die Begegnung mit einem Stacheldämon.*

»Du bist feige, Kenzo. Zu feige, um dein Leben endlich in den Griff zu kriegen und vorwärtszukommen. Herrgott, du bist kein kleines Kind mehr, sondern ein erwachsener Mann, dem die Welt offensteht, und trotzdem springst du herum, als würde dir alles von selbst in den Schoß fallen. Als müsstest du nicht wie jeder andere Mensch hart dafür arbeiten, um etwas zu erreichen!«

Wenn ich eine Person kannte, die nicht feige war, dann war es Kenzo. Seine Mutter hatte nicht den Hauch einer Ahnung, wer ihr Sohn war. Wie stark und entschlossen er für die Dinge einstand, die ihm etwas bedeuteten.

Am liebsten wäre ich auf der Stelle zu Madeline Warren gereist und hätte ihr ins Gesicht gesagt, *wer* Kenzo wirklich war. Aber genauso wusste ich, dass das hier nicht mein Kampf war, sondern Kenzos. Das hier war Teil seines Lebens, in dem ich nicht vorkam und ich würde einen Teufel tun und mich auch noch in das letzte bisschen Normalität, das er besaß, einmischen. Das hatte ich schon zur Genüge getan.

»Feige? Warum sagst du nicht einfach, was du eigentlich im Sinn hast, Mum? Sag einfach, was du schon die ganze Zeit über sagen willst. Tu uns den Gefallen, denn dann kann ich endlich dieses sinnlose Gespräch beenden.«

Hinter uns hörte ich Ryker leise fluchen. »Dagegen ist Reena ja der reinste Sonnenschein.«

»Du benimmst dich lächerlich, Kenzo. Selbst deine Schwester hat bei mir angerufen und gesagt, dass du bei eurem Treffen seltsam gewesen bist. Und dann haust du einfach ab, wie –«

»Wie mein Vater, richtig? Das ist es doch, was du denkst. Ich bringe nichts zu Ende, verschwinde, wenn es heikel wird, folge keinem deiner sorgsam gezogenen Linien. Ganz genau wie mein Vater.« Kenzo spuckte die Antwort förmlich aus, doch ich hörte den Schmerz darin trotzdem. Langsam löste ich eine Hand von Hero und legte sie auf Kenzos Oberschenkel.

»Das habe ich nicht sagen wollen«, gab seine Mutter nach ein paar Augenblicken, in denen nur Kenzos schneller Atem die Stille gefüllt hatte, leise zurück. »Ich ... ich mache mir Sorgen. Du hast gesagt, dass du in ein paar Tagen wieder da bist, und Juliette meinte, dass du schon vorgestern aus Edinburgh abgereist bist.« Ich sah Kenzo kurz resigniert die Augen schließen und strich beruhigend über sein Bein. »Dann das Feuer in Edinburgh?«

»Du siehst Gespenster, Mum. Es geht mir gut.«

»Kannst du es mir verdenken? Ich bin noch immer deine Mutter. Wann kommst du zurück?« Echte Sorge schwang in ihrer Stimme mit. Die Sorge einer Mutter, die keinen blassen Schimmer davon hatte, was mit ihrem Kind geschah. Ohne dass ich etwas dagegen hätte unternehmen können, wanderten meine Gedanken zu Mom. Wie sehr sie sich gerade Sorgen um Ryker und mich machen musste – und jetzt auch um Jade. Eine kalte Faust krallte sich in meine Mitte und erschwerte mir das Atmen.

»Bald«, sagte Kenzo dann. »Ich bin bald wieder zu Hause. Ich brauche nur noch etwas mehr Zeit, etwas Abstand, um durchzuatmen.«

»Zeit? Du hast schon genug Zeit vergeudet. Dein Studium –«

»Du kannst dir gar nicht vorstellen, *wie* egal mir das im Moment ist. Ich … Mir ist in den letzten Tagen einiges bewusst geworden. Dinge, die größer sind als dieses beschissene Studium.«

»Kenzo –«

»Nein, Mum. Es ist mir gleich, ob du es verstehst oder nicht. Ob du es billigst oder es dir gegen den Strich geht, aber ich habe noch etwas zu erledigen. Ich muss das hier zu Ende bringen und vorher werde ich nicht nach Hause kommen. Daran ändert auch das Studium nichts, okay?« Die Resignation war aus seiner Stimme verschwunden und hatte Entschlossenheit Platz gemacht. Der Entschlossenheit, die ich bereits bei unserer ersten Begegnung bemerkt hatte. Wenn Kenzo etwas wichtig war, dann ruhte er nicht eher, bis er sein Ziel erreicht hatte.

»Du klingst so anders, Kenzo.«

»Nein, Mum. Du hast mir nur nie richtig zugehört.«

Bei seinen Worten gruben sich die Krallen tiefer in meine Eingeweide. Krallen, die mich daran erinnerten, wie schwierig die Situation mit meiner eigenen Mutter war. Daran, wie tief die Schlucht zwischen uns mittlerweile sein musste. Ich hatte nicht nur mich in Schwierigkeiten gebracht, sondern auch Ryk und Jade und die ganze verfluchte Welt.

»Ich muss Schluss machen.«

»Kenzo, bitte sprich mit mir.«

Ein Muskel zuckte an seinem Kiefer, während sein Blick seltsam ausdruckslos wurde. »Bald. Ich hab dich lieb, Mum.«

Kapitel 20

Die Sonne tauchte den Himmel in ein Feuerwerk aus Rot, Orange und Gold. Es war ein Anblick, an dem ich mich niemals würde sattsehen können. Die Menschen mochten die Magie vergessen haben, doch die Natur hatte das nicht. Noch immer beherrschte sie ihren ganz eigenen Zauber, ihre eigene Form, man musste nur die Augen offen halten.

Kopfschüttelnd riss ich mich von dem Sonnenuntergang los, verschränkte die Arme vor der Brust und trat zu Kenzo. Wortlos saß er am Rand der Klippe und starrte hinaus aufs Meer, als würde er dort etwas sehen können, für das jeder andere blind war. Anfangs hatte ich ihm seine Ruhe gelassen, aber mittlerweile waren fast drei Stunden vergangen, seit wir an unserem letzten Stopp angekommen waren, und ich machte mir Sorgen.

»Darf ich mich zu dir setzen?«, fragte ich leise, um ihn nicht zu erschrecken.

Er fuhr trotzdem zusammen. »Wo sind die anderen? Wolltest du nicht mit Ryker an deinen Flugkünsten arbeiten?«

Ich ließ mich neben ihm nieder, sodass meine Beine ebenfalls über der Kante baumelten, und zuckte mit den Schultern. »Atarah, Hero und Ryk sind, kurz nachdem du weggegangen bist, verschwunden. Keine Ahnung, was sie treiben. Ich habe mich in der Zeit etwas allein umgeschaut. Das *Varrich Castle* ist zwar winzig, aber es gibt einen verdeckten Eingang, der auf meine Magie reagiert hat und –«

Seufzend sah er zu mir. »Cat, ich bin gerade nicht in der Stimmung dafür.«

Ich biss die Zähne zusammen. »Ja, ich weiß.«

Eine seiner Augenbrauen hob sich. »Und trotzdem bist du hier und erzählst mir etwas von Dämoneneingängen in der Ruine?«

Ich zupfte an einem losen Faden meiner weiten Jeans und sah dann hinaus aufs Wasser. »Wenn mich etwas bedrückt hat, haben Atarah oder Ryk mich auch immer mit irgendwelchem Zeug abgelenkt. Selbst Jade ist das gelungen. Ablenkung ist keine Lösung für Probleme, aber sie hilft, um sich nicht darin zu verlieren.«

Schweigend sah er mich an und nickte dann langsam. »Ich schulde meiner Mutter nichts. Ihr geht es immer nur darum, eine perfekte Version von mir zu erschaffen und doch …«

»Sie ist deine Mom, Kenzo. Und daran wird sich nie etwas ändern.« Zu meiner Überraschung griff er nach meiner Hand und verschränkte unsere Finger miteinander. »Du weißt, dass du nicht mitkommen musst, oder?«, murmelte ich dann und musterte unsere Hände in seinem Schoß.

»Was meinst du?«

Ich holte tief Luft, um auszusprechen, was mir in den letzten Stunden klar geworden war: »Ryker könnte dich innerhalb eines Wimpernschlags nach London bringen. Überallhin, wo du möchtest. Wir werden deinen Seelensplitter so oder so zurückholen, dafür musst du dich nicht in Gefahr begeben.«

Kenzo drückte meine Finger fester. »Wovon sprichst du? Ich werde nicht einfach verschwinden, Cat. Nicht nach allem, was geschehen ist. Ich bin nicht der feige Mistkerl, den Mum in mir sieht.«

Ich schaute kurz zu ihm und bereute es sofort. Aus seinen grünen Augen stachen mir Schmerz und Verwirrung entgegen. Meine Worte hatten ihn verletzt, genau an der

Stelle, an der ihm seine Mutter vorhin den ersten Schnitt verpasst hatte.

»Ich würde dich nie als feige bezeichnen, Kenzo. Du bist der stärkste Mensch, den ich kenne, aber du hast ein Leben. Ein Leben fernab von Magie und Dämonen. Ein normales Leben. Und vielleicht«, ich schluckte gegen das Brennen an, das mir die Kehle entlangraste, als ich es aussprach, »vielleicht solltest du dahin zurückkehren.«

Kenzo riss die Augen auf. »Ist das dein Ernst?«

»Kenzo ...«

»Was für ein Leben soll das sein, hm? Glaubst du wirklich, ich kann jetzt in irgendeinem verdammten Hörsaal Vorlesungen anhören, während du den Kopf für mich hinhältst? Was denkst du eigentlich von mir?«

Ich entzog ihm meine Hand und fuhr mir unbewusst über das Narbenarmband, das mir der Teufel verpasst hatte. »Du weißt, wie ich das meine! Was ist mit deiner Mutter und deiner Schwester? Mit Freunden? Hast du dir einmal Gedanken darüber gemacht, was mit ihnen allen geschieht, wenn wir versagen, Kenzo?«

»Ich mache mir ununterbrochen Gedanken, Cat.« Mit einem leisen Fluchen sah er wieder auf das funkelnde Meer hinaus. »Und in jedem einzelnen dieser Gedanken kommst du vor.«

Ich biss die Zähne zusammen.

»Daher nein, ich werde nicht gehen. Und wir werden nicht versagen. Was danach geschieht –«

»Wenn es ein Danach gibt.«

Eine federleichte Berührung an meiner Wange ließ mich aufschauen. »Es gibt immer ein Danach. Die Frage ist, wie es aussehen wird und was wir daraus machen. Aber darum können wir uns kümmern, wenn es so weit ist. Im Moment stehen wir erst einmal im Hier und Jetzt.«

Ein gequältes Lächeln trat auf meine Lippen, als ich mich in seine Handfläche schmiegte und mich dem Prickeln zwischen uns hingab. »Du bist ziemlich überzeugt davon, dass wir es schaffen.«

Behutsam strich er mir eine Strähne hinters Ohr und zog dann die Augenbrauen zusammen. »Mum hatte recht, weißt du? Damit, dass ich nie etwas zu Ende bringe. Aber das liegt nicht daran, dass ich feige bin oder mir nicht bewusst ist, dass man hart arbeiten muss, um seine Ziele zu erreichen. Ganz im Gegenteil. Mir war nur nie etwas wichtig genug, das es wert gewesen wäre, hart dafür zu arbeiten. Zu kämpfen. Bis jetzt …«

Das Prickeln zwischen uns wurde intensiver, zupfte an jeder Zelle und brachte meine Energie zum Summen. Wortlos blickte ich ihm in die Augen, sah seine ihm eigene Energie darin und das Feuer, das in Kenzo loderte. Es raubte mir den Atem. *Kenzo* raubte mir den Atem.

»Also ja, Cat, ich bin mir sicher. Dieses eine Mal bin ich mir absolut und vollkommen sicher: Ich bleibe und ich kämpfe. Für die Menschen, für dich und ganz besonders für mich selbst. Du magst diesen Kampf begonnen haben, aber in dem Augenblick, in dem du vor meinen Jeep gefallen bist, ist er auch zu meinem geworden. Und daran kannst nicht einmal du etwas ändern.«

Mein Herz klopfte laut und viel zu schnell in meiner Brust, als ich sein Gesicht umfasste und langsam zu mir zog, bis unsere Lippen direkt voreinander schwebten. Ich hatte Angst um Kenzo, fürchtete, was die nächsten vierundzwanzig Stunden mit uns allen machen würden, aber noch viel mehr empfand ich Stolz und Respekt. Stolz über seine Stärke und Entschlossenheit, und Respekt für seinen Wunsch, seinen Kampf zu kämpfen. Einen Wunsch, den ich ihm niemals verwehren würde, wo man mich doch selbst mein Leben lang von meinen eigenen Schlachten ferngehalten hatte.

Lächelnd hauchte ich einen Kuss auf seine Lippen und suchte dann Blickkontakt. »Es wird mir eine Ehre sein, an deiner Seite für ein Danach zu kämpfen, Kenzo Warren.«

Und ich werde alles daransetzen, dich zu beschützen. Im Hier und Jetzt und im Danach.

***

Eine halbe Stunde später tauchten Ryker und Atarah wieder auf. Wo Hero war, konnte ich nicht sagen, aber ich vermutete, dass er auf Beutezug war oder es sich in Boy bequem gemacht hatte.

»Die Touristen sind weg und sie werden uns die nächsten Stunden auch nicht behelligen. Dafür habe ich gesorgt«, verkündete Ryker und legte seinen schweren Waffengürtel samt Schwert ab.

Ich stand von der Kante der Steilküste auf und klopfte mir den Staub von der Jeans. Hinter mir tat Kenzo das Gleiche und trat an meine Seite.

»Will ich wissen, was genau das bedeutet?«, murmelte Kenzo mehr zu sich selbst, als zu Ryk und verschränkte die Arme vor der Brust.

Ich biss mir auf die Lippe und sah zwischen den beiden hin und her.

»Zerbrich dir darüber nicht dein hübsches Köpfchen, Mensch. Außerdem haben wir jetzt Wichtigeres zu erledigen. Es bleibt ohnehin kaum genügend Zeit, Cat auch nur annähernd an das Fliegen heranzuführen.«

Ryk schaffte es wirklich immer, exakt den großkotzigen Ton des Thronfolgers zu treffen, der in mir den Wunsch auslöste, ihm seinen königlichen Hals umzudrehen.

»Dein Optimismus ist mal wieder beeindruckend. Beinahe schon *beflügelnd*«, brummte ich und fasste meine Haare zu einem neuen Pferdeschwanz zusammen. Der Wind wurde mit jeder Sekunde, die verging, heftiger und zerrte schon jetzt unbarmherzig an uns.

»Optimismus wird uns hier auch nicht weiterbringen.« Schwungvoll schob sich Ryk den ärmellosen, schwarzen Mantel, der ihm bis zur Mitte der Oberschenkel reichte, von den Schultern und krempelte sein dunkles Leinenhemd auf. Atarah sammelte alles pflichtbewusst auf und legte es zusammen, obwohl das niemand von ihr erwartete. Manche Gewohnheiten würde wohl niemand von uns ablegen, egal, wie sehr die Welt um uns herum auch kopfstehen mochte.

Nur einen Atemzug später schossen meinem Bruder auch schon die gewaltigen, schwarzgefiederten Flügel aus dem Rücken.

Kenzo murmelte einen Fluch und verzog das Gesicht. »Daran werde ich mich nie gewöhnen. Fliegende Gegenstände und Schwerter – okay. Aber *das*?«

Ich zwinkerte ihm zu. »An Rykers Selbstgefälligkeit und Sinn für dramatische Auftritte kann man sich auch gar nicht gewöhnen, glaub mir. Ich kenne ihn seit meiner Geburt.«

Ryker bedachte mich mit einem warnenden Blick und faltete seine Schwingen ordentlich hinter sich zusammen. »Du bist dran.«

Das Grinsen rutschte von meinen Zügen. »Einfach so?«

Meine Magie zu nutzen war eine Sache, mich auf Knopfdruck in meine Dämonengestalt zu verwandeln, eine ganz andere.

»Ja, einfach so. Oder brauchst du eine Sondereinladung?«

»Halt die Klappe, Ryk.«

Er überging meine maulige Antwort geflissentlich und machte einen drohenden Schritt in Kenzos Richtung. »Vielleicht brauchst du noch etwas Motivation.«

Sofort rauschte eine Welle heißer Energie durch mich hindurch. Meine Quelle begann zu brodeln, bereit, Ryker anzugreifen und von Kenzo fernzuhalten – nur von meinen Flügeln fehlte jede Spur. Nicht das leiste Wispern. Kein Kribbeln im Rücken. Gar nichts.

Zu meinem Erstaunen trat Kenzo Ryk entgegen und schob herausfordernd das Kinn vor. »Das wird langsam langweilig, Dämon.«

Ryker bleckte die Zähne. »Verstehe.« Dann landeten seine glühenden Augen wieder auf mir. »Dann müssen wir die Sache womöglich doch anders angehen.«

»Da ist nichts, Ryk, okay? Lassen wir das mit dem verfluchten Fliegen und kümmern uns um andere Dinge, über die wir zumindest ein Mindestmaß an Kontrolle –«

Ich brachte den Satz nie zu Ende. Stattdessen verlor ich schlagartig von der einen auf die andere Sekunde den Boden unter den Füßen, als die Welt plötzlich kippte.

Nein, nicht die Welt – ich fiel.

Wind riss an mir, trieb mir die Tränen in die Augen, während ich fiel und fiel. Die Steilklippe raste an mir vorbei. Das Wasser und die spitzen Felsen, die nadelgleich daraus hervorragten, kamen immer näher. Bereit, mich auf grausame Art zu empfangen und aufzuspießen. Es würde mich nicht umbringen – ich war immer noch eine unsterbliche Dämonin –, aber es würde verflucht wehtun.

Über mir schrie jemand meinen Namen, verzerrt und so unendlich weit entfernt. Atarah? Kenzo? Ich konnte es nicht sagen. Der Wind war zu laut, vermischte sich mit dem Dröhnen in meinen Ohren und dem durchdringenden Surren meiner Magie. Eine momentan nutzlose Magie, die brüllte und tobte und doch nichts zustande brachte. Die mich nicht davor bewahren konnte zu stürzen.

Ich ballte die Hände zu Fäusten und kniff die Augen zusammen. So fest, dass die schwarzen Flecken hinter meinen Lidern golden wurden und meine Welt in gleißendes Licht tauchten.

Dasselbe Licht, wie in dem Moment, als du Kenzo aus dem brennenden Haus gerettet hast.

Als du geflogen *bist.*

Als du deine Flügel im Diner instinktiv als Waffen eingesetzt hast.

Ich biss die Zähne aufeinander, wagte es nicht, die Augen zu öffnen, weil ich wusste, dass ich jeden Moment aufschlagen würde.

Deine Flügel sind da. Sie warten auf dich und rufen nach dir, du hörst ihnen nur nicht zu. Du willst ihnen nicht zuhören. Weil du glaubst, dass du sie nicht kontrollieren kannst. Weil du Angst *hast.*

Mein Herzschlag beschleunigte sich, als jedes einzelne Wort durch meinen Verstand sickerte. Hässliche Worte, in denen sich die Wahrheit verbarg. Meine Wahrheit.

Wovor hast du Angst, Calea?

Ich biss mir so fest auf die Lippe, dass ich Blut schmeckte.

Wovor hast du so sehr Angst?

Ich riss die Augen auf, blickte den rasiermesserscharfen Klippen entgegen und konnte den Schrei, der mir auf den Lippen lag, nicht länger zurückhalten. Wieder hörte ich meinen Namen, der mir durch Mark und Bein ging.

Kenzo.

Ich hatte Angst um Kenzo. Vor seinem Urteil. Davor, dass ihn meine Dämonengestalt abschrecken könnte. Davor, dass ihm meine vollständige Verwandlung die Unterschiede zwischen uns bewusst machen würde – unüberwindbare Hindernisse, die uns unwiderruflich voneinander trennten.

Ich habe Angst, ihn zu verlieren.

Du verlierst ihn, wenn du dich selbst verlierst, Calea. Wenn du vergisst, was du bist. Mach die Augen auf.

Meine Augen waren geöffnet. Ich sah das dunkle Wasser, das gegen die Felsen peitschte. Die Klippe, die an mir vorbeizischte. Der Stein, der mich jeden Moment durchbohren würde.

Sind sie das wirklich? Siehst du dich *wirklich? Wach auf. Wach auf oder du verlierst.*

»Cat!«

Kenzos panische Stimme drang über das wütende Zischen der Luft zu mir und traf mich genau in der Mitte – dort, wo meine Energie als goldene Kugel in meinem Inneren pulsierte – und setzte mich in Brand.

Ein scharfer Schmerz raste meinen Rücken entlang und ließ mich keuchen, als meine Macht ungebremst durch meinen Körper fuhr, jede einzelne Zelle einnahm und die letzten Reste meiner menschlichen Gestalt fortwischte. Ich spürte, wie meine Augen zu glühen begannen, wie meine Nervenenden vor Energie knisterten, wie mich meine mächtigen Schwingen in der Luft hielten – kaum eine Unterarmlänge von der höchsten Felsnadel entfernt. Ich flog, schwebte in der Luft, getragen von den dunkelbraunen, krallenbewehrten Flügeln, die denen einer Fledermaus glichen. *Meinen* Flügeln.

Mein Atem kam mir in unregelmäßigen Zügen über die Lippen, Furcht und Euphorie zerrten gleichermaßen an mir, während ich wie entgeistert auf den Felsen starrte. Ich war entgeistert darüber, dass der Schlüssel meine Angst gewesen war. Eine Angst, der ich mir bis zu diesem Zeitpunkt überhaupt nicht bewusst gewesen war. Und trotzdem war sie stark genug gewesen, meinen Instinkt zurückzuhalten und damit das, *was* ich war, zu unterdrücken.

Unwillkürlich fragte ich mich, wie mächtig diese Verbindung zwischen uns wirklich war.

Durch den Schleier meiner Gedanken drangen einzelne Gesprächsfetzen an mein empfindliches Gehör und rissen mich endlich aus meiner Starre.

»Was wäre geschehen, wenn sie es nicht geschafft hätte? Cat hätte sterben können!«

»Hätte sie nicht. Wir sind nicht so zerbrechlich wie ihr Menschen. Und es hat funktioniert, oder nicht? Also entspann dich.«

»Du verfluchter –!«

Ich zögerte nicht länger, sondern drehte mich in der Luft und überwand die Entfernung, die ich in die Tiefe gestürzt war, mit ein paar kräftigen Schlägen. Meine Flügel waren stark, ausdauernd, trugen mich mühelos in die Höhe, ohne dass es mich auch nur die geringste Anstrengung kostete.

Weil sie zu dir gehören. Weil ihr eins seid. Dein wahres ich.

Ich schüttelte meine innere Stimme ab, schoss über die Felskante hinaus und landete genau in dem Moment vor Kenzo,

Ryker und Atarah, als Kenzo meinem Bruder an die Kehle springen wollte. Etwas, das er definitiv nicht überlebt hätte.

Kenzo wich ruckartig zurück und riss die Augen auf. »Cat!«

Ich versuchte mich an einem schiefen Grinsen, hatte jedoch das Gefühl, dass es mehr Ähnlichkeit mit einer Grimasse hatte. »Hab's überlebt«, gab ich leise zurück und faltete meine Flügel hinter dem Rücken.

Sein Blick zuckte von meinem Gesicht zu den gewaltigen Schwingen hinter mir und fand dann seinen Weg zurück zu meinen Augen. »Du bist geflogen.«

»Ich hab es dir doch gesagt. Calea brauchte nur den richtigen Antrieb. Kallix-Dämonen werfen ihre Küken auch aus dem Nest.«

Wütend riss ich mich von Kenzos besorgter Miene los und fuhr zu meinem Bruder herum: »Hast du eigentlich komplett den Verstand verloren, Ryk?«

»Beim Hades, fang du nicht auch noch an.«

»Nein, es hätte mich nicht töten können, aber es hätte verdammt noch mal unsere ganze Mission gefährdet! Ich wäre nicht imstande gewesen, morgen gegen Seymour anzutreten oder Kenzos Seele zurückzuholen! Hast du mal daran gedacht? Oder warst du zu sehr mit deinem *meisterhaften Superplan* beschäftigt, um auch nur einen Gedanken an jemand anderen als dich selbst zu verschwenden?!« Meine Stimme hatte sich immer mehr in die Höhe geschraubt, war härter und schärfer geworden, sodass selbst Atarah, die hinter Ryker stand, merklich in sich zusammenschrumpfte.

»Du solltest dein Temperament zügeln, Cat.« Ryks ruhige Worte standen im krassen Kontrast zu meiner hitzigen Anschuldigung. Eine neue Energiewelle raste durch mich hindurch, genährt von Wut und Macht und den letzten Resten der Panik, die noch immer in meinen Gliedern prickelte.

»Ich habe es so satt, dass du mir sagst, was ich zu tun habe! Ich habe es satt, dass du immer alle manipulierst, ohne ihnen auch nur die geringste Chance einzuräumen, ihren eigenen Weg frei zu wählen!«

Schnaubend verschränkte er die Arme vor der Brust. »Was wird das? Eine Grundsatzdiskussion? Mach die Augen auf, Schwesterchen, ich bin der Kronprinz der Hölle. Ich mache, was ich will und wann ich es will, um zu erreichen, was erforderlich ist.«

»Hörst du dir eigentlich selbst zu oder bist du dafür schon zu lange in deiner herrschsüchtigen Kronprinz-Blase gefangen?« Das Glühen in mir wurde greller, schickte ein loderndes Brennen in jeden Quadratmillimeter meines Körpers und ließ mich innerlich erbeben.

»Cat, schon gut«, sagte Kenzo leise neben mir und legte eine kühle Hand auf meinen Arm, nur um ihn im nächsten Moment zischend zurückzuziehen. »Was zum – Scheiße, du brennst!«

Rykers Miene änderte sich schlagartig. »Calea ...«, begann er warnend. Eine Warnung, für die ich in diesem Augenblick absolut taub war.

»Wag es ja nicht, mir jetzt zu sagen, ich solle mich beruhigen!«, fauchte ich. Die züngelnden Flammen in mir ließen die Welt vor meinen Augen verschwimmen, richteten sich auf ein einziges Ziel: Ryker.

»Warum – warum bist du nicht einfach *still*?!« Ich knurrte und riss mein Feuer ein letztes Mal an mich, ehe ich es auf meinen Bruder schleuderte, es in seinen Geist schoss, damit er endlich aufhörte. Damit er endlich still war.

Und dann *war* es mit einem Mal still.

Keuchend sank ich auf die Knie, als das Lodern in mir abrupt verstummte, und grub die Nägel in den Boden. Mein Herzschlag trommelte schnell und unregelmäßig in meiner Brust, ließ dunkle Flecken vor meinen Augen tanzen, die mir die Sicht nahmen, während meine Flügel zischend in meinem Rücken verschwanden. Als wäre nichts geschehen. Als hätte meine Welt nie gebrannt. Doch es war *etwas* geschehen. Irgendetwas, das mir eine verdammte Angst einjagte. Diese Wut – dieser *Hass.*

Was ist da gerade passiert? Woher ist dieser Hass gekommen?

Ich spürte eine zögerliche Bewegung neben mir, dann war Kenzo an meiner Seite. »Cat? Hey, sieh mich an.«

»Es … es tut mir leid«, flüsterte ich erstickt und sah auf, direkt in seine jadegrünen Augen, in denen Sorge, Zuneigung und Furcht um die Vorherrschaft kämpften.

Als er dieses Mal eine Hand an meine Wange legte, zuckte er nicht zurück, sondern lächelte nur. »Es gibt keinen Grund, sich zu entschuldigen. Ryker hat dich von einer Klippe gestoßen, da würde jeder aus der Haut fahren.«

Gequält verzog ich das Gesicht und hob im nächsten Moment den Kopf. *Hölle und Hades, Ryker!* Ich hatte ihm diese *Wut* entgegengeschleudert, all die brodelnde Energie und Macht und –

Ich brauchte kaum einen Atemzug, um stolpernd auf die Beine zu kommen und war im nächsten Moment neben meinem Bruder. Ryker lag regungslos am Boden, den Blick starr in den Himmel gerichtet, ohne etwas zu sehen. Als wäre alles Leben aus seinem Körper gewichen, als wäre er … tot.

»Ryk«, wisperte ich und zog seinen Kopf behutsam auf meinen Schoß. Das zweite Mal an diesem Tag, als würde allein meine Anwesenheit reichen, all diejenigen, die mir etwas bedeuteten, zu verletzen. Mit zittrigen Fingern strich ich ihm ein paar verirrte Strähnen aus der Stirn. »Ryk, sag etwas. Bitte.«

Was habe ich getan?

»Calea?«

Als ich aufschaute, begegnete ich Atarahs warmen, hellblauen Augen.

»Ich wollte das nicht«, brachte ich bebend hervor. »Ich … Es stand nicht in meiner Absicht ihn …«

»Er ist nicht tot.« Meine Freundin lächelte schwach und setzte sich neben mich. »Du hast nur sein Bewusstsein getroffen.«

Verwirrt zog ich die Augenbrauen zusammen und streichelte über Rykers dunkle Haare.

»Was soll das heißen?«, fragte Kenzo an meiner Stelle und ging in die Hocke. Ihm stand dieselbe Verwirrung ins Gesicht geschrieben, die auch ich verspürte. »Was ist mit ihm?«

»Ich habe darüber gelesen, aber nicht geglaubt, dass diese Fähigkeit wirklich existiert. Tatsächlich ist nur eine einzige Person bekannt, die jemals dazu in der Lage gewesen ist: Beliar.«

»Atti, komm zum Punkt. Was für eine Fähigkeit? Wie kann ich Ryker wieder zurückholen?«

»Du hast sein Bewusstsein von seinem Körper gelöst. Ihn sozusagen *ausgeschaltet.* Der Prinz ist dadurch in eine Art Starre verfallen, unfähig, sich zu rühren, während sein Geist in der Schwebe festgehalten wird.«

Ich verstand kaum ein Wort von dem, was meine Freundin erklärte.

»Dann kann Cat es rückgängig machen?« Kenzos Blick huschte zwischen Atarah, Ryk und mir hin und her.

Kopfschüttelnd faltete Atti die Hände im Schoß. »Nein. Wir müssen warten.«

»Warten?«, wiederholte ich entgeistert und drückte meinen Bruder fester an mich. »Wie lange wird das dauern?«

»Der Prinz besitzt einen starken Geist und viel Macht, es sollte nicht allzu lange dauern, bis sein Bewusstsein den Weg zurück zu seinem Körper findet. Eine halbe Stunde, vielleicht etwas mehr.« Atarahs Stimme hatte einen beruhigenden Tonfall angenommen, der sich wie eine warme Decke auf meine angespannten Nerven legte. »Mach dir keine Sorgen.«

Das war leichter gesagt als getan. Kaum hatte ich meine menschliche Gestalt überwunden, schoss mir die nächste tödliche Fähigkeit aus den Fingern. Was wäre geschehen, wenn ich stattdessen Kenzo getroffen hätte? Oder Atti?

Als hätte Atarah meine Gedanken gehört, legte sie mir ihre schlanken, kühlen Hände auf die Finger und löste behutsam meinen klammerartigen Griff um Ryker. »Das, was du gerade durch Zufall herausgefunden hast, ist etwas Einzigartiges, etwas Gutes, Calea. Nichts, vor dem du dich fürchten solltest.«

Ich schüttelte zweifelnd den Kopf. Wie konnte sie so etwas sagen? Wie konnte sie von etwas *Gutem* sprechen, wo ich gerade meinen Bruder einfach *ausgeschaltet* hatte? Mit einem gezielten Gedanken. Sie sagten, Ryker wäre das Monster, aber wenn dem so war, was war dann ich? Welche Abgründe würden sich noch in mir auftun, bereit, alles und jeden um mich herum in die Tiefe zu stürzen?

»Komm, wir bringen ihn zum Jeep und machen ein Feuer, während wir warten.« Es klang, als würde Kenzos warme Stimme von weit entfernt zu mir dringen. »Wir brauchen alle etwas Ruhe, heute ist viel passiert.«

Endlich schaffte ich es, mich von Ryker loszureißen und

zu Kenzo zu schauen. Kenzo, der mich noch immer genauso betrachtete wie vorhin an der Klippe, wie in der Nacht, als wir die letzte Grenze hinter uns gelassen hatten. Mit Zuneigung und Liebe. Mit *Vertrauen.*

Unwillkürlich fragte ich mich, wie lange es noch dauern würde, bis auch er mein wahres Ich erkennen würde. Nicht die Flügel oder das Glühen in meinen Augen, sondern das Ungeheuer dahinter. Die tödliche Kreatur, die tief in mir drin ihre Krallen wetzte und nur darauf wartete, die Welt in Schutt und Asche zu legen.

Und ob er mich dann noch immer so ansehen würde.

Kapitel 21

Es dauerte exakt siebenundzwanzig Minuten. Siebenundzwanzig Minuten, in denen ich kaum einen klaren Gedanken fassen konnte, in denen mir die Brust schmerzte, als hätte man mit unzähligen stumpfen Messern auf mich eingestochen, und in denen ich nichts anderes tat, als Ryker zu halten und in die Flammen zu starren.

»Ryk«, flüsterte ich, als er sich endlich rührte und der Blick in seine Augen zurückkehrte.

Mein Bruder blinzelte ein paarmal, dann schaute er mir direkt in die Augen. »Es ist also wahr.«

Ich schluckte und schüttelte den Kopf. »Es tut mir leid. Ich wollte das nicht, ich … ich hatte keine Ahnung.«

Langsam setzte sich mein Bruder auf und lehnte sich mit dem Rücken gegen die steinerne Mauer von *Varrich Castle*. »Natürlich hattest du das nicht. Wie auch?«

Kenzo, der uns schräg gegenüber saß, musterte Ryker misstrauisch über die knisternden Flammen des Lagerfeuers hinweg. »Ich habe das Gefühl, dass mehr hinter deinen Worten steckt, Ryker.«

Seufzend fuhr der sich über die Haare und nahm dann den Becher Wasser, den Atarah ihm hinhielt, mit einem knappen Nicken entgegen. »Ich wünschte, dem wäre nicht so. Ich hatte *gehofft*, es wäre nicht so, als ich Cats Energie das erste Mal zu spüren bekommen habe.« Ich biss die Zähne zusammen und krallte meine Nägel in den dicken Stoff meines Strickpullovers. »Zu diesem Zeitpunkt konnte ich nicht mit Sicherheit sagen, ob es daran liegt, dass sie jahrelang gebunden war, oder ob es eine gänzlich andere Erklärung dafür gibt, aber Caleas Fähigkeiten gehen weit über das hinaus, was ich erwartet habe. Was *wir alle* erwartet haben. Ihre Macht sitzt tiefer.«

»Ja, im negativen Sinn. Ich bin eine tickende Zeitbombe, keine Hilfe. Was ist, wenn ich dich mit dieser neuen Seite aus Versehen ausknocke, während wir gegen Seymour kämpfen?«, brummte ich düster, ohne den Blick vom Feuer zu nehmen. »Das ist zu riskant. Dieses Bewusstsein-Dings ist unkontrollierbar. Es könnte jeden Moment wieder passieren und ... wer kann dabei schon sagen, was beim nächsten Mal geschieht? Ich sollte mich davon fernhalten.«

»Ganz im Gegenteil. Wir benutzen es. Wir setzen es ein, nicht *aus Versehen*, sondern ganz gezielt.« Ryker hatte mühelos in den Strategen-Modus gewechselt. Kühl und glatt, ohne sich von Hindernissen abbringen zu lassen. Manchmal verabscheute ich diese Haltung an ihm sogar noch mehr, als die des selbstgefälligen Thronfolgers.

Ich drehte den Kopf in seine Richtung und verengte die Augen. »Ausgeschlossen. Ich werde das nicht noch einmal machen. Hast du überhaupt eine Ahnung, wie sich das anfühlt? Und falls es dir noch nicht aufgefallen ist, ich habe keine Kontrolle darüber. Es ist nicht wie ein Schalter, den man beliebig umswitchen kann.«

»Ich glaube kaum, dass wir gerade in der Position sind, um auf *Gefühle* Rücksicht zu nehmen. Was wir brauchen, ist ein verdammt guter Plan, wenn wir dieses Selbstmordkommando morgen überleben wollen, und dafür werde ich jede Möglichkeit, die uns einen Vorteil verschaffen könnte, in Betracht ziehen.«

Auch, wenn ich niemals wirklich auf diese Macht zugreifen würde, der rationale Teil in mir musste ihm unweigerlich zustimmen. Diese neue Fähigkeit war ein Ass, das wir, ob gewollt oder nicht, im Ärmel hatten. Es nicht zumindest in Erwägung zu ziehen, wäre nicht nur sinnfrei, sondern schlichtweg dumm. Trotzdem konnte ich nicht aufhören, daran zu denken, wie leblos Ryker am Boden gelegen hatte. Wie einfach es gewesen war, ihn völlig hilflos zu machen. Ihn, einen mächtigen Hohedämon, der sonst unbesiegbar schien. Es wäre ein Leichtes gewesen, ihn umzubringen und es würde für Seymour Sajosha ein Leichtes sein, es auch durchzuziehen.

Ich schluckte hart, als mir ein eisiger Schauer über den Rücken lief.

Ryker verzog das Gesicht zu einer undeutbaren Maske. »Wie hast du mich ausgeschaltet?«

»Bitte?«

»Irgendwie musst du diesen Teil deiner Macht aktiviert haben. Wie ist dir das gelungen?«

»Falls du es beim ersten Mal nicht mitbekommen hast: Ich werde, was auch immer das war, nicht einsetzen. Lass uns die verbliebene Zeit lieber nutzen, um ernsthaft an einem Plan zu arbeiten, statt diese unsinnige Diskussion zu führen«, gab ich schärfer als beabsichtigt zurück und funkelte Ryk an.

Kenzo ging dazwischen, noch bevor die Lage endgültig aus dem Ruder laufen konnte: »Cat, vielleicht solltest du wirklich darüber nachdenken. Ich verstehe nicht viel von dem Ganzen, aber wenn du diesen Mistkerl mit einem Gedanken ausknocken kannst, würde das unser Vorhaben doch deutlich einfacher gestalten, oder?«

»Selbst der Mensch hat es kapiert und –«

Zähneknirschend lenkte ich einen Teil meiner stetig wachsenden Frustration in das Lagerfeuer, woraufhin die Flammen einen Atemzug lang ungebremst in den Himmel schossen. Daraufhin wurde Ryker still. Still bis auf das lodernde Funkeln in seinen dunklen Augen und seine eindringliche mentale Stimme.

Du benimmst dich kindisch, Cat, warf er mir über unsere Verbindung an den Kopf. Eine Fähigkeit, die Ryk, Jade und ich von unserer Mutter geerbt hatten. *Hat dich die Zeit auf der Erde schon dein logisches Denken gekostet?*

Beim Hades, Ryk. Hier geht es nicht um Verstand und Logik, sondern darum, Leben zu retten.

Wenn du dich nicht zusammenreißt, gibt es bald keine Leben mehr, die man retten könnte!

Atarah räusperte sich vernehmlich und unterbrach unseren stummen Schlagabtausch. Beinahe synchron schauten Ryker, Kenzo und ich zu meiner Freundin, die sich unter der allgemeinen Aufmerksamkeit sichtlich unwohl fühlte. »Energie. Kontrollierte, *gechannelte* Energie.«

»Werde deutlicher«, befahl Ryker, während ich Atarah mit einem vernichtenden Blick bedachte. Es hatte schon seinen Grund gehabt, warum ich nicht mit der Sprache herausgerückt war.

»Calea konnte Euer Bewusstsein lösen, weil sie ihre Energie fokussiert und direkt auf Euren Geist gerichtet hat.«

»Dann kann man es also doch kontrollieren und gezielt einsetzen.« Kurz sah er vielsagend zu mir, dann fasste er Atarah wieder ins Auge.

»Es ist bisher wenig bekannt darüber, aber ich denke, dass es sich mit dem *Channeling*, so wird es in den Büchern bezeichnet, genauso verhält wie mit Euren Eisflammen beispielsweise, Hoheit. Oder dem Schwertkampf. Es kann trainiert werden. Nur nicht in dieser kurzen Zeit«, fügte sie dann rasch an und presste die Lippen aufeinander, als wäre es ihre Schuld, dass Rykers Masterplan nicht aufging.

»Mehr weißt du nicht darüber? Es gibt keinen anderen Weg?«

Atarah zog die Schultern hoch. »Ich bedaure.«

»Verdammt«, knurrte mein Bruder angespannt und fuhr sich über das Gesicht. Irgendetwas an seiner Haltung trieb mir ein unangenehmes Gefühl in die Magengegend. Ich hatte Ryker noch nie so gesehen, so ... *besorgt.* Seit ich denken konnte, verließ ich mich auf sein strategisches Können, seine Fähigkeiten. Dass sich jetzt derart tiefe Runzeln in seine Stirn gruben, sprach eine bedenkliche Sprache. Meine Wut zog sich schlagartig zurück und machte etwas ganz anderem Platz: Furcht.

»Ryk, bitte sag mir, dass unser Plan morgen nicht einzig und allein von dem plötzlichen Auftauchen des *Channeling* abhing.«

Ryker blickte auf und leckte sich über die Unterlippe. »Es war ein guter Ansatz. Ich hatte gehofft ... wenn Jade im Spiel ist, dann wäre das eine saubere Möglichkeit, um einen Kampf zu verhindern. Um Blutvergießen zu verhindern.« Ach ja, Jade. Unsere Schwester und ihre fragwürdige Rolle in dem Ganzen hatte ich über die Ereignisse der letzten Stunden vollkommen ausgeblendet. »Aber so, wie die Dinge stehen, fürchte ich, dass wir einen Kampf nicht verhindern können. Einmal abgesehen davon, dass wir keinen blassen Schimmer haben, was genau uns im Exil erwartet.«

Kenzo zog nachdenklich die Augenbrauen zusammen. »Du hast gesagt, die Gefangenen im Exil wären geschwächt. Sollte das nicht ausreichen, um sie zu überwältigen?«

»Ja, das sollte es. Doch die Dinge haben sich geändert.«

»Wieso klingt das, als wäre plötzlich kaum noch ein Bruchteil deines nervtötenden Selbstvertrauens übrig?« Aus einem Impuls heraus rutschte ich näher an meinen Zwillingsbruder heran. »Was hat sich geändert?«

Ryker atmete tief ein und als er mir dieses Mal direkt in die Augen sah, war er nicht länger der Thronfolger des Hades, sondern mein Bruder. Mein Bruder, mit dem ich durch den Palast gerannt war und mir Streiche ausgedacht hatte. Mein Bruder, der mich gehalten hatte, wenn ich gefallen war. Ein Bruder, der sich um seine Schwestern sorgte.

»Seymour hat Kenzo und damit dich in der Hand. Du hast eine mächtige Quelle in dir, die uns entweder den Arsch retten oder alles innerhalb eines Zehn-Meilen-Radius dem Erdboden gleichmachen kann und Jade … verflucht, ich habe keine Ahnung, was wir mit Jade machen sollen.«

»Dann sollten wir das schleunigst herausfinden«, entgegnete ich und griff nach seiner warmen Hand. Ich konnte mich nicht daran erinnern, wann wir uns zuletzt so nahe gewesen waren.

»Hast du mir nicht zugehört?«

»Ganz im Gegenteil«, wiederholte ich seine Worte und spürte, wie sich die Furcht in mir in Entschlossenheit wandelte. Vielleicht war es nun an der Zeit, dass *ich* Ryker hielt und vor dem Sturz bewahrte. »Ich bin mir unserer ziemlich bescheidenen Ausgangssituation nur allzu bewusst.«

Im Augenwinkel bemerkte ich, wie Atarah und Kenzo einen ratlosen Blick miteinander wechselten.

»Offensichtlich entgeht mir hierbei ein wichtiges Puzzlestück. Was willst du damit sagen?«

»Wenn wir wissen, wo wir sind und uns klar ist, wo wir

hinwollen, dann ist alles, was uns noch fehlt, der Weg dorthin, Ryk. Ein Weg, der sich mit den uns zur Verfügung stehenden Mitteln deckt.«

Ryker sah mich an, als hätte ich nun vollends den Verstand verloren. »Cat …«

Ich drückte seine Finger und hob einen Mundwinkel. »Jetzt ist es an dir, dich zusammenzureißen, Brüderchen. Du hast einen Ausgangspunkt, ein Ziel und die Mittel. Mach was draus.«

Ein freudloses Lächeln teilte seine Lippen und trieb ein beinahe unheimliches Funkeln in Rykers blauen Augen. Dann stand er auf, wobei er einen Augenblick lang schwankte, ehe er sein Gleichgewicht wiederfand. Anscheinend hatte ihm mein *Channeling* doch mehr zugesetzt, als er uns glauben ließ.

»Sieht aus, als hätten wir die fehlenden Stücke meines *nervtötenden Selbstvertrauens* gefunden, was?«

Ich legte den Kopf leicht schief. »Eine Hand wäscht die andere, Ryk.«

»Jetzt fühle ich mich, als hätte ich etwas verpasst«, murmelte Kenzo und erhob sich ebenfalls. »Was machen wir jetzt?«

Ein Muskel zuckte an Rykers Kiefer, dann wurde sein Grinsen breiter. »Wir nutzen unsere geballte Kraft an nervtötenden Fähigkeiten und feilen an einem Plan.«

***

Es einen *Plan* zu nennen, war reichlich übertrieben, aber wir hatten zumindest eine grobe Idee davon, wie wir das morgen durchziehen wollten. Wie wir ins Exil kommen und diese Sache zu Ende bringen konnten. Was den Rest betraf … das würde sich zeigen. Keine besonders beruhigenden Aussichten, für niemanden von uns, aber es war auch nicht so, als ob wir eine wirkliche Wahl hätten.

Es gab diese eine Chance, diese eine Möglichkeit und wir würden sie nutzen. Entweder mit Erfolg oder –

»Deine Gedanken sind ziemlich laut.« Kenzos Stimme war nicht mehr als ein gedämpftes Flüstern in der Stille des Jeeps. Vorne auf dem Beifahrersitz hörte ich Hero leise schnarchen, ansonsten war es bis auf das Rauschen des Windes ruhig.

»Kannst du nicht schlafen?«

Ich drehte mich zwischen den Decken und Kissen, mit denen wir es uns im hinteren Teil von Boy bequem gemacht hatten, um, sodass ich Kenzo direkt in die Augen schauen konnte. Für ihn musste es stockfinster um uns herum sein, als Dämonin war ich jedoch in der Lage, jedes kleinste Detail in seinem Gesicht zu erkennen. Die Sorge und die Spuren, die unsere Reise bei ihm hinterlassen hatte.

»Kannst du es?«

Seine Mundwinkel zuckten. »Vermutlich geht mir genauso viel durch den Kopf wie dir, aber meine Müdigkeit übertrifft das Gedankenkarussell. Scheint so, als würde mein menschlicher Körper mir gerade die Quittung für die letzten Tage ausstellen.«

Ich legte meine gefalteten Hände unter meine Wange. »Du solltest schlafen. Was wir alles erlebt haben, war … ziemlich viel.«

Kenzo runzelte die Stirn. »Nach morgen musst du zurück, oder? In den Hades, meine ich.«

Unweigerlich wanderten meine kreisenden Gedanken zu dem Bluthandel, den ich mit Ryker abgeschlossen hatte. Ich hatte ihm mein Wort – und mein Blut – darauf gegeben, nach drei Tagen in die Hölle zurückzukehren. Die Erde, das Leben hier hinter mir zu lassen. Kenzo zurückzulassen.

»In der Hinsicht habe ich keine Wahl«, gab ich tonlos zurück. »Ich bin einen Handel eingegangen.«

Ein Schatten huschte über Kenzos Züge. »Aber du kannst wiederkommen?«

»Das weiß ich nicht.« Und das entsprach der Wahrheit. »Ich weiß nicht, wie es danach sein wird, wie meine Mom … Ich wünschte, es wäre anders.«

Meine Mutter würde mir die Hölle heißmachen. Im wahrsten Sinne des Wortes. Ich wagte kaum, mir auszumalen, was mich zu Hause erwartete.

Eine kühle Hand legte sich an meine Wange. »Dann komme ich mit.«

Abrupt wich ich zurück. »Was sagst du denn da? Hast du eine Ahnung, welche Folgen das hätte? Du kannst nicht einfach in den Hades spazieren. Das ist eine Einbahnstraße, Kenzo.«

Sein Daumen zog träge Kreise auf meiner Haut. »Du hast erzählt, dass die beste Freundin deiner Mutter auch ein Mensch ist.«

»Die Sache mit Tante Annie ist kompliziert. Außerdem hast du ein Leben hier. Das hatten wir doch schon.«

Warum sprachen wir jetzt wieder über dieses verfluchte Danach, wo wir noch nicht einmal wussten, ob wir den morgigen Tag überleben würden? Warum vergeudeten wir unsere wertvolle Zeit mit Fragen, die nichts als Kummer und Frust brachten?

»Was glaubst du denn, wie mein Leben nach all dem hier aussehen wird? Denkst du ernsthaft, ich könnte einfach so in mein normales Leben zurückkehren, jetzt wo ich weiß, dass die Hölle existiert? Dass es Dämonen und eine Königin gibt, die über sie herrscht? Dass es *dich* gibt?« Das plötzliche Lodern in seinen Augen raubte mir den Atem. Seine Worte waren gefährlich.

»Kenzo, bitte …« Mit einem Schlag fühlte ich mich seltsam erschöpft und ausgelaugt.

»Versprich es mir einfach, Cat«, wisperte er und rutschte näher an mich heran, sodass sich unsere Nasenspitzen beinahe berührten. »Gib mir dein Wort, dass du versuchen wirst, zurückzukommen.«

Ich hauchte einen Kuss auf seine Lippen und schloss die Augen gegen das Brennen, das darin aufstieg. »Schlaf.«

»Calea.«

»Ja. Ja, du hast mein Wort«, murmelte ich – und noch nie hatte ein Versprechen sich gleichzeitig so richtig und falsch angefühlt. So, als sollte ich es Kenzo nicht geben und hätte im selben Atemzug gar keine andere Wahl, als für unser Wiedersehen zu kämpfen.

Kenzo hatte richtiggelegen, als er gesagt hatte, dass sein Körper nun seinen Tribut forderte. Es dauerte nicht lange, bis sein Atem gleichmäßig und ruhig ging und der Schlaf die Anspannung aus seinen Zügen wischte. Seine Arme lagen sanft um mich geschlungen und sein vertrauter Geruch nach Wald und Freiheit hüllte mich ein. Es wäre ein Leichtes gewesen, seiner Wärme und Geborgenheit nachzugeben, darin abzutauchen und endlich alles um mich herum zu vergessen, zumindest für einige süße Augenblicke. Doch die Realität war lauter und drängender. Zerrte und riss an mir und hielt mich an der Schwelle zum Schlaf gefangen.

Ganz vorsichtig, ohne ihn zu wecken, streichelte ich über Kenzos Schläfe, fuhr die Konturen seiner Wange nach und wünschte mir mehr als jemals zuvor in meinem Leben, dass das hier unsere Realität sein könnte.

Kenzo und ich. Und mehr nicht. Weil es vollkommen reichte.

Ich lächelte traurig und presste die Lippen aufeinander.

Jetzt mag vielleicht nicht unsere Zeit sein, aber sie wird kommen. Und ich werde alles daransetzen, dass wir sie gemeinsam erleben werden. Darauf gebe ich dir nicht nur mein Wort, Kenzo, ich gebe dir alles.

Calea.

Ich zog meine Hand abrupt zurück, als die kühle Stimme mein Bewusstsein streifte. Eine vertraute Stimme, die dafür sorgte, dass sich mir die Härchen aufstellten.

Calea. Ich weiß, dass du mich hören kannst.

Mein Herzschlag beschleunigte sich. Das konnte nicht sein. Er hatte gesagt, es wäre nur in dieser einen Nacht möglich. An meinem Geburtstag … Wie–?

Willst du wirklich darüber sprechen? Wir haben weitaus dringendere Angelegenheiten und die Nacht ist kurz.

Ich verengte die Augen und sah mich um. Wie auch beim letzten Mal, als mich Beliar besucht hatte, wirkte die Welt um mich herum plötzlich seltsam milchig. Anders. Er musste wieder eine Ebene zwischen Wirklichkeit und Traum eingezogen haben, ein Akym, in dem nur er und ich existierten.

Was soll das? Warum bist du hier?

Um dir zu helfen, wo es dein nichtsnutziger Bruder nicht vermag.

Langsam richtete ich mich auf, behutsam, um Kenzo nicht zu wecken, obwohl mir längst klar war, dass ich das nicht konnte. Nicht, solange ich im Akym war.

Du willst, dass wir Seymour besiegen?

Komm zu mir und ich werde dir verraten, wonach ich strebe, kleine Prinzessin.

Mein Magen verwandelte sich in einen harten Knoten, dann griff ich nach meinem Dolch und hielt an der Heckklappe von Boy inne. *Ich will dein Wort, dass du mir keinen Schaden zufügst. Dein Wort als Teufel.*

Sein arrogantes Lachen hallte durch meine Gedanken. *Du bist klüger geworden. Gut.*

Sagen wir einfach, ich vertraue dir nicht, Beliar.

Dabei hätte ich zumindest ein Mindestmaß an Vertrauen verdient, nicht wahr? Schließlich wärst du ohne mich gar nicht hier. Du wärst noch immer die mitleiderregende Kreatur, die deine Eltern aus dir gemacht haben.

Ich spürte, wie sich die Quelle in mir bei seinen hässlichen Worten ruckartig in Bewegung setzte und Hitze durch meinen Körper sandte. *Was ist jetzt?*

Meinetwegen, du hast mein Wort. Ich werde niemandem von euch ein Leid antun. Alles, um was ich bitte, ist ein wenig deiner kostbaren Zeit. Ich kann dir helfen. Ich kann dafür sorgen, dass dein kleiner Mensch überlebt. Das willst du doch, oder?

Ich biss die Zähne aufeinander und sah zu Kenzo. Ja, das wollte ich. Mehr als alles andere auf der Welt wollte ich, dass er das hier überstand. Dass er leben konnte, ohne ständig einen Blick über die Schulter werfen zu müssen, weil hinter ihm Gefahr lauerte.

Wo finde ich dich?

***

Beliar stand als dunkle, reglose Gestalt auf dem höchsten Punkt der Ruinen von *Varrich Castle.* Sein Blick war in den düsteren Himmel gerichtet, seine Hände hinter dem Rücken gefaltet. Auch heute trug er wieder einen schwarzen Dreiteiler und auf Hochglanz polierte Lederschuhe.

»Wie schön, dass du meiner Einladung gefolgt bist.«

Ich trat zu ihm an die Reste der Brüstung und verschränkte die Arme vor der Brust. »Du hast gesagt, du könntest uns helfen?«

»Und du verlierst wohl nicht gerne viel Zeit.« Seine dunklen Augenbrauen wanderten nach oben.

»Also war das nur ein Vorwand, um mich in dieses verfluchte Akym zu locken?«

»Mitnichten, Calea. Ich stehe zu meinem Wort, das solltest du wissen. Mehr als jeder andere.« Beliars Augen leuchteten orangerot auf. »Aber du musst verstehen, dass ich neugierig bin. Wie fühlt sich deine Magie an? Wie ist es, deinem Bruder endlich als ebenbürtige Gegnerin gegenüberzutreten? Sind deine Erwartungen übertroffen worden?«

Ich krallte die Finger in den dicken Stoff von Kenzos Wachsjacke und richtete den Blick stur geradeaus. »Das wird sich zeigen.«

»Und das Fliegen? Ich habe gehört, du kommst ganz nach deinem Vater.«

»Ich bin nicht an deinen Spielchen interessiert, Beliar. Entweder du hast brauchbare Informationen für mich oder ich beende dieses Gespräch. Falls es dir entgangen sein sollte, uns steht eine schier unmögliche Aufgabe bevor.«

Schneller, als ich es hätte kommen sehen können, packte mich der Teufel am Hals und riss mich zu sich herum. Ein heißes Stechen breitete sich von dort aus, wo sich seine schwarzen Nägel in meine Haut gruben, und ließen bunte Punkte vor meinen Augen explodieren.

»Und ich bin der Teufel. Ich entscheide, wohin dieses Treffen führt – falls *dir* das entgangen ist.«

Ich wollte ihm nicht die Genugtuung geben und mich in seinem Griff winden und japsen, doch mein Körper machte sich ohne meine Erlaubnis selbstständig. Keuchend versuchte er, panisch Luft in meine brennende Lunge zu bringen und wehrte sich gegen Beliars Macht. Erfolglos.

Ein aalglattes Lächeln teilte seine schmalen Lippen. »Haben wir uns verstanden, kleines Vögelchen?« Ich brachte ein knappes Nicken zustande. Nur einen Sekundenbruchteil später ließ er mich los, sodass ich ungebremst zu Boden ging. »Wundervoll. Also dann, beschreibe mir deine Macht. Mit welchen Fähigkeiten hat dich der Hades ausgestattet?«

Mühsam kämpfte ich mich auf meine zittrigen Beine und hielt mir die Seite. Mir war unsagbar übel und mein Hals schien in Flammen zu stehen. »Ich bin eine Dämonin, du solltest wissen, wozu ich imstande bin«, krächzte ich und lehnte mich an die Mauer.

Gier zuckte über seine Züge. »Das tue ich, aber da ist noch mehr. Eine gänzlich andere Gabe, eine *vertraute* Gabe.« Zähneknirschend schob ich das Kinn vor, erwiderte jedoch nichts. »Und du fürchtest dich davor, weil sie stark ist. Weil sie tödlich ist. Und du glaubst, nichts darüber zu wissen.«

»Hast du mich deshalb hergebracht? Um mich zu analysieren und mir vorzuhalten, wie unwissend ich doch bin?«

Beliar drehte den Kopf zu mir und neigte ihn leicht. »Ich bin nicht dein Feind. Genauso wenig wie es das Channeling ist.« Wieder tauchte mein lebloser Bruder vor meinem inneren Auge auf. »Deine Furcht ist unangebracht, Calea. Du solltest stolz auf die Macht sein, die dir diese Fähigkeit verleiht. Auf die Möglichkeiten, die sich dir dadurch bieten.« Ohne mich aus den Augen zu lassen, griff er in die Innentasche seines Jacketts und zog einen blutroten Stein an einem schwarzen Lederband hervor. Etwa doppelt so groß wie ein Daumenabdruck und glatt poliert wie Glas.

Wie hypnotisiert starrte ich auf die Kette.

»Das ist ein *Sajax.* Die Menschen nennen ihn Roten Jaspis, messen ihm nicht besonders viel Bedeutung bei, aber in den richtigen Händen …«

Ich zog die Augenbrauen zusammen. »In denen eines Dämons, meinst du.«

»Nein, in den Händen eines Channelers. In *unseren* Händen, Calea, wird aus dem Stein ein Katalysator. Ein Tor, mit dessen Hilfe du jederzeit auf diese spezielle Macht zugreifen und sie nutzen kannst, wie es dir beliebt. Ohne jahrelanges Training.«

Instinktiv wich ich einen Schritt zurück. »Warum sollte ich das tun?«

»Weil dieser Stein und das Channeling das Leben deiner Freunde retten werden.«

Ich bedachte ihn mit einer Mischung aus Misstrauen und Abscheu. »Und der Haken an der Sache?«

Beliar schloss die Finger um den Jaspis. »Du beleidigst meine Ehre. Es gibt keinen Haken, keine versteckte Hintertür. Ich spreche von einem Weg, den du gehen kannst – oder auch nicht. Die Entscheidung liegt allein bei dir.«

Ein unangenehmes Kribbeln raste mir über den Rücken, beinahe so, als würde eine Schar Spinnen darüberhuschen. »Was für ein Weg?«, fragte ich, obwohl ich es besser hätte wissen müssen. Obwohl mir bewusst war, dass ich mich nicht leichtfertig auf den Teufel einlassen durfte. Und doch … wenn es auch nur die geringste Chance gab, Kenzo, Ryk und Atti aus der Schusslinie zu ziehen, dann musste ich sie zumindest in Betracht ziehen. Denn unser Plan würde sie nicht retten, er würde sie mitten in einen Kampf zerren, dem niemand von uns gewachsen war.

Und das wusste Beliar.

»Eine Vereinbarung zwischen dir und Seymour Sajosha. Ein Handel, der nur euch beide betrifft und jeden anderen außer Acht lässt. Mithilfe des Sajax und deiner Fähigkeit des Channelings kannst du deine Freunde schmerzlos aus diesem Kampf raushalten. Anschließend triffst du dich allein mit Seymour, erfüllst die Bedingungen seines Angebots und niemand wird verletzt. Es ist ein gutes Angebot.«

Ja, ein *zu* gutes. Zu gut, um wahr zu sein. Ich wich zurück, doch Beliar packte mich unnachgiebig am Arm und hinderte mich daran zu gehen. Fluchend stieß ich den Atem aus und funkelte ihn an. »Warum sollte er das tun? Warum solltest *du* das tun?«

»Du stellst die falschen Fragen, Calea. Viel wichtiger ist, wie viel du bereit bist zu geben? Wie weit würdest du gehen, um das Leben deiner Freunde zu wahren?«

Ich suchte seinen Blick und schluckte gegen das warnende Kratzen in meinem Hals an. »Alles. Ich würde alles dafür geben, dass Kenzo in Sicherheit ist und meine Geschwister unverletzt zurückkehren können.«

Seine Nägel bohrten sich tiefer in meine Schulter. »Ich hatte gehofft, dass du das sagst.«

Kapitel 22

Ich fühlte mich, als würden unzählige Gewichte an mir hängen. Gewichte, die mich runterzogen und in jeder Sekunde daran erinnerten, was ich im Begriff war zu tun.

Es ist das Richtige. Es ist die einzige Möglichkeit.

Unwillkürlich wanderten meine Finger zu der Stelle, an der der Sajax unter meinem schwarzen Pullover verborgen war. Dieser verfluchte rote Stein, der für jenen abtrünnigen Weg stand, den ich gewählt hatte.

Seymour hat nur Interesse an dir, kleine Prinzessin, die anderen sind für ihn lediglich Mittel zum Zweck. Lieferst du dich aus, wird er ihnen kein Haar krümmen. Dein Leben für vier andere. Ein fairer Preis, findest du nicht?

Ich schluckte schwer, als Beliars Stimme wiederholt durch meine Gedanken rauschte, und ließ abrupt die Hand sinken.

Oh, und Calea? Komm nicht auf dumme Gedanken. Wenn du mit deinen Freunden im Exil auftauchst, wird jeder einzelne von ihnen tot sein, noch bevor du überhaupt nach dem Sajax greifen kannst. Angefangen mit deinem kleinen Menschen, hast du verstanden? Spiel keine Spielchen.

Als würde ich das wagen.

»Alles in Ordnung, Calea?«, erkundigte sich Atarah leise und hielt in ihrer Bewegung inne. Ich hatte mich in meinen Erinnerungen an heute Nacht verloren und dabei vollkommen vergessen, dass meine Freundin gerade dabei war, meine Haare zu einem festen Zopf zu flechten. »Verzeih mir die dumme Frage, es ist offensichtlich, warum du so still bist.

Bei dem, was uns heute bevorsteht …«, fügte sie dann an, als ich nicht sofort antwortete.

Ich riss mich aus meiner Starre und beeilte mich, den Kopf zu schütteln. »Nein, schon in Ordnung. Ich denke bloß über eine Menge nach.«

»Kenzo?«, erwiderte sie bemüht unbeschwert und es war deutlich, dass mich meine Freundin von dem düsteren Chaos in meinem Kopf abzulenken versuchte. »Oder dein neues Leben im Hades?«

Das ließ mich aufhorchen. »Was meinst du?«

»Na ja, du bist älter als der Kronprinz und nun im Vollbesitz deiner Fähigkeiten. Nach dem Alten Gesetz und den Traditionen steht dir der Thron zu. Nicht, dass ich damit andeuten möchte, Ihre Majestät wäre keine geeignete Herrscherin.«

Ich biss mir auf die Unterlippe und runzelte die Stirn. Bei all dem Kram, der mir gerade den Atem raubte, war ich niemals über dieses Thema gestolpert. Vielleicht, weil es für mich unerheblich war, wer älter oder mächtiger war. Ryker war der Erbe und daran würde sich nichts ändern.

Außerdem stellt sich diese Frage nach dem heutigen Tag auch gar nicht mehr, oder?, erinnerte mich meine gehässige innere Stimme an den Deal, den ich mit Beliar eingegangen war. *Ryker wird mit Atarah und Hero in den Hades zurückkehren, Kenzo zu seinem Leben ohne Magie und ich …*

»Darum kümmern wir uns, wenn wir Seymour besiegt haben«, entgegnete ich und riss mich resolut aus meinen Gedanken.

»Natürlich. So, ich bin fertig.« Atarah trat einen Schritt zurück und betrachtete mich mit kritischem Blick. Ich wusste nicht, was genau sie mit meinen Haaren angestellt hatte, aber es fühlte sich nach mehr als einem einfachen geflochtenen

Zopf an. »Du siehst bereit aus. Bereit, diesem Mistkerl die Stirn zu bieten und zu kämpfen.«

Ich lächelte schwach und stand von dem Stein auf, auf dem ich mich niedergelassen hatte. »Danke, Atti. Für alles.«

»Es gibt nichts, für das du dich bedanken müsstest. Wir sind Freundinnen und du bist meine Prinzessin.«

Aus einem Impuls heraus schloss ich sie in die Arme und drückte Atti an mich. Einen Augenblick lang wirkte sie wie erstarrt, dann jedoch lockerte sie ihre Haltung und erwiderte meine Umarmung.

»Wofür war das denn?« Aufmerksam ließ Atarah ihren Blick über mein Gesicht wandern, als sie mich eine Unterarmlänge von sich geschoben hatte.

»Brauche ich einen Grund, um meine beste Freundin wertzuschätzen?«

Ihre Mundwinkel zuckten, dann richtete sich ihre Aufmerksamkeit auf etwas, das hinter mir lag.

»Wir sollten langsam los«, begrüßte uns Ryker und verschränkte die Arme vor der Brust. Mein Bruder wirkte seltsam rastlos, beinahe nervös, und die dunklen Schatten unter seinen blauen Augen waren in Anbetracht der Tatsache, dass er normalerweise keinem Kampf aus dem Weg gehen *wollte*, beunruhigend.

Kenzo trat neben mich und schenkte mir ein kleines Lächeln. »Was er eigentlich sagen wollte, war: Guten Morgen. Seid ihr bereit für diesen Tag?«

Ich stupste ihn an, kam jedoch nicht umhin zu bemerken, dass Kenzos Stimme die übliche Leichtigkeit fehlte. Verübeln konnte ich es ihm nicht, das, was uns heute bevorstand, war nichts, dem man freudig entgegenblickte. Ganz im Gegenteil.

Und genau aus diesem Grund mache ich das alles. Wenn ich

gehe, muss niemand von ihnen diesen verfluchten Kampf überhaupt beginnen.

»Wie dem auch sei«, brummte Ryker und bedachte Kenzo mit einem seiner üblichen scharfen Blicke, »gehen wir die Eckpunkte noch einmal durch und verschwinden dann. Der Schild hält nicht mehr lange und es wäre bedauerlich, wenn uns Mutters Armee auf den letzten Metern doch noch aufhalten würde.«

Dagegen hatte niemand von uns etwas einzuwenden.

Während wir ein schnelles Frühstück, bestehend aus Porridge und Instantkaffee verdrückten, wiederholte mein Bruder unseren sogenannten *Plan* von gestern. Auch beim zweiten Mal schien jeder einzelne Schritt unseres Vorgehens nur aus *Wenns* und *Vielleichts* und *möglichen Eventualitäten* zu bestehen. Der Plan hatte mehr Schwachstellen als wirkliche Abläufe, auf die man bauen konnte.

»Ich weiß, ich wiederhole mich, aber warum müssen Atarah und ich draußen warten?« Kenzo ließ seine Tasse aus Emaille sinken und schüttelte den Kopf. »Schon klar, ich bin kein Feuer speiender Dämonendrache, aber es geht hierbei immerhin um meine Seele. Und Atarah *kann* kämpfen.«

Die Wangen meiner Freundin röteten sich.

»Aber keiner von euch hat Flügel – oder ist mir da irgendetwas entgangen?«, fragte Ryker mit derselben passiven Aggressivität in der Stimme. »Und wir werden ganz sicher nicht über die Brücke zur Vordertür hereinspazieren.«

Ich presste die Lippen aufeinander und starrte in meine Tasse.

»Seymour weiß doch längst, dass wir kommen, oder nicht? Wir brauchen kein Überraschungsmoment, sondern genug Kraft vor Ort, um lebend aus diesem Scheiß rauszukommen.«

Goldene Flammen tanzten in Rykers Blick. »Sicher, und diese ominöse Kraftquelle bist du, Mensch?«

»Genug!« Ich stand abrupt auf und sah Kenzo und Ryk nacheinander finster an. »Nichts davon ist auch nur in irgendeiner Art und Weise hilfreich. Statt uns gegenseitig an den Pranger zu stellen, sollten wir unsere letzten gemeinsamen Momente … sollten wir uns *konzentrieren.* Wir haben einen Plan. Er mag nicht perfekt sein, aber mehr haben wir nicht, und uns läuft die Zeit davon.«

Kenzo verengte merklich die Augen. Ihm war mein Ausrutscher also aufgefallen. Natürlich war ihm das. »Cat …«

Ich machte abwehrend einen Schritt rückwärts und ballte die Hände zu Fäusten, als ich das Zittern darin bemerkte. »Lasst uns einfach fahren und es durchziehen. Wir haben diese eine Chance und sollten sie verdammt noch mal nutzen.«

Zu meiner Überraschung kam keine Widerrede. Vielleicht, weil sie den schweren Unterton in meinen Worten bemerkt hatten. Wir packten mehr oder weniger schweigend zusammen und verließen kurz darauf *Varrich Castle,* um die letzten Kilometer unseres Roadtrips hinter uns zu bringen. Es fühlte sich seltsam unwirklich an, dass jede einzelne Entscheidung, angefangen mit meinem Entschluss, Kenzo auf seinem Trip zu begleiten, genau hierhergeführt hatte. Unwillkürlich fragte ich mich, ob die Geschichte einen anderen Verlauf genommen hätte, wäre ich nicht zu Kenzo in den Jeep gestiegen. Oder ob es letztlich keine Rolle gespielt hätte und wir so oder so genau hier gelandet wären.

Vermutlich schon. Heißt es nicht, dass alle Wege zum selben Ziel führen? Egal, wie du dich entscheidest, du kannst dem Schicksal nicht von der Schippe springen, sinnierte Hero über unsere mentale Verbindung und streckte sich ausgiebig auf der Armlehne zwischen den Vordersitzen.

Überrascht hob ich die Augenbrauen und sah zu meinem Kami. *Seit wann hast du denn eine Vorliebe für schlechte, pseudoweise Sprüche?*

Hero fauchte leise, was Kenzo kurz zu uns schauen ließ, ehe er sich wieder auf die Straße konzentrierte.

Vielleicht seit dem Moment, in dem du entschieden hast, die Märtyrerin zu spielen?

Mir wären beinahe die Züge entgleist. *Du hast in meinen Gedanken geschnüffelt?*

Nein, aber du schreist sie förmlich heraus und irgendwann habe ich eben zugehört. Du kannst froh sein, dass das Prinzchen noch nichts davon mitbekommen hat, so erbärmlich wie dein Pokerface ist.

Ich biss die Zähne zusammen und starrte aus dem Fenster, während die karge Landschaft an uns vorbeizog. Hier oben, ganz im Norden von Schottland, gab es nicht besonders viel: die raue See, steile Klippen, ein paar zerfallene Ruinen aus vergangenen Tagen. Beinahe so, als wäre die Zeit stehen geblieben.

Was denkst du darüber, Hero?

Mein kleiner Kami-Dämon ließ sich erstaunlich viel Zeit mit seiner Antwort. *Kaum zu glauben, dass ich das sage, aber ich bin der Meinung, dass du das Richtige tust. Euer Vorhaben ist zum Scheitern verurteilt und wird eine Katastrophe nach sich ziehen. Du jedoch kannst das Schlimmste verhindern, wenn du die Karten neu mischst und dein eigenes Spiel beginnst.*

Ich schluckte gegen das Kratzen in meinem Hals an. *Ich hätte gedacht, dass es sich besser anfühlt. Das Richtige zu tun, meine ich. Doch im Augenblick kommt es mir so vor, als wäre ich freiwillig auf dem Weg zu meiner Hinrichtung.*

Hero gähnte noch einmal und sprang dann elegant auf meinen Schoß, wobei mich sein Schwanz unterm Kinn kitzelte. *Es spricht für dich, dass du so denkst. Das bedeutet, dass du noch nicht jeden Funken von deinem Selbsterhaltungstrieb eingebüßt hast.*

Wie tröstlich, entgegnete ich sarkastisch und begann, seinen Kopf zu kraulen.

Außerdem, fuhr der Kami fort, *wirst du das nicht alleine durchziehen. Ich komme mit.*

Ich hielt abrupt inne und krallte meine Finger in sein Fell. *Unter keinen Umständen, du –*

Ist dir entgangen, dass unsere Leben verbunden sind, Prinzessin? Das ist Teil des Deals, den wir eingegangen sind. Wenn du gehst …

… dann gehst du auch, vervollständigte ich resigniert seinen Satz. *Es tut mir leid, Hero.*

Hero blickte mich mit seinen funkelnden grünen Augen an und leckte sich einmal über die Fangzähne. *Es gibt nichts, für das du dich entschuldigen musst. Ich habe es vielleicht nie gesagt, aber es ist eine Ehre, an deiner Seite zu sein, Prinzessin. Und es wird mir eine Ehre sein, mit dir zu gehen. Wohin auch immer.*

***

Die Fahrt dauerte keine zwei Stunden. Als wir den Parkplatz des *Noss Head*, ein hochaufragender weißer Leuchtturm, erreichten, hingen die grauen Wolken tief und die Luft schmeckte, als würde es jeden Moment zu regnen beginnen. Kenzo war auf die Idee gekommen, die Energie des alten Leuchtturms zu nutzen, um uns so lange wie möglich unterhalb des Dämonenradars zu bewegen. Zwar war der Leuchtturm nicht besonders alt und sein Schutz dementsprechend schwach, aber es würde reichen. Überraschenderweise war mein Bruder, ohne zu murren, auf den Vorschlag eingegangen, und hatte Kenzo sogar dafür gelobt.

Selbst kurz vor unserem Ende geschahen noch Zeichen und Wunder.

Am *Noss Head* war nichts los, die Sonne war kaum aufgegangen und es wehte ein kalter Wind. Als wollte uns selbst das Wetter davon überzeugen, wie hirnrissig unser Vorhaben doch war.

»Atarah, du weißt, was du zu tun hast?« Ryker schnallte sich mit raschen, geübten Handgriffen sein Schwert um und sah zu meiner Freundin.

Atti nickte angespannt. »Ich werde die Königin über Euren Standort und die Mission informieren, sobald fünfundvierzig Minuten vergangen sind.«

»Gut. Hoffentlich brauchen wir erst gar nicht so lange, aber ich möchte in dieser Hinsicht kein Risiko eingehen.«

Beinahe hätte ich gelacht. *Kein Risiko?* – dieser ganze Trip war ein einziges verfluchtes Risiko.

Ich löste den Blick von Atarah und Ryk und legte Kenzo eine Hand auf den Arm. »Können wir kurz reden? Allein?«

Kenzo presste die Lippen aufeinander, verflocht jedoch seine Finger mit meinen und führte mich ein Stück weg von Boy.

»Wenn du dich jetzt verabschieden möchtest, dann nein.«

Ich hob irritiert die Augenbrauen und blieb abrupt stehen. »Bitte?«

»Meine Antwort lautet nein. Ich bin nicht bereit, mich von dir zu verabschieden.«

»Kenzo …«

»Ich habe viel über das nachgedacht, was du gestern Nacht gesagt hast. Dass du zurück in den Hades musst und keine andere Wahl hast. Dass ich dich nicht begleiten kann«, unterbrach er mich und drückte meine Finger.

»Du weißt, dass es so ist.«

»Ja, und das akzeptiere ich. Allerdings werde ich nicht akzeptieren, dass das hier ein Abschied ist. Denn das würde bedeuten, dass es hier und jetzt endet und ich dich gehen lassen muss. Doch das … das kann ich nicht, Cat.« Die Verletzlichkeit in seinen Worten trieb Schuldgefühle wie scharfe Klingen in meinen Magen. Beim Hades, ich hatte nicht gewusst, dass es so wehtun würde. »Also«, fuhr er fort, als ich nichts erwiderte, »wage es ja nicht, mir irgendwelche bedeutungsvollen Phrasen an den Kopf zu werfen. Das hier ist kein Abschied.«

Ich verzog die Lippen zu einem gequälten Lächeln. »Du machst es mir wirklich nicht leicht.«

»Gut, denn mir geht es genauso. Wenn ich nur daran denke, dass –«

»Dann tu es nicht. Denk nicht an all das, was passieren könnte. Denk an das, was auf uns wartet. Denk … denk an mich.«

»Darum brauchst du mich nicht erst zu bitten.« Kenzo legte seine Stirn an meine und schlang die Arme um meine Taille. »Dir gehört bereits jeder meiner Gedanken.«

Ich senkte die Lider, um die darin brennenden Tränen zurückzuhalten. Wir weigerten uns vielleicht es auszusprechen, aber wir wussten auch so, *dass* das hier ein Abschied war. Ein Abschied der Sorte, die einem das Herz zerreißen und es unmöglich machten, auch nur einen weiteren Schritt zu gehen. Die einem den Boden unter den Füßen wegzogen, während man machtlos dabei zusah, wie man fiel und fiel. Unfähig, auch nur das Geringste dagegen auszurichten oder den Sturz abfedern zu können.

Alles, was einem übrig blieb, war, auf den Aufprall zu warten. Und auf das, was danach kam.

»Kenzo?«

»Hm?«

Ich schob ihn sanft von mir und suchte seinen Blick. Prägte mir die dunkleren Flecken in dem hellen Grün seiner Augen ein, den sanften Ausdruck darin, mit dem er mich bedachte, das Prickeln, das mir angenehm über die Haut fuhr. Ich sah die unzähligen Erinnerungen, die wir teilten, die gestohlenen Momente in einer viel zu kurzen Zeit und die Bedeutung, die jedem einzelnen dieser Augenblicke innewohnte. *Liebe.* Bedingungslose Liebe, die keine Monate oder Jahre brauchte, um zu entstehen, sondern schlicht zwei Seelen, die schon immer eins gewesen waren. Und plötzlich war es ganz leicht.

Ich legte eine Hand an seine Wange und lächelte. »Ich liebe dich, Kenzo. Ich liebe dich und das ist gleichzeitig das Schönste und Grausamste, das ich jemals erfahren durfte.«

Kenzos Augen weiteten sich. »Cat …«

»Nein, du musst es nicht erwidern. Ich erwarte keine Antwort, ich … ich wollte es nur aussprechen. Damit du es weißt. Damit du keine Zweifel daran hast, dass das hier real ist.« Ich schluckte und atmete leise aus. »Du und ich – *wir* – sind real.«

Sein Griff um meine Schultern wurde fester. »Das klingt wie ein Abschied.« Kenzos Stimme war nicht mehr als ein heiseres Flüstern. »Was hast du vor, Cat?«

Ich tastete instinktiv nach dem Sajax und umschloss den roten Stein so fest, dass sich seine spitzen Kanten in meine Haut bohrten. Es war an der Zeit zu gehen.

»Cat! Kenzo! Es geht los!«

Bei Rykers harschem Ruf ließ ich von dem Roten Jaspis ab und brachte etwas Abstand zwischen Kenzo und mich.

»Wir sollten sie nicht warten lassen.«

Kenzo griff nach meinem Handgelenk und hielt mich zurück. »Cat, *bitte.*«

»Danach.«

War das so klug, Prinzessin?, fragte Hero, als Kenzo und ich wieder am Jeep ankamen, und sprang von Boys Dach. Lautlos landete er auf dem rissigen Asphalt und bezog neben mir Position.

Ich habe ihm diesen Moment geschuldet. Ich habe uns *diesen Moment geschuldet*, war alles, was ich erwiderte. Zu meinem Erstaunen blieb der Kami daraufhin still.

»Rein, raus. Keine Kompromisse, keine Deals. Wir ziehen das durch und bringen dieses Chaos in Ordnung. Was auch immer das alles bedeutet – es endet heute.« Rykers feste Stimme riss mich aus meinen Gedanken und erinnerte mich an die Aufgabe, die mir bevorstand. Unwillkürlich schoss mein Herzschlag in die Höhe und ließ jedes meiner Nervenenden vibrieren. Ich musste es tun. Jetzt, bevor Kenzo irgendetwas sagen konnten, bevor Ryker spüren würde, dass ich einen ganz anderen Plan verfolgte.

Ich suchte Rykers Blick und griff dann nach dem Sajax, umschloss ihn so fest, dass ein scharfer Schmerz durch meine Hand fuhr und Blut floss. »Du hast recht, es wird heute enden. Dafür werde ich sorgen.«

»Cat, tu es nicht«, rief Kenzo und packte meinen Arm im selben Moment, in dem mein Blut das Zentrum des Roten Jaspis erreichte. Und das *Channeling* freisetzte.

Kenzo wurde von mir geschleudert, als jene finstere Form der Macht durch meinen Körper rauschte. Angezogen und gebändigt durch den Sajax wurde die pulsierende Energie zu konzentrierter Macht. Zu einer Macht, die ich nun kontrollieren konnte. Ich hielt die Fäden in der Hand, weil der Sajax sie mir gereicht hatte. Gesponnen aus meinem eigenen Blut. Ich sah die Welt schärfer, spürte die Anwesenheit meiner Freunde, ihr Bewusstsein, und wie verletzlich sie in diesem Moment waren. Und ich wusste, was ich zu tun hatte.

Ich atmete tief ein und zupfte an der dunklen Macht. Ein winziges Wispern, ein lautloser Befehl, der Bruchteil einer Sekunde.

»Es tut mir leid«, flüsterte ich erstickt und ließ los. Ließ zu, dass das *Channeling* übernahm, meine Energie band und meinem Willen folgte.

Es dauerte kaum einen Atemzug lang und doch kam es mir vor, als würde die Zeit in diesem kurzen Moment fremden Gesetzen folgen. Ich konnte jede einzelne Regung in Rykers Zügen lesen, als meine Macht brutal in sein Bewusstsein drang und ihn ausschaltete. Ich sah den Schmerz des Verrats in Kenzos Blick, die Furcht und die Resignation. Und ich spürte Atarahs stummen Schrei, als das *Channeling* über sie hinwegfegte und ihren Geist von ihrer Hülle trennte.

Es war, als würde ich das alles am eigenen Leib erfahren. Als wäre der Schmerz mein eigener, der auf blinde Wut und schneidende Vorwürfe traf. Nur einen Sekundenbruchteil später brach die Verbindung ab und es wurde wieder still.

Still, bis auf das Rauschen des Windes und den grollenden Donner in den gewittergrauen Wolken.

Cat, wir müssen gehen. Erst Heros angespannte Stimme riss mich aus dem Rausch. Als hätte ich mich an dem Sajax verbrannt, ließ ich den blutverschmierten Stein los und starrte entsetzt auf meine Freunde. Ryker, Kenzo und Atarah lagen reglos am Boden, als wären sie ohne Vorwarnung einfach eingeschlafen und in sich zusammengesackt.

Sieh dir an, was du getan hast. Du bist das Monster, Calea, du warst es schon immer, sagte meine innere Stimme, die schmerzhaft nach Beliars Hohn klang.

Du hast mich dazu gemacht!, brüllte ich sie an und umschlang mich selbst mit den Armen.

Cat! Uns läuft die Zeit davon! Hero.

Im nächsten Moment bohrten sich auch schon kleine, scharfe Zähne in mein Schienbein. Mit einem spitzen Schrei sprang ich zur Seite und funkelte meinen Kami todbringend an.

»Bist du irre?«

Statt mir eine Antwort zu geben, stellte sich Hero neben den bewusstlosen Ryker und stieß ein warnendes Knurren aus. *Ticktack. Letztes Mal ist Dornröschen bereits nach einer halben Stunde wieder zu sich gekommen, oder irre ich mich?*

Beim Hades, er hatte recht. Mit meinen eigenen Abgründen konnte ich mich später immer noch beschäftigten, hier und jetzt durfte ich es mir nicht erlauben, die Nerven zu verlieren.

Ich schüttelte kaum merklich den Kopf und tastete nach meiner Quelle. Nun, ohne den düsteren Einfluss des Sajax, pulsierte sie ruhig und gleichmäßig in mir und war nicht länger eine dunkle Schlucht. Behutsam wandelte ich einen kleinen Teil der Energie in Telekinese um und schob Kenzo, Ryker und Atarah zurück in den Jeep.

In Sicherheit.

»Es tut mir leid«, sagte ich wieder und strich Kenzo ein paar Strähnen aus der Stirn. »Es tut mir leid, aber ich bereue es nicht. Ich hoffe, dass du es eines Tages verstehen und mir vergeben wirst.«

Ich hauchte einen letzten Kuss auf seine kühlen Lippen, ehe ich mich von ihm losriss und meine Mauern resolut hochzog – Kenzo und den Schmerz aussperrte, bevor ich nicht mehr dazu in der Lage sein würde, zu gehen.

Ich wagte es nicht, noch einmal zurückzuschauen, als ich die Tür des Jeeps schloss und mich schließlich abwandte.

Hero trat an meine Seite, als wir dem schmalen Trampelpfad folgten. Weg vom Parkplatz, weg von Kenzo, Ryker und Atarah.

Weg vom Hier und Jetzt.

Es wird nicht umsonst sein.

Ich spürte eine leichte Berührung an meinen Beinen, als mich mein Kami sanft anstupste und entschlossen zu mir aufblickte.

Nur noch wir zwei, Prinzessin.

Ich schluckte gegen den Kloß in meinem Hals an und nickte mit einem grimmigen Lächeln. *Nur noch wir zwei.*

Dann hob ich Hero hoch, breitete meine ledernen Flügel aus und ließ den Jeep und alles, wofür er stand, hinter mir zurück.

Kapitel 23

Das *Castle Sinclair Girnigoe* ragte vor mir in den grauen Himmel, wie ein Portal direkt in die dunkelsten Abgründe der Hölle. So weit von der Realität war dieser Vergleich gar nicht entfernt, wenn man bedachte, dass sich hinter der Fassade der beeindruckenden Burgruine das Exil befand. Jener Ort, an den die übelsten Kreaturen des Hades verbannt wurden.

Und das mochte schon etwas heißen.

Ich hatte kaum auf dem weichen grasbedeckten Boden aufgesetzt und die Flügel zusammengefaltet, da sprang Hero auch schon fauchend von meinem Arm und bleckte die Zähne.

Ganz sicher werde ich nie wieder einen Flugtrip mit dir machen. Es ist ein Wunder, dass wir noch leben.

Halleluja an das Wunder. Das war im Übrigen meine zweite Flugstunde, also hör auf zu meckern, Hero.

Ich ließ meine verspannten Schultern kreisen und den Blick über die Anlage schweifen. Eine Brücke führte über eine schmale Schlucht direkt zu den Ruinen, die sich an den Rand der steilen Klippe schmiegten. Dahinter lag nur das schier unendliche Meer. Möwen zogen kreischend ihre Kreise um die halb eingefallenen Türme oder hatten es sich zwischen den maroden Steinen bequem gemacht.

Richtig einladend hier, brummte Hero und wuchs unwillkürlich ein wenig, bis er mir zur Mitte des Oberschenkels reichte.

Ihnen scheint es zu gefallen. Ich deutete auf eine Gruppe Touristen, die bewaffnet mit bunten Regenjacken und Kameras über die Brücke liefen, um in den Ruinen zu verschwinden. Wenn die wüssten, welchen Ort sie dort wirklich betraten …

Was hat Beliar dir genau aufgetragen? Brauchen wir irgendeinen Hokuspokus, um in die versteckte Welt zu gelangen? Irgendein Ritual?

Entgegen der Finsternis in mir, die bereits die Krallen wetzte und nur darauf wartete zuzuschlagen, musste ich schmunzeln. *Bist du etwa nervös, Hero?*

Ich werde diese Frage höflich übergehen. Also, was ist?

Meine Finger wanderten wie von selbst zu dem Sajax, der nun ganz offen an meinem Hals baumelte. Noch immer waren Spuren meines getrockneten Blutes darauf zu erkennen. *Kein Ritual. Ich muss den Stein ins Meer werfen und im Zentrum der Ruine Beliars Abdruck finden. Dieser offenbart sich mir nur, wenn der Sajax versenkt wurde. Und nur dann wird Blut der königlichen Familie des Hades den Zugang zum Exil öffnen.*

Mir lief es eiskalt über den Rücken, als mir die Worte des Teufels in den Sinn kamen, die er bei unserem ersten Treffen gewählt hatte: *Dein Dämonenblut wird dir den Weg weisen.*

Wer hätte gedacht, dass das so wörtlich zu verstehen war?

Wie fabelhaft. Wir müssen also das einzige Ding, das deine düstere Magie im Zaum halten kann, loswerden, nur um uns dann selbst wie ein Lamm zur Schlachtbank zu führen?

Ich habe deinen Sinn für Dramatik wirklich vermisst. Hast du etwas anderes erwartet, Hero?

Ich heftete meinen Blick auf zwei junge Frauen, die lachten und gegenseitig Fotos von sich machten. Ein seltsames Ziehen machte sich in meiner Magengegend breit.

Ich habe schon lange damit aufgehört, mir irgendetwas *zu erhoffen. Na dann, worauf warten wir noch?*

Seufzend legte ich eine Hand an meine Klinge und nickte. »Bringen wir es hinter uns.«

Hero und ich verließen unseren Posten und liefen die leichte Anhöhe hinunter, bis wir den Anfang der Brücke erreicht hatten. Direkt davor wirkten die Ruinen größer und eindrucksvoller, obwohl kaum noch ein Bruchteil dessen stand, was die ursprüngliche Burganlage ausgemacht haben musste. Ich konnte nachvollziehen, warum man dieses Castle zum Fort Knox der Übernatürlichen Welt erklärt hatte. Es war wie ein Aushängeschild ihrer Macht.

Das Holz knarzte leise unter unseren Schritten, als wir die Brücke betraten, und sorgte dafür, dass sich mir die Härchen aufstellten. Alles an dieser Ruine, an der ganzen Situation schrie förmlich, dass ich umdrehen und verschwinden sollte. Und trotzdem setzte ich einen Fuß vor den anderen, bis ich die Hälfte geschafft hatte und stehen blieb. Entschlossen riss ich mir den Sajax vom Hals und biss die Zähne zusammen.

Letzte Chance. Du bist dir ganz sicher?

Ich schaute kurz zu Hero, dann auf den Roten Jaspis in meiner Hand. *Ich muss.*

Und dann schleuderte ich die Kette, so weit ich konnte, von mir. Der Sajax flog durch die Luft, ein einzelner Sonnenstrahl verfing sich in der polierten Oberfläche, im nächsten Moment hatte ich den Stein aus den Augen verloren. Jetzt gab es wirklich kein Zurück mehr.

Wortlos setzten wir uns in Bewegung. Mit jedem Zentimeter, dem wir der Ruine näher kamen, wurde das Summen, das in der Luft lag, lauter und drängender. Alte, mächtige Magie umgab diesen Ort und reagierte auf meine innere Quelle, als würde sie mich wiedererkennen. Ein äußerst beunruhigender Gedanke.

Das Licht des Tages schwand, die erdrückenden Wolken sanken immer tiefer und waberten als dichter Nebel um die halb eingefallenen Türme der Burg. Instinktiv umfasste ich den Griff meines Dolchs, der noch immer unter meiner Jacke verborgen war, fester und sah mich aufmerksam um. Das Lachen der Touristen und das Klicken der Kameras war verstummt, stattdessen füllte nur ein gedämpftes Wispern die kalte Luft. Unzählige Stimmen schienen in allen Sprachen dieser und jeder anderen Welt zu flüstern, zu flehen, zu fluchen. Ich hörte ein leises Klappern, der Wind fuhr jaulend über die moosbewachsenen Steine und dazwischen heulten immer wieder schrille Klagelaute auf, die mir eine Gänsehaut über den Körper jagten.

Gegen diesen Ort war der Hades Disneyland.

Ich zog die Unterlippe zwischen die Zähne und konzentrierte mich auf das Summen der Magie, das an meinem Geist zupfte und mich unverwandt vorwärtstrieb.

Wo zum Teufel ist dieser verfluchte Abdruck? Hero hatte das Nackenfell gesträubt und lief mittlerweile so dicht neben mir, dass ich seine Wärme durch den Stoff meiner schwarzen Jeans spürte.

Ich weiß es nicht, aber er … ruft mich. Glaube ich.

Glaubst du. Viel wahrscheinlicher ist, dass du längst den Verstand verloren hast. In dieser Suppe kein Wunder.

Hero hatte recht, mittlerweile sah man kaum noch einen Meter weit, der Nebel hatte alles und jeden verschluckt und auch von den Touristen fehlte längst jede Spur.

Ich zog meinen Dolch und hielt ihn angriffsbereit vor mir, während das Summen immer höher wurde. Immer schriller – bis es plötzlich verstummte. Mit rasendem Herzschlag blieb ich abrupt stehen.

Prinzessin? Wo lang?

Das Summen, das mich bisher geleitet hatte, blieb aus, genauso wie das Ziehen in meinem Bewusstsein. Selbst das Wispern der körperlosen Stimmen und der schneidende Wind waren verstummt. Als hätte die Welt den Atem angehalten.

Ich glaube, wir sind da.

Hero schlich einmal um meine Beine und knurrte dann. *Dann siehst du ganz offensichtlich etwas, das mir entgeht. Wo ist dieser ominöse Zugang?*

Ich sah zu Hero und ging in die Hocke, sodass ich mit dem Kami-Dämon auf Augenhöhe war. *Er befindet sich direkt unter uns.*

Ich ließ ein kleines Feuer an meinen Fingerspitzen emporlodern. Schwach genug, um niemand Ungebetenen auf uns aufmerksam zu machen und doch so hell, dass es den vermaledeiten Nebel ein Stück zurücktrieb und man den unebenen Boden erkennen konnte. *Bingo.*

Im flackernden Schein meiner Flamme kam der verwitterte Abdruck, der inmitten zahlloser ungleichmäßiger Steine prangte, zum Vorschein. Der Handabdruck des Teufels.

Für ein ungeübtes Auge leicht zu übersehen, für denjenigen, der danach suchte jedoch …

Das ist er?

Das ist er, bestätigte ich und löschte die Flamme. Sofort wurde der Nebel wieder dichter, die Luft drückender und brachte mir den Geschmack von Asche und Rauch auf die Zunge. Den Geschmack von Furcht. Wir hatten den Zugang gefunden, das letzte Hindernis, das noch zwischen dem Jetzt und dem Danach gestanden hatte. Es war so weit.

Wenn es dir hilft, ich habe auch Angst, Prinzessin. Und als Kami fällt es mir nicht gerade leicht, das zuzugeben.

Ich hob einen Mundwinkel und strich Hero über den Kopf, ehe ich den Dolch wieder aufnahm. Ich hatte diesen Weg hier gewählt, für meine Familie, für Kenzo und für mich. Jetzt war es an mir, den letzten Schritt zu gehen und es auch durchzuziehen.

Ich bin direkt hinter dir, Calea. Immer nur einen Schritt entfernt.

Entschlossen sog ich frische Luft in meine brennende Lunge und nickte. *Pass auf, dass du mich nicht verlierst.*

Dann drückte ich die scharfe Klinge aus Obsidian in mein Fleisch und fluchte unterdrückt, als ein stechender Schmerz meinen Arm hinaufraste. Hölle, ich hatte nicht erwartet, dass es so verdammt wehtun würde. Warmes, klebriges Blut lief über meine Hand, rann über meine Haut und tropfte auf den Boden, als sich die Wunde bereits zu schließen begann.

Jetzt oder nie.

Und während meine rationale Seite noch über das verlockende *Nie* nachdachte, übernahm der impulsive, leicht irre Part von mir die Führung und ließ mich meine blutverschmierte Hand auf den Abdruck pressen. Ich keuchte, als sich kleine Steinchen in den Schnitt bohrten, und zwang mich gleichzeitig stillzuhalten. Auf das vertraute Prickeln der Magie zu warten, das Summen von Macht …

… doch es blieb aus.

Kein Portal, das sich öffnete. Kein Strudel, der mich mit sich riss. Kein Feuer, das mich in die verborgene Welt zerrte.

Nichts.

Ich hatte versagt.

Irritiert ließ ich mich zurück auf die Fersen sinken und sah zu Hero. *Es hätte funktionieren müssen! Beliar hat mich hierhergeführt. Der Sajax, das Blut, der Abdruck …*

Ich betrachtete meine Finger und zog die Augenbrauen zusammen. Welches verdammte Spiel lief hier schon wieder im Hintergrund?

Wütend stand ich auf, wischte meine blutverschmierte Hand an der Hose ab und drehte mich einmal um die eigene Achse. Alles war wie zuvor. Der alles verschlingende Nebel, der unebene Boden, der Feuerschein ...

Moment.

Ich verengte die Augen und machte einen Schritt in Richtung des orangefarbenen Lichts – und wich im nächsten Moment ruckartig zurück.

Cat! Was ist? Heros körperlose Stimme schallte alarmiert durch meinen Kopf. Dann war er neben mir.

»Es hat funktioniert«, wisperte ich und tastete instinktiv nach meinem zweiten Dolch. »Wir sind nicht mehr in der Welt der Sterblichen.«

Als hätte ihn diese Erkenntnis vertrieben, zog sich der Nebel schlagartig zurück und offenbarte eine völlig neue Szene: Hero und ich befanden uns nicht länger in den verfallenen Ruinen von *Castle Sinclair Girnigoe*, sondern in einer gewaltigen, von Fackeln erleuchteten Halle. Eine schier endlos hohe Decke ragte über uns auf, mächtige Säulen aus schwarzem Stein stützten das hohe Kreuzgratgewölbe. Es gab keine Fenster, nur massive Mauern und blank polierte onyxfarbene Fliesen, die den Boden bedeckten. Unzählige Türen waren in die Wände eingelassen worden und von irgendwoher drang das unheilvolle Rasseln von Ketten zu uns. Das *war* das Exil und hinter den Türen ... Unwillkürlich fuhr ich zu Hero herum und erstarrte, als ich stattdessen an einem Paar lodernder Augen hängen blieb.

Seymour Sajoscha.

»Hallo, Calea. Ich freue mich, dass du meiner Einladung gefolgt bist.«

Ich brauchte einen Herzschlag, um mich aus meiner Starre zu reißen und zu reagieren. Einen Herzschlag, der diesem Bastard die Möglichkeit gab, mich zu umzingeln.

»Das ist kein Höflichkeitsbesuch«, erwiderte ich kühl und kämpfte gegen die stechende Angst in meiner Mitte an. Gut drei Dutzend Dämonen waren aus den Türen gekommen und hatten einen tödlichen Kreis um mich gebildet. Gerade weit genug entfernt, um Seymour und mir eine schräge Art von Privatsphäre zu geben und doch nah genug, um mich daran zu erinnern, dass das hier *sein* Reich war.

»Wie bedauerlich, und dabei hatte ich mich so darauf gefreut.« Ohne mich aus den Augen zu lassen, legte er den Kopf ein klein wenig schief. »Ergreift die Prinzessin und schafft sie runter.«

Zähneknirschend hob ich meine Waffen und ließ meine Energie auflodern. »Was soll das? Wir hatten eine Abmachung! Ich stelle mich ohne Gegenwehr, du gibst Kenzo frei.«

»Hatten wir die?« Seymours Lippen teilten sich, sodass seine Zähne hell aufblitzten. »Hast du wirklich geglaubt, dass ich es dir so einfach mache, Calea?«

Nein. Nein, hatte ich nicht. Genauso wenig, wie ich eine wirkliche Wahl gehabt hatte. Aber das bedeutete im Umkehrschluss nicht, dass *ich* es ihm leicht machen würde. Dieses Spiel konnte ich auch spielen.

»Vielleicht solltest du noch einmal scharf nachdenken, bevor ich hier alles in Schutt und Asche lege. Angefangen mit dir, Seymour. Du weißt, ich bin dazu durchaus in der Lage.«

Seymour lachte leise und verschränkte die Arme hinter dem Rücken. »Wir wissen beide, dass du das nicht tun wirst.

Nicht, solange ich noch diesen kleinen, wertvollen Splitter deines Menschen in mir trage. Sterbe ich, stirbt auch dein Mensch.«

Er hatte recht. Ich konnte ihn nicht töten. »Was hast du davon? Was bringt dir dieses einzelne Menschenleben?«

Ein Ausdruck, den ich nicht zu deuten vermochte, huschte über seine Züge. »Wie interessant. Du weißt es wirklich nicht, oder? Die Königin hat es dir nie verraten.«

Sein Tonfall trieb mir ein unangenehmes Kribbeln auf die Haut. Jenes Kribbeln, das mich schon seit einer Weile verfolgte und das durch jede Andeutung, jede schwammige Warnung stärker geworden war. Die Gewissheit, dass ich irgendetwas übersah, etwas, das weitaus schlimmer war als der Tod.

Seine Mundwinkel verzogen sich, als hätte er meine Gedanken erraten. »Die Ironie darin ist bittersüß. Sie wollten dich schützen und doch war es genau ihr Schutz, der dich letztlich in meine Arme getrieben hat, mein kleines Täubchen. Dich, den Menschen, deine Magie ... Ich habe alles, was ich brauche.«

»Wofür?«, rief ich und dabei war es mir egal, dass meine Stimme eine Oktave höher sprang. »Wofür brauchst du mich? Wofür brauchst du Kenzo? Ich bin hier. Mach mit mir, was du willst, aber er ist nur ein Mensch – lass ihn verflucht noch mal gehen!«

»Ist dir nie diese spezielle Anziehung zwischen euch beiden aufgefallen?«, entgegnete er scheinbar zusammenhanglos und völlig ruhig. »Dieses Prickeln? Diese *Magie* zwischen euch? Hast du das denn nie hinterfragt, dummes Kind? Dir nie Gedanken darüber gemacht, zu welchem Zweck sie existiert?«

Mein Puls beschleunigte sich und trieb ein schrilles Klingeln in meine Ohren. Selbst Hero, der noch immer an meiner Seite war, konnte sich nicht rühren.

»Oh, du solltest dein Gesicht sehen.« Mit ausgebreiteten Armen machte er einen weiteren Schritt in meine Richtung. »Du und dieser Mensch, zusammen seid ihr die mächtigste Waffe, die je erschaffen worden ist. Mit den richtigen Händen geführt, kann sie jedes Gesetz der Magie außer Kraft setzen. Jede Barriere durchbrechen. Jede Welt zerstören und neu entstehen lassen. Und du hast sie mir auf dem Silbertablett serviert.«

Zorn und Fassungslosigkeit überkamen mich, als mir bewusst wurde, dass jeder unserer Schritte keine Katastrophe verhindert, sondern uns direkt ins Verderben geführt hatte. Ich hatte nicht Kenzo oder Ryker oder sonst wen gerettet, ich hatte alles noch viel schlimmer gemacht.

Meine Dolche landeten mit einem hellen Scheppern auf den polierten Fliesen, als ich kopfschüttelnd zurückwich. »Das ist nicht wahr.«

»Oh glaub mir, Liebes, das ist erst der Anfang.«

Ich ballte die Hände zu Fäusten und ließ zu, dass meine Energie ungehindert durch meinen Körper rauschte. Die Dämonen um uns herum griffen unwillkürlich zu ihren Waffen. Hero wuchs auf die Größe eines Löwen an und fauchte ohrenbetäubend. *Keinen Schritt näher.*

»Das war ein Fehler«, knurrte ich und schob das Kinn vor. »Es war ein Fehler, diesen Deal nicht einzugehen. Ich mag dich nicht töten können, aber das bedeutet nicht, dass ich dein Königreich nicht trotzdem dem Erdboden gleichmachen kann.«

Seymour gebot seinen Leuten wortlos Einhalt und kam dann so dicht vor mir zum Stehen, dass ich die verschlingende

Finsternis in seinen Augen erkennen konnte. »Und trotzdem wirst du es nicht tun.«

Funken zuckten über meine Arme und ließen die Luft vor Energie knistern. »Du überschätzt meine Selbstkontrolle, Seymour. Ich habe nichts mehr zu verlieren.«

»Bist du dir da sicher, Calea?« Sein Finger strich über meine Wange und hinterließ eine Spur aus beißender Kälte. »Ich bin schon sehr lange am Leben, ich erkenne Schwäche, wenn ich sie sehe.«

Hinter ihm schob sich eine junge Dämonin zwischen zwei Kämpfern hindurch und kam mit langen, wiegenden Schritten auf mich zu. Mein Herz zog sich schmerzhaft zusammen, als ich sie erkannte. Die langen hellbraunen Haare, die kunstvoll hochgesteckt waren, ihre schlanke Gestalt, die in einem mit schwarzen Diamanten bestickten, dunkelroten Kleid steckte, die vertrauten goldbraunen Augen. Keine Ketten, keine Anzeichen davon, dass sie eine Gefangene war.

Nein. Nein, das konnte nicht sein. Das durfte *nicht sein.*

»Jade.« Ihr Name war nicht mehr als ein atemloses Flüstern auf meinen Lippen.

Ihre Mundwinkel verzogen sich zu einem kalten Lächeln. »Hallo, Schwester.«

Im nächsten Moment traf mich irgendetwas hart am Kopf. Schmerz explodierte in grellen Farben um mich herum und meine Magie verstummte. Eine seltsame Schwere machte sich in mir breit, erstickte jeden noch so kleinen Funken. Dann wurde alles schwarz und still. Still bis auf meinen rasenden Herzschlag und eine leise Stimme, die mir tiefer ins Fleisch schnitt, als es jede Klinge gekonnt hätte.

Die Welt wird brennen, Calea, und es wird dein Feuer sein, das das Leben, wie du es kennst, für immer auslöschen wird.

Kapitel 24

Als ich wieder zu mir kam, stand mein gesamter Körper in Flammen. Mein Kopf dröhnte und ich hatte einen säuerlichen Geschmack auf der Zunge, der meinen Magen zu einer harten Kugel werden ließ.

Beim Hades.

Ich richtete mich vorsichtig auf und stieß einen wüsten Fluch aus, als ich die Ketten bemerkte, die Gitter, die karge Zelle, die direkt in dunkles Felsmassiv geschlagen worden war. Man hatte mich eingesperrt und angekettet wie einen räudigen Köter. Und ich konnte nicht einmal sagen, wie es so weit gekommen war.

Mühsam schob ich mich, begleitet vom Rasseln meiner Fesseln, Stück für Stück hoch, bis ich angelehnt an den rauen Felsen saß, die Beine weit von mir gestreckt. Schon diese kleine Bewegung fühlte sich an, als wäre ich einen verfluchten Marathon gelaufen. Mein Herzschlag schoss abrupt in die Höhe, befeuerte meine Quelle und trieb einen stechenden Schmerz durch meinen Schädel. Keuchend verzog ich das Gesicht und presste die Hände gegen meine verschwitzte Stirn. Getrocknetes Blut juckte unter meinen Fingerspitzen. *Blut?*

Ich fuhr in kreisenden Bewegungen über meine Schläfen und kämpfte gegen den Drang an, die Augen einfach zu schließen und wieder abzudriften. Es wäre so leicht, nachzugeben und aufzuhören, gegen dieses Wattegefühl in meinem Kopf anzukämpfen. Und ich war so unglaublich mü–

Denk nach, woran kannst du dich erinnern?

Ich blinzelte, als meine innere Stimme überraschend klar durch meine Gedanken hallte.

Ich erinnere mich … an unseren von vornherein zum Scheitern verurteilten Plan. Meinen naiven und nicht weniger verzweifelten Versuch, mich selbst zu opfern. Mein Versagen.

Ich verzog gequält das Gesicht und ließ die Hände sinken. Wieder gaben die Ketten jenes unheilvolle Rasseln von sich, das mir eine Gänsehaut über den Körper trieb. Mit zu Schlitzen verengten Augen starrte ich anklagend auf das schwarze Metall der Fesseln, die sie mir an Hand- und Fußgelenken angelegt hatten. *Krähenstahl.* Teufelszeug, das jede dämonische Energie unterdrückte und damit auch die Chance, mich irgendwie aus diesem verfluchten Kerker zu befreien.

Konzentration, Cat. Das hilft dir nicht weiter. Sieh dich um, was erkennst du?

Am liebsten hätte ich meiner inneren Stimme einen Tritt in den Hintern verpasst. Trotzdem hatte sie recht.

Ich zwang frische Luft in meine Lunge und löste den Blick vom Krähenstahl, ließ ihn mehrmals durch den Kerker wandern. In meiner Zelle selbst befand sich nichts. Sie bestand aus drei Wänden aus grob behauenem Felsen, die vierte gänzlich aus Gitterstäben. Dahinter lag ein von Fackeln erleuchteter Gang und weitere Zellen, die jedoch leer zu sein schienen.

War ich immer noch im Exil? Und wie viel Zeit war mittlerweile vergangen? Ich erinnerte mich daran, mit Hero in einer gewaltigen Halle gestanden zu haben, doch wo war mein Kami jetzt?

Kopfschüttelnd zog ich ein Bein an und schlang die Arme locker darum. Nach und nach kehrte mehr Klarheit in meine Gedanken zurück, die Fragen und Bruchstücke rückten in eine halbwegs sinnvolle Reihenfolge und der Druck ließ endlich ein wenig nach.

Seymour war plötzlich aufgetaucht, die Dinge, die er über Kenzo und mich gesagt hatte …

Du und dieser Mensch, zusammen seid ihr die mächtigste Waffe, die je erschaffen worden ist.

Die Welt wird brennen, Calea, und es wird dein Feuer sein, das das Leben, wie du es kennst, für immer auslöschen wird.

Ich erschauderte und biss die Zähne zusammen. Kenzo und ich waren keine Waffe. Das waren nichts als die Worte eines Wahnsinnigen. Seymour Sajosha *war* wahnsinnig und ich hatte mich auf ein Spiel mit ihm eingelassen, das ich ganz offensichtlich verloren hatte.

Und Jade … noch immer erschloss sich mir die Rolle meiner Schwester in dem Ganzen nicht im Geringsten. Genauso wenig wie die Tatsache, dass Beliar in das alles verwickelt war.

Wieder kündigten sich Kopfschmerzen an, die dieses Mal jedoch nicht von den Ketten oder der Betäubung herrührten, sondern von dem niederschmetternden Gefühl, es verbockt zu haben. Auf ganzer Linie.

Ich wusste nicht, was mit Kenzo, Ryker und Atti war. Wo sie Hero hingebracht hatten. Wie es weiterging. Ich wusste gar nichts und war wieder einmal absolut machtlos. Schlimmer noch, ich hatte mich quasi direkt und mit voller Absicht in diesen ganzen Mist hineinmanövriert.

Seufzend ließ ich mein Kinn aufs Knie sinken und fuhr beinahe im selben Moment wieder hoch, als ich Schritte hörte, die sich rasch näherten. Nur einen Herzschlag später traten drei Gestalten an die Gitterstäbe. Zwei vermummte Dämonen in funkelnden Rüstungen und Seymour.

»Wie schön, dass du endlich wach bist. Uns ist in der Zwischenzeit regelrecht langweilig geworden.«

Ich hob lediglich eine Augenbraue, rührte mich sonst jedoch nicht. Ganz sicher würde ich ihm nicht die Genugtuung geben und zeigen, wie sehr das alles an meinen Nerven zerrte.

»Keine mutigen Worte? Vor ein paar Stunden wolltest du noch mein gesamtes Königreich dem Erdboden gleichmachen.«

Stunden. Seymour hatte sich verraten – es war demnach also einige Zeit vergangen, seit ich ohnmächtig geworden war, und wir waren immer noch im Exil. Bloß warum? Was wollte er damit bezwecken? Ich konnte nur hoffen, dass die Zeit hier anders verging, dass Kenzo, Ryk und Atti einen Weg gefunden hatten. Irgendeinen Weg. Irgendeine Lösung.

Beinahe bedauernd schüttelte Seymour den Kopf und bedeutete seinen beiden Handlangern, loszulegen. »Wie dem auch sei, verschwenden wir nicht noch mehr wertvolle Zeit der Prinzessin.«

Die Dämonen schlossen die in die Gitterstäbe eingelassene Tür auf und machten sich wortlos an meinen Fesseln zu schaffen. Die schweren Ketten wurden gegen ein Seil, ebenfalls aus Krähenstahl, getauscht, mit dem sie mir die Hände hinter dem Rücken fesselten. Gerade so fest, dass mir das Metall mit einem leichten Stechen in die Haut biss.

»Gehen wir.«

Jeweils einen der Kämpfer links und rechts von mir wurde ich durch den Zellengang eskortiert. Wie ich bereits vermutet hatte, war ich die einzige Gefangene und auch sonst wirkte die düstere Anlage seltsam verlassen.

»Reichlich wenig Personal für ein *Königreich*, Seymour«, murmelte ich mit kratziger Stimme und funkelte ihn an, als er sich im Gehen zu mir umdrehte.

»Sei unbesorgt, Calea, ich habe für den Moment alles, was ich benötige. Der Rest wird sich von ganz allein ergeben.«

»Lass mich raten, diese wundersame Super-Waffe wird dafür sorgen?«

Seine Miene verfinsterte sich. »Dein Sarkasmus ist vollkommen unangebracht. Ich habe angenommen, deine Mutter hätte dich besser erzogen.«

Was hatte er erwartet? Dass ich vor ihm in die Knie ging und ihn als meinen neuen Herrscher anbetete?

»Gefesselt und betäubt in einem verdammten Loch aufzuwachen, bringt eben die schillerndsten Seiten meiner Persönlichkeit hervor.«

Seymour hielt abrupt inne und drehte sich zu mir um, beugte sich so nah zu mir, dass wir dieselbe Luft atmeten. Unwillkürlich wand ich mich in dem festen Griff der Dämonen, doch sie hielten mich brutal an Ort und Stelle.

»Oh das sehe ich, aber heb dir noch etwas fürs große Finale auf. Wir haben noch einiges vor und du, mein Täubchen, spielst die Hauptrolle darin.«

Wieder verspürte ich diese unangenehme Nervosität, die schreckliche Gewissheit, dass mein Feind mehr über mich zu wissen schien als ich selbst. Vielleicht ließ ich deswegen für einen winzigen Moment meine Mauern sinken und vergaß meine Selbstkontrolle.

»Warum redest du nicht endlich Klartext, anstatt dich hinter irgendwelchen vagen Andeutungen zu verstecken?«

Ein unheimliches Leuchten trat in seine schwarzen Augen, als er mein Kinn packte und seine Nägel in meine Haut grub. »Wie du willst, ich habe mich nur aus Höflichkeit zurückgehalten. Die meisten nehmen es nämlich nicht so gut auf, wenn man ihnen eröffnet, dass sie bei einem Ritual sterben werden.« Ich konnte nichts gegen das Keuchen unternehmen, das mir bei seinen Worten über die Lippen kam. »Wie ich bereits sagte, wirst du die Hauptrolle in der Erschaffung einer neuen Welt – einer neuen Ära – spielen. Du solltest dich also geehrt fühlen.« Ohne mich aus den Augen zu lassen, drückte er noch etwas fester zu. »Zu schade, dass du danach nicht in der Lage sein wirst, sie mit deinen eigenen Augen zu sehen. Aber derart gewaltige Vorhaben verlangen nun einmal einen hohen Preis.« Mit einem leisen Lachen stieß er mich von sich und setzte sich wieder in Bewegung. Die Dämonen zerrten mich mehr oder weniger hinter ihm her.

Ich bekam kaum mit, wie wir enge Wendeltreppen hinaufstiegen und schier endlosen Gänge folgten. Ich spürte nicht, wie meine Füße über den Boden schleiften, sich Türen öffneten und hinter uns wieder schlossen. Die Welt um mich herum war verblasst, als Seymour Sajosha sich das erste Mal in die Karten hatte schauen lassen. Ich hatte mich geirrt, Seymour war nicht einfach nur wahnsinnig, er war ein Wahnsinniger mit einem Plan, und das machte ihn zu einer unberechenbaren Gefahr.

Es war unmöglich zu sagen, wie lange wir durch das Exil gelaufen waren, aber als wir ein weiteres Mal zum Stehen kamen und ich achtlos zu Boden gestoßen wurde, war längst jedes Leben aus meinen Armen gewichen. Ungebremst schlug ich auf unebenen Steinplatten auf und biss mir dabei schmerzhaft auf die Lippe.

»Verzeih meinen Leuten ihre Grobschlächtigkeit, wir sind königlichen Besuch nicht gewohnt.«

Ich kann mir gar nicht vorstellen, warum.

Ich leckte mir über die Unterlippe und verengte die Augen. »Was ist Kenzos Rolle dabei?«

Kurz zuckte so etwas wie Verwirrung über seine Züge, die trotz seines hohen Alters nicht einen Tag älter wirkten als Mitte zwanzig. »Bitte?«

Ich richtete mich auf, sodass ich auf den Knien saß, und legte den Kopf schief. »Das Ritual, die neue Welt. Ich bin die Hauptrolle, aber wieso noch ein Mensch? Wieso Kenzo?«

Seine Mundwinkel zuckten. »Es wäre doch langweilig, wenn ich dir jetzt schon alles verrate. Wo bliebe da die Mystik des Rituals?« Er sah mich noch einen Moment länger an, dann glitt sein Blick zu zwei Dämonen, die weiter hinten neben einer schmalen Tür positioniert waren. Diese Halle war nicht dieselbe wie die, in der Hero und ich angekommen waren. Deutlich kleiner und ausgestattet mit einem breiten Kamin, einer schwarzen Couchlandschaft und einem ausladenden Schreibtisch vermutete ich, dass es sich hierbei um Seymours Arbeitszimmer handelte.

»Sorgt dafür, dass sich alle in der großen Halle versammeln und bereit sind – auch die kleine Prinzessin. Wir brechen in einer Stunde auf.«

Die kleine Prinzessin – Jade.

»Und was dich betrifft …« Sobald die beiden Dämonen den Raum verlassen hatten, um den Befehlen zu entsprechen, glitt seine ungeteilte Aufmerksamkeit wieder zu mir. »Wir werden uns jetzt um den Weg nach draußen kümmern.«

Also waren er und all die anderen Kreaturen der Übernatürlichen Welt, die des Hochverrats angeklagt und hierher verbannt worden waren, nach wie vor eingesperrt. Zumindest etwas.

Ich spuckte Blut aus und verzog die Lippen zu einem unterkühlten Lächeln. »Ich wüsste nicht, was ich damit zu tun habe.«

»Du wärst überrascht, wo du doch als königlicher Spross der Schlüssel zu diesem wundervollen Ort bist.«

Verdammt.

Zähneknirschend schob ich das Kinn vor. »Und was bringt dich zu der absurden Annahme, dass ich dir helfen werde? Du hast bereits deutlich gemacht, dass ich diesen Zirkus ohnehin nicht überleben werde. Ich fürchte, dir gehen langsam die Druckmittel aus.«

Seymour strich mir mit einer geradezu grotesken Art von Zärtlichkeit über meine aufgeplatzte Lippe. Nur mit Mühe unterdrückte ich ein Schaudern.

»Ja, Calea, du wirst sterben, aber das bedeutet nicht, dass ich dich nicht vorher noch leiden lassen kann.«

***

Die große Halle, in der Hero und ich mithilfe des Abdrucks gelandet waren, summte vor unzähligen Stimmen und dem Klappern von Waffen. Dämonen aller Art hatten sich über die Fläche des gewaltigen Saals, der nur von mächtigen Säulen unterbrochen wurde, versammelt – Seymours Armee.

Eine Armee wofür? Das Ritual? Die neue Welt, die er in seinem Wahnsinn zu erschaffen versucht?

Der grobe Stoß, mit dem mich meine beiden Wächter vorwärtstrieben, riss mich aus meinen Gedanken. Direkt zurück ins Hier und Jetzt. Die Blicke der dunklen Kreaturen waren auf uns gerichtet. Bei der Gier nach Blut und der Mordlust in ihren Gesichtern lief es mir eiskalt den Rücken herunter. Diese Dämonen, die gefährlichsten Verbrecher, die der Hades je hervorgebracht hatte, sehnten sich danach, endlich Rache zu nehmen. An der königlichen Familie. An mir.

»Du kannst dir gar nicht vorstellen, wie lange wir schon auf diesen Moment warten, *Prinzessin.*« Seymour sprach meinen Titel aus, als wäre er eine Beleidigung. »Die Zeit vergeht an diesem verfluchten Ort anders.«

Ich biss die Zähne zusammen und ließ ein weiteres Mal den Blick über Seymours Soldaten wandern. Es mussten mehrere Tausend sein, mindestens. Wie hatte es so weit kommen können? Wie hatte meine Mutter oder wer auch immer für das Exil verantwortlich war, nicht bemerken können, welche Dunkelheit sich hier zusammengebraut hatte?

Weil es keine Rolle spielt. Solange niemand das Exil öffnet, können sie so viel Mannstärke zusammentrommeln, wie sie wollen.

Nur war ich im Begriff genau das zu tun. Ihnen ihre Freiheit zurückzugeben und damit die Chance, einen Krieg anzuzetteln.

Als ich nichts erwiderte, trat Seymour näher an mich heran und neigte leicht den Kopf, wie ein Höllenhund, der überlegte, auf welche perfide Art er mich zerfleischen würde. »Wir haben über Jahrhunderte – manche von uns noch weitaus länger – zwischen diesen Mauern unser Dasein gefristet und weißt du, was uns in all der Zeit angetrieben hat?« Noch ein Schritt in meine Richtung. Die Wächter gaben mich frei, sodass ich allein zwischen der gewaltigen doppelflügeligen Tür aus schwarzem Holz und Seymour mit seiner Armee stand. »Es war der Gedanke daran, dass wir eines Tages die königliche Familie für all das brennen lassen werden. Dass Blut fließen wird.«

Die Dämonen hinter ihm grölten und schlugen mit ihren grobschlächtigen Waffen gegen ihre Schilde und Rüstungen. Sie riefen seinen Namen, als wäre dieser Bastard bereits der Herrscher ihres neuen Königreichs.

»Und heute fangen wir mit deinem an, Calea Emaya. Du wirst der Beginn des Untergangs deiner Welt sein. Dein Blut wird der erste Tropfen einer tödlichen Flut sein.«

Mein Puls beschleunigte sich, als plötzlich eine funkelnde Klinge in Seymours Hand erschien. Dämonenstahl, eine der wenigen Waffen, die Wesen der Übernatürlichen Welt schaden und sie sogar töten konnten.

Ich zog meine aufgesprungene Lippe zwischen die Zähne und wich zurück, bis ich gegen das schwere Holz des Zugangs stieß. Der Zugang zum Exil, der nur durch mein Blut geöffnet werden konnte. »Das wird dir nichts nützen. Deine kleine Armee wird niemals gegen den Hades bestehen können.«

Seine Augen leuchteten auf, als er die Klinge beinahe zärtlich in den Fingern drehte und darüberstrich. »Kleine, naive Calea, glaubst du wirklich, ich würde diese Chance ergreifen, wenn auch nur der geringste Zweifel daran bestünde, dass ich verlieren könnte? Du siehst das große Ganze nicht, das ist dein Problem.« Mit der Tür im Rücken war es mir unmöglich, noch weiter zurückzuweichen, als Seymour die Distanz zwischen uns überwand und mich zwischen dem glatten Holz und seinem Körper einklemmte. »Ich werde es genießen«, flüsterte er so nah an meinem Ohr, dass sein heißer Atem über meine Haut strich. »Ich werde jeden einzelnen Tropfen deines kostbaren Blutes genießen, der uns den Weg ebnen wird.« Seymour ließ die Klinge mit der stumpfen Seite über meine Wange, meinen Hals und mein Schlüsselbein gleiten, während seine andere Hand mich an der Kehle gepackt an Ort und Stelle hielt. Quälend langsam glitt das kalte Metall über meine Haut und hinterließ gleichzeitig eine unerträglich heiße Spur. »Entspann dich einfach«, säuselte er unter halb gesenkten Lidern, als würde ihn dieser Moment in einen Rausch versetzen: die Soldaten im Hintergrund, die seinen Namen riefen, die Hitze, die in der Luft lag, mein rasender Herzschlag.

Angst prickelte in mir, die Angst davor zu sterben und die Angst, was geschehen würde, sollte dieses Heer von verabscheuungswürdigen Kreaturen auf die Erde losgelassen werden. Aber über all dieser Angst lagen Entschlossenheit und ein Hass, der mich aufrechthielt. Die Entschlossenheit, zumindest einen Teil seiner Pläne zu durchkreuzen. Er brauchte mein Blut für den Zugang und mein Leben für das Ritual. Seine Schwäche war sein Stolz. Vielleicht konnte ich mir das zunutze machen. Vielleicht konnte ich ihn dazu bringen, mich in seiner Wut sofort umzubringen und damit zumindest das Schlimmste verhindern. Ein verschwindend geringer Preis.

Ich suchte seinen Blick und schob das Kinn vor. »Du zögerst ziemlich lange für jemanden, der seit Jahrhunderten darauf wartet«, zischte ich atemlos. »Oder bist du letztlich doch zu feige? Ist das der Grund, warum es *Jahrhunderte* gedauert hat? Warum sich deine Leute *Jahrhunderte* gedulden mussten?«

Seymour hielt inne und verengte die Augen. Das Grölen der Dämonen wurde leiser.

Treffer.

Ich verzog die Lippen zu einem kalten Lächeln. »Du bist feige, Seymour Sajosha. Sonst wäre ich schon längst tot und du der verdammte König deiner neuen Welt. Du wärst ein Herrscher, stattdessen verkriechst du dich hinter Ausreden und großen Worten. Du bist kein König, du bist ein Versager.«

Der Griff um meinen Hals wurde fester. »Du weißt gar nichts über mich. Über meine Macht.«

»Deine Macht?« Ich zwang Hohn und so viel Abscheu in meine Worte, wie es mir möglich war, obwohl bereits dunkle Flecken an den Rändern meines Blickfeldes erschienen. »Welche Macht? Du bist schwach. Du bist … du bist nicht besser als ein *Mensch.*« Grinsend beugte ich mich zu ihm und spuckte ihm ins Gesicht. »Ein schwächlicher, nutzloser –«

Ein brutaler Schlag traf mich mitten im Gesicht, sodass ich ungebremst zu Boden ging. Der metallische Geschmack von Blut trat mir auf die Zunge und ließ mich würgen.

»Du bist zu weit gegangen, Calea.« Stöhnend rollte ich mich auf die Seite und blinzelte gegen die Ohnmacht an, die bereits lauernd auf mich wartete. Mühsam richtete ich mich, soweit es mir mit meinen gefesselten Händen möglich war, auf, leckte mir über die blutigen Zähne – und erstarrte abrupt, als mein Blick auf etwas Funkelndes fiel, das direkt vor mir auf dem Boden lag. »Ich habe dich wie einen Gast behandelt und du …«

Seymours Worte drangen kaum zu mir durch, als ich erkannte, was einen knappen Meter von mir entfernt in greifbarer Nähe auf dem Stein ruhte. Der Rauchkristall. Der Stein, den mir Ryker gegeben hatte, um meine Energie zu verbergen und gleichzeitig Kontakt zu ihm aufnehmen zu können. Seymour musste ihn mir abgerissen haben, als er mich geschlagen hatte. Ich musste nur …

»Du bist eine Schande für die Welt der Dämonen, Calea. Eine Missgeburt.«

Die Rufe seiner Armee wurden zu einem wabernden Nebel aus Stimmen, als ich mich Zentimeter für Zentimeter vorwärtsbewegte, ohne den Kristall aus den Augen zu lassen, der zwischen Seymours schwarzen Nietenstiefeln lag. Es war nicht mehr weit, vielleicht noch ein, zwei Zoll …

Im nächsten Moment schob sich Seymours tätowierte Hand in mein Blickfeld und griff nach dem Stein.

Nein!

»Was haben wir denn da?«, fragte er mit einem rasiermesserscharfen Lächeln und ging vor mir in die Hocke. »War das dein Fluchtplan? Irgendein alter Hokuspokus, um dich aus deiner misslichen Lage zu befreien? Was für ein verzweifelter Versuch.« Die dunklen Augen unverwandt auf mich gerichtet, drehte er den Kristall in seinen Fingern. In seinen *blutigen* Fingern.

Mein Blut.

»Und doch hat es geklappt«, krächzte ich und verzog die Mundwinkel. »Manchmal sind die verzweifelten Versuche die gefährlichsten.«

»Wovon sprichst –?«

Seymour verstummte, als der Kristall plötzlich hell zu pulsieren begann, und warf ihn fluchend von sich.

Zu spät.

Der Stein war kaum auf dem Boden aufgeschlagen, da fegte auch schon eine mächtige Welle aus tödlicher Energie über die Halle hinweg und setzte jeden Quadratzentimeter in Brand. Dämonen kreischten, mehrere Druckwellen ließen den Saal erzittern und Felsbrocken von der Decke herabstürzen.

Keuchend wich ich zurück und presste mich gegen das warme Holz der Tür, während ich irgendetwas in dem Feuer zu erkennen versuchte.

Nur einen Sekundenbruchteil später zog sich die Glut wie auf einen lautlosen Befehl hin zurück, bis nur noch ein einziges Feuer im Zentrum der Halle brannte. Fassungslos nahm ich das Ausmaß der Katastrophe in mich auf, während mein rasender Puls in meinen Ohren hämmerte. Die rußgeschwärzten Wände, die toten Dämonen, die bis zur Unkenntlichkeit verbrannt waren, die geschmolzenen Waffen. Manche Soldaten zuckten noch oder stöhnten, einige wenige kämpften sich zurück auf die Beine, die Waffen gegen das letzte Feuer erhoben.

Nein, nicht gegen das Feuer.

Ich blinzelte gegen den beißenden Rauch an, der mir die Sicht nahm, und riss im nächsten Moment die Augen auf.

Beim Hades.

Inmitten der Flammen stand die Königin der Hölle.

Kapitel 25

Rückblickend konnte ich mich nicht an viel erinnern. Da waren Flammen gewesen, Feuer, das an schwarzen Säulen emporgeklettert war, verbrannte Leichen, der Geruch von Tod und Schmerz. Dieser beißende Rauch, der mir die Tränen in die Augen getrieben hatte, der Geschmack von Blut auf meiner Zunge und der pochende Schmerz in meinen Schultern. Das Dröhnen mächtiger Magie hatte meine Ohren zum Klingeln gebracht und die Welt um mich herum explodieren lassen, aber alles andere … verschwand in diffusen Nebelschwaden.

Ich hatte einige Bilder im Kopf, winzige Momentaufnahmen, doch das große Ganze blieb mir verwehrt. So, als hätte ich zwar jede Sekunde von diesem Grauen miterlebt, mich jetzt aber, ein paar Stunden später, schlichtweg nicht mehr daran erinnern können. Als hätte jemand diese Erinnerungen gelöscht und mir nur einige wenige Bruchstücke gelassen, wie eine Mahnung an das, was ich verursacht hatte. Mein Körper *konnte* sich erinnern, doch mein Gedächtnis war ein einziger Flickenteppich. Zusammengesetzt aus Sekundenbruchteilen, von denen ich nicht einmal sagen konnte, ob sie wirklich so passiert oder meiner Furcht entsprungen waren.

Stöhnend fuhr ich mir über das Gesicht und schob mich in meinen Kissen hoch. Ich stockte.

Meine Kissen in meinem Bett in meinen Gemächern.

Im Hades.

»Ich dachte schon, du wirst gar nicht mehr wach.«

Ruckartig sah ich zur Tür, wo sich Ryker aus den Schatten schälte und mit locker vor der Brust verschränkten Armen zu mir schlenderte. »Ryk.«

»Hallo, Schwesterchen.«

Ich befeuchtete meine Lippen und schüttelte den Kopf, versuchte vehement, die Puzzleteile meiner nutzlosen Erinnerungen zusammenzusetzen. Wir konnten nicht im Palast sein. Ich war im Exil gewesen. Vor ein paar Augenblicken war ich noch im verfluchten Exil gewesen. Zusammen mit einer Armee von verbannten Dämonen und ... Seymour.

Mein Bruder schien mir die Verwirrung an der Nasenspitze ablesen zu können, denn das Lächeln rutschte von seinen Zügen und wich Besorgnis. Und Wut. »Es tut mir leid.«

»Was ... was tut dir leid? Was ist verdammt noch mal passiert? Ich war in diesen Ruinen, Seymour wollte den Zugang öffnen und Mom ... Plötzlich war Mom da.«

Bilder zuckten viel zu schnell und ungeordnet durch meine Gedanken. Meine Mutter, wie sie die Hände hob und die dunkle Halle in Flammen tauchte, das grimmige Funkeln in ihren Augen, das mir galt. Ihre warmen Finger, die sich auf meine Stirn gelegt hatten, und die Finsternis danach. Sie hatte mich ausgeknockt und zurück in die Hölle gebracht.

»Du hättest das niemals allein tun dürfen, Cat.«

Ich hob abwehrend die Hände und schlug dann die Decke zurück. »Willst du jetzt wirklich *darüber* sprechen?«

»Wir werden über *alles* sprechen müssen, gewöhn dich lieber an den Gedanken. Die Königin erwartet uns bereits.«

Zähneknirschend schwang ich die Beine über die Bettkante und stand auf. Für einen kurzen Moment drehte sich das Zimmer, ehe es wieder an seinen Platz rückte. »Ach, jetzt will sie plötzlich reden?«

Rykers Miene verfinsterte sich. »*Cat.*«

Ich überging seine Zurechtweisung geflissentlich. »Wo ist Kenzo?«

»In Sicherheit.«

»Was zum Teufel bedeutet das? *Wo* ist er? Wo sind Atarah und Hero? Warum ist … Was ist mit Seymour passiert?« Meine Stimme schraubte sich mit jeder Silbe weiter in die Höhe. Das Pochen in meinem Kopf wurde drängender.

»Beruhige dich.«

Ich verengte die Augen und machte einen drohenden Schritt in seine Richtung. »Das hast du nicht wirklich gesagt, oder?«

Mein Bruder fuhr sich durch die dunklen Haare und murmelte einen leisen Fluch. »Hör zu, wir … wir reden über alles. Versprochen. Es wird sich alles klären und du wirst es verstehen.«

Irgendetwas an seinem Tonfall sorgte dafür, dass mein Magen zu einem harten Knoten wurde. Ich runzelte die Stirn. »Sag mir zumindest, dass sie am Leben sind, Ryk. Sag mir, dass es Kenzo gut geht – dass er irgendwo ist, wo Seymour ihn nicht findet.«

Er zögerte kaum merklich, dann sackten seine Schultern herab. »Ja, sie leben. Es ist, wie ich es gesagt habe, Kenzo ist in Sicherheit. Ihm wird nichts geschehen. Der Kami steht unter Arrest und was Atarah betrifft …« Ein Muskel zuckte an seinem Kiefer, dann glitt sein Blick zu der schmalen Tür, die in mein Ankleidezimmer führte. Zu der blassen Atarah, die wieder in der schlichten Kleidung der Dienerschaft steckte und mit stoischer Miene zu Boden starrte. »Atarah ist unversehrt und wird dir dabei helfen, dich für das Treffen zurechtzumachen.«

Ich riss mich von meiner blassen Freundin los und funkelte meinen Bruder an. »Ich brauche nicht erst ein hübsches Kleid und meine verdammte Krone, um meine Mutter zu fragen, was hier gerade schiefläuft.«

Kurz zuckte Bedauern über seine Züge. »Du musst mir einfach vertrauen, Cat. Es wird sich klären.«

Als ich diesen Satz das letzte Mal zu hören bekommen hatte, war ich auf einen Roadtrip aufgebrochen, der uns beinahe alle das Leben gekostet hätte.

Wortlos schürzte ich die Lippen und erwiderte seinen Blick. Ryker hob einen Mundwinkel zu einem halben Lächeln, das kaum seine Augen erreichte, und drückte meine Schulter. »Ich warte vor deinen Gemächern. Wir sehen uns gleich, Schwesterchen.«

Ich sah ihm mit meinem ganzen Gefühlschaos hinterher und fuhr merklich zusammen, als das Schloss hinter ihm einrastete. Dieser Moment, die ganzen letzten Minuten fühlten sich an, als wäre ich in einem verdrehten Traum gefangen. In einer völlig verhedderten Version der Realität, in der jeder seine Rolle kannte – jeder außer mir.

Kraftlos sank ich zurück auf mein Bett und starrte in die Flammen des ausladenden Kamins. Ich dachte an den Ausdruck in Ryks Augen. An die letzten Momente im Exil. An all die ungeklärten Dinge, für die es ganz einfach keine plausiblen Erklärungen geben konnte.

Und an Kenzo. Immer wieder Kenzo.

Daran, dass ich versagt hatte – dass ich ihm so viel schuldig geblieben war.

Daran, dass es kein *Danach* für uns gab und dass ich nicht genug gekämpft hatte. Alles, was wir getan hatten, war letztlich nicht genug gewesen.

Ich fuhr mir über die brennenden Augen und blickte abrupt auf, als sich die Matratze neben mir bewegte.

»Ryker hat es vielleicht nicht gesagt, aber wir sind froh, dass es dir gut geht, Calea.«

Ich sah zu meiner Freundin und schüttelte den Kopf. »Mir geht es nicht gut.« Meine Stimme klang belegt und war kaum lauter als ein Flüstern.

Attis Stirn legte sich in Falten. »Das hat er auch gesagt.«

»Wer?«

»Kenzo. Ich weiß nicht, wo Ryker ihn hingebracht hat, aber als wir im Wagen aufgewacht sind und du nicht da warst, da waren das seine ersten Worte. Er sagte, dass es dir nicht gut ginge. Er hat es gespürt. Er hat *dich* gespürt, lange bevor der Rauchkristall deinen Standort verraten hat.« Atarah rutschte näher und nahm eine Hand in ihre. »Es mag sich im Augenblick so anfühlen, als hättet ihr einander verloren, aber ihr werdet euch wiederfinden. Immer. Egal, wie viel Zeit auch vergehen mag oder in welcher Welt ihr euch befindet, Kenzos Weg und deiner sind ein und derselbe. Alles andere ist unerheblich. Halte dich daran fest, Cat.«

Ich schluckte gegen den Kloß in meinem Hals an und spürte, wie mir eine einzelne Träne über die Wange lief. Eine zweite folgte und tropfte auf meinen Oberschenkel. Dann waren da plötzlich Atarahs Arme, die mich hielten und nicht mehr losließen, während nach und nach all der Schmerz, die Trauer und die Wut über mich hereinbrachen. All die unterdrückten Gefühle, die ich zurückgehalten hatte, um das Ziel nicht aus den Augen zu verlieren. Doch nun hatte ich es aus den Augen verloren, hatte die Orientierung verloren und das erdrückende Gefühl, keine Luft mehr zu bekommen, übermannte mich.

Ich hatte *mich* verloren. In meinen Emotionen, in dem Strudel aus Finsternis, dem ich tagelang keine Beachtung geschenkt hatte. Unaufhörlich zog er mich weiter in die Tiefe und das erste Mal seit einer Ewigkeit fühlte es sich nicht nur beängstigend an, sondern gleichzeitig befreiend. Vielleicht, weil ich in diesem Moment nicht funktionieren musste, sondern einfach *war*. Und vielleicht, weil ich nicht alleine in dieser Finsternis stand.

Ich spürte Atarahs Wärme, ihre Hände, die mich immer fester hielten, als ich fiel und fiel. So lange, bis mein Schluchzen irgendwann verstummte und meine Tränen versiegten. Bis es ganz still wurde, mich die Dunkelheit mit Kenzos warmer Stimme zu sich rief.

Und ich ihr, ohne zu zögern, folgte.

***

Ich musste eingeschlafen sein, denn als ich das nächste Mal die Augen öffnete, lag ich wieder zugedeckt im Bett und die Flammen im Kamin waren längst heruntergebrannt. Es war stockdunkel in meinem Schlafzimmer und doch bemerkte ich die Gestalt, die mit hinter dem Rücken verschränkten Armen am Fenster stand, sofort.

»Dad?«

Mein Vater drehte sich zu mir um und lächelte sanft. »Hallo, Monsterchen.«

Ich befeuchtete meine trockenen Lippen und verfolgte, wie Dad an mein Bett trat und sich neben mich setzte. Dunkle Schatten lagen unter seinen goldbraunen Augen und seine dunklen Haare standen in alle Richtungen ab, als wäre er unzählige Male hindurchgefahren. »Wie fühlst du dich?«

Wie nach einer Begegnung mit acht Höllenhunden. Ich sprach es nicht laut aus, aber ich war mir auch so ziemlich sicher, dass Dad wusste, wie es mir ging. »Wie lange war ich weg?«

Mein Vater ließ den Kerzenleuchter, der neben dem Bett stand, aufflammen, sodass das Feuer wilde Schatten auf seine Züge malte. »Mach dir keine Sorgen, es waren nur ein paar Stunden. Ryker hat uns gesagt, dass du Zeit brauchst.«

Ich legte die Stirn in Falten und setzte mich etwas auf. »Ist Mom ...«

Schmunzelnd griff mein Vater nach meinen Händen und umschloss sie. Unzählige kleine Narben verunzierten seine gebräunte Haut von all den Jahren Schwertkampf. Sie erzählten seine Geschichte.

»Deine Mutter macht sich nur Sorgen. Wir alle machen das. Es geht nicht nur darum, dass du ungehorsam warst und den Palast verlassen hast, sondern um die Folgen deines Handelns. Um das, was hätte geschehen können.«

»Alle sprechen immer von Folgen, von Weltuntergang, irgendwelchen Barrieren und der Verbindung zu ...« Ich räusperte mich und sah auf unsere ineinander verschlungenen Hände. »... zu Kenzo.«

Dad fuhr mit sanften Fingern über das Narbenband, das Beliar auf meinem Handgelenk hinterlassen hatte, und zog die schwarzen Augenbrauen zusammen. »Es geht um so viel mehr, Monsterchen.«

»Lass mich raten: Mom hat dich vorgeschickt, weil sie weiß, dass ich ein Papakind bin und dir nichts abschlagen kann?« Ich hob einen Mundwinkel und zog die Beine an.

»Ist dem so?«

»Als wüsstest du das nicht selbst.«

Er bedachte mich mit einem warmen Lächeln, das seinen

Augen die Farbe von flüssigem Honig verlieh, und drückte meine Hände. Ob Dad auch gerade an die gestohlenen Momente dachte, in denen er mir das Bogenschießen beigebracht hatte? In denen es keine Rolle gespielt hatte, dass mir die Magie verwehrt geblieben war?

»Das heißt, der teuflische Plan deiner Mutter hat funktioniert und du begleitest mich zum Abendessen?«

Ich verdrehte die Augen, woraufhin mein Vater leise lachte und mir in die Seite knuffte. Wenn er sich so verhielt, war es schwer vorstellbar, dass mein Vater der gefährlichste Soldat der königlichen Armee war und schon unzählige brutale Kriege im Hades geführt hatte. In diesen Augenblicken war er einfach mein Dad. Mein Dad, dem ich wirklich nichts abschlagen konnte.

Verdammt, Mom.

Kapitel 26

Es fühlte sich ein bisschen so an, als hätte es die letzten zwei Wochen nicht gegeben. Als wäre ich nie auf die Erde gereist und hätte nie etwas von Kenzo oder Seymour oder sonst jemandem gehört. Es lag dieselbe unangenehme Anspannung in der Luft, die jedes unserer gemeinsamen Essen begleitete, derselbe lange Tisch, der mit Speisen aller Art überladen war und dieselben vielsagenden Blicke, die schweigend über den Tisch ausgetauscht wurden.

Und doch war nichts mehr wie zuvor.

Meine Schwester Jade saß mit eisiger Miene auf ihrem Platz und malträtierte ihr Steak, während ihre Finger wie beiläufig immer wieder zu dem Ring aus Krähenstahl wanderten, den man ihr um den Hals gelegt hatte. Moms Version einer Fußfessel, die Jade an Ort und Stelle und ihre Kräfte gebannt hielt.

Ryker hatte die Stirn in Falten gelegt und wirkte sichtlich unzufrieden mit der Gesamtsituation, versuchte aber gleichzeitig so zu tun, als wäre alles in bester Ordnung.

Mom spießte mich mit ihren Blicken über den Braten hinweg förmlich auf, nachdem ich bisher auf keine ihrer Fragen eingegangen war.

Und Dad ... Dad war ganz offensichtlich damit beschäftigt, über seine mentale Verbindung zu Mom Schadensbegrenzung zu betreiben.

Also ja, ein ganz gewöhnliches Abendessen der königlichen Familie im Palast der Hölle.

»Sosehr ich deine Entschlossenheit auch bewundere, Calea, du schneidest dir damit nur ins eigene Fleisch«, startete meine Mutter einen weiteren Versuch, als die Diener gerade den Hauptgang abräumten und nachschenkten. Vermutlich hatten sie bemerkt, dass man diese Konfrontation nur mit einem guten Wein überstehen konnte.

Jade schnaubte und ließ ihr Besteck lautstark auf den Tisch fallen. »Ist es nicht verwunderlich, wie sehr du ihr den Bauch pinselst, während du mir gleich Fesseln angelegt hast?«

»Du solltest besser still sein, Jade«, zischte Ryk. Jade zeigte ihm nur den Mittelfinger.

Dad stieß hörbar den Atem aus. »Beim Hades, können wir dieses Gespräch nicht wie eine normale Familie führen?«

Ich schob den Teller von mir und lachte freudlos. »Als wären wir jemals eine normale Familie gewesen.«

»Cat.« Ryk stieß mich unter dem Tisch an und hob warnend die Augenbrauen. Mein Bruder und sein deplatzierter Wunsch nach Harmonie.

»Wieso? Catty hat doch vollkommen recht. Wir sind eine verflucht verkorkste Familie, wie diese ganze Scheiße beweist.« Jade verzog die Lippen zu einem Haifischlächeln, das ihr prompt von den Zügen rutschte, als ich ihr mit meiner Energie eine Ladung Wurzelgemüse ins Gesicht beförderte. Nicht besonders erwachsen, aber es fühlte sich verdammt gut an, nicht länger machtlos zu sein.

Ein hasserfülltes Funkeln in den braunen Augen sprang meine Schwester auf und bleckte die Zähne. »Du –!«

»*Es reicht.*« Mom musste die Stimme nicht erheben, um das Chaos auf einen Schlag zu beenden. Ihre Macht rauschte ungebremst über den Tisch hinweg und erstickte jede Energie im Keim. »Keine Magie am Esstisch. Das gilt auch für dich, Calea.«

Wortlos sank Jade zurück auf ihren Platz und verschränkte die Arme vor der Brust. »Ich darf ja ohnehin nicht mehr mitspielen.«

»Aus gutem Grund«, murmelte Ryker und warf ihr einen vernichtenden Blick zu. Noch nie hatte ich erlebt, dass er Jade mit solch einer Verachtung begegnete.

»Ich möchte, dass ihr mir zuhört. Wirklich zuhört. Nach all dem, was passiert ist – nach all dem Schaden, den diese Familie und andere – ob nun Dämonen oder Menschen –, genommen haben, seid ihr mir das schuldig. Jeder einzelne von euch.« Nacheinander fasste sie jeden von uns ins Auge und blieb schließlich an mir hängen. »Genauso, wie wir es euch schuldig sind, endlich offen zu reden. Wir haben alle Fehler gemacht, der größte davon liegt vermutlich bei Roy und mir, aber wir können diese Fehler nicht ungeschehen machen, sondern nur versuchen, es dieses Mal besser anzugehen. Gemeinsam.«

»Ihr habt mir – *uns allen* – jahrelang meine Magie und die Wahrheit verschwiegen«, flüsterte ich und sah meiner Mutter direkt in die Augen. »Ihr habt mir die ganze Welt vorenthalten. Ist es da verwerflich, dass ich mich auf die Suche nach Erklärungen gemacht habe, Mom?«

Resigniert schüttelte sie den Kopf und faltete die Hände vor sich auf dem Tisch. »Wie gesagt, wir haben einen großen Fehler begangen. Wir hätten von Anfang an ehrlich mit euch sein müssen, aber die Wahrheit ist …« Mom unterbrach sich und starrte auf ihre Hände. »Wir hatten Angst. Haben es immer noch.«

»Lya …« Dad legte seine Hand auf ihre und befahl mit kühler Stimme, dass uns die Dienerschaft allein lassen sollte. Kaum einen Sekundenbruchteil später waren wir unter uns.

»Was macht euch solche Angst? Was steckt wirklich hinter alldem?«, fragte ich und biss die Zähne zusammen. In den vergangenen Tagen hatte ich immer wieder winzige Brocken hingeworfen bekommen. Bruchstücke eines großen Ganzen, das sich mir schlichtweg nicht erschloss. Und ich hatte langsam, aber sicher die Nase gestrichen voll davon.

Alle Augen waren auf unsere Mutter gerichtet, die wortlos nach ihrem Weinglas griff und beinahe den gesamten Inhalt in einem Zug leerte. So viel dazu.

Es kam mir wie eine Ewigkeit vor, in der nur das Prasseln des gewaltigen Kamins und das Ticken der großen Standuhr die Stille füllten. Eine Ewigkeit, in der Satzfetzen von Seymour und Atarah, von Kenzo und Hero durch meine Gedanken flogen.

Dann endlich begann Mom zu sprechen: »Als ich mit Ryk und dir schwanger geworden bin, habe ich eine Prophezeiung erhalten. Ihr wisst, wie unwahrscheinlich Zwillinge unter Dämonen sind, nicht nur unwahrscheinlich, sondern eigentlich unmöglich – und das hat einen guten Grund.«

Unwillkürlich sah ich zu Ryker und spürte bei ihm dasselbe Unbehagen, das auch von mir Besitz ergriffen hatte.

»Was soll das bedeuten?«, hörte ich mich fragen und krallte die Nägel in meine Oberschenkel. »Was für ein Grund ist das?«

»In der gesamten Geschichte der Dämonen hat es außer dir und Ryker nur ein weiteres Zwillingspaar gegeben. Meinen Vater und seinen Bruder.«

»Der Teufel hat einen Zwilling?« Jade riss die Augen auf und vergaß dabei, dass sie eigentlich die Eingeschnappte spielte.

»*Hatte.* Beliar hat seinen Bruder umgebracht.«

Ich sah meine Mutter an und schüttelte den Kopf. »Was soll das heißen? Dass Ryker und ich uns gegenseitig umbringen werden und einer von uns eine Gefahr von teuflischem Ausmaß darstellt?«

»Das ist doch Bullshit«, brummte jetzt auch Ryker und fuhr sich durch die Haare. »Keiner von uns ist unserem Großvater in irgendeiner Art und Weise ähnlich.«

»Das habe ich nicht sagen wollen, Ryk. Worauf ich eigentlich hinauswollte, ist die Tatsache, dass Zwillinge und damit ihre Macht als Gegensätze geboren werden. Während ein Zwilling Frieden bringt, sorgt der andere für Chaos.« Ich spürte, wie mir die Farbe aus dem Gesicht wich. Mom warf mir einen langen Blick zu, in dem neben Zuneigung tiefes Bedauern lag. »Dieses Chaos tritt immer unterschiedlich auf. Bei Beliar war es der unbändige Drang nach Gewalt und Kontrolle. Sein Blutdurst hat ihn blind für alles übrige werden lassen. Bei dir, Calea, ist es etwas völlig anderes. Du besitzt eine einzigartige Form der Macht, die unvorstellbares Chaos über die Welt bringen kann, sollte sie in die falschen Hände fallen und deswegen...«

»... haben wir uns dazu entschlossen, deine Magie bei deiner Geburt mit einem Zauber, bei dem Iljos und Dämonen gleichermaßen beteiligt waren, zu binden«, beendete unser Vater Moms Satz und strich sich über das Kinn. »So bestand nie Gefahr, dass sich das Chaos jemals manifestieren wird und du konntest mit uns aufwachsen, ein Kind sein, ohne in der ständigen Angst leben zu müssen, dass du ungewollt eine Katastrophe auslöst.«

Mit jedem Wort, das meine Eltern von sich gaben, fiel mir das Atmen schwerer. Ich hatte keine märchenhafte Geschichte mit Happy End erwartet, aber der Mittelpunkt einer drohenden Katastrophe zu sein?

»Woher wusstet ihr, dass ich es bin? Dass ich der Chaos-Zwilling bin?«, flüsterte ich und beugte mich unwillkürlich weiter über den Tisch. »Warum ich?«

Mom atmete leise aus. »Dein Mal.«

Meine Finger glitten zu dem länglichen Feuermal unter meinem linken Auge.

Erstaunlich, dass dir das nie in den Sinn gekommen ist. Dabei trägst du sogar das Blutmal genau dort, wo es sein sollte. Beliars Worte glitten wie ein Schauer durch mich hindurch während ich unfähig war, auch nur einen Ton von mir zu geben.

»Von was für einer Prophezeiung sprechen wir?«, fuhr Ryker an meiner Stelle fort. »Was genau sagt sie über Cat und das Chaos?«

Meine Mutter löste den Blick von mir und sah zu meinem Zwillingsbruder. »Es ist die Rede von einem alten Ritual, das es demjenigen, der es durchführt, ermöglicht, die Barriere zwischen Hölle und Menschenwelt zu vernichten.«

Ryker fluchte unterdrückt und riss mich damit aus meiner Starre.

»Seymour hat davon gesprochen.«

Mom nickte knapp. »Seymours Vater, General Vanissar, war vor einigen Jahren ein enger Vertrauter in meinen Reihen, bis er Hochverrat begangen hat und ich ihn und seinen Sohn ins Exil geschickt habe. Vanissar war damals im Rat, als wir über die Bindung deiner Magie, die Prophezeiung und das Ritual gesprochen haben. Ich nehme an, dass er seinen Sohn über alle Details in Kenntnis gesetzt hat, bevor er im Exil Selbstmord begangen hat. So konnte Seymour den Plan seines Vaters fortsetzen, um Rache zu üben.«

»Was würde geschehen, wenn man die Barriere einreißt?« Während ich noch an den neuen Enthüllungen knabberte, war Ryk längst drei Schritte weiter, stellte die richtigen Fragen und setzte das Puzzle zusammen.

»Die Erde würde im wahrsten Sinne des Wortes zur Hölle werden. Es gäbe keine Ordnung mehr, keine Regeln. Dämonen würden unaufhaltsam über die Menschen herfallen. Gesetze würden aufgehoben und die Toten … Selbst Beliar würde zurückkehren, während die Flammen des Hades die Erde nach und nach vernichten würden.«

Beliar. Vermutlich war er deswegen nur allzu bereit gewesen, Seymours Spiel zu spielen. Es hätte ihn zurückgeholt.

Beim Hades, und ich hätte das beinahe zugelassen.

»Die Welt würde brennen und es würde ein neues Königreich aus der Asche entstehen«, wisperte ich und wiederholte damit das, was Seymour gesagt hatte.

Aus dem Augenwinkel sah ich, wie Jade merklich in sich zusammensank.

»Ein grausames Königreich aus Chaos, über das nur derjenige Kontrolle und Macht hätte, der das Ritual durchführt«, erwiderte Dad und lehnte sich auf seinem breiten Stuhl zurück. Mit einem Mal wirkten die Schatten unter seinen Augen dunkler, die Furchen auf seiner Stirn tiefer.

»Was wäre mit euch?«

»Das Ritual zerstört nicht nur die Barriere, Calea, es vernichtet auch den Herrscher des Hades. Es ist die Strafe dafür, versagt zu haben.«

Eine Gänsehaut breitete sich bei Moms Worten über meinen Körper aus und plötzlich fror ich in dem fließenden Kleid aus schwarzer Seide. »Und ich bin der Auslöser für all das?«

»Nicht du allein. Es ist ein komplexes Ritual, das einige Bedingungen fordert. Deswegen hat es auch nicht gereicht, lediglich deine Magie zu binden. Wir mussten dir jede Möglichkeit nehmen, den Palast zu verlassen.« Schuldgefühle leuchteten in Moms Augen auf, als sie den Blick senkte und ein weiteres Mal nach ihrem Glas griff, nur um festzustellen, dass es längst leer war und sie die Diener weggeschickt hatten.

»Aber warum? Warum musstet ihr mich einsperren, wenn ich keine Macht mehr besaß?« Meine Stimme war nicht mehr als ein heiseres Flüstern.

»Weil du nur *ein* Teil bist, Calea, und niemals auf den zweiten treffen durftest.«

Ruckartig hob ich den Kopf. »Kenzo.«

»Ja, Kenzo und eure Liebe füreinander sind das Herzstück des Rituals. Aus diesem Grund mussten wir unter allen Umständen verhindern, dass du in die Menschenwelt gelangst. Denn egal wo auf der Erde du gewesen wärst, eure Wege hätten euch immer zueinandergeführt und deine Magie freigesetzt. Weil es euer Schicksal ist, diese einzigartige Verbindung aufzubauen.«

»Und damit den Untergang der Welt, wie wir sie kennen, zu verursachen.« Mir wurde schlecht, als die Bruchstücke nach so langer Zeit endlich das ganze Bild ergaben. All die Andeutungen und Hinweise, das seltsame Prickeln, das Kenzo und mich verband, die Tatsache, dass keiner von uns in der Lage gewesen war, den anderen gehen zu lassen …

»Dann ist das alles nicht real? Kenzo und ich –«

Plötzlich spürte ich Moms warme Finger auf meinen zitternden Händen und ihre sanfte Magie, die mich wie eine schützende Decke umgab. »Ganz im Gegenteil, mein Kind. Gerade weil eure Liebe so echt und stark ist, wohnt ihr die Macht inne, etwas so Altes und Gewaltiges wie die Barriere zu vernichten.«

Ich schluckte gegen den Kloß in meinem Hals an und sah ihr in die grauen Augen, in denen der goldene Schimmer ihrer Magie tanzte. »Was soll ich jetzt tun? Ich kann ... ich kann ihn nicht vergessen.«

Mom winkte einen Stuhl zu sich heran und ließ sich neben mir nieder. »Ich weiß, mein Schatz. Ich kann mir vorstellen, wie schwer das für dich und auch den Menschen sein muss, aber es ist die einzige Möglichkeit. Sollte Seymour euch jemals wieder –«

»Was soll das heißen? Wo ist Seymour? Ist er noch am Leben?«

Mit zusammengepressten Lippen sah meine Mutter zu Dad. »Um in das Exil zu gelangen und dich zu retten, musste ich den Zugang öffnen. Wir konnten die meisten Dämonen einfangen und zurück in die Verbannung schicken, aber Seymour Sajosha ist entkommen und ... wir wissen nicht genau, wo er sich aufhält.«

Wie von der Tarantel gestochen fuhr ich hoch. »Das ist nicht euer Ernst! Dieser Wahnsinnige ist auf freiem Fuß – in *derselben Welt* wie Kenzo! Was meint ihr, was sein erster Schachzug sein wird?!«

»Beruhig dich, Calea«, forderte mein Vater und stand ebenfalls auf. »Die gesamte Elite sowie mehrere Einheiten aus Zusammenschlüssen von Iljos und Dämonen sind auf der Suche nach Seymour. Weitere Soldaten sind für die Bewachung von Kenzo Warren abgestellt. Es ist nur eine Frage der Zeit, bis Sajosha wieder in der Verbannung landet.«

Mein Instinkt sagte mir, dass keine Armee dieser und jeder anderen Welt dazu in der Lage war, Seymour mit seinem unbändigen Durst nach Rache davon abzuhalten, seinen Plan durchzuziehen.

Ungläubig sah ich zwischen meinen Eltern hin und her. »Ihr habt keine Ahnung, wie wahnsinnig dieser Bastard ist! Er wird Kenzo finden und quälen. Noch immer gehört Seymour ein Teil von Kenzos Seele und wenn er sie fordert …« Kraftlos sank ich zurück auf den Stuhl. »Ich kann das nicht zulassen.«

»Wenn Seymour Gebrauch von der Verbindung zu Kenzo macht, verrät er gleichzeitig seinen Standort. Und das weiß er, Calea. Er wird seine Deckung nicht leichtfertig aufgeben, nur um Kenzo leiden zu lassen. Der Mensch ist in Sicherheit. Ihm wird nichts geschehen.« Mein Vater neigte beruhigend den Kopf und ließ sich ebenfalls nieder. »Du hast mein Wort, dass wir für seinen Schutz sorgen und alles daransetzen, Seymour zurück ins Exil zu schicken. Das hat im Moment oberste Priorität in der gesamten Übernatürlichen Welt.«

»Dann lasst mich helfen! Ich kann nicht einfach hier rumsitzen und nichts tun, während Seymour und Kenzo –«

»Nein«, unterbrach mich Mom und löste ihre Finger von meinen. »Unter keinen Umständen. Hast du denn immer noch nicht verstanden, was deine Anwesenheit auf der Erde bedeutet?«

Sie hatte recht. Natürlich hatte sie das. Ein einzelnes Menschenleben durfte nicht der Grund dafür sein, dass ich die gesamte Welt in Gefahr brachte – und trotzdem konnte ich nicht anders. Ich war machtlos gegen jede Art von Logik, während meine Gedanken einzig und allein Kenzo galten. »Und danach? Wenn Seymour wieder gefasst wurde?«

Auch ohne die Worte, die unsere Eltern über ihre Verbindung miteinander wechselten, hören zu können, wusste ich, was sie sagen würden.

Wir hatten uns geirrt, es würde für Kenzo und mich kein

Danach geben. Weder in dieser noch in jeder anderen Welt. Und von all den grausamen Wahrheiten, die ich heute erfahren hatte, war diese Gewissheit die schmerzhafteste.

***

Später an diesem Tag saß ich auf der Brüstung des höchsten Turms des Höllenpalastes und starrte auf Aker herab. Ein warmer Wind zupfte an meinem weiten dunkelroten Hemd, das ich über eine schwarze Lederhose gezogen hatte, und ließ meine langen Haare fliegen.

Ich entdeckte mehrere Wachen, die auf den Mauern und Türmen positioniert waren, und gut ein Dutzend Soldaten der Elite, die Patrouille um die Festung flogen. Dämonen waren als kleine Punkte auf den Straßen der Hauptstadt unterwegs, Waren wurden auf den großen Straßen transportiert und immer wieder tauchten zwischen den Dämonen niedere Kreaturen der Unterwelt auf. Gewaltige Spinnenwesen, die als harmlose Beobachter ihre langen Beine durch die Stadt steuerten, Höllenhunde, die die Soldaten auf ihren Runden unterstützten, und andere verschlagene Kamis, die mich unwillkürlich an Hero denken ließen.

Meine Mom hatte mir mitgeteilt, dass sie Hero erst freigeben würde, wenn die Angelegenheit mit Seymour geklärt wäre, weil Kamis so leicht zu beeinflussen wären. Hero war eine Schwachstelle und mögliche Angriffsfläche für jeden, der an mich heranwollte. Das verstand ich und dennoch wünschte ich mir in diesem Augenblick meinen kleinen Katzendämon an meine Seite. Ihn und seine nervtötenden Kommentare.

Gedankenverloren ließ ich ein paar lose Kiesel aufsteigen und über meiner geöffneten Hand in der Luft schweben. Hier unten im Hades fiel es mir beinahe beängstigend leicht, auf meine Magie zuzugreifen, sie fühlte sich stärker und präsenter an und doch konnte ich nichts davon wirklich genießen. Nicht bei all den ungeklärten Fragen, die noch immer durch meinen Kopf rauschten, und dem pochenden Schmerz in meiner Brust, der mich bei jedem Herzschlag daran erinnerte, dass ein Teil von mir fehlte.

Für immer fehlen wird.

»Ich habe mir gedacht, dass du dich hier oben versteckst.«

Überrascht fuhr ich herum, als ich Jades Stimme hinter mir hörte. Meine jüngere Schwester stand mit verschränkten Armen an die Tür gelehnt, die runter in den Turm führte, und musterte mich mit einem kalten Grinsen. Noch immer funkelte der Krähenstahlreif an ihrem Hals, aber Jade wirkte nicht länger so, als würde sie jedem, der ihr zu nahe kam, die Augen auskratzen wollen.

»Was willst du?«

Seufzend stieß sie sich vom Holz ab und schlenderte zu mir, wobei der dunkelblaue Stoff ihres Kleides leise raschelte. »Du bist also immer noch wütend.«

»Kannst du es mir verdenken?«

Schulterzuckend schwang sie sich neben mich auf die Brüstung. »Nein. Genauso wie Mom, Dad, Ryk und du habe auch ich ziemlichen Mist gebaut. Scheint in der Familie zu liegen.«

Ich schloss meine Hand, sodass die immer noch schwebenden Kiesel mit einem vernehmlichen Klacken zu Boden gingen. »Ist das der Beginn einer schlechten Entschuldigung?«

»Träum weiter. Entschuldigungen sind nicht meine Art, Catty.«

Wohl wahr. Jade war die geborene Kratzbürste – zu jedem außer Ryker.

»Aber ich möchte ein paar Dinge klarstellen. Die anderen wissen schon Bescheid, aber dir habe ich es noch nicht erklärt und das ... möchte ich.« Hätte Jade mir eröffnet, dass sie jetzt unter Sterblichen leben und ihre Magie aufgeben wollte, ich hätte nicht verdutzter sein können. »Und bevor du jetzt etwas sagst, das hier hat rein gar nichts mit deinen plötzlichen Superkräften oder deiner dunklen Rolle in dieser Tragödie zu tun.«

Ich verzog das Gesicht und schüttelte den Kopf. »Danke, dass du mich daran erinnerst.«

Jade strich den dicken Stoff ihres Kleides glatt und sah dann auf unsere Hauptstadt herab. »Nach all dem, was Mom und Dad heute gesagt haben, hatte ich das erste Mal das Gefühl, dich zu verstehen, Cat. Wir sind uns vielleicht nie wirklich nah gewesen, aber ich möchte, dass du mich auch verstehst.«

»Du meinst, warum du Seymour gefolgt bist?«

Ihre Wangen röteten sich merklich und ich glaubte, ein leichtes Zittern ihrer Finger zu sehen, als sie sich eine Strähne ihrer langen braunen Haare zurückstrich. Scham. Jade schämte sich für das, was sie getan hatte.

»Seymour hat mir versprochen, was ich mir immer gewünscht habe«, begann sie leise. »Hier im Palast war ich unsichtbar. Unwichtig, wenn man so möchte, doch bei ihm ... Er hat mir versichert, dass ich eine bedeutende Rolle in der neuen Welt, die er erschaffen will, haben werde. Eine führende Rolle.«

Ich sah meine kleine Schwester von der Seite an und zog die Augenbrauen zusammen. »Jade ...«

»Beim Hades, ich wusste nicht, dass es sein Plan war, die ganze Welt zu vernichten. Wirklich.« Sie suchte meinen

Blick und biss sich auf die Lippe. »Ich wusste nicht, dass er dich und Kenzo umbringen wollte, um sein Königreich aufzubauen. Oder dass Mom und Dad dadurch sterben würden. Ich dachte ... ich dachte, es wäre irgendein banales Ritual, ein blöder Zauber ...« Tränen schimmerten in ihren Augen. »Ich wollte doch nur ein einziges Mal bedeutsam sein.«

Im nächsten Moment hatte ich auch schon die Arme um meine Schwester geschlungen und drückte ihren bebenden Körper an mich, während sie lautlos schluchzte.

»Jade, wer oder was hat dir das Gefühl gegeben, nicht bedeutsam zu sein? Du *bist* bedeutsam, für jeden von uns.«

Jade schniefte und löste sich von mir. »Ach ja? Es dreht sich immer nur alles um Ryk oder darum, dich zu schützen. Was mit mir geschieht, interessiert doch niemanden.«

»Das ist nicht wahr. Ryker und ich sind vor Sorge fast umgekommen, als wir erfahren haben, dass du bei Seymour bist. Und du weißt, dass Mom und Dad sofort alle Hebel in Bewegung gesetzt hätten, hätten sie gewusst, dass du im Exil bist. Also hör auf, solchen Mist zu erzählen. Wie bist du überhaupt dort reingekommen?«

Mit einem freudlosen Lachen fuhr sie sich über die Augen und starrte dann auf die Spuren der verschmierten Wimperntusche auf ihren Fingern. »In all den Jahren, in denen Ryk und du mich ausgeschlossen habt, bin ich ziemlich gut im Lauschen geworden.«

»Du wusstest die ganze Zeit von meinem Vorhaben.«

»Ja. Seit dem Moment, in dem du in der Waffenkammer rumgeschnüffelt und Ryk mit reingezogen hast.«

Resigniert hob ich einen Mundwinkel. »Vermutlich hätte ich es wissen müssen. Du hast schon als Kind jedes Geheimnis des Palastes gekannt.«

»Mein geheimes Supertalent.« Jade wischte sich eine letzte Mascara-Spur von der Wange und lächelte dünn. »Ich weiß, ich habe gesagt, ich würde mich nicht entschuldigen, aber ... es tut mir leid, Cat. Es tut mir leid, dass Seymour durch mich auf deine Spur gekommen ist.«

Ich ballte die Hände zu Fäusten. »Was meinst du?«

»Der Angriff im Club ... Ich habe Seymour verraten, dass du da sein würdest. Zusammen mit dem Menschen. Ich dachte, er würde nur mit dir reden wollen und ... « Jades Stimme war nicht mehr als ein Piepsen, als die letzte Silbe ihren Mund verließ.

»Jade!«, zischte ich und verengte die Augen. »Das kann nicht –!«

Der durchdringende Knall, mit dem die Tür gegen das Mauerwerk schlug, ließ Jade und mich auffahren. Einen Moment lang wirkte Ryker irritiert davon, dass Jade bei mir war, dann jedoch wurde seine Miene wieder ernst. »Jade, lass uns allein.«

»Was?«

»Sofort!«

Meine Schwester warf Ryk einen vernichtenden Blick zu, folgte jedoch seiner Anweisung, die Tür laut hinter sich zuwerfend.

Ryker atmete hörbar aus. »Wir haben Seymour.«

Viel zu schnell für jedes menschliche Auge, sprang ich von der Brüstung und kam unserem Bruder entgegen. »Wo?! Ist er wieder im Exil?«

Eine steile Falte grub sich zwischen seine Augenbrauen, dann schüttelte Ryker angespannt den Kopf.

Irgendetwas stimmte hier nicht.

»Nein. Die Elite hat Seymours Signatur bis nach Irland verfolgt, doch als wir ihn gefunden haben, war Seymour nicht Seymour.«

Mein Herzschlag beschleunigte sich. »Hör verdammt noch mal auf, in Rätseln zu sprechen!«

»Er hat das Ei benutzt.« Jade kam hinter der Tür hervor und überkreuzte die Arme vor der Brust.

Kleine Lauscherin.

Ryker sah seufzend zu unserer Schwester und neigte den Kopf, woraufhin sie sich neben uns stellte.

Verständnislos sah ich zwischen meinen Geschwistern hin und her. »Ei? Könnte mich mal bitte jemand ins Bild setzen?«

»Ein *Gallux*-Ei. Darin lässt sich die einzigartige Energiesignatur eines Dämons zeitweilig speichern und auf denjenigen, dem man das Ei einpflanzt, übertragen. So lange, bis der Träger an dem Gift der *Gallux*-Spinne, die schließlich aus dem Ei schlüpft, stirbt.«

Ich hatte über diese Mistviecher gelesen. Kleine, feuerrote Biester, die in den tiefsten Abgründen der Hölle hausten. Dass man sie einsetzen konnte, um jemanden auf eine falsche Fährte zu locken, hatte ich allerdings nicht gewusst.

Ryker fuhr sich übers Kinn und nickte knapp. »Als die Soldaten das Haus im Westen von Dublin gestürmt haben, war der menschliche Träger längst tot.«

»Aber das heißt doch, dass wir Seymour jetzt aufspüren können, oder? Seine Signatur muss wieder auf ihn übergegangen sein.«

»Das geschieht erst vierundzwanzig Stunden nach dem Tod des Trägers. Bis dahin ist Seymour unsichtbar.«

Seine Worte fühlten sich an, als hätte mir jemand eine stumpfe Klinge in den Bauch gerammt.

Rykers Blick richtete sich wieder auf mich. »Die Soldaten

in Kenzos Nähe sind in höchster Alarmbereitschaft. Ihm wird nichts geschehen.«

Ich blickte auf und schüttelte den Kopf. »Wir wissen beide, dass das eine Lüge ist. Seymour wird Kenzo finden und leiden lassen. Genau so, wie Mom ihn Jahrhunderte im Exil hat leiden lassen.«

»Cat …«

Abwehrend hob ich die Hände. »Du kannst nicht von mir verlangen, dass ich das einfach geschehen lasse.«

»Genauso wenig kann ich zulassen, dass das Ritual vollzogen wird. Es würde unsere Eltern umbringen«, hielt Ryker hitzig dagegen.

»Das würde ich niemals wollen, Ryk. Das weißt du.«

»Ja, das weiß ich«, erwiderte er resigniert und machte einen weiteren Schritt auf mich zu. »Genauso, wie ich weiß, dass du Kenzo mehr liebst, als vielleicht gut für dich ist, aber das hier ist bei Weitem größer als ihr beide. Es steht zu viel auf dem Spiel. Für uns alle.«

Wie auf einen lautlosen Befehl hin, lösten sich zwei Wachen aus den Schatten.

Tränen stiegen in meinen Augen auf und ließen die Welt verschwimmen. »*Bitte*, Ryk. Bitte lass das nicht zu.«

»Ich kann nicht.«

»Ryk?«, fragte auch meine Schwester, sichtlich verwirrt von seiner plötzlichen Härte.

»Du kannst nicht oder du willst nicht?!«, entgegnete ich scharf, ohne auf Jade einzugehen. »Seymour wird Kenzo umbringen! Kenzo wird *sterben!* Und du willst das einfach zulassen?! Tatenlos dabei zusehen?«

»Manche Dinge müssen geschehen, Calea. Ich wünschte, es wäre anders, aber du lässt mir keine Wahl.« Ryks Miene wurde kühl, dann brachte er etwas Distanz zwischen uns und deutete mit ausgestrecktem Finger auf mich. »Nehmt die Prinzessin in Gewahrsam, bis der Verräter hinter Schloss und Riegel ist. Zu ihrer eigenen Sicherheit.«

Fauchend wich ich zurück, als die Dämonen nach meinen Armen packten und mich mit Krähenstahl fesselten. Ohne auf meine Flüche und Drohungen zu reagieren, eskortierten sie mich in ihrem schraubstockartigen Griff zur Tür – vorbei an einer fassungslosen Jade, und Ryker, der mir nicht länger in die Augen schauen konnte.

»Das werde ich dir nie verziehen, Ryk. Niemals.«

»Ich weiß.« Mein Bruder senkte resigniert den Kopf. »Ich mir auch nicht.«

Kapitel 27

Vor den Fenstern meiner Gemächer schien die Welt in Flammen zu stehen. Eines der seltenen Hades-Gewitter hatte Besitz von der Hölle ergriffen und ließ den Himmel immer wieder in grellen Blitzen aufleuchten, während ohrenbetäubender Donner über die Unterwelt hinwegrollte und strömender Regen gegen die Fensterscheiben peitschte.

Es barg eine gewisse Dramatik, dass das Wetter beinahe erschreckend genau zu meiner Stimmung passte. In mir tobte ein ganz ähnliches Unwetter, doch anders als die Naturgewalten draußen, hatte ich Grenzen. Grenzen, weil man mich ein weiteres Mal eingesperrt hatte.

Stöhnend vergrub ich das Gesicht in meinen völlig zerschrammten Händen und zog die Knie an. Noch immer sickerte frisches Blut aus all den kleineren Wunden und aufgeplatzten Knöcheln, die ich mir zugezogen hatte, als ich die Tür zum vierten Mal malträtiert hatte. Als würde sich beim vierten Mal – im Gegensatz zu den erbärmlichen Versuchen zuvor – irgendetwas an dem Resultat ändern, als würde mich irgendjemand hören und aus diesem verfluchten Zimmer lassen. Natürlich war niemand gekommen. Niemand hatte aufgeschlossen, mir irgendwelche Neuigkeiten übermittelt, mich getröstet. Egal wie sehr ich auch gewütet und getobt hatte, wie oft ich gegen das Holz gedonnert und wie laut ich geschrien und gedroht hatte, am Ende hatte es nichts gebracht. Nichts bis auf blutige, vor Schmerz pulsierende Hände. Aber zumindest hatte ich dadurch das Gefühl, nicht vollkommen leer und taub zu sein. Solange da Schmerz war, war ich noch am Leben, oder?

Nur fühlte es sich nicht so an. Mit jeder Stunde, die ich hier drin verbrachte, dazu verdammt, *nichts* zu tun, während Kenzo da draußen mit Seymour war, starb ein kleiner Teil von mir. Mittlerweile mussten es fast vierzehn Stunden sein und von mir war nicht mehr viel übrig. Ich hatte nichts gegessen, nicht geschlafen. Hatte nur wieder und wieder meinen aussichtslosen Kampf gegen die Tür angetreten und war letztlich daran zerbrochen. Die Tür – die Magie meiner *Eltern* – hatte mich jedes Mal zu Fall gebracht, wo ich mich ganz klein gemacht und zusammengekauert hatte, als könnte ich einfach so verschwinden.

Und dort kauerte ich, vier Versuche und unzählige Stunden später immer noch und starrte mit leerem Blick auf die Blutflecken, die ich überall verteilt hatte.

Ich konnte nicht fassen, dass Ryker mich verraten hatte. Dass er nach allem, was wir zusammen durchgemacht hatten, mutwillig zuließ, dass Kenzo getötet wurde. Wie konnte er – wie konnten sie alle – mit gutem Gewissen wegschauen, anstatt eine Lösung zu finden? Mom könnte mit Leichtigkeit auf die Erde reisen und Seymour das Leben zur Hölle machen. Oder Dad. Warum taten sie es nicht? Warum –

Ich blickte ruckartig auf und erinnerte mich an etwas, das Ryker gesagt hatte. Es schien eine kleine Ewigkeit her und nicht erst vierzehn Stunden – und doch war der Gedanke kalt und schneidend. Die Klinge, die ohne Vorwarnung durch meinen Geist fuhr, war schneidend.

Manche Dinge müssen geschehen.

Nein.

Die Gewissheit, die Bedeutung, die Rykers Worten innewohnte, sickerte unaufhaltsam in meinen Verstand. Ich hatte das Gefühl, mich jeden Moment übergeben zu müssen.

Nein, das kann nicht sein.

Fluchend ballte ich die Finger zu Fäusten und wimmerte, als der frische Schorf an meinen Knöcheln erneut aufplatzte und ein beißender Schmerz durch meine Hände schoss.

Doch. Kann es. Und es ist so, meldete sich meine innere Stimme mit kalter Genugtuung zu Wort. *Und das weißt du auch. Du weißt, dass du und sämtliche Welten niemals in Sicherheit sein werden, solange* beide Teile *existieren. Es muss passieren. Einer von euch muss sterben.*

Neue Wut rauschte wie eine rote Welle durch mich hindurch, als ich aufsprang und ein weiteres Mal gegen die Tür hämmerte. Das fünfte Mal.

Nein. Nein. Nein. Nicht Kenzo. Nicht …

Ich lehnte die Stirn gegen das Holz und presste die Hände flach dagegen, als könnte ich es allein durch Willenskraft öffnen. Doch meine Mutter hatte dafür gesorgt, dass ich in meinen Gemächern keinen Zugriff auf meine Fähigkeiten hatte. Ich war absolut machtlos.

Vermutlich war das von Anfang an ihr Plan gewesen. Nicht Seymour wieder einfangen, sondern Kenzo sterben lassen. Ihn opfern, damit wir alle eine Zukunft haben konnten. Denn solange einer von uns am Leben war, würde es nie die Garantie geben, dass nicht irgendwer anderes sich das Ritual zunutze machte. Die Jagd würde niemals aufhören und das Chaos immer im Schatten lauern.

Manche Dinge müssen geschehen.

Zum Teufel damit!

»Zum Teufel damit!«, kreischte ich und schlug blind vor Zorn und Trauer und Frust gegen das Holz, bis frisches Blut über meine Arme lief und sich die Welt um mich herum zu drehen begann.

»Lasst mich durch, verflucht.«

Erschrocken fuhr ich von der Tür zurück, als sich ein Schlüssel im Schloss drehte und kurz darauf mein Bruder den Raum betrat. Mein Bruder, der schuld daran war, dass ich hier eingesperrt war. Der genauso wie alle anderen zuließ, dass Kenzo starb.

Ich stieß ein wütendes Fauchen aus und verengte drohend die Augen. »Mutig von dir, hier aufzutauchen. Ich kann dir auch ohne meine Magie die Augen auskratzen.«

Ryker verschränkte die Arme vor der Brust und hob eine Augenbraue. »Was ist mit deinen Händen passiert?«

»Spielt das eine Rolle?«

»Cat, ich bin nicht dein Feind.«

Ich warf ihm einen mordlustigen Blick zu. »Ach nein? Und wie nennst du das hier? Du hast mich *abführen* lassen, wie eine verfluchte Gefangene. Du hast zugelassen, dass sie mich hier einsperren und noch viel schlimmer, es lässt dich völlig kalt, was mit Kenzo geschieht!«

Unbeeindruckt von meiner schrillen Stimme kam Ryk auf mich zu und schüttelte den Kopf, während er gleichzeitig sagte: »Du hast dir diese ganze Situation selbst zuzuschreiben, Calea. Es ist eine schwere Entscheidung für die Königin, aber das Wohl der Welt steht ganz klar über dem Leben eines einzelnen Menschen.«

Verwirrt runzelte ich die Stirn und sah dann auf seine Hände, die einen kleinen Beutel entknoteten und bläuliche Kristalle daraus hervorholten.

Was zum …?

»Ryk?«

»Solange du keine Einsicht zeigst, kann ich nichts für dich tun«, fuhr er fort, reichte mir einen der winzigen Kristallkrümel und bedeutete mir wortlos, ihn in den Mund zu stecken und draufzubeißen.

»Wenn das irgendein –!«

Ryker schüttelte knapp den Kopf und wiederholte eindringlich die stumme Anweisung.

Zögerlich betrachtete ich den Stein und schob ihn mir dann zwischen die Lippen, als mein Bruder dasselbe tat. Der Kristall hatte kaum meine Zunge berührt, da hallte auch schon ein hohes Pfeifen durch meine Ohren. Ich presste mir die Hände gegen die Schläfen und kniff die Augen zusammen.

Nur einen Herzschlag später war es vorbei.

»Tut mir leid, Cat. Diese kleinen Dinger sind echte Folterwerkzeuge, aber anders ging es nicht.«

Ich ließ langsam die Arme sinken und legte fragend den Kopf schief. »Was ging nicht anders? Was soll das hier?«

»Ich bin dabei, dir aus der Patsche zu helfen.«

»In die du mich doch erst gebracht hast!« Schnaubend pikte ich ihm mit dem Zeigefinger in die Brust. »Ohne dich würde ich hier nicht tatenlos herumhocken, während –!«

Ryker fing meine Hand in der Luft ab und hob einen Mundwinkel. »Wie gesagt, manches muss geschehen. Ich musste dich abführen lassen, um das perfekte Bild zu erschaffen und wir mussten auf diese widerlichen kleinen Kristalle beißen, damit Mom nichts von dem hier mitbekommt. Tut mir leid, dass ich dich so lange habe warten lassen, aber ich musste an einigen Strippen ziehen.«

Manches muss geschehen.

»Dann hast du damit nicht Kenzos Tod gemeint?«

Mein Bruder sah mich ehrlich getroffen an. »Denkst du

wirklich so schlecht von mir? Ich bin vielleicht kein Fan davon, dass du und der Mensch die Welt in Flammen aufgehen lassen könntet, aber ich weiß, wie viel er dir bedeutet. Und du bedeutest *mir* viel. Also …«

Aus einem Impuls heraus schloss ich meinen Zwillingsbruder in den Arm und vergrub den Kopf an seiner Brust. »Danke, Ryk.«

»Mom und Dad glauben vielleicht, dass es keine andere Lösung gibt, aber ich schon. Wir haben sie nur noch nicht gefunden.« Beruhigend strich er mir über den Rücken, ehe er mich sanft ein Stück von sich schob. »Und solange wir danach suchen, werden wir Kenzo zu uns holen.«

Ich riss die Augen auf. »In den Hades? Ryk –«

»Das gefällt mir genauso wenig wie dir, aber es ist die einzige Möglichkeit. Kenzo und du wärt in Sicherheit und wir bekommen mehr Zeit, über die ganze Sache mit dem Ritual nachzudenken.«

Ich atmete hörbar aus und sah meinem Bruder in die Augen. Mein Bruder, der sich genauso wie ich durch all das, was wir erlebt hatten, verändert hatte und plötzlich Regeln brach, um mir zu helfen. Ein Gefühl von Wärme machte sich in meiner Brust breit und ließ mich lächeln. »Du magst ihn.«

»Damit fangen wir gar nicht erst an. Zieh dich um, Cat, wir müssen los.«

Grinsend klopfte ich ihm auf die Brust und verschwand dann im Ankleidezimmer, um die Lederhose und das Hemd gegen Jeans, einen grauen Oversized-Pullover und meine Doc Martens zu tauschen. Meine Hände versorgte ich provisorisch mit zwei frischen Stoffstreifen, doch sobald ich einmal aus Moms Magiekäfig entkommen wäre, würde meine Quelle die Wunden ohnehin innerhalb eines Wimpernschlags heilen.

»Wo ist er?«, fragte ich, als ich zurück ins Schlafzimmer kam und nach meinem Bogen griff.

»London.«

»Du hast Kenzo in *London* in Sicherheit gebracht? Bei sich zu Hause?! Hast du vielleicht auch noch ein blinkendes Leuchtreklameschild aufgehängt?«

Ryker kommentierte den ledernen Köcher, den ich mir über eine Schulter warf, mit einem skeptischen Blick und zuckte mit den Schultern. »Die Clans sind informiert und bieten den idealen Schutz. Außerdem hat Zayden dort zurzeit seine Iljos postiert.«

Okay, Ryk hatte wirklich an alles gedacht, wenn er sogar die Iljos, die Dämonen normalerweise aufs Blut nicht ausstehen konnten, mit ins Boot holte. »Gut, überzeugt. *Back to the roots.*«

»Da bin ich aber erleichtert. Können wir dann los, bevor unsere Eltern doch noch den Braten riechen und Jades Ablenkungsmanöver versagt?«

Erstaunt hob ich die Brauen. »Jade ist auch mit dabei?«

»Du weißt, dass man vor ihr unmöglich irgendetwas geheim halten kann.«

Ich überprüfte den Sitz meines Bogens und Köchers und nickte. »Auch wieder wahr. Also, wie lautet dein Masterplan, um hier rauszukommen? Wie du vielleicht mitbekommen hast, bin ich hier drin auf Sterblichen-Niveau herabgestuft worden.«

»Wie gut, dass unsere Mutter in deinen Gemächern nur deine Macht gebannt hat, nicht wahr?« Mit einem Zwinkern machte er ein paar Schritte in Richtung Kamin.

»Nicht dein Ernst! Du willst durch eines von Moms offiziellen Portalen reisen? Bisschen provokant, findest du nicht?«

Ryker zuckte erneut mit den Schultern und ließ die Flammen auflodern, die uns aus dem Hades zurück in die Menschenwelt bringen würden. »Wenn wir uns schon gegen die Höllenkönigin stellen, dann machen wir es zumindest richtig.«

Ich glaubte, in diesem Moment liebte ich meinen Bruder gleich noch ein Stückchen mehr.

***

Wir schlugen ein wie eine Bombe. Anders hätte man es ganz einfach nicht ausdrücken können. Ryker landete mit einem markerschütternden Donnern auf einem Wohnzimmertisch, der unter der Wucht seines Aufpralls zusammenbrach, während ich ein Stück daneben einen samtbezogenen Hocker zertrümmerte.

Also ja: wie ein Bombeneinschlag.

»Verfluchte Scheiße! – Cat?«

Ich wischte mir einige Haarsträhnen aus den Augen und drehte den Kopf dann in Richtung der ungläubigen Stimme.

Und da stand er: Kenzo Warren in dunkelblauer Chino-Hose, hellem Hemd und hoffnungslos verstrubbelten dunkelblonden Haaren.

Lebendig.

Innerhalb eines Herzschlages war ich aufgesprungen und hatte ihn auch schon an meine Brust gezogen. »Dem Hades sei Dank«, murmelte ich, ehe ich sein Gesicht zu mir herunterzog und meine Lippen auf seine presste. »Du lebst.«

Etwas überrumpelt erwiderte Kenzo meinen Kuss und musterte mich dann besorgt. »Was machst du – was macht *ihr* hier? Ryker hat gesagt –«

»Was beim Allmächtigen ist hier los?«

Verdattert sah ich an Kenzo vorbei und stieß gleich den nächsten Fluch aus. An einem modernen Glastisch saßen Kenzos Mom Madeline und seine Schwester Jules, beide gleichermaßen erschrocken und mit weit aufgerissenen Augen.

»Was für ein Timing«, murmelte Ryker, der neben uns trat und sich einen letzten Holzsplitter von der Kleidung zupfte. »Fehlt nur noch, dass Mutter mit ihrem Heer an Höllenhunden auftaucht.«

Kenzo hob abwehrend die Hände. »Moment – *Was?!*«

Im selben Augenblick rief seine Schwester: »Höllenhunde? Mein Gott, du hast ja wirklich die Wahrheit gesagt!«

Ich warf meinem Bruder einen vernichtenden Blick zu und griff nach Kenzos kühlen Fingern. »Kenzo –«

»Wer sind diese beiden Personen und wie sind sie in unser Penthouse gekommen?! Und der Tisch! Der schöne Tisch, komplett ruiniert!« Madeline Warren erhob sich mit geröteten Wangen von ihrem Platz und strich ihr dunkelrotes Kostüm glatt. »Ich verlange *umgehend* eine Erklärung, Kenzo.«

»Teufel noch mal, genauso nervtötend wie ich sie in Erinnerung hatte«, brummte Ryk und nickte in Madelines Richtung. »Tu mir den Gefallen, nutz dein *Channeling* und schalte die beiden aus, Cat. Sie haben auch so schon genug gesehen.«

»Vergiss es«, entgegnete ich, während sich Kenzo gleichzeitig schützend vor seine Familie schob und Ryker ansah, als würde er ihn am liebsten zerfleischen.

»Wir haben keine Zeit für Diskussionen und das weißt du auch. Schnapp dir Kenzo und dann ab zurück in den Palast.«

»Könnt ihr mir jetzt bitte mal sagen, was hier gerade läuft? Ihr jagt mir nämlich eine Scheißangst ein. Vor allen Dingen, nachdem Ryker mir gedroht hat, meine Eingeweide rauszureißen, sollte ich nach dir suchen, Cat.«

Ryker hatte *was* gesagt? Das würde ich definitiv nachher mit meinem Bruder klären.

»Hör zu, Kenzo, Seymour ist auf freiem Fuß und aktuell wissen wir nicht, wo er ist. Nur, dass er es auf dich abgesehen hat. Auf *uns.*«

Jules kam mit wehenden weißblonden Haaren um den Tisch herum und stellte sich neben Kenzo. »Der irre Typ, der den Club in die Luft gejagt hat?«

Das war dann wohl eher ich gewesen.

Ryker verdrehte fluchend die Augen. »Du hast ihr auch echt alles erzählt, was, Mensch?«

»Was hast du erwartet?«, blaffte Kenzo. »Du hast mich doch erst in diese Lage gebracht!«

»Jungs!«, ging ich dazwischen und drückte warnend Kenzos Finger. »Wir müssen –«

Ein ohrenbetäubender Knall ließ mich abrupt verstummen. Nur einen Sekundenbruchteil später flogen Gesteinsbrocken und Möbelteile wie Geschosse durch die Luft, als eine Druckwelle durch das Penthouse lief und uns brutal von den Beinen riss. Ich hörte Madeline schreien und verlor Kenzos Hand, als mich etwas am Kopf traf und ich ungebremst auf dem Boden aufschlug. Die Wucht presste mir die Luft aus der Lunge und ließ grelle Farben vor meinen Augen explodieren, während das Wohnzimmer in dichtem Staub und Trümmern versank.

Dann wurde es still.

Hektisch blinzelte ich gegen die drohende Finsternis an und tastete über den staubigen Boden nach Kenzos Hand. Doch da war nichts. Nichts außer Stein, zerborstenem Holz und Glassplittern, die sich stechend in meine Haut bohrten.

Hustend fuhr ich mir über das Gesicht und spürte warmes Blut unter meinen Fingerspitzen.

»Kenzo!«, brachte ich krächzend hervor und hievte mich auf die Unterarme, die beinahe unter mir nachgegeben hätten. Suchend ließ ich den Blick über das in Schutt und Asche liegende Wohnzimmer gleiten, doch durch den aufgewirbelten Dreck war kaum etwas zu erkennen. Nur schemenhafte Silhouetten von Dingen, die einmal Möbel gewesen waren und …

Kenzo!

So schnell es mein verletzter Körper zuließ, robbte ich durch die Trümmer und ging neben Kenzos regloser Gestalt in die Hocke. Ein langer Schnitt verunzierte seine Schläfe und sein linker Arm stand in einem unnatürlichen Winkel ab. Behutsam strich ich über seine Wange und fuhr keuchend zurück, als er ruckartig die Augen aufriss und nach meiner Hand packte.

»Ich bin's, Kenzo, ich bin's. Alles gut.«

»Cat. Was ist … was ist passiert? Wo ist Jules?«

Ich schüttelte den Kopf und biss mir auf die Lippe. »Keine Ahnung.«

Mit meiner Hilfe schaffte es Kenzo, sich aufzurichten. »War das deine Mum?«

»Nein, das …« Mir blieb die Luft weg, als mir klar wurde, *was* das zu bedeuten hatte. Wenn es nicht meine Mutter gewesen war, dann …

Seymour.

»Kenzo, wir müssen hier weg. *Sofort.*«

»Nicht ohne Jules und meine Mum. Wo ist Ryker?«, erwiderte er mit grimmiger Miene und sah sich suchend um, bis ich ihm erneut eine Hand an die Wange legte und dazu zwang, mir in die Augen zu schauen.

»Nein, Kenzo. Du verstehst nicht, wir müssen *jetzt sofort* verschwinden. Bevor –«

Direkt hinter Kenzo schälte sich eine schlanke Gestalt aus dem Staub. Funkelnde schwarze Augen kamen zum Vorschein, ein mitternachtsfarbener Mantel, der bei jedem Schritt raschelte, eine gebogene, silberne Klinge, an der frisches Blut klebte. Eine Klinge, die nur wenige Zentimeter über Rykers Kehle schwebte.

»Seymour.«

Seymour Sajosha verzog die schmalen Lippen zu einem tödlichen Lächeln. »Hallo, mein Täubchen.«

Kapitel 28

Fassungslos starrte ich auf die Klinge an Rykers Kehle und die dünne Blutspur, die bereits über seinen Hals rann.

»Was für eine unschöne Situation«, sinnierte Seymour und sah sich dann in dem hoffnungslos zerstörten Raum um. »Und was für ein Chaos. Ich schätze, nach all den Jahren im Exil hatte ich keine Ahnung mehr, wie mächtig meine Magie doch ist.«

Ich biss die Zähne zusammen und kam langsam auf die Beine. Kenzo folgte mir und blieb dicht an meiner Seite, als könnte er mich vor Seymour beschützen. Als besäße er irgendetwas, das er diesem Bastard entgegensetzen könnte.

»Ryker hat nichts mit dieser Sache zu tun. Warum gibst du ihn nicht frei und wir klären das unter uns?«, warf ich ihm entgegen und sah von Seymours Augen, in denen eine Spur Wahnsinn lag, zu meinem Bruder. Ryk wirkte seltsam blass, so, als könnte er sich kaum noch auf den Beinen halten, doch auf den ersten Blick erkannte ich keine offensichtlichen Wunden. Was war los mit ihm? Warum wehrte er sich nicht?

»Wie recht du doch hast, Calea. Dein selbstverliebter Bruder interessiert mich nicht im Geringsten.« Mit einem Zwinkern in meine Richtung drückte er das Schwert fester an Ryks Hals, sodass neues Blut floss.

»Verschwinde, Cat«, brachte Ryker kraftlos hervor und blinzelte. »*Geh.*«

»Wie ergreifend, findest du nicht? Aber ich habe einen besseren Vorschlag.«

Wütend ballte ich die Hände zu Fäusten und tastete nach meiner Quelle, nur, um im nächsten Moment keuchend zurückzuzucken.

»Cat«, rief Kenzo besorgt und griff nach meinen Schultern. »Was ist?«

»Aaaahhhh«, machte Seymour lang gezogen, »das wollte ich gerade anmerken. Ich würde dir nicht empfehlen, auf deine Energie zu vertrauen. Weder dir noch unserem Prinzen hier.«

Kalter Schweiß rann mir über den Rücken, als das Dröhnen in meinem Schädel immer mehr zunahm. »Was hast du mit uns gemacht?«

»Ein netter kleiner Trick, nicht wahr? Es ist ganz einfach: Je mehr du auf deine Macht zurückgreifen willst, desto größer wird der Druck in deinem Inneren. Ich rate dir also, dich zu entspannen. Beliar meinte, es könnte sonst übel für dich ausgehen.«

Beliar. Das ist unmöglich. Er ist tot. Er kann nicht –

»Cat, hör gar nicht auf den Bastard«, knurrte Ryker schwach, woraufhin Seymour ihm brutal die Faust in den Magen rammte.

»Du hältst besser die Klappe, *Prinz* Ryker.«

Hilflos musste ich mit ansehen, wie sich mein Bruder krümmte und einen Schwall Blut ausspuckte.

»Hör auf!«, schrie ich. »Hör verdammt noch mal auf.«

Seymour riss Ryk an seinen Haaren hoch und starrte einen Moment lang mit wilder Blutgier in den Augen auf die Kehle meines Bruders, ehe er ihn gegen eine zersplitterte Vitrine schleuderte. Ungebremst schlug Ryker gegen das Glas und blieb als verdrehtes Knäuel reglos in den Scherben liegen. Blut floss aus mehreren Schnitten und sammelte sich unter seinem Körper.

Ryker!

Mir wurde schlecht. Tränen der Wut und des Hasses stiegen in mir auf, als ich wieder zu Seymour sah – und im nächsten Augenblick perplex zurückwich.

Seymour war nicht länger allein. Der Teufel stand neben ihm und musterte mich mit einem tödlichen Lächeln auf den Lippen.

»Hallo, Calea. Es ist bedauerlich, dass wir uns letztlich unser solchen Umständen wiedersehen.«

»Das ist nicht möglich.« Meine Stimme war nicht mehr als ein heiseres Beben.

»Wer ist das?«, flüsterte Kenzo und bohrte seine Finger warnend in meine Schultern. Vielleicht um mich davon abzuhalten, etwas Irrationales zu tun, vielleicht aber auch, weil er genau wie ich etwas brauchte, an dem er sich in diesem gottlosen Chaos festhalten konnte.

Beliar richtete seinen dunkelgrauen Dreiteiler und durchquerte den Raum mit langen Schritten, während er sich scheinbar interessiert umsah. »Mein Name ist Beliar, aber deinesgleichen nennt mich *Teufel.*« Beliar blieb stehen und zerrte im nächsten Moment die bewusstlose Jules vom Boden hoch.

Kenzo wurde blass und ließ mich abrupt los. »Nein, sie … sie weiß von nichts.«

Beliar schenkte ihm keinerlei Beachtung. »Du erinnerst mich an ein anderes kleines Ding mit weißblonden Haaren, meine Schöne. So zerbrechlich«, murmelte der Teufel mit verträumter Stimme und strich ihr über die Wange. »Kleine fragile Porzellanpuppe.«

»*Bitte*«, stieß Kenzo hervor und wollte einen Schritt in seine Richtung machen, doch ich hielt ihn zurück.

»Nicht, Kenzo.«

»Es reicht, Beliar. Wir müssen gehen.« Seymour verengte die Augen. »Du hast gesagt du würdest dich um Calea und den Menschen kümmern.«

Das entrückte Lächeln wich aus den Zügen des Teufels, nur einen Herzschlag später stieß er Jules achtlos von sich und war innerhalb eines Wimpernschlags an Seymours Seite. »Und du scheinst zu vergessen, wem du das alles zu verdanken hast, Sajosha.«

»Genauso wie du vergisst, dass du ohne mich für immer im fragilen Akym gefangen und auf Caleas flackernde Quelle angewiesen sein wirst. Ich würde sagen wir sind quitt, *Mylord.*«

Meine was?

»Jules!« Während ich noch an Seymours Worten hing, hatte sich Kenzo bereits losgerissen und war zu seiner Schwester gestürmt.

»Rührend, aber absolut nutzlos«, kommentierte Seymour und schob seine Klinge zurück in die Scheide. »Bringen wir es endlich hinter uns, bevor diese Szene noch deprimierender werden kann.«

Panisch sah ich zwischen Kenzo, der Jules schützend an sich drückte, und Ryker, der noch immer reglos am Boden lag, hin und her. Ich wusste, dass ihn derartige Verletzungen nicht umbringen würden und doch ... warum stand er nicht wieder auf?

»Warum?« Ich schob das Kinn nach vorne und legte all meinen Hass und meine Verachtung in meinen Blick. »Du willst Kenzo und mich. Wir stehen wehrlos vor dir. Also: Warum Ryker und Jules?«

»Kleines, naives Ding. Etwas derart Großes, wie das Einreißen der wohl ältesten magischen Barriere seit Anbeginn der Zeit braucht schon etwas mehr als einen Menschen und eine vom Weg abgekommene Prinzessin. Mehr Magie. Mehr Blut. Mehr *Opfer.*« Seymour machte einen großen Schritt über einen umgefallenen Stuhl und musterte mich mit schief gelegtem Kopf. Berechnung tanzte in seinen onyxfarbenen Augen. »Aber alles zu seiner Zeit, am richtigen Ort.« Als er endlich stehen blieb, trennte uns nur noch eine knappe Unterarmlänge voneinander. »Und mit dir fangen wir an, mein Täubchen.«

Dann ging auf einmal alles ganz schnell.

Wie aus dem Nichts erhob sich ein knisternder Ring aus lodernden Flammen, der Ryker, Kenzo, Jules, Beliar, Seymour und mich einschloss. Hitze prickelte auf meiner Haut und trieb mir den Schweiß auf den Körper, während das Feuer immer näher kam. Bisher hatte ich die Flammen nie gefürchtet, doch hier und jetzt fühlten sie sich anders an. Gieriger. Gefährlicher.

»Kämpf nicht dagegen an, Calea«, säuselte Seymour und griff nach meinem Kinn, sodass ich gezwungen war, ihm direkt ins Gesicht zu schauen. Seine dunklen Nägel gruben sich schmerzhaft in meine Haut. »Genieß es einfach. Genieß es, Teil von etwas so Großem zu sein.«

Mein Herz begann wie wild in meiner Brust zu schlagen. So heftig und unnachgiebig, als wollte es mir die Rippen zertrümmern. »Du bist wahnsinnig!«

Grinsend bleckte er die Zähne. »Ist es nicht erstaunlich, wie nah Wahnsinn und Genialität beieinanderliegen?«

»Cat!« Kenzos Stimme schaffte es kaum, sich über das Rauschen der Flammen hinwegzusetzen. Aus dem Augenwinkel sah ich, wie er sich auf die Beine kämpfte und dann keuchend zurückwich, als eine neue Feuerwand vor ihm auftauchte und ihm den Weg abschnitt.

»Kenzo! Bleib weg von den Flammen!«

»Keine Sorge, es wird ihn nicht töten.« Seymour gab mich frei und leckte sich über die schmale Unterlippe. »Noch nicht.«

Stumme Tränen rannen mir über die Wangen, während ich hilflos mit ansehen musste, wie drei weitere Wälle aus Feuer aus dem äußeren Ring schossen und sich bis zur Mitte ausbreiteten, wo sie sich im Zentrum trafen. Vier Viertel, vier Gefangene. Und genau in der Mitte stand Beliar und betrachtete alles mit kalter Faszination. Als wäre das ein unterhaltsames Spektakel und kein grausames Spiel, das unseren Tod forderte.

Das Knistern der Flammen war beinahe ohrenbetäubend laut und der Rauch lag so beißend in der Luft, dass die Welt um mich herum immer wieder verschwand. Ich konnte Kenzo, Ryk und Jules, die in den anderen Gefängnissen des Feuerrings eingesperrt waren, nicht länger sehen oder hören. Wusste nicht, ob sie noch da waren, ob sie noch lebten.

Panisch drehte ich mich um meine eigene Achse, während das Feuer unaufhörlich näher kam. Die Flammenzungen zischten und fauchten, als würden sie uralte Beschwörungen wispern …

Entgeistert riss ich die Augen auf, als ich verstand, *was* sie säuselten.

Ich hatte recht gehabt, es war kein gewöhnliches Feuer. Keine normalen Flammen, die uns verbrennen würden, sondern etwas weitaus Schlimmeres.

Wir befanden uns im Auge eines Zirkularen Portals. Die Sorte Portal, die einen an Orte brachte, die nicht für die Lebenden gedacht waren. Orte, die noch grausamer waren als die dunkelsten Abgründe der Hölle. Bisher hatte ich angenommen, Zirkulare Portale wären ein Mythos, doch das Rauschen der uralten Magie, die an uns zerrte, belehrte mich eines Besseren.

Mein Herz geriet ins Stocken, als mir bewusst wurde, was das für uns bedeutete. Für jeden von uns.

»Schließ die Augen, Kleines«, flüsterte Seymour, der plötzlich hinter mir stand, so dicht an meinem Ohr, dass sein Atem über meine empfindliche Haut fuhr. Ich zuckte zusammen, als er die Arme von hinten um mich schlang, die groteske Version einer Liebkosung. »Wenn du sie wieder öffnest, werden wir an einem anderen Ort sein, ganz für uns, und die Geschichte neu schreiben.«

Das Zirkulare Portal loderte auf, bildete eine brennende Kuppel über unseren Köpfen, als hätte es nur auf Seymours wispernde Worte gewartet. Einen surrealen Moment lang wirkten die Feuerzungen wie Drachen, die ihre mächtigen Köpfe gehoben hatten und nun auf ihre Opfer herabstarrten. Ein Moment, in dem die Zeit stillzustehen schien.

Unwillkürlich hielt ich den Atem an, wagte nicht, mich zu rühren, während ich fassungslos zu der glühenden Hitze aufblickte. Fassungslos und vor Furcht erstarrt.

»Ist es nicht wunderschön?«, hauchte Seymour mit einer Spur Wahnsinn in der Stimme und drückte mich fester an sich. Seine Nägel bohrten sich wie Krallen aus purer Energie in meine Haut.

»Die Welt wird brennen, Calea. In ihren prächtigsten Farben.«

Das Flammendach brach über uns ein, stürzte herab wie ein lodernder, gieriger Schlund, der alles verschlang, bis nichts mehr übrig blieb.

Ich schrie auf, kämpfte gegen Seymours Griff an. Doch es war zu spät.

Dann versank die Welt im Feuer.

Und wir mit ihr.

Kapitel 29

Grelles Licht strich über meine Lider und holte mich zurück, von wo auch immer ich gewesen war. Keuchend richtete ich mich auf und fuhr im nächsten Moment zusammen, als sich ein scharfes Stechen in meinen Kopf bohrte. Nur schleppend gewöhnten sich meine Augen an die plötzliche Helligkeit, während nach und nach die Farben und Schärfe zurück in das Bild kehrten, das sich mir bot. Wir befanden uns nicht länger in dem völlig zerstörten Wohnzimmer in London, sondern an einem Ort, den ich nie zuvor gesehen hatte. Feiner schwarzer Sand erstreckte sich, so weit das Auge reichte, es gab keine Pflanzen oder Bäume, keine Gebäude, bis auf das halb eingefallene Amphitheater auf einer kleinen Anhöhe, in dessen Zentrum ich am Boden kauerte.

Wo beim Hades bin ich?

Ich rutschte, den Gesteinsbrocken als Stütze in meinem Rücken, vorsichtig etwas höher und legte den Kopf in den Nacken. Der Himmel bestand aus gigantischen wabernden Lichtwirbeln, die in allen Farben des Spektrums schillerten. Beinahe wie die Schuppe einer Nixe. Blitze zuckten über das grelle Himmelszelt, als würde pure Energie in den Lichtwirbeln pulsieren, bereit, alles und jeden, der ihnen zu nahe kam, zu vernichten.

»Cat, endlich! Geht es dir gut?«

Ich blinzelte und sah dann nach links, wo ich Kenzo entdeckte. Lebendig. Genau wie ich war er an einen schmiedeeisernen Ring gekettet. Ich verwettete meine beiden Flügel darauf, dass die Ketten aus Krähenstahl waren. Zumindest würde das die stumpfe Leere erklären, die dort herrschte, wo sonst meine Quelle saß.

»Kenzo.« Sein Name kam mir wie ein erleichtertes Seufzen über die Lippen. Er schien keine offensichtlichen Verletzungen zu haben, bis auf die Wunden, die er sich bereits bei der Explosion im Penthouse zugezogen hatte.

»Himmel, es tut gut, deine Stimme zu hören. Plötzlich sind wir an diesem gottverlassenen Ort gelandet und du hast dich nicht mehr bewegt. Ich dachte, dieser Bastard hätte dir etwas angetan und ich …« Wut flackerte in seinen jadegrünen Augen. »… konnte nicht zu dir wegen dieser beschissenen Fessel!«

Mein Blick fiel auf seine blutigen Fingerkuppen. Ich wollte gar nicht wissen, was er alles vergeblich versucht hatte, um den Krähenstahl loszuwerden.

»Wie lange sind wir schon hier?«

Kenzo legte die Stirn in Falten. »Ich weiß es nicht genau. Müssen ein paar Stunden sein. Vielleicht mehr.«

Ein weiteres Mal schaute ich mich um, nahm die eingefallenen Säulen des Theaters und die schwarzen Brocken, die aus den Tribünen und Bogengängen gebrochen waren, in mich auf und schüttelte verwirrt den Kopf. »Das ergibt keinen Sinn. Ich kenne diesen Ort nicht. Wir sind nicht im Hades und nicht auf der Erde – *wo* zum Teufel sind wir?«

»In der Barriere.« Die Stimme war nicht mehr als ein kraftloses Krächzen und drang aus der Richtung zweier eingestürzter Pfeiler zu ihnen.

»Ryk?«

»Nein, der Sandmann.«

Seinen schlechten Sinn für Humor hatte mein Bruder ganz

offensichtlich selbst nach einem Trip mit dem Zirkularen Portal nicht eingebüßt.

»Was soll das bedeuten?«, hakte Kenzo nach und ballte seine blutigen Finger zu Fäusten, wobei er sichtlich zusammenzuckte. »Wo genau sind wir hier reingeraten?«

»In unsere ganz persönliche Version eines Albtraums der übelsten Sorte.« Sein freudloses Lachen jagte mir einen Schauer über den Rücken.

»Sehr hilfreich, Ryk«, knurrte ich und rutschte zurück auf den Boden, als meine Beine unter mir nachzugeben drohten. Dieser Ort – die *Barriere*, wenn es denn wirklich so war – schien jede noch so kleine Energiereserve aus meinen Gliedern zu saugen. »Was habe ich verpasst?«

»Das muss dir unser Goldjunge beantworten. Ich war die meiste Zeit weg.«

Der kalte Blick, mit dem Kenzo meinen Bruder bedachte, ließ selbst mich zusammenzucken. »Nachdem sich das Feuer verzogen hatte, waren wir nicht länger in London, sondern plötzlich hier – wo auch immer das sein mag.«

»*Barriere*«, wiederholte Ryker tonlos, woraufhin ihm Kenzo den Mittelfinger zeigte.

»Dieser Mistkerl Seymour hat uns angekettet und ist dann mit dem … dem Teufel und Jules verschwunden.« Schmerz färbte seine Worte, als er seine Schwester erwähnte.

Ich biss mir auf die Lippe. »Jules ist auch hier?«

»Sie war es, aber ob sie es immer noch ist oder ob Jules überhaupt am Le–«

»Wage es ja nicht, diesen Satz zu beenden, Kenzo«, fuhr ich dazwischen und versuchte, so viel Überzeugung in diesen einen Satz zu legen wie möglich.

»Warum? Er hat doch recht. Wir sollten uns nicht vormachen, dass auch nur einer von uns diesen Tag überleben wird.« Ryker brummte noch etwas Unverständliches, dann war das Rasseln von Ketten zu hören, danach erklang erneut seine resignierte Stimme: »Es wird niemand kommen, um uns zu helfen, Cat. Selbst Moms Kraft reicht nicht aus, um die Barriere zu durchdringen. Wir haben es verbockt.«

Mein Magen wurde zu einem schmerzhaften Knoten und mit einem Mal fühlte sich die Luft noch heißer und drückender an. Als würde sie mir bei jedem mühevollen Atemzug die Kehle versengen. »Ein Ort, an dem die Lebenden nichts verloren haben«, murmelte ich und zog die Knie an die Brust.

»Was war überhaupt euer Plan, als ihr in mein Wohnzimmer geplatzt seid?«, fragte Kenzo und riss mich aus meinen düsteren Gedanken.

Ich verzog das Gesicht zu einer gequälten Maske. »Dich in den Hades holen und in Sicherheit bringen, solange Seymour auf freiem Fuß ist.«

»In den Hades?« Kenzo hob nur die Brauen und seufzte dann leise. »Nach deinem Verschwinden in Schottland und Rykers Ansage ... Ich habe geglaubt, ich würde dich nie wiedersehen, Cat.«

»Es tut mir leid, wie das alles gelaufen ist. Es sind unglaublich schwache und bescheuerte Worte für das, was passiert ist. Vermutlich gibt es keine richtigen Worte dafür, aber ich bedauere all den Schmerz und das Leid, die ich über deine Familie und dich gebracht habe. Ich bedauere es von ganzem Herzen«, flüsterte ich erstickt und starrte auf meine aufgerissenen Knie. »Ich wünschte, ich könnte es ungeschehen machen. Ich wünschte, ich könnte irgendetwas ändern, die Zeit zurückdrehen und ein einziges Mal in meinem Leben eine vernünftige Entscheidung treffen ...«

»Cat, sieh mich an«, bat Kenzo leise und rutschte so nah an mich heran, wie es seine Kette zuließ. Langsam hob ich den Kopf und kniff die Lippen zusammen. »Hör auf, dir die ganze Schuld für etwas aufzuladen, das nicht in deiner Macht stand, Cat. Es waren genauso meine Entscheidungen wie deine, die uns hierhergeführt haben. Dumme Entscheidungen, impulsive Entscheidungen, Entscheidungen, die wir meinetwegen auf das irre Prickeln schieben können, das uns zueinander treibt wie zwei verfluchte Magneten – aber es waren alles *unsere* Entscheidungen. Jede einzelne davon.« Kenzo holte tief Luft und hob einen Mundwinkel. »Und ich möchte keine davon ungeschehen machen.«

Sprachlos öffnete ich den Mund und schloss ihn wieder, als ich hinter mir Schritte hörte. Kenzos Blick glitt an mir vorbei und wurde hart, unwillkürlich lief es mir eiskalt das Rückgrat hinunter.

»Es tut mir leid, dass ich euch so lange habe warten lassen.« Seymour kam um einen halb mit Sand bedeckten Gesteinsbrocken herum, der einmal Teil eines gewölbten Säulengangs gewesen sein musste. Ohne uns aus den Augen zu lassen, schob er sich die Ärmel seines schwarzen Hemds hoch. Unzählige Tätowierungen kamen zum Vorschein und schienen seltsam lebendig unter dem grellen Licht des irisierenden Himmels. »Aber ich verspreche euch, das Warten hat ein Ende. Für jeden von uns.«

»Wo ist meine Schwester?«, fragte Kenzo scharf und schob das Kinn vor. Ich hatte ihn noch nie mit solch einem Hass sprechen hören. All die Wärme und Zuneigung waren spurlos aus seiner Stimme verschwunden.

Scheinbar gelangweilt glitt Seymours Blick über Kenzo hinweg. »Die kleine Blonde? *Der Teufel hat sie geholt.*«

Kenzo spuckte ihm einen ganzen Schwall Flüche entgegen und riss an seinen Fesseln. »Du bist doch krank!«

Blitzschnell war Seymour bei ihm und zerrte ihn an der Kehle auf die Füße. »Vorsicht, Mensch, sonst bist du der Nächste, den sich Beliar vornimmt.«

Wenn Seymour ihn bis dahin nicht schon umgebracht hat.

Ich musste ihn von Kenzo ablenken. »Wie ist das möglich?«, rief ich laut und es klappte: Seymour ließ von Kenzo ab. »Wie kann Beliar noch immer Teil der materiellen Welt sein? Wie kann er Einfluss auf sie nehmen? Ich dachte –«

»Du dachtest, nur du könntest mit ihm in Kontakt treten?« Seymours schmale Lippen verzogen sich zu einem kalten Lächeln. »Du warst in dieser Hinsicht nur der Trigger. Ein Anker, wenn man so will. Weil du einen Teil von ihm in dir trägst. Einen Teil der Welt, die nach dem Tod zu der seinen geworden ist. Und je stärker dieser Part in dir geworden ist … Aber zerbrich dir darüber nicht den Kopf. Das sind nur Details – und nach dem heutigen Tag wird dieser Anker ohnehin nicht länger vonnöten sein.«

Ich spürte, wie sich mein Herzschlag bei seinen Worten beschleunigte. *Ich* sollte der Grund sein, warum der Teufel überhaupt noch existierte?

»Warum tust du uns allen nicht den Gefallen und ziehst diesen Scheiß hier endlich durch, anstatt uns mit alten Anekdoten zu langweilen?«, unterbrach Ryker und schnaubte. »Oder hast du uns an diesen verfluchten Ort geschleift, um dich selbst reden zu hören?«

Seymour fuhr sich mit dem Daumen über die Unterlippe und verschränkte dann die Arme vor der Brust. »Du hast eine ziemlich große Klappe für jemanden, der am Boden im Dreck kriecht, *Prinz*.«

»Zumindest verstecke ich mich nicht hinter irgendwelchen Andeutungen und zweifelhaften Ritualen«, entgegnete er provokant.

Ryk, was treibst du da?

Kenzo und ich tauschten einen fragenden Blick aus, während Seymour mit langen Schritten um den Brocken herumging, der mir die Sicht auf meinen Bruder versperrte. Nur einen Herzschlag später hörten wir ein schmerzerfülltes Stöhnen, das von dem unverkennbaren Fauchen einer Klinge begleitet wurde, die tief durch Fleisch und Sehnen schnitt.

»Ich habe es deiner Schwester schon einmal gesagt, ich brauche euch lebend, aber das bedeutet nicht, dass ich euch bis zu eurem Tod Leid und Schmerz ersparen werde.«

»Seymour, vergeude das kostbare Blut nicht vor seiner Zeit.« Die kultivierte Stimme des Teufels setzte sich mühelos über Rykers Schmerzenslaute hinweg.

»Wie schön, dass du es einrichten konntest, Beliar.«

Ein dumpfes Poltern erklang, vermutlich hatte Seymour meinen Bruder achtlos zurück in den Dreck geworfen. Wütend stemmte ich mich gegen die Fesseln und stieß ein frustriertes Knurren aus. Es machte mich wahnsinnig, dass ich nicht sah, was vor sich ging. Dass ich dazu verdammt war, machtlos mitbekommen zu müssen, wie andere litten.

»Wie dem auch sei, wir sollten keine Zeit verlieren. Das Mädchen ist bereit, aber ich fürchte, ihr sind meine … *Methoden* nicht sehr gut bekommen.«

»Wenn du verfluchter Bastard meiner Schwester auch nur ein Haar gekrümmt –« Schneller, als es Kenzo hätte sehen können, war Beliar an seiner Seite und presste ihn, ohne einen Finger zu rühren, an eine der von Rissen durchzogenen Säulen.

Macht, erkannte ich. *Beliar besitzt an diesem Ort seine verfluchte Macht, aber …*

»Hat dir denn niemand beigebracht, wie dumm es ist, den Teufel zu beleidigen? Die Menschheit muss wahrhaftig vergessen haben, wo ihr Platz im Gefüge der Welten ist.« Kenzos Lippen wurden blau und seine Züge immer blasser. Beliar würde ihn töten. Er würde Kenzo hier und jetzt umbringen! »Wie gut, dass wir schon sehr bald die Chance haben werden, diesen bedauerlichen Umstand korrigieren zu können«, fuhr Beliar ungerührt fort. Seine Hand glitt in sein Jackett und zog einen funkelnden, silberfarbenen Dolch hervor.

Nein. Nein. Nein.

Selbst Seymour knirschte nervös mit den Zähnen. »Beliar, wir brauchen ihn lebend.«

»*Bitte*«, stieß ich hervor und zerrte wieder und wieder an den Ketten, als der Teufel die Hand mit dem Dolch hob …

… und in Seymours Mitte versenkte.

Was zum –?

Mit einem Ausdruck der Verwirrung in den Augen brach der Dämon gurgelnd zusammen, die Hände hilflos auf die klaffende Wunde in seinem Bauch gedrückt. Blut floss unaufhörlich über seine langen Finger und durchtränkte den Boden unter ihm.

»Wir hatten eine Abmachung, Beliar«, brachte Seymour mühsam hervor und bleckte die blutigen Zähne.

Beliar sah mit kühler Verachtung auf Seymour herab und verschränkte die Arme vor der Brust. »So nennst du deine doppelbödigen Vereinbarungen also? Hast du wirklich geglaubt, ich wüsste nichts von deinem Plan, mich dir zu unterwerfen?« Furcht glitt über Seymours Züge. »Bei all deinen geschickten Überlegungen hast du eine ganz entscheidende

Sache vergessen, Sajosha. *Ich* habe dieses Spiel erfunden und niemand schlägt den Teufel in seinem eigenen Spiel.«

***

Ich hatte keine Erklärung für das, was ich sah. Vielleicht, weil es für diesen Ort an sich keine Erklärung gab. Die Barriere besaß keine Gesetze, sie war keine physikalisch existierende Welt, mit Fixpunkten und Regeln, denen sie folgen musste. Vielmehr ein dehnbares Konstrukt, dessen Bedeutung und Dasein essenziell und selbstverständlich war. Ohne dass man sich je bewusst darüber Gedanken gemacht hatte.

Bis jetzt.

Jetzt wurde mir klar, dass die Barriere eine Ansammlung purer Energie war, die nur einem einzigen Gesetz folgte: dem des Teufels. Er hielt die Zügel dieser Welt in den Händen und ließ uns sehen, was er wollte, dass wir sahen.

Nun war der Vorhang gefallen. Und sein Spiel hatte begonnen.

Das Amphitheater war von der einen auf die andere Sekunde spurlos verschwunden und dem gewaltigen Innenhof einer steinernen Festung gewichen. Im Zentrum der weitläufigen Fläche ragte auf einem Podest eine fünfsäulige Pagode aus poliertem Obsidian in den Himmel. Ryker, Kenzo, die reglose Jules und ich waren je an eine Säule gefesselt. An der fünften hing Seymour, dem noch immer ungehindert Blut aus der klaffenden Wunde in seiner Mitte lief. Vermutlich waren die Fesseln der einzige Grund, warum er überhaupt noch aufrecht stand. Als Seymours irrer Blick meinem begegnete, wandte ich mich rasch ab. Weg von Seymour, hin zu dem Meer aus Ungeheuern, das die Welt in Stücke reißen würde.

Tausende von Dämonen und Kreaturen der Unterwelt umzingelten grölend die Pagode. Es war kaum auszumachen, wo die Reihen endeten und die Mauern der Festung begannen. Ihre Stimmen ließen die Luft erbeben und das Scheppern von Waffen, die gegen Rüstungen und Schilde geschlagen wurden, schrillte in meinen Ohren. Da waren einige wenige Dämonen, die ich bereits im Exil gesehen hatte, doch den Rest – die unzähligen Monster, die ihre Rache nach Blut und Tod herausschrien und nach ihrem Meister verlangten – hatte ich noch nie zuvor gesehen.

»Ein faszinierender und furchterregender Anblick zugleich, nicht wahr?«

Ich hatte nicht bemerkt, dass Beliar an meine Seite getreten war.

»Was ist das alles?«

»Mein Vermächtnis. Die Zukunft. Meine Tochter mag mich getötet haben, aber gestorben bin ich nicht.« Das Pochen hinter meinen Schläfen wurde drückender und schickte flackernde Lichtpunkte über mein Blickfeld. »Man kann den Teufel nicht auslöschen, Calea. Das wäre so, als würde man versuchen, die Sonne zu vernichten. Oder die Magie. Alles, was man tun kann, ist die Urgewalt einzusperren. An einen Ort, der nicht erreicht werden kann und jenseits der Gesetze unserer Welten existiert.«

»Die Barriere«, schlussfolgerte ich und verengte die Augen. »Du warst all die Jahre hier?«

»Ja, ich war hier. Zusammen mit all jenen, die Elyanor und ihre Soldaten in die Ewigen Flammen geschickt haben. Du kannst dir vorstellen, dass jeder einzelne von ihnen ein ausgeprägtes Verlangen nach Rache verspürt. Alles, was ihnen gefehlt hat, ist die richtige Führung.«

Beim Hades …

»Das kann nicht sein! Du bist ein Gefangener, Mom hat –«, hauchte ich und zuckte zusammen, als die Fesseln in meine Haut schnitten.

»Ja, die Barriere *war* unser Gefängnis – bis zu dem Moment, in der sie zu meinem Palast und die Kreaturen zu meiner Armee geworden sind. Dem Moment, in dem du und dein Gegenstück erschaffen worden seid.« Die Augen des Teufels begannen golden zu funkeln. »Was für ein grausamer Streich des Schicksals das doch ist. Ich wurde durch die Hand meiner Tochter getötet und gleichzeitig war sie es, die mir die einzige Waffe, die sie vernichten kann, in die Hände gelegt hat.«

»Das Talent für schlechte Entscheidungen scheint wohl in der Familie zu liegen«, kommentierte Seymour, wobei ihm frisches Blut über die Lippen lief.

Ryker lachte spöttisch auf. »Sagt der Richtige.«

Ich warf ihm einen kurzen Seitenblick zu, ehe ich mich wieder auf den Teufel konzentrierte. »Was für eine Waffe?«

»Dich, Calea. Dich und Kenzo Warren. Seine Seele und dein Geist sind aus der Energie der Barriere geschmiedet worden. Ein scheinbar unbedeutender Mensch, der in derselben Sekunde geboren wurde, wie ein Zwillingsdämon, dessen Macht das Chaos innewohnt. Zusammen bilden dein Geist und Kenzos Seele den Schlüssel, der mich zurückholen wird. Der mir meinen rechtmäßigen Platz zurückgeben wird.«

Das war nicht möglich. Kenzo war älter als ich, er …

Die Zeit vergeht anders im Hades, Cat. Hast du das denn immer noch nicht begriffen?

Mein Herz geriet ins Stolpern, als die letzten fehlenden Puzzlestücke an ihren Platz ruckten. Die Erklärung, die gefehlt hatte, und nun das gesamte, grausame Bild ergab.

Die Anziehung zwischen Kenzo und mir, die nicht nur darauf beruhte, dass wir als Gegenstücke erschaffen worden waren, sondern darauf, dass in unserem Inneren dieselbe dunkle Energie floss.

Die Tatsache, dass Beliar mit mir in Kontakt treten konnte.

Seine scheinbar selbstlose Hilfe, die er mir angeboten hatte, um Seymour zu finden und meine Fähigkeiten freizusetzen.

Seine Zusammenarbeit mit Seymour, bei der sich Beliar, ohne zu zögern, unterworfen hatte.

Jeder einzelne dieser Schritte war nur ein winziges Bruchstück eines Plans gewesen, den Beliar seit Jahren vorbereitete. Und wir waren nicht mehr als die Schachfiguren auf seinem Spielfeld gewesen, die seinen Zügen blind gefolgt waren. Unfähig, das große Ganze zu erkennen.

Galle stieg mir die Kehle hoch, als mein Sichtfeld verschwamm, und mein Magen zu einem harten Knoten wurde. »Es ging nie darum, die Barriere einzureißen oder eine neue Welt zu erschaffen.«

Vielmehr darum, die Barriere nur kurzzeitig zu durchbrechen, damit Beliar seinem Gefängnis entkommen und mit seiner Armee von Verdammten und Untoten in den Hades marschieren kann, beendete meine innere Stimme gnadenlos den angefangenen Gedankengang.

Der Teufel strich über mein Feuermal und lächelte. »Nein. Warum eine neue Welt erschaffen, wenn mir die alte gefällt, wie sie ist? Aber ich musste natürlich einen Anreiz für Seymour schaffen, um mir seine Loyalität zu sichern. Und was wäre verlockender für einen Niemand wie ihn, als die Aussicht auf Herrschaft und Macht über eine *neue Welt*?«

Seymour spuckte einen Schwall Blut aus und knurrte: »Was weißt du schon von Loyalität?«

Beliar machte eine rasche Handbewegung, woraufhin Seymour verstummte und leblos in sich zusammensackte. Mir kam ein Keuchen über die Lippen.

»Ich habe mich lange genug mit diesem Wurm abgegeben. Zumal er noch etwas sehr Wichtiges besessen hatte. Du solltest mir danken, durch mich ist die Seele deines Menschen wieder vollständig.« Kopfschüttelnd strich Beliar sein Sakko glatt. »So, genug Zeit vergeudet.«

Mir wurde erst bewusst, was er damit meinte, als er zu der Säule schritt, an die Kenzo gefesselt war, und seine Ketten mit einem Wink löste.

Die Rufe der Dämonen wurden lauter, ihre Forderungen nach Blut und Freiheit und Rache drängender. Die Luft schien unter ihrem Hass zu erbeben. Unter ihrem Hass und der Ehrerbietung, die sie Beliar – ihrem *Meister* – entgegenbrachten.

Kenzo brachte ein ersticktes Keuchen über die Lippen, als der Teufel ihn an der Kehle packte und in die Mitte der Pagode zerrte. Dorthin, wo in einer gewaltigen Feuerschale lodernde Flammen Funken in den Himmel spuckten.

Rasend vor Angst und Wut riss ich an meinen Ketten. »Beim Hades, ich schwöre dir, wenn du ihm etwas antust …!«

Der Teufel sah von Kenzo zu mir und legte den Kopf schief. »Was dann? Du hattest die Chance, dein friedvolles, langweiliges Leben im Hades zu behalten, Calea, doch du hast dich dagegen entschieden. Deine Wahl ist auf die Liebe gefallen – und damit hast du euer Schicksal besiegelt.«

Wie von selbst glitt mein Blick zu Kenzo. Mein Herzschlag geriet ins Stolpern. »Was soll das bedeuten?«

»Hast du das denn immer noch nicht verstanden? Dabei ist es beinahe lächerlich einfach.« Kopfschüttelnd wandte er sich wieder Kenzo zu. »Ich habe eine einfache Frage an dich, Kenzo Warren.«

»Fahr zur Hölle«, spuckte Kenzo ihm entgegen und krallte seine Nägel in Beliars Hände. »Du kannst mich so viel fragen, wie du willst, meine Antwort wird immer die gleiche sein: Fahr. Zur. Hölle.«

»Kenzo, nicht …«, flüsterte ich und biss die Zähne zusammen. Aus dem Augenwinkel konnte ich sehen, dass selbst Ryker unruhig zwischen dem Teufel und Kenzo hin und her schaute.

»Eine fehlgeleitete Höllenprinzessin, ein mächtiger Dämonenprinz, ein unschuldiger Mensch und ein Liebender, der sie alle vereint. An dem Ort, an dem alles begann: den Flammen, die unsere Welten erschufen. Den Ursprung. Ich habe schon immer eine Schwäche für gute Rätsel gehabt, die durch eine simple Frage gelöst werden können.« Beliar verzog die Lippen zu einem dünnen Lächeln, das durch Fleisch hätte schneiden können. »Verrate mir eines, Kenzo, wenn ich dir ein Angebot machen würde – dein Leben gegen das meiner Enkelin –, würdest du darauf eingehen? Würdest du für sie sterben?«

Die Flammen zuckten höher.

»Ich bin nicht so dumm, mich auf einen Handel mit dem Teufel einzulassen«, brachte Kenzo gepresst hervor.

»*Natürlich* nicht. Lass es mich anders formulieren: Wenn ich sagen würde – rein theoretisch –, du hättest *mein Wort*, dass ich Calea verschonen würde, würdest du es dann tun? Würdest du ohne Gegenwehr und unter dem Schutz dieser Abmachung dein Leben für ihres geben? Du weißt, als Teufel kann ich nicht lügen, mein Wort ist so bindend wie ein Blutschwur.«

Es wurde still. Selbst Beliars Armee verstummte, während eine beinahe unerträgliche Anspannung die Festung zum Knistern brachte.

Ich biss mir so fest in die Wange, dass ich Blut schmeckte. Warum diese Frage? Was spielte das für eine Rolle? Warum –

Ich riss die Augen auf.

»Nein, Kenzo. *Nein!*«, stieß ich im nächsten Moment hervor.

Kenzos Blick zuckte für einen Sekundenbruchteil zu mir und seine Züge wurden weich.

Tränen traten mir in die Augen, liefen über meine Wangen, während ich hilflos den Kopf schüttelte. *Nein.*

»Nein, Kenzo.«

»Ja«, sagte er dann und sah mir in die Augen. »Ja, ich würde für Calea sterben. Ich würde mein Leben für ihres geben.«

Beliar ließ von ihm ab und nickte langsam. »Was wäre ich für ein ehrloser Teufel, würde ich dir diesen letzten Wunsch nicht erfüllen?« Eine funkelnde Klinge erschien wie durch Zauberhand in seinen Fingern, der orangerote Schein der Flammen tanzte auf der Schneide.

»Nein!«, schrie ich. »Lauf, Kenzo!«

Doch Kenzo rührte sich nicht. Eine Hand an seine geschundenen Kehle gepresst, wich er nicht einen Deut zurück, sondern sah Beliar nur direkt ins Gesicht. »Dein Wort. Gib mir dein Wort, dass dieser Handel bindend ist.«

Beliar strich mit einem Finger über die stumpfe Seite des Messers. »So bindend und endgültig wie der Tod, Kenzo Warren. Du wirst durch meine Hand sterben und Calea wird leben.«

»Gut«, erwiderte Kenzo ruhig und lächelte. Lächelte, wie jemand, der Frieden mit dem Ende geschlossen hatte.

Im nächsten Moment stürzte er vor.

Direkt auf Beliar zu.

Direkt in die offene Klinge.

Ich kreischte, Ryker brüllte, während Beliar fluchend zurückwich.

»Du Narr! Du verfluchter, törichter Narr!«

Doch es war zu spät. Die Klinge steckte bereits bis zum Anschlag in Kenzos Körper. Raubte ihm das Leben.

Ein warmes Lächeln teilte seine Lippen, als sein Blick ein letztes Mal wie eine Liebkosung über meine Züge glitt.

Ehe er die Augen verdrehte.

Und zusammenbrach.

Kapitel 30

Der Teufel tobte. »Du hast alles zunichtegemacht! Du hast alles zerstört, wofür ich gearbeitet habe!«, brüllte er und trat nach dem reglosen Kenzo. Wutentbrannt riss er sich an den Haaren, heulte auf, sodass die Flammen des Ursprungs in den Himmel stoben und Funken auf uns niederregneten. Die Barriere erzitterte, gefolgt von einem ohrenbetäubenden Grollen, ehe der Ursprung zerbarst.

Ich keuchte erschrocken auf und wandte den Blick von dem am Boden liegenden Kenzo ab, als das Feuer wie eine Urgewalt über die Pagode fuhr und uns gnadenlos verschluckte. Einige Herzschläge lang gab es nur Hitze und Schmerz und das Pulsieren der Flammen. Sie zerrten an mir, krochen wie Schlangen über meinen Körper, die sich immer fester um mich wanden. Mich würgten. Grelle Farben explodierten vor meinen Augen, bohrten sich wie Nadeln in meinen Schädel. Ich schrie, tonlos, weil mir die Luft für jeden Laut fehlte, bäumte mich auf – und fiel.

Ungebremst schlug ich auf den unnachgiebigen Steinboden und rollte mich zusammen. Von dort aus, wo mich Seymour an der Seite verletzt hatte, raste flüssiges Feuer durch meine Nervenbahnen und nahm mir für einige Augenblicke die Sicht. Bis zu dem Moment, in dem sich die Flammen fauchend zurückzogen, der Ursprung verstummte …

… und ein Bild der Verwüstung offenbarte.

Mühsam stemmte ich mich auf meine Unterarme und öffnete die Augen.

Bei den Ewigen Abgründen der Hölle …

Der gewaltige Innenhof von Beliars Festung hatte sich in ein Schlachtfeld verwandelt. Überall brannten Feuer, dunkler Rauch lag in der Luft und der Boden erbebte, als würde unter dem Stein das gewaltige Herz einer grausamen Kreatur schlagen. Die Dämonen begannen sich gegenseitig anzugreifen, gingen sich mit Waffen und bloßen Händen an die Gurgel. Das Kreischen von Metall auf Metall hallte von den dunklen Mauern wider, Schreie der Wut und des Schmerzes ließen die Luft erzittern. Wohin das Auge auch reichte: Blut, Zerstörung, Tod.

Und mittendrin wütete Beliar, das brutalste Ungeheuer von allen. Wie in einem grausamen Wahn bekämpften sie sich gegenseitig, verletzten und töteten. Als wäre die unberechenbare Raserei des Teufels auf seine gesamte Armee übergegangen.

Was war hier geschehen?

»Cat!«

Mein Kopf flog herum. Ryker kauerte an meiner Seite und packte meine Schultern. Blut lief ihm über die Schläfe und dort, wo die Ketten aus Krähenstahl gesessen hatten, war seine Haut versengt. Doch die tiefe Wunde in seinem Bauch war spurlos verschwunden. Genauso wie unsere Fesseln, die als glühende Drahtreste neben den rissigen Säulen lagen.

Ich sah meinem Bruder in die Augen, bemerkte das Pulsieren der Macht in seinen Iriden und schüttelte entsetzt den Kopf. »Was ist passiert? Wie ist –« Mein Blick glitt zur Seite. »Wo ist Kenzo?«

Dort, wo Kenzo zu Boden gegangen war, prangte nur noch ein großer blutiger Fleck. Ein stummer Zeuge seines Todes, aber von ihm selbst fehlte jede Spur. Genauso wie von Jules.

Aber er ist gestorben. Die Klinge, das Blut …

Ich blinzelte und als ich die Augen aufschlug, waren sie noch immer verschwunden. Alle bis auf Seymour, der reglos in den Überresten seiner Ketten lag.

Unmöglich. Das kann doch unmöglich das Feuer gewesen sein! Oder Kenzos … Kenzos Opfer. Und Beliar –

Ryker zog mich abrupt hoch und riss mich so aus meinen sich überschlagenden Gedanken.

»Ich weiß es nicht, aber wir müssen fliehen. Es gibt einn Portalzugang, der uns hier rausbringen kann – eine Einbahnstraße nach draußen –, aber das Zeitfenster schließt sich. Beliars Einfluss auf den Ursprung bringt die natürliche Energie der Barriere komplett aus dem Gleichgewicht.«

Verständnislos schüttelte ich den Kopf. »Wir können nicht gehen bevor –!«

Noch ehe ich den Satz beenden konnte, hatte mich mein Bruder hinter eine der Pagodensäulen geschoben und mich damit vor einem tödlichen, brennenden Pfeil gerettet.

»Cat! Sei dieses *eine* Mal vernünftig!«, zischte Ryk.

Irgendetwas traf mit der Wucht eines Katapults gegen die steinerne Pagode und ließ kleine Obsidian-Brocken auf uns niederregnen. Wieder ging ein vernehmlicher Ruck durch den Boden, als würde die gesamte Barriere erzittern.

»Nicht ohne die anderen. Wir müssen sie finden!« sagte ich noch einmal und ballte die Hände zu Fäusten. Ein elektrisierendes Kribbeln raste durch meinen Körper.

Meine Macht – sie fühlte sich anders an, schwächer, wie ein Licht, das ständig an- und ausging, aber sie war *da.*

Ryker fluchte, dann neigte er knapp den Kopf. »Wenn wir deinetwegen sterben, werde ich dich heimsuchen, nur um dich anschließend eigenhändig zu erwürgen.«

»Nichts als leere Drohungen«, erwiderte ich und sah an

ihm vorbei zu Beliar, der mit jeder Hand ein gewaltiges Breitschwert schwang und sich gnadenlos eine Schneise durch *seine Armee* schlug. Eine Schneise zu –

»Ryk, da!«, rief ich und deutete quer über das Schlachtfeld auf den breiten Eingang der Festung, gut hundert Schritte entfernt. Erleichterung und Unglauben durchfluteten mich gleichermaßen, als ich erkannte, wer vor dem Eingang stand.

Kenzo.

»Wie bei allen Dämonen?« Ryker stieß einen Fluch in unserer Muttersprache aus und griff dann nach der Klinge zu seinen Füßen, die einer der Dämonen verloren haben musste. Ich tat es ihm nach und zog einen Langdolch aus dem Gürtel eines leblosen Soldaten.

An einem Ort wie diesem würde ich mich ganz sicher nicht auf meine Quelle verlassen.

»Was tut er da?«

Ich wünschte, ich hätte meinem Bruder eine Antwort darauf geben können, doch ich hatte keine Erklärung für das, was ich sah. Ich wusste nicht, wie es sein konnte, dass Kenzo noch lebte. Wie er dort hingekommen war. Ich hatte keine schlüssige Begründung dafür, doch hier und jetzt war mir das auch vollkommen gleich. Er lebte – und alles andere spielte in diesem Moment keine Rolle.

Kenzo stand erhöht auf einem Vorplatz vor dem Eingang der schwarzen Festung und sah fassungslos auf das Chaos herab. In einer Hand hielt er ein blutverschmiertes Schwert, die andere presste er noch immer auf seine Mitte. Dorthin, wo ihm die Klinge das Leben genommen hatte. Neben ihm ragten rechts und links riesige steinerne Löwenstatuen auf, hinter ihm erkannte ich, angelehnt an eine der Statuen, die schmale Gestalt von Jules. Eine ausladende Treppe mit gut dreißig Stufen führte zum Vorplatz – Stufen, auf die der Teufel nun direkt zusteuerte.

Verdammt. Kopfschüttelnd riss ich mich aus der Starre und machte einen Schritt aus der Deckung der Säule heraus, nur um mich im nächsten Moment wieder an den warmen Stein zu pressen. Mehrere Geschosse zischten wenige Zoll von Ryker und mir entfernt durch die Luft und bohrten sich in die Pagode um uns herum. Die tobende Armee aus verbannten Dämonen hatte uns also auch bemerkt.

»Wir brauchen einen Plan«, brachte ich mit rasendem Herzschlag hervor und suchte Ryks Blick. »Bevor Beliar Kenzo und Jules erreicht.«

»Und bevor uns die Dämonen bei lebendigem Leib verschlingen.«

Noch ehe ich den Mund zu einer Erwiderung öffnen konnte, fuhr mein Bruder herum und feuerte eine Salve aus tödlicher Energie ab, die uns ein paar Sekunden Zeit verschaffte. Der Geruch nach verbranntem Fleisch und Ozon füllte die Luft und ließ mich würgen. Ich schluckte dagegen an.

»Wo ist der Portalzugang, von dem du gesprochen hast?«

»Im höchsten Turm, aber –«

»Gut«, unterbrach ich ihn harsch. »Wir treffen uns dort.«

»Was? Nein! Bist du verrückt?«

Ich verengte die Augen und duckte mich unter einer fliegenden Wurfklinge, ehe ich mit Kenzos Worten erwiderte: »Was ist Verrücktsein schon anderes, als der Mut, die Welt anders zu sehen?«

Wieder griff Ryk nach meinen Schultern, unnachgiebiger dieses Mal, sodass sich seine Finger beinahe schmerzhaft in meine Haut bohrten. »Verflucht noch mal, Cat! Spar dir deine unpassenden Weisheiten.«

»Ich hole Kenzo und Jules, du hältst uns Beliar vom Hals. Verschaff uns etwas Zeit. Wir treffen uns dann im Turm wieder.«

Ein weiteres Geschoss schlug in der Pagode ein, Risse zerfraßen die Säule, die bisher unsere Deckung gewesen war. Synchron gingen wir in die Hocke, um nicht von einem der Trümmerteile zerquetscht zu werden.

»Unter keinen –!«

»Ryk, wir haben keine Zeit für Diskussionen! *Bitte.*« Ich legte meine freie Hand auf seine. »Ich kann sie nicht zurücklassen.«

Rastlos sprang der Blick meines Bruders zwischen Kenzo, Beliar und mir hin und her. Dann ließ er schließlich mit einem schweren Seufzer von mir ab. »Ich habe das mit der Drohung ernst gemeint.«

»Danke, Ryk«, sagte ich leise und sah ihm in die Augen. Goldene, ungezähmte Energie pulsierte darin.

»Dank mir nicht zu früh. Ich werde ein Zeitfeuer zünden. Fünf Minuten, mehr nicht. Wenn das Feuer runtergebrannt ist, werden wir verschwinden, ob mit oder ohne Menschen. Und wenn ich dich eigenhändig aus der Barriere zerren muss.« Ryker sprach so schnell, dass ich Mühe hatte, jedes Wort mitzubekommen. »Fünf. Minuten.«

Ohne auf meine Erwiderung zu warten, schoss er einen einzelnen Energieimpuls auf einen der vorderen Türme ab, der daraufhin sofort in Flammen aufging. Flammen, die sich nicht ausbreiteten und an Ort und Stelle blieben, bis ihre Zeit abgelaufen wäre. Meine Zeit.

Fünf Minuten.

»Pass auf dich auf, Cat«, sagte Ryk dann, stand auf und spreizte seine mächtigen Schwingen.

Ich kam ebenfalls auf die Beine und umfasste meinen Dolch fester. »Pass auf dich auf.«

Ein scharfer Wind zerrte an mir, als Ryker sich abstieß und in den Himmel aufstieg, um Beliar aufzuhalten und mir einen Vorsprung zu verschaffen.

Ich zwang mich dazu, nicht auf die Schreie zu achten, als mein Bruder inmitten des Schlachtfelds landete und von den Massen verschluckt wurde, sondern sandte einen geflüsterten Befehl an meine eigenen Flügel und verließ die Deckung – nur einen Atemzug bevor die Pagode in sich zusammenstürzte und Seymours Körper unter sich begrub.

Ohne zurückzuschauen schlug ich ein paar Mal kräftig mit meinen ledernen Schwingen und drehte dann nach links ab. Dorthin, wo Kenzo verzweifelt an dem massiven Zugang riss, während mehr und mehr Dämonen auf die Treppe zuströmten.

Fluchend flog ich eine Schleife, um einem steinernen Geschoss auszuweichen und landete dann direkt vor Kenzo. Kenzo, dem eine Mischung aus Schweiß und Blut übers Gesicht lief, dessen Kleidung vor Dreck und getrocknetem Blut starrte und der doch lebendig und atmend vor mir stand.

Es war ein verfluchtes Wunder, für das ich dankbar war und vor dessen Erklärung und Preis ich mich im gleichen Zug fürchtete.

»Scheiße! *Cat!*« Arme schlangen sich um mich, dann lag ich auch schon an Kenzos warmer Brust, seinen stetigen, etwas zu schnellen Herzschlag unter meinen Fingerspitzen.

Lebendig.

»Was ist hier los, Kenzo?«, fragte ich und ein leichtes Zittern lag in meinen Worten. »Wie ist das hier möglich? Ich *habe* gesehen, wie du gestorben bist. Ich habe es *gespürt*!«

Kenzo schob mich ein Stück von sich und musterte mich eindringlich. »Du nimmst mir die Worte aus dem Mund. Ich müsste tot sein. Dann waren da plötzlich diese Flammen und wir standen hier.«

Ich ließ meine Flügel verschwinden und setzte zu einer Antwort an, als uns ein leises Krächzen unterbrach.

Jules.

»Zozo, die … die Treppe.«

Kenzo und ich fuhren gleichzeitig zu seiner Schwester herum, die einen Arm um ihre Mitte geschlungen an der Statue lehnte und auf die breiten Stufen deutete. Die ersten Dämonen hatten bereits die Hälfte erklommen. Wo Beliar und Ryker abgeblieben waren, konnte ich nicht sagen.

»*Krazek*«, fluchte ich in meiner Muttersprache und reichte Kenzo den Langdolch. »Hör zu, wir müssen zum höchsten Turm. Nur von da aus kommen wir aus diesem Chaos raus. Die Barriere wird uns gehen lassen, während die anderen gefangen bleiben. Das ist unsere einzige Chance.«

»Da rauf? Wie soll das gehen? Jules und ich können nicht fliegen und die Tür –«

Abwehrend hob ich die Hände und wandte den Blick von den drohenden Angreifern ab, die mit jeder Sekunde, die wir hier diskutierten, näher kamen. »Ich übernehme die Tür und halte euch mit Ryk den Rücken frei, bring du Jules hoch.«

»Cat!«

Ohne auf seinen Einwand zu achten, griff ich nach meiner pulsierenden Quelle und schoss einen rohen Impuls aus purer Energie auf die doppelflügelige Tür. Die Wucht des Einschlags ließ den Boden erbeben und das dunkle Holz in unzähligen Splittern explodieren. Wie tödliche Kugeln zischten sie durch die Luft, bohrten sich in Steinsäulen und Dämonenleiber gleichermaßen, deren Schreie mir eine Gänsehaut über den Körper schickten. Sofort wob ich einen Schild aus schützender Magie um uns, der die Splitter abhielt und unter jedem Aufprall flackerte. Ich hatte recht gehabt, mich nicht gänzlich auf meine Energie zu verlassen. Sie an diesem Ort über einen längeren Zeitraum zu kontrollieren und in Form zu halten, trieb mir nicht nur den Schweiß auf die Stirn, sondern schien gänzlich unmöglich.

Keuchend ließ ich den Schild fallen und stützte mich auf meinen Knien ab, die Augen auf den gesprengten Zugang gerichtet.

Wütende Flammen leckten dort, wo Sekunden zuvor die Türblätter gewesen waren, und Rauchschwaden stiegen von den kümmerlichen Resten der Tür auf – doch der Weg war frei.

»Hey, alles gut?« Kenzo legte mir einen Arm um die Schultern, ließ die Soldaten jedoch nicht aus den Augen.

Ich fuhr mir über den Mund und richtete mich auf. »Bring Jules da rein und geht zum Turm.«

Seine Züge wurden hart. »Das kannst du vergessen, ich lass dich nicht allein.«

»Jetzt ist definitiv nicht der richtige Zeitpunkt, um den Helden zu spielen, Kenzo!«, zischte ich und funkelte ihn wütend an.

»Und das ausgerechnet von dir!«

»Du warst gerade noch tot, Kenzo! Du bist gestorben, verdammt noch mal!« Meine Quelle sandte neue, heiße Energie durch meinen erschöpften Körper. »Wenn schon nicht für dich, dann für deine Schwester.«

»Leute!«, rief Jules, als wäre das ihr Stichwort gewesen und deutete alarmiert auf die heraneilenden Dämonen.

Instinktiv zog ich Kenzo hinter mich und machte einen Satz nach links, sodass ich zwischen den Angreifern und den Geschwistern stand. Dann straffte ich die Schultern und schickte den ersten sechs Dämonen einen Schwall pulsierender Macht entgegen. Wie Spielfiguren wurden sie von den Füßen gerissen und in die tobende Schlacht geschleudert, während ich stöhnend zurück gegen Kenzo sank.

Beim Hades, das würde ich nicht lange durchhalten. Es war, als würde meine Magie gegen mich arbeiten.

Weil deinem Geist und diesem Ort dieselbe Energie innewohnt, naives Ding. Die Barriere wird nicht zulassen, dass du gegen deine Natur ankämpfst.

Hätte ich nicht gerade ganz andere Sorgen, würde ich meiner inneren Stimme den Hals umdrehen.

»Ihr müsst gehen. *Jetzt*«, stieß ich hervor und schluckte gegen den Würgereiz an. »Wir treffen uns oben. Vertrau mir, Kenzo.«

»Als du das das letzte Mal gesagt hast, ist das ganz schön nach hinten losgegangen.« Mit zusammengezogenen Augenbrauen legte mir Kenzo eine Hand an die Wange.

»Aber ich hab's überlebt, oder nicht?«

Jules trat an die Seite ihres Bruders und griff nach seiner anderen Hand. Ihre Züge waren blass und abgekämpft, doch in ihren grünen Augen loderte die wilde Entschlossenheit, diesen Albtraum zu überleben. »Zozo, Cat hat recht.«

»Wie ich diesen Satz hasse!«, knurrte Kenzo frustriert und nickte. »Du wirst nachkommen, Calea Emaya! Du wirst verflucht noch mal zu diesem Turm kommen.«

»*Geht*!«, rief ich wieder und schluckte gegen die aufsteigende Magensäure an. Ein letztes Mal. Nur noch ein wenig Zeit verschaffen. Bis Kenzo und Jules in Sicherheit wären.

Bis Ryker an meiner Seite wäre und wir ein für alle Mal verschwinden konnten.

Kenzo hauchte einen Kuss auf meine Stirn, federleicht, kaum spürbar, weil er nicht mehr als einen Sekundenbruchteil andauerte, und doch bedeutsamer, als es jeder andere Kuss jemals sein könnte. Er war ein Versprechen, das er mir gab und gleichzeitig abnahm. So bindend wie ein Blutschwur.

Und ich hatte nicht vor, dieses Versprechen zu brechen.

Kenzo und Jules rannten in Richtung der zerstörten Tür, während ich mich zwischen die Soldaten, die nur noch wenige Meter von mir entfernt waren, und die Festung stellte. Angespannt bis in die Fingerspitzen starrte ich auf meine Angreifer und tastete gleichzeitig nach dem mentalen Band, das mich mit Ryker verband.

Ryk?

Keine Antwort.

Zähneknirschend versuchte ich in dem Chaos aus ineinander verkeilten Dämonen und Kreaturen der Unterwelt meinen Bruder auszumachen. Doch vergeblich. Selbst der Teufel schien verschollen. Mein Herzschlag beschleunigte sich, während sich meine Gedanken überschlugen. Ich konnte Ryker nicht einfach zurücklassen, um Kenzo und Jules zu folgen. Nicht nach allem –

Die ersten Soldaten erreichten meinen inneren Kreis und richteten ihre Waffen auf mich. Hastig schüttelte ich meine Gedanken ab und ging in die Offensive. Ohne auf den warnenden Druck zu achten, der mit jedem magischen Schlag, den ich verübte, in mir anwuchs, griff ich auf meine Quelle zu und hielt die Dämonen auf Abstand.

Ryker, verflucht!, versuchte ich es ein weiteres Mal und

schrie auf, als sich ein bohrender Schmerz von meiner Quelle aus durch meinen Körper fraß.

Der Soldat, der mir am nächsten war, verzog hämisch das Gesicht und zog seine Klinge. »Du siehst nicht gut aus, *Prinzessin.*«

Ich verengte die Augen und pustete mir eine verschwitzte Strähne aus der Stirn. »Hast du mal in den Spiegel geschaut?«

Mit einem grimmigen Lächeln fegte ich ihm die Waffe aus der Hand und setzte gleich einen zweiten Schlag hinterher, der ihn gegen einen der Löwen schleuderte. Risse durchzogen die Statue, dann brach sie krachend in sich zusammen.

Wieder einer erledigt.

Neuer Schwindel erfasste mich und ließ mich erschöpft rückwärts taumeln, bis ich gegen etwas Hartes stieß und beinahe über einen angesengten Teil der Tür gestolpert wäre.

Wem willst du was vormachen? Die nächste Ladung Magie bringt dich um.

Wie von selbst glitt mein Blick zu dem vordersten Turm, auf dessen Spitze das Zeitfeuer jeden Moment zu erlöschen drohte.

Wo bist du, Ryk? Wo zum Henker –

Cat?! Seine Energiesignatur schob sich so drängend und abrupt in meinen Geist, dass ich zischend einatmete.

Ryker! Schwing deinen Hintern hierher. Wir haben keine Zeit mehr, forderte ich, während ich gleichzeitig Richtung Zugang flüchtete. Eine weitere Konfrontation konnte ich mir nicht leisten.

Ich – So plötzlich, wie Ryker in meinem Geist aufgetaucht war, so jäh verschwand er auch wieder.

RYK! Panisch drehte ich mich einmal um meine eigene Achse, suchte die unaufhaltsam aufrückenden Reihen aus

Dämonen nach meinem Bruder ab. Das in Blut und Tod getränkte Schlachtfeld, den irisierenden Himmel – und riss entsetzt die Augen auf, als ich ein dunkles Geschoss ausmachte, das direkt auf mich zusteuerte.

Nein, kein Geschoss – eine Gestalt.

Ich hatte den Gedanken kaum zu Ende gedacht, da sprang ich auch schon zur Seite. Nur einen Sekundenbruchteil später schlug der Körper im Boden ein, genau dort, wo ich zuvor gestanden hatte.

Schwerfällig kämpfte ich mich auf die Unterarme und hob den Kopf. Mehrere Momente lang konnte ich kaum etwas durch den aufgewirbelten Staub sehen, doch dann –

Ich stieß einen kehligen Schrei aus und sprang auf meine zitternden Beine, als ich erkannte, *wer* dort inmitten des Kraters aus gesplittertem schwarzem Stein lag.

Ryker.

Kapitel 31

»RYKER!«

Schluchzend fiel ich neben meinem Bruder auf die Knie und zog seine schlaffe Gestalt an mich. Das durfte nicht sein. Wir konnten nicht so weit gekommen sein, dieses Ritual und sogar Kenzos Tod überlebt haben, damit jetzt Ryker starb.

Mit bebenden Fingern fuhr ich über seine Stirn, seine Haare und stieß dabei auf frisches Blut.

»Ryker. Ryker. Ryker.« Ich murmelte seinen Namen wie ein Mantra, das ihn zu mir zurückbringen sollte – *musste.* »Wach auf, verdammt.«

»Glaub mir, wenn ich sage, dass ich es bedauere, wie diese Situation ausgegangen ist.«

Ich blickte ruckartig auf und fuhr mir mit dem dreckigen Ärmel über die Augen. Wut rauschte wie eine rote Welle durch mich hindurch, als Beliar die letzten Stufen erklomm und auf den Krater zusteuerte, in dem ich mit Ryk kauerte. Der Teufel wirkte ramponiert, sein Dreiteiler war zerrissen und angesengt, Kratzer verunzierten sein Gesicht, doch seine Macht spürte ich überall auf der Haut.

»Und alles an dieser Tragödie hast du deinem kleinen Menschen zu verdanken. Ihm und seiner törichten Dummheit, sich einem so mächtigen Ritual in den Weg zu stellen.«

Ich blinzelte gegen die Tränen an und drückte meinen Bruder fester an mich. »Was willst du damit sagen?!«, fauchte ich.

Beliar leckte sich über die Unterlippe. »Dass Kenzo Warren deinen Bruder auf dem Gewissen hat. Er und sein ach so selbstloser Akt sind schuld daran, dass das Ritual – mein *Plan*«, der Teufel spuckte die Worte regelrecht aus, »auf den ich Jahrzehnte hingearbeitet habe –, gescheitert ist. Die Explosion des Ursprungs, der Wahnsinn, der daraufhin ausgebrochen ist – das war alles er. Und er ist auch dafür verantwortlich, dass ich mir nun *anderweitig* Zugang zu meinem Ziel verschaffen muss. Durch Rache. Durch Leid.«

Kenzos Selbstopferung hat dieses Chaos verursacht?

Ich erinnerte mich an den Moment, in dem er sich in die Klinge gestürzt hatte. In dem er sich selbst das Leben genommen hatte, und an den Ausbruch des Teufels danach. An die Flammen des Ursprungs, die daraufhin alles gnadenlos verschlungen hatten.

Als wäre Kenzos freier Wille, sich selbst zu opfern, das Schlupfloch gewesen. Die einzige, versteckte Hintertür aus einem scheinbar ausweglosen Grauen. Der Haken des mächtigen Rituals.

Kenzo hatte den Teufel, vermutlich ohne es zu wissen, in seinem eigenen Spiel geschlagen. Etwas, das Beliar niemals auf sich sitzen lassen würde.

Ich verengte die Augen. »Du wirst keinen Zugang bekommen, Beliar! Egal, wie viel Leid und Schmerz du auch verursachen wirst! Du hast verloren. Gegen einen Menschen.«

Der Teufel stieß ein ohrenbetäubendes Grollen aus und schleuderte lodernde Flammen in unsere Richtung. Instinktiv riss ich einen Schutzschild hoch und blockte so viel der feindlichen Macht ab, wie es mir möglich war.

Doch es war nicht genug.

Eine der Feuerzungen erwischte mich an der Schulter und warf mich an den Rand des Kraters.

»Ich bekomme immer, was ich will, Calea. Nur hatte ich gehofft, die Angelegenheit auf *saubere* Art und Weise klären zu können. Du und der Kronprinz hätten das Ritual überlebt, weißt du?«, fuhr der Teufel fort. »Ohne die vollkommene Zerstörung der Barriere wäre auch euer Tod nicht vonnöten gewesen. Ihr hättet mit mir in der neuen Ordnung des Hades leben können. Niemand wäre zu Schaden gekommen – einmal abgesehen von den beiden Menschen. Ein vertretbares Opfer in meinen Augen.«

Stöhnend rollte ich mich auf den Rücken und verfolgte, wie Beliar mit langen Schritten näher kam. »Du lügst«, krächzte ich, obwohl ich es besser wusste. Der Teufel konnte nicht lügen.

Lächelnd schüttelte er den Kopf. »Doch jetzt sieht das Spielfeld anders aus. Neue Karten, neue Strategie. Das Blatt hat sich gewendet und meine Geduld ist am Ende.«

Ich hustete gegen das Brennen in meinem Hals an und spuckte Blut aus. Eine meiner Rippen musste mich verletzt haben. »Willst du uns wieder an Säulen ketten und füreinander sterben lassen?«

»Viel besser«, erwiderte Beliar und ging neben mir in die Hocke. »Ich lasse *die Königin* die Arbeit für mich erledigen.«

Mir kam ein trockenes Lachen über die Lippen. »Das ist dein meisterhafter Plan B? Selbst Mom kann nicht in die Barriere eindringen oder sie zerstören.«

Beliars Lächeln wurde breiter und ich hatte das Gefühl, einen entscheidenden Fehler in meiner Logik zu haben. Irgendein Detail, das mir entging.

»Das ist schon richtig, aber sie kann meinen *Tod* – meine Verbannung – aufheben, wenn sie das Mal des Teufels, das ich ihr vor Jahren in die Haut getrieben habe, freiwillig an mich zurückgibt.«

Das konnte nicht sein Ernst sein. »Warum sollte sie das tun?«

»Aus demselben Grund, aus dem sich dein närrischer Mensch ins Messer gestürzt hat: Liebe.«

Ich zuckte zusammen. »Du willst ihr einen Deal anbieten?«

»Oh das muss ich gar nicht. Mein liebes Töchterchen weiß längst, dass ihr Goldjunge im Sterben liegt und dass ich keine Hemmungen habe, auch dein Leben zu beenden. Elyanor kennt mich gut genug, um zu wissen, dass ich keinerlei Skrupel besitze, wenn es darum geht, meine Ziele zu erreichen.« Alles Blut wich schlagartig aus meinen Zügen. »Also nein, ich brauche ihr nicht erst ein Angebot machen, ihr ist längst bewusst, was sie tun muss, um euer Leiden zu beenden.«

Ein kraftloses, doch dadurch nicht weniger verächtliches Schnauben lenkte meinen Blick nach links. Dorthin, wo Ryker auf dem Rücken lag und in den Himmel starrte.

Ryk.

»Das wird sie niemals tun«, wisperte Ryker und hustete, wobei er merklich zusammenfuhr. »Sie mag unsere Mutter sein … aber Elyanor ist immer noch die … die Königin der Hölle und kennt ihre Verantwortung.«

»Ich denke, da überschätzt ihr das Pflichtbewusstsein eurer Mutter ein wenig. Alles, was wir nun tun müssen, ist etwas geduldig sein und die Nerven behalten.«

Obwohl ich es verabscheute, wusste ich, dass Beliar letztlich recht behalten würde. Mom würde alle Hebel in Bewegung setzen, um uns zu retten. Und damit den Teufel zurück an die Macht holen. Ich sah zwischen Beliar und Ryker hin und her und kroch dann über die aufgeplatzten Steine des Kraters zu meinem Bruder. Der Teufel ließ es geschehen, während hinter ihm noch immer die Schlacht tobte.

»Hey, Ryker. Ich bin hier«, flüsterte ich und strich ihm über die Wange.

»Cat…«, brachte er leise hervor und einen Moment lang wirkte es, als wollte er seine Hand in meine Richtung strecken, dann fiel sie jedoch kraftlos zurück auf den Boden.

Ich biss mir auf die Lippe, um das Schluchzen zu unterdrücken.

Mom durfte dem Teufel nicht die Herrschaft überlassen.

Aber Ryker durfte auch nicht sterben.

Und Kenzo und Jules – das Portal würde zumindest sie aus der Barriere und in Sicherheit bringen. Oder?

Glaubst du wirklich, irgendjemand *wird in Sicherheit sein, sobald Beliar wieder die Kontrolle übernommen hat?*

Der Teufel lief einmal am Rand des etwa drei Meter breiten Kraters entlang und ließ uns dabei nicht aus den Augen, wie Hero es bei der Jagd tat. Kurz bevor er zum tödlichen Angriff ansetzte.

»Lange bleibt dem Prinzchen nicht mehr. Elyanor lässt sich erstaunlich viel Zeit, was?«

Ich schoss einen vernichtenden Blick in seine Richtung und schlang die Arme fester um Ryker, dessen Lider immer wieder herabsanken.

Beim Hades, was sollte ich tun? Wie sollte ich –

»Hey! Teufel!«

Fluchend schaute ich auf, als ich die vertraute Stimme hörte. Eine Stimme, die ich in diesem Moment überhaupt nicht hören *wollte.*

Das ist nicht sein verfluchter Ernst!

»Du bist wirklich nicht tot zu kriegen, was?« Beliar bleckte die Zähne und sammelte tödliche Energie in seinen Händen, die zwischen seinen Fingern knisterte. »Oder einfach nur verflucht dumm.«

Kenzo trat aus den Resten des Zugangs, der ins Innere der

Festung führte, und ballte die Hände zu Fäusten. »Vermutlich ein bisschen von allem.«

»Verschwinde, Kenzo!«, brüllte ich und verstummte, als ich eine winzige Berührung an meinem Knie spürte.

»Cat…«

Innerlich zerrissen sah ich zwischen Beliar, der Kenzo jeden Moment vernichten würde, und Ryker hin und her.

»Cat… du…«

Ich knurrte frustriert und wandte den Blick von Kenzo und dem Teufel ab. Rykers linke Hand zuckte wieder, seine Lippen bewegten sich, dann sah er mir direkt ins Gesicht.

»Calea… Hand.«

Für den Bruchteil einer Sekunde, kaum einen Herzschlag lang, verschwand die Welt um uns herum, bis es nur noch Ryker und mich gab und das, was er mir wortlos zu sagen versuchte.

Und ich verstand.

Vernichte sie.

Mein Puls beschleunigte sich, als ich den kleinen roten Anhänger zwischen Rykers blutigen Fingern entdeckte. Einen *Sajax* – einen Roten Jaspis, der half, mein Channeling zu fokussieren und zu beherrschen. Ryker musste Beliar seinen Sajax abgenommen haben. Deswegen hatte er zugelassen, dass der Teufel ihm so nahe gekommen war, ihn verletzt hatte. Ryker hatte sich genauso geopfert, wie Kenzo es getan hatte.

Wie Kenzo es gerade *tat.*

Ich nickte und umfasste den Sajax so fest, dass sich seine scharfen Kanten in meine Haut gruben. Eine ganz andere Form der Macht, jene dunkle Macht, die ich erst zweimal eingesetzt hatte, schwoll in mir an und trieb Adrenalin, gepaart mit Finsternis durch meine Blutbahnen. Es war anders als der Unfall mit meinem Bruder an den Klippen oder das Channeling, das ich bei Atarah, Ryk und Kenzo genutzt hatte.

Das hier war mächtiger, gieriger, beinahe so, als würde in diesem alten Stein jene Schwärze wohnen, die bisher Beliar Stärke verliehen hatte.

Eine Schwärze, die nun mir diente.

Wie im Rausch erhob ich mich, den Sajax zwischen den Fingern. Funken tanzten über meine Haut und ließen jedes meiner Nervenenden prickeln. Die Barriere mochte meine Quelle ersticken können, aber gegen diese Dunkelheit kam nicht einmal dieser uralte Ort an.

»Beliar!«, rief ich mit einer Stimme, die fremd und gleichzeitig vertraut klang. Tief und volltönend hallte sie über den zerstörten Platz, über das Schlachtfeld, und ließ ausnahmslos jeden zu mir schauen. Kenzo, der Teufel, jeder einzelne der verbannten Dämonen. Als hätten sie keine andere Wahl. Als *müssten* sie meiner Stimme folgen. Wie ein einziges Ungeheuer bestehend aus unzähligen Leibern hielten sie im Kampf inne und ließen die Waffen sinken.

Ein Anflug von Beunruhigung glitt über die Züge des Teufels, als er einen Blick zurückwarf, dann wurde seine Miene undurchdringlich. »Du hast etwas, das mir gehört, Kleines.«

»Seltsam, ich wollte gerade genau das Gleiche sagen«, erwiderte ich kalt und warf Kenzo einen knappen Blick zu.

Mach ihn fertig und achte verdammt noch mal nicht auf mich, schienen seine grünen Augen sagen zu wollen.

Ich biss die Zähne zusammen, fixierte Beliar und bewegte mich langsam durch den Krater.

»Noch ein Schritt näher und ich werde Kenzo in einen Haufen Asche verwandeln«, drohte der Teufel. Eine Drohung, die er niemals ausgesprochen hätte, würde er sich nicht fürchten. Hätte er nicht *Angst*. Angst vor mir.

Die Dunkelheit in mir verzog die Lippen zu einem kalten Lächeln, als sie seine Furcht roch.

»Und wenn du Kenzo nicht freigibst, werde ich *dich* innerhalb eines Wimpernschlags ausschalten.«

Ein irrer Glanz trat in seine schwarzen Augen. »Du solltest die Finger von den Dingen lassen, von denen du keine Ahnung hast, Calea.«

Ich hob einen Mundwinkel und ließ die Hand mit dem Sajax sinken. »Wie gut, dass ich mittlerweile ganz genau weiß, *wie* man damit umgeht. Das hast du mir gezeigt, *Großvater*.«

Und dann ließ ich los.

Die Dunkelheit brach aus mir heraus und schoss als tödlicher Impuls auf Beliar zu. Ein einzelner Gedanke reichte aus, um das Channeling zu einer scharfen Pfeilspitze aus Finsternis zu formen, die sich nur einen Sekundenbruchteil später in den Geist des Teufels bohrte. Und ihn brach.

Beliars Mauer zerbarst unter der Wucht meiner Macht und ließ ihn mit einem gequälten Laut in die Knie gehen. Jaulend griff er sich an den Kopf, riss den Mund zu einem stummen Schrei auf, die dunklen Augen fest auf mich gerichtet.

»Du wirst dafür bezahlen!«, kreischte er. »Du und all jene, die dir jemals etwas bedeutet haben. Das Spiel ist noch nicht vorbei!«

Ich überwand die Distanz zwischen uns, bis ich direkt über ihm stand. »Doch. Das ist es, Teufel. Schachmatt.«

Beliar presste sich die Fäuste an die Schläfen, als ich den Druck intensivierte. So weit, dass nur noch ein Hauch Dunkelheit fehlte, um ihn ganz auszuschalten. Und irgendetwas sagte mir, dass es dieses Mal für immer wäre.

Vernichte ihn.

»Ich sollte Elyanor gratulieren«, er spuckte einen Schwall Blut aus und bleckte die rotverschmierten Zähne, »sie hat das grausamste Monster, das die Unterwelt je gesehen hat, aufgezogen.«

»Du irrst dich«, sagte Kenzo, der neben mich getreten war, und nun seine Finger mit meinen verschränkte. Behutsam nahm er mir den Sajax aus der Hand und sah mir direkt in die Augen. Kaum war die Verbindung zum Roten Jaspis aufgehoben, zog sich die Dunkelheit in mir zurück und mit ihr der Rausch, der mich selbst immer tiefer in die Finsternis gezogen hatte. Bis nur noch Kenzo übrig blieb.

Kenzo und das Licht in seinen hellen Augen.

»Calea ist kein Monster, sie ist eine Kämpferin. Geboren, um diese und jede andere Welt aus den Angeln zu heben und diejenigen mit ihrem Leben zu schützen, die *ihre Welt* sind.« Ich spürte Tränen in mir aufsteigen, als mich die Bedeutung seiner Worte traf. »Wenn sie das alles zu einem Monster macht, dann ja, dann sollten wir sie verdammt noch mal fürchten. Und du am allermeisten, Beliar.« Kenzo drückte meine Finger und gab mir die nötige Kraft, den Mut, es zu beenden.

Ich sah dem Teufel ein letztes Mal in die Augen, spürte die Abgründe dahinter und seinen Schmerz, der aus so vielen unterschiedlichen Winkeln zu kommen schien.

Du kannst mich nicht vernichten, Calea. Seine Stimme war nicht mehr als ein kraftloses Flüstern in meinen Gedanken.

Langsam nickte ich. *Nein, aber ich kann dich bändigen und für den Rest der Ewigkeit an diesen Ort binden.*

Ich löste das schmale Band, das den letzten Pfeil bisher zurückgehalten hatte, zupfte an den Fäden des Channelings und schaltete den Geist des Teufels aus.

Und dann war es endlich vorbei.

Überall um uns herum erklang das Klirren von Waffen, die zu Boden gingen. Flammen, die bisher gewütet hatten, verstummten. Die Schwere, die diesen Ort heimgesucht hatte, verschwand und mit ihr die eingefallene Festung.

»Cat.« Kenzo berührte mich sanft am Arm. »Sieh nur.«

Ich wandte den Blick vom bewusstlosen Teufel ab und drehte mich um. Wir befanden uns wieder im großen Nichts. Dunkler Sand, so weit das Auge reichte, über uns der irisierende Himmel. Ein paar Meter entfernt ragte ein Tor aus schwarzem Stein und purem Licht auf – und direkt vor uns die Überlebenden der Schlacht, die ihre Waffen abgelegt hatten und nun vor mir knieten.

Überwältigt lehnte ich mich an Kenzos Brust, der schützend einen Arm um meine Mitte schlang. Mich hielt und stärkte.

»Was machen wir jetzt?«, wisperte er ganz nah an meinem Ohr, sodass sein warmer Atem über meine Haut fuhr.

»Ich …«

»Wir sollten diesen verfluchten Ort so schnell wie möglich verlassen.«

Überrascht fuhren Kenzo und ich herum, als wir Rykers Stimme hinter uns hörten. Innerhalb eines Wimpernschlags hatte ich mich losgemacht und stürmte auf meinen Bruder zu. »Ryk! Ich dachte –«

»Wenn du mich noch fester würgst, werde ich das hier tatsächlich nicht überleben«, brummte er genauso mürrisch wie immer.

Kopfschüttelnd ließ ich ihn los und musterte ihn aufmerksam. »Aber Beliar hat dich –«

»Wie eine Fliege zu Boden geschmettert? Danke, dass du

mich daran erinnerst. Dazu wäre es erst gar nicht gekommen, hätte dieser Mistkerl nicht meinen Energiefluss und meine Selbstheilung blockiert.«

»Weil du ihm so nahe gekommen bist, um den Sajax zu stehlen«, erwiderte ich.

Ein winziges Lächeln blitzte in seiner grimmigen Miene auf. »Einer muss dir ja den Rücken freihalten, Schwesterchen.«

Ich versetzte ihm einen Knuff gegen die Schulter und schenkte Jules, die hinter ihm auftauchte, ein schüchternes Lächeln. »Du hast recht, wir sollten endlich von hier verschwinden.«

»Ich habe nichts dagegen einzuwenden.« Kenzo zog sich einen Arm seiner Schwester über die Schulter und stützte sie. »Jules sollte ohnehin zu einem Arzt.«

»Einem Arzt? Damit die mich gleich in die Klapse schicken, wenn ich ihnen erzähle, dass mich *der Teufel* verschleppt hat?« Jules verzog das Gesicht zu einer Grimasse, die irgendwo zwischen Furcht, Verwirrung und einer Spur Irrsinn lag. »Das glaubt mir kein Mensch.«

Ryker zwinkerte ihr zu. »Du wärst überrascht.«

Wir bewegten uns langsam in Richtung Portal. Die Dämonen, die Augenblicke zuvor unter der Raserei des Teufels alles, was ihnen zu nahe gekommen, war in Stücke gerissen hatten, wichen demütig vor uns zurück.

»Was geschieht mit ihnen? Und dem Teufel?«, fragte ausgerechnet Jules leise und warf mir einen vorsichtigen Seitenblick zu.

Zu meiner Überraschung war es mein Bruder, der antwortete: »Ich denke, das können wir getrost Mutter und Vater überlassen.«

Und das erste Mal auf dieser ganzen verrückten Reise hatte ich nicht das Geringste dagegen einzuwenden. Was den Rest betraf, all die ungeklärten Verkettungen, die uns schließlich hierhergeführt hatten – ich war mir ziemlich sicher, dass wir früher oder später die Antworten darauf bekommen würden. Doch hier und jetzt spielten diese Erklärungen keine Rolle. Alles, was zählte, war, dass wir gekämpft und überlebt hatten.

Dass wir gesiegt hatten. Ein Sieg, der Spuren hinterlassen und Opfer gefordert hatte.

Und dennoch ein Sieg.

Hand in Hand mit Kenzo auf der einen, meinem Bruder auf der anderen Seite, aktivierte ich das Portal aus Licht und ließ die schwarzen Steine unter meiner Macht aufleuchten. Zischend breitete sich die Energie über den Zugang aus und fauchte, als würde sich die Barriere weigern, uns aus freien Stücken gehen zu lassen.

»Wow, warte!« Kenzo schob mich instinktiv ein Stück von der flackernden Portalfläche weg und zog die Augenbrauen zusammen. »Wo wird uns das Portal hinführen, Cat? Was ist, wenn es uns zerreißt oder sonst wo ausspuckt?«

Ich verzog die Lippen zu einem dünnen Lächeln und ließ die Energie in meinen Augen aufleuchten. »Wo bliebe die Überraschung, wenn ich es dir jetzt schon verraten würde?«

Jetzt

»Ich weiß nicht, ob ich dich bewundern oder dir den Kopf dafür abreißen soll, dass du das wirklich durchziehst.« Ryker setzt sich auf die Lehne meiner Couch und verschränkt die Arme vor der Brust. »Man möchte meinen, dass du zumindest irgendetwas aus den letzten Wochen gelernt hast.«

Ich schaue von der Dufflebag, in die ich gerade unter vollem Körpereinsatz und mit Atarahs Hilfe einen weiteren Pullover quetsche, auf. »Dann kennst du mich nicht so gut, wie ich angenommen habe.«

»Vielleicht hatte ich auch einfach nur die Hoffnung, dass du zur Vernunft kommst.« Ein Mundwinkel wandert nach oben. Ryker ist wieder durch und durch Kronprinz der Hölle. Ein goldener Reif thront in seinen schwarzen Haaren und ähnlich wie Vater steckt auch mein Bruder in der Gardeuniform der Elite. Nichts an ihm lässt erahnen, dass er vor knapp drei Wochen beinahe gestorben wäre. In der Barriere, durch Beliars Hand, um uns allen eine Chance auf Rettung zu geben. Ryk mag es vielleicht nicht gerne hören, aber in ihm steckt mehr Menschlichkeit, als er die Welt sehen lässt.

Fluchend lasse ich von dem Duffle ab und hebe kapitulierend die Hände. »Ich brauche eine zweite Tasche.«

»Oder du überlegst dir noch mal, ob es wirklich so verlockend ist, in den Kühlschrank der Erde zu fahren und in einem Auto zu schlafen.«

»Du übertreibst maßlos. Island ist definitiv *nicht* der kälteste Ort der Welt.«

»Aber verdammt nah dran, oder wofür brauchst du die acht Wollpullover, die du, Hades weiß wo, hergezaubert hast?«, kommentiert mein Bruder trocken, woraufhin Atarah leise lacht und sofort die Hand vor die Lippen hebt, als Rykers Blick auf ihr landet.

Schmunzelnd sehe ich zwischen den beiden hin und her. In den vergangenen Wochen hat sich meine Vermutung, dass Rykers seltsames Verhalten in Schottland etwas mit meiner Freundin Atarah zu tun gehabt hat, immer weiter verstärkt. Und auch wenn keiner von beiden es mir gegenüber jemals laut zugeben wird, irgendetwas ist da zwischen den beiden – ich weiß nur noch nicht genau, was.

Hoffentlich wird das nicht die nächste tragische Liebesgeschichte, brummt Hero über unsere mentale Verbindung. *Davon hatten wir für eine sehr lange Zeit genug.*

Wieso tragisch? Kenzo und ich haben überlebt und bekommen unser Happy End. Ich drehe mich zu dem roten Samtkissen um, auf dem mein Kami liegt und mich mit einem Auge blinzelnd betrachtet. Mom hat ihn, sobald wir aus der Barriere zurückgekehrt waren, aus dem Arrest freigelassen und den Bann aufgehoben – allerdings nicht, ohne mir ein weiteres Mal einen Vortrag darüber zu halten, dass sie meine Bindung an einen niederen Dämon selbst nach all den Jahren immer noch nicht billigt. Nun, damit kann ich leben.

Ich denke, unsere Definition von Happy End ist nicht dieselbe, Prinzessin. Hero gähnt und leckt sich über die spitzen Fangzähne.

Und ich meine doch tatsächlich gehört zu haben, wie du mich angefleht hast, auf unsere Reise mitkommen zu dürfen. Da muss ich mich wohl verhört haben. Grinsend verfolge ich, wie Hero auch das zweite Auge öffnet und sich langsam erhebt

Einer muss ja auf dich und deinen Menschen aufpassen.

»Und du willst es dir wirklich nicht noch mal überlegen?«, fragt Ryker, der genauso wie Atarah natürlich nichts von meiner Diskussion mit Hero mitbekommen hat, und hebt die Augenbrauen. »Du steckst mitten im Training und der Umgang mit deiner Quelle –«

»Trainieren kann ich noch den Rest der Ewigkeit und wir wissen beide, dass mein Platz nie hier bei euch war«, erwidere ich und fange einen nachdenklichen Blick von Atarah auf.

»Aber du bist eine Prinzessin, Calea. Du solltest nicht im Zelt oder auf der Rückbank eines Autos schlafen müssen.«

Lächelnd lege ich ihr eine Hand auf die schmale Schulter und schüttele den Kopf. »Nein, das muss ich nicht, aber ich möchte es – das ist ein bedeutender Unterschied.«

»Ich habe ja schon immer gesagt, dass Cat nicht ganz richtig tickt. So etwas macht niemand freiwillig, der halbwegs bei Verstand ist«, sagt Jade in ihrem typischen Singsang und schiebt sich durch die angelehnte Tür in mein Zimmer. »Schon gepackt?«

»Du kannst es wohl kaum erwarten, dass ich verschwinde, was?«

Jade bleckt die Zähne, eine wilde Mischung aus süßlichem Schmunzeln und jade-mäßiger Boshaftigkeit. »Ich habe gehört, ich bekomme dein Zimmer, wenn du zu deinem geliebten Menschen ziehst.«

Ryker erhebt sich von der Couch und stellt sich neben unsere jüngere Schwester, die sich daraufhin merklich anspannt. Jade trägt noch immer den Ring aus Krähenstahl um den Hals, der ihre Fähigkeiten bindet, und steht unter Beobachtung, die meistens Ryk übernimmt. Ich weiß, dass ihr das ziemlich gegen den Strich geht, aber unsere Eltern legen großen Wert darauf, dass Jade aus ihren Fehlern lernt.

Vielleicht, weil ihre beiden älteren Geschwister beinahe den Untergang der Welt verursacht haben.

»Cat zieht nicht um«, brummt Ryk und legt die Stirn in Falten. »Ihr Platz ist im Hades, ob sie es will oder nicht. Und das wird ihr vermutlich spätestens auf ihrem *Roadtrip* klar werden.« Bei ihm klingt *Roadtrip* wie eine ansteckende Krankheit oder ein Fluch, der ein besonders grausames Ende fordert.

»Wir werden sehen«, murmelt Jade und spricht damit ungewollt meine eigenen Gedanken aus. Denn die Wahrheit ist, ich weiß nicht, was geschehen wird. Wo es mich hinziehen wird. Im Augenblick weiß ich nur, dass ich bei Kenzo sein will und etwas Abstand zu allem brauche, was mit Magie, Dämonen und irgendwelchen anderen übernatürlichen Dingen zu tun hat. Ich möchte die Welt sehen, wie Kenzo sie sieht und mit ihm gemeinsam herausfinden, wohin es uns treibt. Wer wir nach all dem sind.

Ich möchte tun, was er mir ganz zu Beginn unserer Reise durch England und Schottland gesagt hat: den Möglichkeiten, die sich unterwegs ergeben, Raum schaffen.

Atarah kommt mit einer zweiten Tasche wieder und sieht kurz überrascht zu Jade, ehe sie schweigend weiterpackt. Ich helfe ihr und schnappe mir bei der Gelegenheit zwei der gekrümmten Dolche und meinen Bogen – man weiß ja nie, wer einem auf der Reise so begegnet.

»Wie lange wirst du fort sein?«, fragt Jade nach ein paar Momenten, in denen es bis auf das Rascheln der Kleider still gewesen ist.

»Also wirst du mich doch vermissen«, necke ich Jade und zucke dann mit den Schultern. »Ich kann es dir nicht sagen.

Kenzo hat wieder eine Route ausgetüftelt und ich lasse mich überraschen.«

»Bilde dir bloß nichts darauf ein, Calea. Ich gehe nur auf Nummer sicher, dass ich genug Zeit habe, den Hades zu unterwandern und meinen eigenen Plan zu schmieden. Schließlich gelte ich hier noch immer als das böse Supergenie der Familie.«

Ryker versetzt ihr einen Knuff in die Seite. »Du tust ja auch alles Mögliche, damit das so bleibt. Oder warum hat Mutters Mantel gestern beim Essen Feuer gefangen?«

»Schau mich nicht so an.« Jade hebt die Hände und schiebt sich ein unschuldiges Lächeln auf die Lippen, das kaum über das arglistige Funkeln in ihren goldenen Augen hinwegtäuschen kann. »Meine Fähigkeiten sind geblockt. Ich bin magielos, schon vergessen?«

Auch ein magieloser Teufel ist immer noch ein Teufel, nuschelt Hero in meinen Gedanken und springt von seinem Kissen.

»Komisch, ich hätte schwören können, dass ich Feuerpulver gerochen habe – für das man übrigens keinen Funken Magie benötigt.« Mein Bruder fährt sich übers Kinn und weicht dann einem spielerischen Klaps von Jade aus, wobei er beinahe über den niedrigen Couchtisch fällt.

Grinsend schüttele ich den Kopf und lasse meine kleine Handtasche sinken. Ich hätte nie gedacht, dass mir der Abschied vom Hades einmal so schwerfallen wird. Auch wenn ich weiß, dass es nicht für immer ist, spüre ich ein kleines Stechen dort, wo sonst immer der Drang, mein Zuhause möglichst weit hinter mir zu lassen, gesessen hat.

»Bereust du deine Entscheidung, Calea? Du weißt hoffentlich, dass ich dich jederzeit begleiten kann, du musst mich nur darum bitten«, wispert Atarah neben mir und drückt meine

Finger. Rote, gelockte Strähnen rahmen ihr Gesicht ein und in ihren blauen Augen erkenne ich eine gewisse Sorge um mich.

»Nein, und selbst wenn es so wäre, ich würde dich niemals darum bitten. Dein Platz ist hier. Bei Ryk.«

Atarahs Wangen werden rot. »Das stimmt nicht, ich –«

Dieses Mal bin ich es, die ihre Hand fester hält. »Deine Geschichte, Atti, nicht meine. Und wenn du irgendwann darüber sprechen möchtest, dann bin ich hier, um sie mir anzuhören. So, wie du dir meine Geschichte angehört hast.«

Meine Freundin sieht aus, als will sie dem noch etwas hinzufügen, presst dann jedoch nur die Lippen aufeinander und nickt. Ich neige den Kopf und fahre in nächsten Moment erschrocken herum, als ein unzufriedenes Fauchen erklingt. Jade ist neben Hero in die Knie gegangen und nimmt ihn ungeachtet seines offensichtlichen Protests auf den Arm.

»Tu nicht so unnahbar, kleines Monster. Eigentlich liebst du mich und hast dich nur für die falsche Schwester entschieden.« Jades Worte sind ein einziges Schnurren.

Ryker verdreht die Augen. »Beim Hades, fang du nicht auch noch mit diesem Kami an.«

Sie ist ein Teufel, ich sagte es ja bereits, knurrt Hero und faucht ein weiteres Mal, ehe er sich seinem Schicksal ergibt und das Kraulen über sich ergehen lässt.

Ja, du bist ein wirklich bedauernswertes kleines Geschöpf, Hero.

Jade übergeht Ryks Kommentar geflissentlich und lässt sich mit Hero auf dem Schoß auf der Bettkante nieder. »Eigentlich bin ich hergekommen, um dir zu sagen, dass Mom und Dad dich noch mal sprechen wollen, bevor du auf deinen Selbstfindungstrip startest.«

Damit habe ich schon gerechnet. Seit unserer Rückkehr

aus der Barriere bin ich unseren Eltern größtenteils aus dem Weg gegangen und habe die meiste Zeit mit Kenzo in London oder Edinburgh verbracht. Ich weiß, dass sie das verstehen. Es ist viel passiert, viele Dinge, über die ich mir erst einmal selbst Gedanken machen muss, um für mich herauszufinden, wie ich damit in Zukunft umgehen werde. Noch immer lasten die Geheimnisse der vergangenen neunzehn Jahre auf mir und ein Teil von mir nimmt es Mom und Dad nach wie vor übel, dass sie nie mit offenen Karten gespielt haben, oder dass sie Kenzo opfern wollten – auch wenn ich mittlerweile zumindest zum Teil nachvollziehen kann, warum.

Ich stoße den Atem aus und löse mich von Atarah. »Dann sollte ich sie nicht warten lassen, oder?«

»Ich werde fertig packen und alles Nötige herrichten«, meint Atarah und greift nach dem Kleiderstapel, der nicht mehr in die erste Dufflebag gepasst hat.

»Nein, schon gut, den Rest erledige ich später allein. Viel ist es ja ohnehin nicht mehr.«

Hero springt von Jades Schoß und heftet sich an meine Fersen, als ich zur Tür schlendere. *Eine Audienz bei der Königin? Klingt verlockend.*

Fühlt sich eher wie der Marsch zum Henkersblock an.

Wer ist jetzt melodramatisch?

Ich lasse die anderen in meinem Zimmer zurück und folge den breiten Gängen des Hadespalastes. Die Wachen verneigen sich respektvoll, wann immer wir an ihnen vorbeikommen, und halten uns schließlich die doppelflügelige Tür auf, die in das gemeinsame Arbeitszimmer von Mom und Dad führt. Es fühlt sich immer noch merkwürdig an, plötzlich nicht mehr unsichtbar für die Dämonen im Hades zu sein. Nicht länger im Schatten zu stehen, sondern aufgrund von Abstammung und Fähigkeiten gefürchtet zu sein.

Vermutlich werde ich mich niemals daran gewöhnen können.

Mein Vater steht in seiner vollen Montur aus schwarzer Uniform mit Breitschwert und schweren Stiefeln an den mächtigen Kamin gelehnt, während Mom in einem gold-schwarzen Kleid an ihrem Schreibtisch sitzt und in den Stapel Dokumente vor sich vertieft ist.

»Lya, wenn die Clans in London nicht kooperieren, werde ich die Führung dort übernehmen müssen. Es geht nicht an, dass Zayden –« Dad unterbricht sich, als er mich bemerkt. »Calea.«

»Ihr wolltet mich sprechen?« Bei den Abgründen der Hölle, selbst mit meinen neunzehn Jahren wird meine Stimme immer noch merklich leiser und angespannter, wann immer ich meinen Eltern in ihrem Arbeitszimmer unter die Augen trete.

Mom sieht von den Papieren auf und lächelt. »Hey, ich hatte schon Sorge, dich nicht mehr sprechen zu können. Eure Fähre geht doch heute Abend, oder?«

Ich nicke. »Kenzo und ich treffen uns in London und fahren dann zum Hafen von Liverpool, wo die Fähre nach Island ablegt.«

Meine Eltern wechseln einen kurzen Blick, dann erhebt sich Mom und kommt um den Schreibtisch herum, bis sie direkt vor mir steht. »Ich bin mir sicher, dass ihr eine wundervolle Zeit haben werdet. Roy und ich waren selbst schon zweimal in Island. Ein faszinierendes Land mit einer Menge uralter Magie. Es wird euch dort gefallen.«

Stirnrunzelnd sehe ich zwischen Mom und Dad hin und her. »Warum klingt das, als würde da noch ein *Aber* folgen?«

Ihr Atem entweicht mit einem leisen Seufzen, dann legt sie mir die Hände auf die Schultern, sodass ich mich wieder wie das kleine Mädchen von früher fühle. Dabei überrage ich Mom um einen halben Kopf. »Ich … Wir machen uns Sorgen, kannst du uns das verdenken? Deine Magie ist gerade erst dabei, sich zu entwickeln und Kenzo –«

»Das Ritual ist Geschichte. Durch Kenzos Entscheidung, sich selbst zu opfern, hat die Prophezeiung ihre Macht verloren. Es besteht also keine Gefahr, dass wir *irgendeine* Welt ins Chaos stürzen oder in Schutt und Asche legen.«

Mittlerweile haben wir herausgefunden, dass das Ritual, das die Barriere zerstört hätte, eng an die Flammen des Ursprungs und damit das Herzstück der Barriere geknüpft gewesen ist. Als Kenzo sich selbst das Leben genommen hat, statt durch Beliars Hand zu sterben, wie es das Ritual gefordert hat, ist die Prophezeiung nichtig geworden. Der Ursprung hat darauf reagiert und den Fehler rückgängig gemacht. Kenzo hat sein Leben direkt vom Ursprung zurückerhalten, während das Chaos aus meinem Inneren getilgt worden ist.

»Das ist richtig, aber …« Hilfe suchend sieht Mom zu meinem Vater. Ich verwette meine beiden Flügel darauf, dass sie sich gerade – wieder einmal – über meinen Kopf hinweg auf mentaler Ebene unterhalten.

Mit einem warmen Lächeln auf den Lippen stößt Roy sich vom Kamin ab und kommt zu uns. »Was deine Mutter sagen will, ist, dass es uns schwerfällt, dich gehen zu lassen. Nicht, weil wir dir nicht vertrauen, sondern einfach, weil du unsere Tochter bist, Monsterchen.« Dad streicht mir eine Strähne hinters Ohr, so wie er es schon früher immer getan hat. »Und weil wir so viele Fehler gemacht haben. Fehler, die wir vielleicht niemals wiedergutmachen können. Und davor haben wir Angst.«

Ich ziehe die Unterlippe zwischen die Zähne und schüttelte den Kopf. »Dad …«

»Wenn du auf diese Reise gehst«, unterbricht er mich sanft, bevor ich weitersprechen kann, »dann sollst du es nicht tun, weil du das Gefühl hast, hier nicht länger ein Zuhause oder eine liebende Familie zu haben.«

Abwehrend hebe ich die Hände und mache einen Schritt rückwärts. »Dad, wenn du mich mal ausreden lassen würdest, dann wüsstest du – dann wüsstet *ihr*«, ergänze ich mit einem Seitenblick auf meine Mutter, die besorgt die Augenbrauen zusammengezogen hat, »dass ich das weiß. Ich weiß, dass mein Zuhause hier ist, dass ihr mich liebt. Das werde ich immer wissen. Und daran ändert auch die Vergangenheit nichts.« Mom tritt neben meinen Vater und lehnt sich an ihn. Ich seufze. »Und das alles ist auch nicht der Grund, warum ich gehe. Ja, ich brauche Zeit, um herauszufinden, was das alles für mich bedeutet, aber in erster Linie geht es hierbei um Kenzo. Und meinen Wunsch, endlich etwas zu erleben.«

»Für meinen Geschmack hast du in den letzten Wochen etwas *zu* viel erlebt«, brummt Dad und hebt eine Braue. »Zumal wir diesen Kenzo immer noch nicht richtig kennen und er dich Hades weiß wohin verschleppt.«

Meine Wangen werden warm. »*Dad.*«

Mom streicht ihm beruhigend über den Arm, ehe sie wieder mich ansieht. »Was hältst du davon, wenn wir euch nach eurer Reise besuchen kommen? Wir könnten bei der Gelegenheit auch gleich bei Annie in London vorbeischauen.«

Mom und Dad bei einem offiziellen Kennenlernen? Dagegen ist der Kampf gegen den Teufel ein angenehmer Strandspaziergang gewesen.

»Eine gute Gelegenheit, ihm den Hals umzudrehen, sollte auf eurem Roadtrip *irgendetwas* passieren.«

Moms Lippen zucken verräterisch, während ich am liebsten im Boden versinken würde. »Warum klären wir das nicht, wenn es so weit ist, Roy?«

Danke, Mom.

Dad nickt schließlich widerwillig und zieht mich in eine kurze Vater-Umarmung. »Sei mutig, Monsterchen.«

Ich beiße mir auf die Unterlippe und lächle, als er mich von sich schiebt und meinen Blick sucht.

»Wir werden auf dich warten und sollte irgendetwas sein …« Als Dad den liebevoll tadelnden Blick meiner Mutter bemerkt, verstummt er. »Schon gut. Wir sind für dich da, mehr will ich ja gar nicht sagen.«

Mom streichelt ihm über die Wange, ehe sie zu mir geht und mich an sich drückt. Ihr vertrauter Geruch steigt mir in die Nase und plötzlich fühlt sich mein Hals seltsam rau an. »Bleib nicht zu lange weg, Calea«, flüsterte sie an meinem Ohr und streicht mir über die Haare. »Und pass auf dich auf. Es gibt weit mehr zwischen Hades und Erde, als wir jemals wissen werden. Unzählige Pfade und Wege, die ins Unbekannte führen. Manchmal ohne Wiederkehr.«

Ich schlinge die Arme fester um sie und schließe die Augen. »Ich werde mich nicht verlieren, Mom. Kenzos Licht wird mich immer wieder zurückbringen.«

***

Der Geruch von Motoröl hängt schwer in der Luft und es ist selbst für meine Verhältnisse beinahe unerträglich warm, als ich Kenzos Werkstatt betrete. Wie durch ein Wunder hat sie durch das Zirkulare Portal keinen Schaden genommen, wohingegen der gesamte obere Teil des Wohnhauses beinahe vollkommen zerstört worden ist. Die Bauarbeiten sind dank Madeline bereits in vollem Gange, doch anders als Kenzo zieht sie es vor, in einem Hotel zu wohnen, während das Penthouse wieder aufgebaut wird. Wir haben seiner Mutter die Erinnerungen an den Angriff von Beliar und Seymour genommen und durch einen simplen Hausbrand ersetzt. Dadurch ist vieles leichter geworden, aber längst nicht alles.

»Kenzo?«, rufe ich und stelle meine Taschen – letztlich sind es drei geworden – mitten in der Werkstatt ab. »Bist du da?«

Vielleicht hat dein Mensch kalte Füße bekommen, äußert Hero ungefragt und springt auf die Leder-Couch, auf der ich meine erste Nacht in London verbracht habe. Mir kommt es vor, als wäre das in einem anderen Leben gewesen und nicht nur vor etwas mehr als einem Monat.

Du bist heute ja wieder unglaublich optimistisch aufgelegt, kleiner Kami.

Hero schnaubt und lässt seinen Schwanz pikiert durch die Luft tanzen. *Einer von uns muss die Welt ja mit gesunder Skepsis betrachten.*

»Rede dir das nur weiter ein«, murmele ich und laufe weiter in die Werkstatt hinein, in der Kenzo nach den Geschehnissen nun vollständig lebt. Ich sehe sein Motorrad, den alten Chevy, an dem er seit gut eineinhalb Wochen schraubt, und schließlich Boy.

Grinsend lehne ich mich mit verschränkten Armen an einen der Betonpfeiler, die das hohe Dach der Garage stützen. Die Motorhaube des weißen Jeeps ist offen, Kenzo steht in dunkler Jeans und weißem Tanktop darübergebeugt und verschwindet regelrecht zwischen dem ganzen Motorzeug und

Kabeln. In-Ear-Kopfhörer stecken in seinen Ohren, womit ich jetzt auch den Grund kenne, warum er mich bisher noch nicht bemerkt hat.

Einen Moment lang betrachte ich das Spiel seiner Muskeln unter dem hoffnungslos verschmierten Oberteil und lausche seiner rauen Stimme, mit der er leise und ziemlich schief mitsingt.

Ich weiß, dass Kenzo mit den Erlebnissen zu kämpfen hat. Mit all den grausamen Dingen, die ihm widerfahren sind, die er mit angesehen hat. Ich bekomme oft genug mit, wie er nachts von Albträumen aus dem Schlaf gerissen wird oder ständig einen Blick über die Schulter wirft. Ihn jetzt so unbeschwert zu sehen, löst einen der unzähligen Knoten in meiner Brust.

Der Roadtrip wird uns guttun, das weiß ich einfach. Abstand, Freiheit und die Chance, zur Ruhe zu kommen, werden die tiefen Wunden vielleicht nicht sofort verschwinden lassen, aber aus den Wunden könnten Narben werden und die Narben mit der Zeit verheilen.

Kenzo taucht aus dem Motorblock auf und streckt sich nach einem filigranen Schraubschlüssel. Ich nutze den Moment, ihm mit einem winzigen Wink meiner Magie die Kopfhörer aus den Ohren zu ziehen und stoße mich vom Pfeiler ab.

Überrascht fährt er zu mir herum und hat mich einen Herzschlag später bereits in die Arme geschlossen. »Cat, ich habe nicht vor fünf mit dir gerechnet.«

»Es ist schon halb sechs«, erwidere ich und fahre mit dem Daumen über seinen Wangenknochen, wo etwas Schmiere hängt.

Ungläubig reißt er die hellgrünen Augen auf und schiebt mich ein Stück von sich. »Scheiße. Wir werden unsere Fähre verpassen. Bis Liverpool sind es noch gut fünf Stunden.«

»Das schaffen wir. Was ist mit Boy? Alles okay?«

Kenzo sieht über die Schulter zum Jeep und zuckt mit den Achseln. »Ich wollte nur noch mal alles überprüfen und habe dabei augenscheinlich mal wieder die Zeit vergessen.«

Ich hauche ihm einen Kuss auf die Wange. »Soll vorkommen. Hast du Jules erreicht?«

Wir haben die Idee gehabt, auf Island ein paar Tage gemeinsam mit Jules und Hannah zu verbringen. Nachdem Jules unfreiwillig Teil von Beliars Plan geworden ist, hat Kenzo ihr und Hannah alles erzählt – inklusive der Wahrheit über mich. Trotzdem sind noch viele Fragen offengeblieben, die ich ihnen beantworten möchte. An einem neutralen Ort, fernab von allem, was sie an Schmerz und Leid erinnert. Ich hoffe sehr, dass ich ihnen irgendwann ganz die Furcht vor dem Hades und mir nehmen kann.

Mir ein Rätsel, wie man dich fürchten kann, Prinzessin.

Pass bloß auf, Hero, mittlerweile beherrschte ich das Channeling auch ohne Sajax ziemlich gut.

»Wir treffen sie unten in Vík. Jules und Hannah fliegen heute Abend und nehmen sich dann einen Van in Reykjavík, mit dem sie der Küste bis Vík folgen.«

Ich nicke. »Klingt nach einem guten Plan.«

Kenzo lächelt und zieht einen karierten Schmierlappen aus der hinteren Hosentasche, um sich die Hände abzuwischen. »Aber mehr verrate ich dir nicht, sonst ist am Ende noch meine ganze Überraschung dahin.«

»Eine Überraschung, die niemals stattfinden wird, wenn wir nicht bald aufbrechen«, gebe ich zu bedenken und zupfe ihm das Tuch aus den Händen.

Sein Lächeln wird breiter und lässt seine Augen leuchten. »Seit wann bist du für deine starren Zeitpläne bekannt?«

»Seit mir meine Eltern gesagt haben, wie schwer es ihnen fällt, mich gehen zu lassen.«

Ehrlich gesagt rechne ich immer noch damit, dass Mom oder Dad hier auftauchen, um sich zu vergewissern, dass ich in Sicherheit bin und Kenzo keine *Gefahr* für mich darstellt. Wie auch immer diese Gefahr aussehen mag.

»Das heißt, wir sind wieder auf der Flucht vor der Höllenkönigin?«

»Schlimmer, meine Eltern wollen dich kennenlernen.«

Grinsend stupst er mich an und greift dann nach einem frischen Shirt. »Das kann ich verstehen, geht mir genauso. Ich bin neugierig auf deine Familie.«

Erstaunt sehe ich ihn an. »Anscheinend hast du immer noch nicht genug von Dämonen und der Übernatürlichen Welt, was?«

»Wie könnte ich? Du bist schließlich ein Teil davon – mein liebster Teil«, erwidert er und zieht sich das Tanktop über den Kopf. Wie von selbst fliegt mein Blick zu Seymours Handabdruck, der noch immer als Brandnarbe über seinem Herzen sitzt. Sofort beschleunigt sich mein Herzschlag und lässt meine Energie auflodern. Ich würde ihm niemals verzeihen, was er Kenzo angetan hat und wäre er nicht schon tot –

»Hey, Cat.« Kenzo hebt sanft mein Kinn an, sodass wir einander direkt in die Augen sehen. »Sieh mich an. Ich bin hier. *Wir* sind hier. Das ist das Einzige, was nach all dem zählt.«

Ich atme leise aus und nicke. Meine Quelle beruhigt sich und das unangenehme Knistern macht dem warmen Prickeln Platz, das mich bei seiner Berührung durchfährt.

Kenzo neigt langsam den Kopf und fährt mit dem Daumen über meine Unterlippe. »Na komm, lass uns fahren. Da draußen wartet eine ganze Welt auf uns.« Seine Lippen streichen federleicht über meine, ich erschaudere und schließe die Augen. Bis es nur noch diese winzige Verbindung gibt.

Bis es nur noch *uns* gibt.

***

Das Rauschen der Wellen füllt die Stille. Möwen segeln über unsere Köpfe hinweg, verschwinden irgendwo am Horizont, jener schmalen Linie, wo das graue Meer den blauen Himmel berührt. Ein frischer Wind zupft an meinen Haaren und wispert Worte von Freiheit und Grenzenlosigkeit in einer Sprache, die ich früher nie verstanden habe. Doch hier mit Kenzo ergibt sie plötzlich Sinn.

»Woran denkst du gerade?«, fragte Kenzo leise und legt die Arme locker um meine Taille.

Wir sitzen auf dem Dach von Boy, den Kenzo auf einen scheinbar unendlich weiten, schwarzen Strand gelenkt hat, zwischen bunten Kissen und in dicke Decken gehüllt. Hero schnarcht zufrieden neben uns, obwohl ich mir ziemlich sicher bin, dass er jedes Wort mitbekommt. Hinter uns ragen graue, zerklüftete Felsen in den Himmel, die mich an den Strand im Hades am Kur'Tarak erinnern, vor uns die endlose See, aus der vereinzelt spitze Felsnadeln in den Himmel ragen. Genau wie jeder Ort auf Island, den wir bisher gemeinsam erlebt haben, ist auch dieser Stand im Osten der Insel schlichtweg magisch. Auf eine ursprüngliche, raue und ungewöhnliche Art und Weise.

Ein bisschen wie Kenzo und ich.

Ich rutsche etwas hin und her, bis ich gemütlich zwischen seinen Beinen sitze, und lehne mich an seine Brust. »Glaubst du mir, wenn ich sage, dass ich an gar nichts denke?«

Sein warmer Atem fährt über die empfindliche Haut unter meinem Ohr. »Nein, du heckst immer irgendetwas aus.«

Schmunzelnd drehe ich mich halb zu ihm und schürze die Lippen. »Ach ja? Du scheinst dir da ziemlich sicher zu sein.«

»Nenn es Erfahrung.«

Kopfschüttelnd wende ich mich wieder dem Meer zu, dessen Brandung in regelmäßigen Zügen über die schwarzen Steine fließt, sie Stück für Stück glättet.

»Ich habe über Freiheit nachgedacht«, sage ich nach einer Weile. »Über all die Entscheidungen, die uns hierhergebracht haben.«

Kenzo haucht einen Kuss auf meine Haare und legt dann sein Kinn auf meinen Kopf. »Du sprichst aber nicht schon wieder davon, wie ich dich entführt habe, oder?«

»Aha! Also gibst du endlich zu, *dass* du mich in dieser einen Nacht entführt hast?«

Sein leises Lachen lässt seine Brust vibrieren. »Darauf werde ich dir keine Antwort geben. Aber ich bin froh, weißt du?«

»Hm?«

»Darüber, dass ich mich so entschieden habe. Vielleicht hat uns diese Entscheidung über einige Umwege gelotst, aber letztlich sind wir angekommen.«

Ein weiteres Mal drehe ich mich zu ihm um, sodass ich auf meinen Fersen vor Kenzo sitze, das Meer im Rücken, diesen wundervollen Mann mit den jadegrünen Augen vor mir. »Ich bin auch sehr froh darüber, Kenzo. Ich bin froh, dass mich mein Weg zu dir geführt hat.«

Kenzo umfasst behutsam mein Gesicht und zieht mich zu sich, bis sich unsere Nasenspitzen berühren. »Jetzt sind dein Weg und meiner ein und derselbe. Und ich habe nicht vor, dich allein gehen zu lassen.«

Unsere Lippen berühren sich und jenes vertraute Kribbeln rauscht durch meinen Körper, füllt jede Zelle mit Zuversicht, mit Glück, mit Liebe, als ich immer weiter in Kenzo versinke. In unserer ganz eigenen Welt, die wir gemeinsam erschaffen haben.

Die Welt, in die wir gehören.

Und in diesem Augenblick wird mir etwas bewusst: Egal, welchen Weg man wählt, ob eine verlockende Abkürzung, einen unerwarteten Pfad oder die sichere, lange Straße, letztlich bringt er einen genau dorthin, wo man hingehört. Und ich kann es kaum erwarten, herauszufinden, wohin uns Kenzos und mein Weg führt. Aber irgendetwas sagt mir, dass ich das eher früher als später herausfinden werde. Mit Kenzo an meiner Seite und dem Wispern des Winds in meinen Ohren.

Alles, was wir jetzt zu tun brauchen, ist den Möglichkeiten, die sich uns ergeben, Raum zu schaffen.

Der Rest wird uns von ganz allein finden.

Danksagung

Jetzt, hier, in diesem Moment fehlen mir ein bisschen die Worte – ja, irgendwie ironisch in Anbetracht der Tatsache, dass ich gerade einen Schinken von hunderttausend Worten beendet habe, und gleichzeitig macht es absolut Sinn. Oder?

Ich kann noch gar nicht glauben, dass diese Reise wirklich zu Ende ist, dieser Roadtrip, auf dem ich Cat und Kenzo und all die anderen, die ich unglaublich ins Herz geschlossen habe, begleiten durfte. All die Abenteuer und Situationen, in denen ich sie am liebsten geschüttelt hätte, denn letztlich hatte jeder von ihnen irgendwie seinen eigenen Kopf. Vielleicht war es gerade deswegen so eine unerwartete und wundervolle Zeit.

In das Universum von Elyanor zurückzukehren, hat mir unglaublich viel Spaß beim Schreiben gemacht. Es war so schön, wieder auf die üblichen Verdächtigen zu treffen, alte Bekannte noch einmal zu Wort kommen zu lassen und gleichzeitig eine ganz neue Geschichte zu erschaffen. Denn für mich war von Anfang an klar, dass ich meiner Protagonistin Cat in diesem Sequel ihre eigene Story unabhängig von ihren Eltern geben würde. Ihr genau den Raum geben, damit sie ihren eigenen Weg finden und ihre eigene Geschichte schreiben kann. Deswegen hoffe ich natürlich, dass alle eingefleischten Elyanor-Fans mit Calea und Kenzo genauso ihren Spaß gehabt haben wie diejenigen, die ganz neu in diese Welt gestolpert sind. Es ist eine neue Geschichte in einem alten Universum, die ihren eigenen Regeln folgt – genauso wie Cat und Kenzo selbst.

Wie es sich so mit den meisten Dingen auf dieser Welt (und jeder anderen Welt) verhält, ist auch »Calea« nichts, das ich ganz allein geschafft habe. Unzählige liebe Menschen haben mich auf diesem verrückten Roadtrip begleitet und ihnen allen zu danken, würde vermutlich einen zweiten Teil (hust hust) füllen, weswegen ich versuche, es möglichst kurz zu machen.

Zuallererst gilt mein Dank natürlich dem wundervollen Team von Thienemann-Esslinger und Loomlight. Danke an dich, Larissa, dass du sofort dabei warst, als ich den leisen Vorschlag gebracht habe, vielleicht noch einmal eine Reise in den Hades zu wagen. Und natürlich an dich, Ute, dass du »Calea« unter deine Fittiche genommen und mich auf dem gesamten Weg unterstützt hast.

Vielen lieben Dank auch an meine liebe Agentin und Lebensretterin Gerlinde, ich hoffe, du weißt, wie froh ich bin, dich an meiner Seite zu haben.

Wie bei so vielen meiner Geschichten spielen auch in diesem Buch ganz besondere Eindrücke eine Rolle, die ich auf meinen Reisen – dieses Mal waren es unsere Roadtrips durch Schottland und Island – mit meinem wundervollen Mann Maximilian gewonnen habe. Danke, dass du mit mir bis zum Ende der Welt und zurückreist. Immer wieder.

Und mindestens genauso dankbar bin ich für dich, Alinchen. Du bist definitiv mit Abstand die schnellste, verrückteste und großartigste Testleserin, die es gibt. Ich kenne niemanden, der sich so todesmutig auf meine Rohfassungen stürzt, wie du!

(Und ja, wenn ich dir abends meinen Text schicke und du mir ein paar Stunden später eine Sprachnachricht sendest, weil du schon durch bist und mehr willst, ist das irgendwie verrückt.) Danke für deine Anmerkungen, deine Liebe für meine Worte und deine Unterstützung.

Danke, liebe Kathi, für deine Begeisterung, mit der du sofort wieder in die Welt von Elyanor eingetaucht bist, du bist wirklich seit Beginn dabei! Danke, Alina, dass du die Rohfassung sofort und mit solcher Liebe für diese Geschichte gelesen hast! Und auch an dich, Janina, danke, für deinen Calea-Hype – Das bedeutet mir sehr viel!

Und weil meine Danksagung jetzt schon wieder viel zu lang ist: DANKE an euch! Danke an meine Leser:innen, dafür, dass ihr meine Geschichten lest, ihnen eine Chance gebt und gemeinsam mit meinen Charakteren auf die Reise geht. Ohne euch würde ich diese Worte vermutlich nie schreiben. Also von ganzem Herzen DANKE.

Ich kann es nicht erwarten zu sehen, wo uns unser Weg noch hinführt – aber ich freue mich unglaublich darauf.

Eure Alexandra
(Juni 2021)

Stückler-Wede, Alexandra
Calea
Zwischen Asche und Rauch
ISBN 978 3 522 50752 3

Umschlaggestaltung: Giessel Design
unter Verwendung von Bildern von Boiko Olha/Shutterstock.com;
Dwayne_Johnson/Shutterstock.com; Morakod1977/Shutterstock.com
Druck und Bindung: CPI buchbücher.de GmbH

MIX
Papier aus verantwortungsvollen Quellen
FSC® C083411